CRIMES DANS LA SOIE

Paru dans Le Livre de Poche :

P. Bellemare
C'EST ARRIVÉ UN JOUR (2 vol.)
SUSPENS (4 vol.)
L'ANNÉE CRIMINELLE (4 vol.)
LES AMANTS DIABOLIQUES

P. Bellemare et J. Antoine
LES DOSSIERS D'INTERPOL (2 vol.)
LES AVENTURIERS
HISTOIRES VRAIES (5 vol.)
DOSSIERS SECRETS (2 vol.)
LES ASSASSINS SONT PARMI NOUS (2 vol.)
LES DOSSIERS INCROYABLES
LES NOUVEAUX DOSSIERS INCROYABLES
QUAND LES FEMMES TUENT

P. Bellemare et M.-T. Cuny
MARQUÉS PAR LA GLOIRE

P. Bellemare et J.-M. Épinoux
ILS ONT VU L'AU-DELÀ

P. Bellemare et J.-F. Nahmias
LES GRANDS CRIMES DE L'HISTOIRE (2 vol.)
JE ME VENGERAI
LES TUEURS DIABOLIQUES
L'ENFANT CRIMINEL

P. Bellemare, J.-M. Épinoux et J.-F. Nahmias
LES GÉNIES DE L'ARNAQUE
L'EMPREINTE DE LA BÊTE

P. Bellemare, M.-T. Cuny, J.-M. Épinoux et J.-F. Nahmias
INSTANT CRUCIAL
INSTINCT MORTEL (2 vol.)
ISSUE FATALE

P. Bellemare, J.-M. Épinoux et R. Morand
POSSESSION

P. Bellemare, J.-M. Épinoux, F. Ferrand,
J.-F. Nahmias et T. de Villiers
LE CARREFOUR DES ANGOISSES
JOURNÉES D'ENFER

PIERRE BELLEMARE
JEAN-FRANÇOIS NAHMIAS

Crimes dans la soie

30 histoires de milliardaires assassins

Documentation Gaëtane Barben

ALBIN MICHEL

ISBN : 978-2-25-311587-8 - 1ère publication - LGF
ISBN : 2-253-11587-8 - 1ère publication - LGF

Avant-propos

Les Lambrodin avaient eu trois enfants, Louise, Édouard et Jérémy. Les deux garçons détestaient leur sœur aînée qui avait huit et dix ans de plus qu'eux. Cette grande différence d'âge l'autorisait, croyait-elle, à faire preuve d'autorité et à corriger ses frères s'ils avaient fait des bêtises. Les parents, petits-bourgeois du Tricastin, étaient propriétaires d'une modeste fabrique de savon. Quand la machine à laver avait fait son apparition, ils avaient su passer du savon à la lessive et de l'artisanat à la société cotée en bourse. Aujourd'hui, ils pesaient cinq milliards de francs Pinay, et Louise fêtait ses vingt-sept ans.

Pour célébrer dignement cet anniversaire, les parents avaient loué un joli château dans la région de Valence, que les deux frères cadets avaient découvert lors d'une sortie avec des amis.

En réalité, Édouard et Jérémy, en visitant les lieux, avaient trouvé par hasard une oubliette inconnue des gardiens et de la société propriétaire du château. Au milieu d'une pièce obscure, un puits d'un mètre cinquante de diamètre et de huit mètres de profondeur s'ouvrait au ras du sol. Toute personne non avertie pénétrant dans cet endroit risquait une chute mortelle.

Les frères en attirant leur sœur dans ce cul-de-basse-fosse poursuivaient deux objectifs. Le premier, purement viscéral, était la vengeance pour toutes les brimades et les dénonciations dont ils avaient été victimes ; le deuxième était l'intérêt : en supprimant leur sœur, ils devenaient les seuls héritiers des cinq milliards de la famille.

Le crime se déroula comme ils l'avaient imaginé : un jeu de poursuite dans les dédales des corridors et des escaliers qui amena irrésistiblement la sœur poursuivant ses frères dans le piège de l'oubliette. Il y eut un cri épouvantable et un choc sec dont l'écho du puits répéta la violence. La mort fut quasi instantanée. Les frères avec une grande hypocrisie revinrent dans le salon en demandant si personne n'avait vu leur sœur. Devant les réponses négatives, tout le groupe inquiet se mit à la recherche de Louise, et quand la nuit arriva, personne ne l'avait retrouvée.

C'est un mois plus tard, en raison de l'odeur pestilentielle, que le cadavre fut découvert en même temps que le lieu du crime. Pour la famille comme pour la police, l'accident était la seule explication possible.

Des années plus tard, les deux frères succédèrent à leurs parents et ne purent s'entendre sur le partage des responsabilités. Édouard devint directeur général et Jérémy président potiche. C'est sans doute à ce moment-là qu'il rédigea un mémoire où il relatait leur crime. Il mourut à cinquante-deux ans au cours d'une partie de chasse, éventré par un sanglier. C'est son fils qui révéla le document dénonciateur en espérant que celui-ci éliminerait son oncle Édouard dans la course au pouvoir. Ce qui fut le cas.

Ah ! Les grandes familles...

Bonne lecture et bonne découverte de ce monde impitoyable.

Pierre Bellemare

Simpson Circus

Le dimanche 12 juin 1994, peu avant minuit, à Brentwood, un des quartiers chic de Los Angeles, un passant découvre le corps presque décapité de Nicole Brown ex-Simpson, trente-cinq ans, dans l'allée qui mène à son domicile. Appelée sur les lieux, la police découvre également, dans un buisson non loin, le corps de Ronald Goldman, vingt-cinq ans, garçon de restaurant. Lui aussi a la gorge tranchée et il a reçu, en outre, dix-sept coups de couteau. Un peu plus tard, d'autres voisins recueillent un chien errant aux pattes ensanglantées. C'est Kato, celui de Nicole Brown, qu'elle était sans nul doute en train de promener quand elle a été assassinée. C'est le seul témoin du meurtre, malheureusement muet.

Une fois les premières constatations faites, les policiers vont prévenir du drame l'ancien mari de Nicole Brown, O.J. Simpson, qui habite non loin, dans un autre quartier chic de Los Angeles. Comme personne ne répond à la grille de sa luxueuse villa, ils se décident à l'escalader. Ils n'ont pas de mandat, mais ils craignent un nouveau drame en rapport avec le premier. Heureusement, tout est normal, l'intéressé n'est simplement pas là. Avant de se retirer, les policiers découvrent dans le jardin un gant ensanglanté et s'en saisissent. On n'a pas fini de parler de ce gant ! Jamais, peut-être, un objet n'aura fait couler plus d'encre et de salive en Amérique.

Si la police a mis tant de diligence pour prévenir l'ex-mari de Nicole Brown, c'est qu'il s'agit d'une célébrité de tout premier plan aux États-Unis, c'est même plus que cela : un véritable mythe vivant...

Orenthal James Simpson, pour employer ses deux prénoms que personne ne prononce jamais, est un Noir de quarante-sept ans, au physique athlétique et au visage débordant de sympathie. Sa vie est une véritable *success story* à l'américaine. Il naît à Potrero Hill, un ghetto noir de Los Angeles. Il a cinq ans lorsque son père abandonne le foyer conjugal. Pour subsister, sa mère est obligée d'accepter le plus dur des métiers : elle est femme de salle, la nuit, dans un hôpital psychiatrique. Comble de malchance, le petit Orenthal est affligé de plusieurs handicaps : il est rachitique et il a les jambes si arquées qu'il semble ne jamais devoir marcher normalement. Mais sa mère le guérit en intervertissant ses chaussures gauche et droite et en l'obligeant à se déplacer ainsi. Remis de son infirmité, O.J. devient un bel et vigoureux adolescent, mais un nouveau danger le guette : il est enrôlé dans un gang de quartier, les Persian Warriors et il est tout près de sombrer dans la délinquance. Il est d'ailleurs arrêté et envoyé dans une maison de correction... C'est là que l'attend son destin.

Un chercheur de talents opérant pour un entraîneur de football américain le remarque, alors qu'il joue au ballon avec ses camarades. Le voici dans une école de formation et là, son talent, on peut même dire son génie, explose. Passé rapidement professionnel, il se révèle comme l'un des meilleurs joueurs de football américain qu'on ait jamais connus. Sa rapidité et son adresse sont stupéfiantes. Lorsqu'il prend sa retraite, en 1978, il est auréolé de gloire.

Mais O.J. Simpson n'est pas seulement un as du ballon ovale. Il est en même temps d'une gentillesse et d'une modestie proverbiales. Personne n'a jamais signé autant d'autographes que lui sur les stades ; dans la mesure du possible, il n'en refuse jamais à quiconque. Ce colosse est aussi un charmeur, qui attire spontanément la sympathie. C'est ce qui explique que, après avoir arrêté la compétition, il ait entamé une seconde et tout aussi brillante carrière. Il est commentateur sportif, acteur : il a joué dans *La Tour infernale* et il est particulièrement fier d'avoir tourné une scène d'amour avec une actrice blanche, Elizabeth Montgomery. Il fait de nombreuses publicités. Il est porte-parole pour la campagne nationale d'une société de location de voitures et d'une fabrique de vêtements. Il fréquente tout ce que l'Amérique compte de vedettes. Au golf, il est le partenaire préféré de Frank Sinatra. Pour avoir une idée de ce qu'il représente, il faudrait le comparer à Zidane chez nous et plus encore, car sa célébrité déborde largement le sport.

Enfin, O.J. Simpson est noir, ce qui n'est évidemment pas secondaire. S'il est aimé des Américains, pour la communauté noire, c'est d'adulation qu'il faut parler. Pour elle, il symbolise à la fois un formidable espoir et une éclatante revanche. Il reste pourtant lui-même très en retrait par rapport aux problèmes raciaux. Il s'abstient de toute position revendicatrice. Il se dit « sans couleur » ; il veut être un Américain comme les autres, dans une société ouverte à tous ; il se veut l'exemple de la réussite et de l'assimilation d'un Noir. Certes, dans la communauté noire, cette position n'est pas appréciée par tous, mais c'est la sienne et il la revendique.

Pourtant, le séduisant Simpson, le gentil Simpson, dont les dents éclatantes brillent sur tous les écrans, a des côtés beaucoup moins bons. Sa vie privée est loin d'être à la hauteur de sa vie publique. Dès qu'il devient célèbre, il divorce discrètement de son amie d'enfance, avec qui il a eu deux enfants, et il mène une vie amoureuse frénétique. Il a la particularité, qui lui est parfois reprochée par ses frères de couleur, de n'aimer que les femmes blanches. En 1977, il rencontre Nicole Brown, « blonde comme une poupée Barbie et tout à fait mon style », dit-il aux médias. Ils vivent ensemble huit ans et finissent par se marier en 1985.

Mais la vie qu'il mène met leur couple à mal. O.J. boit beaucoup, se drogue et fait la conquête d'autres blondes incendiaires. S'il trompe Nicole, il reste jaloux d'elle et, le temps passant, devient de plus en plus violent à son égard. En 1985, il démolit le pare-brise de sa voiture. En 1989, elle s'enfuit en chemise de nuit de leur villa en hurlant : « Il veut me tuer ! » Pour la première fois, l'ancien sportif est condamné. Il se voit infliger cent vingt jours de travaux d'intérêt public, qu'il n'effectuera d'ailleurs pas. Mais Nicole n'en peut plus. Elle demande et obtient le divorce en 1992. Elle s'installe à deux kilomètres de leur ancien domicile... C'est imprudent, car il est toujours amoureux et toujours aussi violent. En 1993, il vient fracasser sa porte. Là encore, elle ne s'en sort qu'en appelant la police.

Dès le début de son enquête, cette dernière est persuadée de la culpabilité de l'ancien champion. Il apparaît que Ronald Goldman, la seconde victime, était l'amant de son ex-femme et ce crime, nécessitant une grande force physique, correspond tout à fait aux agressions dont il s'est rendu coupable les années précédentes...

Lorsque la police est venue chez lui et a trouvé porte close, O.J. Simpson se trouvait à Chicago. Il rentre précipitamment et il est interrogé dès sa descente d'avion. On lui demande son emploi du temps la nuit précédente. Il dit avoir pris sa Rolls-Royce à 21 h 40, pour se rendre au McDo (car c'est ainsi : il va au McDo en Rolls !), après quoi, il serait rentré chez lui à 22 h 30. Malheureusement pour lui, sa déposition est contredite par le témoignage du chauffeur venu le chercher.

Ce dernier, qui devait l'emmener à l'aéroport pour prendre l'avion de Chicago, a sonné à la grille de sa villa à 22 h 40. Il n'a pas obtenu de réponse. Tout était éteint dans la maison. Il a décidé de l'attendre dans sa voiture, garée un peu plus loin dans la rue. Peu avant 23 heures, il a vu un homme de couleur entrer discrètement dans le pavillon, dont les fenêtres se sont allumées. Le chauffeur est alors retourné sonner. Cette fois, Simpson a répondu. Il lui a dit qu'il s'était endormi et qu'il arrivait. Peu après, il est sorti et il est monté dans la voiture, direction l'aéroport. Ce flottement dans son emploi du temps est d'autant plus grave que, d'après les premières constatations des médecins, le crime a eu lieu entre 22 heures et 23 heures.

Si elle est sûre de sa culpabilité, la police manifeste les plus grands égards pour l'illustre suspect. O.J. Simpson n'est pas arrêté. Il peut librement assister, le jeudi 16 juin, aux obsèques de son ex-femme. Les chaînes de télévision sont présentes et le montrent en larmes. Le lendemain, il est tout de même inculpé du double meurtre, pourtant il reste libre : il lui est demandé de se rendre au commissariat, pour se constituer prisonnier... Jusqu'à présent, en raison de la notoriété d'O.J., l'affaire s'est vu consacrer les gros titres de la presse et des journaux télévisés, mais c'est alors que se produit le rebondissement qui va la faire à jamais entrer dans les annales !

Au lieu de se rendre au commissariat, dans la soirée du 17 juin, l'ancien footballeur s'enfuit en voiture. Il est vite repéré par la police, dans une Ford Bronco blanche. Un de ses amis, un ancien coéquipier au football, est au volant. Une dizaine de voitures de police prennent le véhicule en chasse, mais n'osent pas intervenir, car Simpson tient un revolver sur sa tempe. En même temps, il passe sans arrêt des coups de fil, avec le téléphone de la voiture.

Les chaînes de télévision réagissent avec une rapidité étonnante et, bientôt, elles sont plusieurs à retransmettre la scène, depuis des hélicoptères à bord desquels ont embarqué leurs cameramen. La soirée avançant, ce ne sont pas moins de cent millions de foyers qui suivent ce feuilleton inédit. O.J. Simpson semble avoir abandonné toute velléité de fuite, il circule en boucle sur les autoroutes entourant Los Angeles et il menace toujours de se suicider en direct avec son revolver.

Ceux qui habitent à proximité sortent de chez eux et on ne tarde pas à voir arriver sur son passage des gens brandissant des pancartes de soutien. Tout cela dure quatre-vingt-dix minutes, exactement le temps d'un film. Enfin, après un dernier coup de téléphone à sa mère, l'ancien champion quitte l'autoroute et entre dans la ville. Là, il se rend en pleurant aux policiers, devant une foule de badauds qui crient :

– Vas-y, O.J. !

– Tu es le meilleur, O.J. !

Le lendemain, CNN annoncera soixante-quinze millions de téléspectateurs, soit 30 % de plus que pour le début de la guerre du Golfe de 1991. Et, toutes chaînes confondues, c'est la plus forte audience de l'histoire de la télévision...

L'affaire Simpson a été placée d'emblée sous le signe de la démesure médiatique et elle ne va plus en sortir. À partir de cet instant, c'est d'un véritable délire informatif qu'il faut parler. Alors que l'enquête n'a pas commencé, les chaînes de télévision la font elles-mêmes. Elles engagent des policiers, des magistrats, des avocats et tous décortiquent l'affaire à longueur de journée. Des témoins viennent, moyennant rétribution, s'exprimer devant les caméras. Certains ont même négocié à prix d'or un contrat d'exclusivité avec l'une des chaînes. Le magasin où O.J. Simpson a acheté un couteau le 3 mai ne désemplit pas. Son propriétaire est en train de faire fortune. Même le chien Kato est âprement disputé par les télévisions. Au milieu de tout cela, la coupe du monde de football (pas de football américain), qui se déroule au même moment aux États-Unis, passe totalement inaperçue...

Selon la loi californienne, et comme dans pratiquement tous les pays anglo-saxons, il y a, en matière criminelle, deux procès. Le procès préliminaire décide de la mise en accusation et, en cas de verdict positif, a lieu le procès d'assises proprement dit.

Le procès préliminaire d'O.J. Simpson s'ouvre le 5 juillet, à Los Angeles. Ce que remarquent d'abord les innombrables journalistes, c'est la composition de la défense. Avec les moyens qu'il possède, O.J. Simpson a recruté, non pas un, mais trois avocats, et pas n'importe lesquels ! Le groupe sera mené par Robert Shapiro, le meilleur et le plus cher avocat américain ; il sera assisté de Lee Bailey, autre défenseur un peu moins coté, mais hors de prix lui aussi. Enfin Robert Cochran complétera l'ensemble. Il est moins célèbre que les deux autres, mais il est noir et il jouera un rôle indispensable dans cette affaire où l'aspect racial est capital aux yeux de la défense. Jamais un accusé n'avait réuni une telle équipe et les médias lui trouvent immédiatement un surnom : la *dream team*, ce qui, somme toute, convient assez bien au procès d'un sportif.

Si la défense entend mettre en avant l'aspect racial, c'est qu'il s'impose dès le début comme une dimension essentielle de l'affaire. Simpson est l'idole des

Noirs et ils sont tous, ou presque, derrière lui. Un sondage réalisé après l'arrestation montre que, si une grande majorité d'Américains le croient coupable, 70 % des Noirs sont certains de son innocence.

La situation est particulièrement tendue à Los Angeles où personne n'a oublié les émeutes qui avaient éclaté en 1992, après l'acquittement des policiers blancs qui avaient passé à tabac Rodney King, un homme de couleur. Dans son ensemble, la communauté noire ne s'interroge pas vraiment sur la culpabilité d'O.J., sa réaction est instinctive, elle se sent directement visée à travers lui. Elle est persuadée que les Blancs veulent abattre ce Noir riche et célèbre, d'autant qu'il avait épousé une Blanche, ce qui est insupportable à beaucoup. Alors, est-ce qu'on va le condamner à mort, l'envoyer à la chambre à gaz, comme se pratiquent les exécutions en Californie ? C'est impensable, c'est monstrueux !

Il faut remarquer, d'ailleurs, que l'attitude d'O.J. Simpson à l'égard de ses frères de couleur, n'est plus du tout la même, après son arrestation. Alors qu'il avait pris jusque-là ses distances vis-à-vis d'eux, une fois qu'il est devenu le prisonnier 4013970 de la prison de Los Angeles, tout change. Celui qui se flattait d'être « sans couleur » joue tout sur son appartenance raciale. Dans ses déclarations personnelles ou par l'intermédiaire de ses avocats, il réclame le soutien de sa communauté...

Mais dans l'immédiat, le procès préliminaire s'en tient au sujet proprement dit, c'est-à-dire aux faits criminels. Lorsque le président lui demande s'il plaide coupable ou non, O.J. Simpson, qui a maintenant retrouvé toute son assurance, déclare d'une voix forte :

– Je suis absolument à cent pour cent innocent !

Puis il se tourne vers ses amis présents dans la salle et lève le pouce pour afficher sa détermination. Un peu plus tard, il fait annoncer par ses avocats qu'il offre une prime de cinq cent mille dollars à la personne qui permettra de trouver le vrai coupable. L'énormité de la somme fait sensation, même si, aux dires de beaucoup, elle a peu de chances d'être versée un jour !...

En attendant, devant les jurés du procès préliminaire, l'accusation et la défense mettent en avant leurs arguments et il faut bien reconnaître que le plateau penche nettement en faveur de la première.

Les indices contre l'ancienne vedette de football semblent, en effet, accablants. D'abord son passé pèse très lourd contre lui. Avec son ex-épouse, il s'est montré brutal et possessif, spécialement après son divorce. Il ne voulait pas la quitter, il l'aimait toujours et il était plus jaloux d'elle que jamais. L'accusation rappelle que la jeune femme a appelé la police à huit reprises pour des agressions sur sa personne et qu'O.J. a été une fois condamné.

Mais ce sont les faits se rattachant au crime lui-même qui semblent les plus graves. Simpson n'a pas d'alibi et, pire, il paraît avoir menti sur ce point. Personne ne répond quand le chauffeur sonne chez lui à 22 h 40. Vers 23 heures, le même chauffeur voit un homme noir rentrer furtivement dans le pavillon et, cette fois, quand il sonne, on lui répond. O.J. rétorque

que ce n'est pas lui qui a été aperçu, qu'il était chez lui et qu'il dormait. Est-ce crédible ?

Et quand on passe aux indices matériels, c'est pire encore. Le sang qui tachait le fameux gant récupéré par les agents était le sien et on a découvert le second de la paire sur les lieux du crime, toujours taché de son sang. Du sang d'O.J. Simpson, il y en a également près des deux cadavres, ainsi que plusieurs de ses cheveux. On a relevé aussi sur place l'empreinte des chaussures qu'il portait ce soir-là. Quant au sang des victimes, on en a retrouvé sur la portière et le tableau de bord de sa voiture. Une de ses chaussettes était, en outre, imprégnée du sang de Nicole. À ces charges, il faut évidemment ajouter sa fuite en voiture, qui a toutes les apparences d'un aveu...

Face à ces arguments, ceux de la défense semblent bien minces. Elle met en avant qu'il n'y a aucun témoin des meurtres, que le couteau, arme du crime, n'a pas été retrouvé et elle s'oppose à ce qu'on parle du gant ensanglanté, car il a été saisi illégalement, sans mandat.

Dans ces conditions, c'est sans surprise qu'à l'issue de brefs débats le tribunal préliminaire prononce la mise en accusation d'O.J. Simpson, pour le double meurtre de Nicole Brown et de Ronald Goldman.

Le « vrai coupable » n'ayant pas été retrouvé, malgré l'alléchante prime de cinq cent mille dollars et les efforts d'une foule de détectives professionnels ou amateurs, le second et véritable procès d'Orenthal James Simpson s'ouvre, le lundi 26 septembre 1994, au douzième étage de l'immeuble de la cour criminelle du comté de Los Angeles.

Contrairement à ce qui se passe en France, où une pareille chose est interdite, la justice a donné son autorisation pour la diffusion des débats à la télévision et la médiatisation va encore monter d'un degré. D'abord, le public américain fait connaissance avec les acteurs de ce feuilleton sans précédent.

Les avocats de l'accusé étant déjà connus, les journalistes cherchent de nouveaux détails à leur sujet. Il paraît qu'ils ne s'entendraient pas bien, ce qui est normal s'agissant de pareilles divas du barreau. Mais c'est encore une fois leurs honoraires qui sont les plus commentés. À eux trois, ils coûteraient à Simpson deux mille dollars (autant d'euros) par heure et, selon la plupart des estimations, le procès devrait durer plus de six mois. Il suffit d'essayer de faire le calcul pour avoir le vertige !

Celui qu'on découvre, c'est le président du tribunal, et le public n'est pas déçu. Il s'appelle Lance Ito, il a quarante-trois ans et il est d'origine japonaise. Il a d'ailleurs tout à fait le type asiatique ; sa moustache tombante et sa barbe noire en pointe lui donnent un air à la fois réfléchi et énigmatique. De l'avis de tous les spécialistes, on ne pouvait pas rêver physique plus télégénique et les responsables des chaînes se frottent les mains.

Mais l'impression causée par le président est encore dépassée par celle que produit le procureur. C'est une femme de quarante et un ans, Marcia Clarke, une brune glaciale, ancienne danseuse classique, à la plastique admirable. Surnommée la « dame d'acier », elle a une réputation de sévérité, voire de cruauté, et se vante d'avoir fait condamner tous ceux contre lesquels elle a requis : c'est avec un délicieux frisson que l'Amérique la découvre.

Placée sous les feux de l'actualité, Marcia Clarke fait tout ce qu'elle peut pour ne pas tomber dans le rôle de l'héroïne sadomasochiste qu'on serait tenté de lui attribuer : elle se compose un look moins sexy, coupant sa longue chevelure noire, cachant son visage derrière de grosses lunettes et mettant des jupes plus longues pour dissimuler ses jambes de danseuse, mais il n'empêche qu'elle continue à fasciner et à faire peur.

Sur un point, en tout cas, Marcia Clarke rassure le public et surtout la communauté noire. Lors d'une conférence de presse, elle annonce que l'accusation a renoncé à requérir la peine de mort. Ce n'est pas qu'elle l'estime imméritée, mais elle pense qu'elle ferait reculer les jurés et qu'ils préféreraient ne pas condamner. Elle ne demandera pour O.J. Simpson que la prison à vie...

Mais dans l'immédiat, il faut constituer le jury, ce qui, en Amérique, peut prendre parfois un temps considérable. Il y a mille candidats, parmi lesquels les acteurs du procès doivent désigner douze titulaires et huit suppléants. Selon la loi, pour être choisis, les futurs jurés doivent affirmer sous serment qu'ils ne sont au courant de rien concernant l'affaire. Dans le cas présent, c'est risible et il est décidé de ne pas en tenir compte...

La bataille pour la constitution du jury est aussi longue et âpre qu'on l'avait imaginé. Accusation et défense s'opposent avec acharnement, conscientes que de sa composition dépendra l'issue du procès : s'il est à majorité blanche, Simpson sera vraisemblablement condamné ; s'il est à majorité noire, il a des chances d'être acquitté.

On assiste donc, pendant des jours et des jours, à des affrontements interminables et fastidieux. Les aspirants jurés se voient poser toutes sortes de questions, parfois tout à fait saugrenues (« Avez-vous un chien ? », « Allez-vous à la messe ? », « Quel est votre acteur préféré ? », etc.), avant d'être récusés par l'un ou l'autre camp ou, de manière rarissime, acceptés. Au bout d'un mois, ils ne sont que quatre à avoir franchi le barrage. Cela n'empêche pas la télévision de consacrer des heures à ces débats purement formels et le public d'en redemander. Pour les chaînes, qui voient leur audience augmenter de 25 % lors des retransmissions, c'est un pactole publicitaire sans précédent. D'après les sondages, ce sont les femmes de trente à cinquante ans qui forment le gros des téléspectateurs et les fabricants de produits ménagers se bousculent...

Le 20 octobre, la désignation des jurés est brusquement interrompue par le président Ito, en raison de la publication d'un ouvrage de la journaliste Faye Resnick : *Nicole Brown Simpson, journal intime d'une vie interrompue.* L'auteur connaissait bien le couple et surtout Nicole. Elle révèle qu'O.J. Simpson avait menacé à plusieurs reprises de la tuer. Elle écrit de lui : « C'était son ex-femme, mais il la traitait comme une de ses possessions. » Le juge estime que cet ouvrage peut créer un climat émotionnel de nature à fausser les débats et qu'il est nécessaire d'attendre que la sérénité revienne.

La défense, quant à elle, contre-attaque, en descendant l'auteur en flammes. Faye Resnick est une droguée, qui sort juste de clinique de désintoxication. Elle aurait eu, en plus, des relations homosexuelles avec la victime et réglerait des comptes avec son ex-mari, qu'elle déteste. C'est bien possible, mais ce qu'on ne peut pas lui dénier, c'est le sens des affaires, car son livre est tout de suite un fantastique best-seller.

Si le juge Ito a satisfait la défense en suspendant le procès, il lui inflige, pendant cette interruption, un sérieux revers, en décidant que « les éléments recueillis sans mandat par la police, au domicile d'O.J. Simpson, seront versés aux débats ». Le gant taché de sang, dont les médias parlent à longueur de journée, sera donc présent au tribunal...

La désignation du jury reprend. On en est toujours dans des affrontements interminables lorsque, le 5 novembre, survient un rebondissement, et quel rebondissement : Simpson aurait avoué ! La chose s'est passée dans le parloir de la prison, tandis que l'ancien champion conversait avec à un ami pasteur. Les deux hommes se parlaient à voix basse, de part et d'autre de la glace vitrée, lorsque O.J. s'est écrié soudain :

– Je l'ai fait ! C'est moi qui l'ai fait !

Selon le règlement, un gardien assistait aux entretiens des détenus, il a parfaitement entendu la phrase et il a signé une déposition écrite pour le juge. C'est évidemment une catastrophe pour la défense, qui ne peut mettre en avant que des considérations de pure forme : c'est une confession, elle est couverte par le secret et on ne peut pas l'utiliser. Mais Lance Ito déclare, au contraire, qu'il s'agissait d'une simple conversation et que personne n'obligeait l'accusé à parler d'une voix aussi forte.

Un malheur n'arrivant jamais seul, au même moment, on ouvre le coffre que Nicole Brown avait à la banque et ce qu'on y découvre est accablant pour Simpson. Son ex-femme y avait déposé des photos prises d'elle après une dispute : elle a le visage tuméfié de manière effrayante.

Cette fois, tout va vraiment mal pour O.J. et les médias se font l'écho de rumeurs persistantes. Des tractations auraient lieu entre la défense et l'accusation. La défense serait prête à plaider coupable, avec circonstances atténuantes pour crime passionnel. Elle voudrait une condamnation à quatre ans. Mais l'accusation n'ayant pas accepté de descendre au-dessous de dix ans, les pourparlers auraient été interrompus...

Si la situation d'O.J. Simpson semble délicate, ses conditions de détention sont, elles, tout à fait acceptables. Il est logé dans une cellule spéciale, individuelle, avec téléviseur, téléphone et fax. Comme il trouve le temps long et que des rentrées supplémentaires ne seront pas inutiles pour payer ses avocats, il écrit lui aussi un livre, intitulé *Je veux vous dire,* qui est une réponse à quelques-unes des centaines de milliers de lettres qu'il a reçues. Faut-il ajouter que les tirages atteints par Faye Resnick sont pulvérisés ? La seule avance de son éditeur se monte à un million de dollars !

Enfin, à la mi-janvier 1995, le jury est constitué. Sa composition est on ne peut plus favorable à l'accusé : huit Noirs, deux Blancs, un Hispanique et un Indien d'Amérique. Leurs origines sociales sont plutôt modestes, ce qui est également bon pour la défense, les classes supérieures étant les plus hostiles à O.J. Ici, on trouve des employés de bureau, une hôtesse de l'air, un chauffeur livreur, un professeur d'enseignement technique, des retraités. Seule contrariété pour l'accusé et ses défenseurs, il y a quatre hommes contre huit femmes et on peut imaginer que ces dernières seront plus sensibles au sort de la victime.

Quoi qu'il en soit, dès qu'ils ont été désignés, les jurés sont enfermés dans un motel coupé du monde, dont ils ne pourront sortir qu'après leur délibération. Lors de celle-ci, selon la loi en vigueur en Californie, ils devront prendre leur décision à l'unanimité.

C'est le lundi 23 janvier 1995 que le procès d'O.J. Simpson s'ouvre vraiment, avec le début des débats proprement dits. La télévision en est bien consciente, et elle décide de donner un retentissement beaucoup plus grand encore à l'événement. Les chaînes nationales seront, bien entendu, présentes et feront un résumé quotidien du procès, mais elles ont toutes prévu d'interrompre leurs programmes pour passer en direct un moment important. Plusieurs chaînes câblées retransmettront intégralement les débats. Au dernier moment, CNN décide de se joindre à elles. Comme le procès est prévu pour durer encore six mois, l'actualité internationale, au moment où la guerre fait rage en ex-Yougoslavie, sera réduite à presque rien, pendant tout le premier semestre 1995. Un producteur réalise, en outre, un téléfilm : *O.J., l'affaire,* qui sera diffusé juste après le verdict.

Dans la salle du douzième étage de l'immeuble de la cour criminelle du comté de Los Angeles, tout a été fait pour que la technique soit à la hauteur de l'événement. Des écrans géants permettront au public – et aux téléspectateurs – de voir les pièces à conviction. L'éclairage a été modifié et amplifié, afin de fournir une meilleure prise de vues. Les lieux du crime seront reproduits dans la salle en trois dimensions, selon un procédé utilisé à Disneyland.

Et il est tout à fait à propos d'évoquer Disneyland car, à partir de ce moment, les abords du palais de justice ressemblent à un parc d'attractions. Ce même 23 janvier, la télévision interviewe un couple venu de Chicago, avec ses deux enfants. Le père est ravi.

– On était venus pour aller à Disneyland, mais on a préféré passer la journée ici. On savait qu'on ne pourrait pas entrer au tribunal, mais on n'a pas été déçus.

Et les enfants ne sont pas moins enthousiastes.

– C'est drôlement chouette : on a vu arriver le car des jurés !

Tout autour règne une animation qu'on a du mal à imaginer. Les journalistes sont regroupés dans ce qu'on a baptisé le « camp de base de la presse » ou « camp O.J. ». On y voit des dizaines de camions satellites, avec leurs énormes antennes paraboliques, ainsi que des échafaudages, sur lesquels sont juchés des cameramen, qui filment tout ce qui bouge. Plus de huit cents téléphones fixes ont été installés, nécessitant soixante-quinze kilomètres de câbles.

Les innombrables badauds présents ont, pour la plupart, des jumelles, toutes fixées, bien sûr, sur les fenêtres du douzième étage. Parmi eux ont pris place des vendeurs de sodas ou de hot-dogs, ainsi que des marchands de tee-shirts à la gloire de l'accusé, la plupart portant l'inscription : « *I love O.J.* ». Mais on remarque aussi les habituels prédicateurs et autres gourous. L'un d'eux crie à tue-tête, en agitant une sonnette :

– Repentez-vous, mes frères ! Le jour du verdict sera la fin du monde !

Enfin, on croise toutes sortes d'illuminés, venus se montrer dans ce lieu hypermédiatisé, tel cet homme tout habillé de blanc qui s'asperge de peinture rouge sans dire un mot et s'en va.

À l'intérieur du palais de justice, les choses sont tout de même plus sérieuses. Devant les caméras des télévisions, qui retransmettent sans exception l'ouverture des débats en direct, le président Lance Ito pose à O.J. Simpson la traditionnelle question :

– Accusé, plaidez-vous coupable ou non coupable ?

Sous les yeux de l'Amérique agglutinée derrière son poste, l'ancien joueur de football répond d'une voix forte :

– Non coupable, Votre Honneur.

Et ce qu'on appelle outre-Atlantique le « procès du siècle » entre dans le vif du sujet... Les débats sont, d'ailleurs, ternes au possible. Ce sont des querelles de procédure, des arguties d'avocats, la défense faisant tout pour noyer dans un flot de paroles la matérialité des faits. Et, pendant ce temps, le principal intéressé se tait. Selon la loi californienne, l'accusé qui plaide non coupable n'assiste plus qu'à titre de témoin à son procès. Il ne peut pas être interrogé et il peut, s'il le veut, garder le silence. C'est le cas. O.J. Simpson continuera obstinément à se taire et les caméras braquées sur lui en gros plan ne montrent qu'un visage inexpressif et muet...

Les jours, les semaines, les mois passent. Le « procès du siècle », même s'il est plébiscité par les téléspectateurs, continue à se traîner dans des audiences plus ennuyeuses les unes que les autres. Et puis, brutalement, tout change avec l'audition de Mark Fruhman.

Normalement, il devrait être question du fameux gant sanglant pris sans mandat dans la propriété de l'accusé, puisque c'est lui qui l'a ramassé, mais on ne va parler que du policier lui-même. Officier de police, âgé de quarante-quatre ans, Mark Fruhman commandait la patrouille qui s'est introduite la nuit du crime chez O.J. Or il se trouve qu'il est raciste et la défense va sauter sur l'occasion pour infléchir radicalement le cours des débats.

À peine est-il dans le prétoire que les trois ténors de la défense ouvrent les hostilités. Robert Shapiro s'écrie :

– Lorsque vous avez arrêté un homme de couleur, vous l'avez traité de « sale Négro » !

Le policier dément, mais la défense ne parle pas à la légère. La scène a eu des témoins, qui viennent confirmer les faits devant le tribunal. Et, à mesure que l'audition se poursuit, on s'aperçoit que Mark Fruhman est bien plus qu'un raciste. C'est une sorte de fanatique, obsédé par la haine des Noirs, qui n'est pas loin d'être un nazi. Il est obligé de reconnaître qu'il n'emploie jamais le mot « Noir », mais uniquement le mot « Nègre ». On imagine l'impression que la chose peut produire sur les huit Noirs du jury !

La défense, qui sait qu'elle joue tout sur la personnalité du policier, a très bien préparé son intervention. Elle s'est procuré un enregistrement réalisé par une journaliste, où Mark Fruhman, emporté par la virulence de ses convictions, s'est confié de la manière la plus crue. Ses propos, diffusés dans la salle d'audience et retransmis au même moment dans la quasi-totalité des foyers américains, sont accablants. L'intéressé, qui est toujours à la barre et que filment les caméras de toutes les chaînes, devient d'instant en instant plus pâle, tandis que parviennent les réponses qu'il a faites à la journaliste :

– Ce que je ne peux pas supporter, c'est les couples mixtes. Une Blanche avec un Nègre, c'est dégueulasse !

Et il avoue, un peu plus loin, avoir truqué des preuves pour faire condamner un couple mixte. Un peu plus loin encore, il déclare :

– Je me souviens du passage à tabac d'un Négro. Un de mes collègues m'a dit : « Fais gaffe ! Ne laisse pas de traces ! » Je lui ai répondu : « T'inquiète pas, sur un Nègre, on ne voit pas les bleus ! »

Lorsque Mark Fruhman se retire, il est définitivement discrédité. Qui plus est, il a jeté le discrédit sur toute la police de Los Angeles où il est de notoriété publique que les éléments racistes sont nombreux. Et pendant tout le temps où on a entendu ses propos haineux, on n'a pas parlé du gant sanglant qu'il avait ramassé. On a oublié les multiples indices qui accablent l'accusé. On n'a retenu qu'une chose : O.J. est noir et la police est raciste.

Peu après, la défense marque un point supplémentaire. À force d'éplucher la biographie des jurés, les avocats découvrent que l'un d'entre eux, une femme blanche de soixante-trois ans, secrétaire retraitée, a le même rhumatologue qu'O.J. Simpson. Le président Lance Ito accepte de la récuser pour ce motif et elle est remplacée par son suppléant noir...

Si, lors de la déposition de Mark Fruhman, la défense a réussi à éviter qu'on parle des indices matériels, elle ne peut quand même pas l'empêcher pendant tout le procès. Voici venir à la barre les experts, qui affirment avoir découvert du sang et des cheveux d'O.J. Simpson près des cadavres, du sang des victimes dans sa voiture et sur ses chaussettes. Mais les avocats ne se laissent pas intimider. Ces vieux routiers du barreau n'ont pas leur pareil pour déstabiliser un témoin.

Lorsque les laborantins qui ont réalisé les analyses paraissent à la barre, ils sont soumis à un flot incessant de questions et ils sont d'autant plus impressionnés qu'ils savent qu'ils sont au même moment regardés par des dizaines de millions de téléspectateurs. Si la plupart restent fermes dans leurs affirmations, quelques-uns perdent pied, bafouillent, se contredisent. L'effet est déplorable, d'autant que la défense fait venir ensuite ses propres experts, qui affirment que les tests ADN ont été bâclés et qu'on ne peut légitimement rien en conclure.

Il n'en reste pas moins que tous ces indices constituent un ensemble de preuves convergentes contre l'accusé et peuvent être de nature à emporter la conviction du jury. Alors, les avocats franchissent une étape supplémentaire. Ils développent la thèse d'une conspiration de la police. D'après eux, plusieurs policiers racistes ont truqué les éléments du dossier, afin d'abattre ce Noir qui avait épousé une Blanche. Ils avaient en leur possession le sang d'O.J. Simpson, puisqu'ils l'avaient prélevé, lors de son arrestation, pour déterminer son ADN. Ils ont été ensuite le déposer sur les lieux du crime, de même qu'ils ont pris du sang des victimes pour le mettre sur sa voiture !

Sans le témoignage de Mark Fruhman, une telle hypothèse serait considérée à la fois comme fantaisiste et insultante. Mais il y a eu le témoignage de Mark Fruhman, celui qui truque les preuves pour faire condamner les couples mixtes, celui qui passe les Noirs à tabac sans laisser de traces. Alors, pourquoi lui ou d'autres n'auraient-ils pas agi de même avec l'accusé ? La défense a réussi à faire naître un doute et il ne faut pas oublier que neuf jurés sur douze sont noirs...

Le « procès du siècle » finit quand même par arriver à son terme. Le 25 septembre 1995 commencent les réquisitoires. Marcia Clarke semble bien mal à l'aise en prononçant le sien. Durant les débats, malgré toute sa combativité, elle n'a cessé de perdre des points. Pour parler en termes sportifs, les avocats ont gagné leur match contre la « dame d'acier ».

D'ailleurs, son discours est assez bref et c'est son assistant, le procureur adjoint Christopher Garden, trente-neuf ans, qui prononce le véritable réquisitoire. Pourquoi lui, alors qu'il n'a ni la notoriété ni l'envergure de sa supérieure ? Tout simplement parce qu'il est noir. Et, à ses frères de couleur du jury, il tient en substance ce discours : « Moi, un Noir, je crois à la culpabilité d'O.J. Simpson. J'y crois parce que je ne me laisse pas entraîner par une fausse solidarité de race. J'y crois, parce que je m'en tiens aux faits et que les faits accablent l'accusé... »

Le 27 septembre, c'est au tour de la défense de prendre la parole et il se passe exactement la même chose que pour l'accusation : les deux avocats vedettes Robert Shapiro et Lee Bailey s'effacent au profit de Robert Cochran, parce qu'il est noir. C'est lui qui prononce la véritable plaidoirie. Il affirme sa conviction d'une conspiration de la police contre l'accusé et, surtout, il s'adresse à la sensibilité de ses frères de couleur.

– Un jour, dit-il, je me promenais en voiture, avec ma femme et mes enfants. J'ai été arrêté par les policiers. Je n'avais rien fait et j'avais mes papiers, mais j'ai été emmené au poste. Pourquoi ? Parce que je conduisais une Rolls-Royce et que, pour un Blanc, un Noir ne peut pas posséder une Rolls-Royce, il ne peut que l'avoir volée !

Cela n'a rien à voir avec les faits, mais cela va droit au cœur de chaque Noir. Des humiliations de ce genre, ils en ont tous subi. O.J. Simpson était leur fierté retrouvée, vont-ils le laisser condamner ?... Maître Cochran continue ; il parle et parle encore, mais ses mots n'ont pas d'importance. Derrière son discours, il y a la blessure infligée depuis des siècles à sa race : l'arrachement à l'Afrique natale, l'esclavage dans les champs de coton, le Ku Klux Klan, les lynchages et ce sentiment permanent d'injustice et de malheur, indissociable de l'âme noire, qui s'exprime dans le blues...

Mardi 3 octobre 1995, après neuf mois de débats et l'audition de cent vingt-six témoins, le jury se retire. On pense, d'après les procès d'une importance comparable, qu'il lui faudra environ deux semaines pour arriver à une décision unanime. C'est, de plus, ce qu'espère la défense car, d'après les spécialistes, un verdict rapide serait le signe d'une condamnation.

Dans tout Los Angeles, la police est sur le pied de guerre. Elle doit être en mesure d'intervenir immédiatement, en cas de verdict défavorable. Il faut à tout prix éviter des émeutes semblables à celles de 1992, qui avaient mis la ville à feu et à sang. Mais à peine les responsables ont-ils achevé la mobilisation de leurs troupes qu'ils apprennent l'incroyable nouvelle : le jury est de retour !

C'est incroyable, en effet : sa délibération n'a duré que quatre heures, le minimum légal. Vraisemblablement, les jurés se sont mis d'accord immédiatement et ont attendu ce délai pour sortir... Au douzième étage de la cour criminelle de Los Angeles, c'est la panique. Les cameramen et les commentateurs de la télévision, qui avaient cru pouvoir s'accorder quelques moments de repos, se ruent dans la salle d'audience.

Tous les objectifs sont braqués sur le président du jury, qui va prononcer l'énoncé du verdict. Il n'est pas exagéré de dire que la tension est aussi grande, dans les foyers américains, que lorsque Neil Armstrong a fait ses premiers pas sur la Lune. La voix du juré s'élève :

– Sur mon honneur et ma conscience, à la question : « Orenthal James Simpson est-il coupable de meurtre au premier degré sur la personne de Nicole Brown ex-Simpson ? », la réponse du jury est « non ».

Il y a des cris de joie dans la famille de l'accusé, des larmes de douleur dans les familles des victimes. Les caméras quittent le président du jury pour filmer O.J. Simpson en gros plan. Il n'a pas encore compris. Il a seulement un sourire crispé. Ce n'est que lorsque le président du jury déclare également : « Non coupable » pour le meurtre Ronald Goldman qu'il explose de joie et se jette dans les bras de Robert Cochran, son avocat noir.

Et dans tout le pays, ont lieu les mêmes manifestations de liesse ou de réprobation, selon les opinions des uns et des autres. D'après le dernier sondage, paru juste avant le verdict, 77 % des Blancs pensent qu'O.J. est coupable, 72 % des Noirs pensent qu'il est innocent. Avec le temps, l'affaire Simpson est devenue purement raciale et les faits eux-mêmes, ces deux meurtres sauvages, sont depuis longtemps oubliés.

Outre ce sondage, les médias publient d'autres chiffres : cent trente-cinq millions d'Américains ont regardé l'annonce du verdict et la hausse des recettes publicitaires des chaînes nationales a été de 470 %. Parmi ces millions de téléspectateurs figure le président Clinton. Il n'y a pas de télévision dans le Bureau ovale de la Maison Blanche, mais il est allé regarder le verdict dans celui de sa secrétaire. Selon les témoins, il a eu l'air consterné, mais il n'a fait aucun commentaire...

En tout cas, pour l'ancien joueur de football, c'est le moment de la victoire. Le président Lance Ito prononce son acquittement et O.J. quitte triomphalement la salle d'audience. En bas de l'immeuble, devant le « camp de base de la presse », le « camp O.J. », au milieu d'une foule immense que les policiers ont bien du mal à canaliser, un chauffeur l'attend, dans une voiture blanche, pour le ramener chez lui. Faut-il préciser que, dès qu'elle a démarré, plusieurs hélicoptères surgissent et filment son retour à la maison ?

Les acteurs du procès font leurs dernières déclarations. Marcia Clarke s'effondre en larmes, lors de sa conférence de presse finale. Quant à Robert Shapiro, mécontent d'avoir été supplanté par Robert Cochran, il fait, toujours devant les journalistes, cet aveu cynique, qui en dit long sur les convictions réelles de la défense au sujet de l'affaire :

– Non seulement nous avons joué la carte raciale, mais nous avons bassement truqué le jeu...

Après son acquittement, O.J. Simpson déclare logiquement, puisqu'il a été jugé innocent, qu'il va se mettre à la recherche du ou des vrais coupables. Pour ce faire, la police refusant de rouvrir l'enquête, car elle reste persuadée de sa culpabilité, il engage une équipe de détectives. Tout cela coûte cher d'autant que, même si c'était de l'argent bien placé, son procès lui a coûté près de dix millions de dollars. Il lui faut donc songer à reconstituer sa fortune. C'est ce à quoi il s'emploie immédiatement et il n'a pas trop de souci à se faire, car les retombées financières de sa célébrité dépassent l'imagination. Il touche ainsi un million de dollars pour poser avec ses enfants dans un grand magazine ! D'autre part, son livre continue à caracoler en tête des ventes et il s'empresse de déposer la marque « O.J. », pour qu'elle puisse être exploitée comme label publicitaire.

L'affaire Simpson a eu, jusque-là, à bien des égards, des aspects ahurissants, mais on pourrait du moins la croire terminée. Eh bien, il n'en est rien et le plus incroyable, le plus stupéfiant reste à venir !

Car O.J. n'en a pas fini avec la justice. Selon la loi californienne, l'acquittement au pénal n'empêche pas la poursuite au civil. Les familles des victimes peuvent lui demander une compensation financière en tant que « responsable ». Disons tout de suite qu'en France cela ne pourrait pas se produire. La poursuite au civil après avoir été acquitté au pénal n'est possible que dans le cas où l'accusé a été reconnu comme l'auteur du meurtre, mais acquitté pour légitime défense. S'il a été déclaré innocent, il ne peut plus être poursuivi.

Seule similitude entre la loi française et la Californie : un acquittement est définitif. Même si, à l'occasion de ce second procès, de nouvelles preuves apparaissent contre O.J. Simpson, même s'il avoue, rien ne peut être changé. Il est innocent pour toujours... Le 23 octobre 1995 s'ouvre donc le procès en dommages et intérêts intenté par la famille de Ronald Goldman, la seconde victime. Par une étonnante coïncidence, le président Arnold Fujisaki est, lui aussi, d'origine japonaise. Mais la ressemblance avec son prédécesseur s'arrête là car, au grand désespoir des télévisions, il refuse la retransmission des débats. Le public en est réduit à regarder des reconstitutions quotidiennes faites avec des acteurs ou à lire les comptes rendus de la presse écrite.

Commencent alors des débats surréalistes où il s'agit de démontrer la culpabilité d'un homme qui a été déclaré innocent et qui le restera quoi qu'il arrive. Et il faut bien reconnaître que tout s'engage très mal pour l'ancien champion. Car de nouvelles preuves à charge sont apparues depuis son procès criminel. Il avait été dit alors que les empreintes de chaussures retrouvées dans le sang des victimes pouvaient être les siennes, comme celles de quelqu'un d'autre. Or il a été établi qu'il s'agissait de chaussures italiennes très rares, dont moins de trois cents paires ont été vendues aux États-Unis.

D'autre part, sa fuite en voiture n'était pas un coup médiatique destiné à s'attirer la sympathie du public ou bien encore une impulsion, un coup de tête, comme on l'avait cru jusque-là : O.J. Simpson avait réellement l'intention de s'enfuir au Mexique, pour échapper à la justice. Dans ce but, il avait emporté son passeport, une perruque et dix mille dollars en liquide.

Les débats ajoutent encore à sa déroute, pour une raison toute simple : il est obligé de parler. Il ne peut plus, comme au procès précédent, garder le silence et laisser faire ses brillants défenseurs. C'est lui, au contraire, qui vient sur la sellette et qui est sous le feu roulant des questions des avocats adverses. Et très rapidement, il perd pied. Il se contredit sur les traces de sang, parlant tantôt d'erreurs dans les analyses d'ADN, tantôt de machination policière. Il s'embrouille dans son emploi du temps. Il bafouille, il a de longs silences. Il offre le spectacle pitoyable d'un acteur qui joue faux. À un moment donné, il perd même complètement la tête. Il s'écrie, en réponse à une question :

– Je n'ai jamais battu Nicole !

C'est un mensonge éhonté. Les archives de la police, qui conservent la trace de ses huit interventions, et les photos retrouvées dans le coffre de la victime sont là pour prouver le contraire. Bref, comme le conclut la chaîne ABC, qui ne lui avait pourtant pas été défavorable jusque-là : « Sa crédibilité s'est révélée totalement nulle. »

Comble de malchance pour lui, la composition du jury est exactement inverse à celle du procès criminel : neuf Blancs, un Hispanique, un Asiatique, un métis, aucun Noir. Il n'a pas d'illusions à se faire, quand interviendra le moment du verdict.

Celui-ci est rendu le 4 février 1996. À cette occasion, le président Fujisaki a autorisé la présence de caméras, mais au grand désespoir des responsables de chaînes, la sentence intervient au moment précis où Bill Clinton prononce devant le Congrès son discours annuel sur l'état de l'Union. On peut faire beaucoup de choses aux États-Unis, mais pas interrompre le président.

Il faut donc attendre qu'il ait fini pour diffuser l'enregistrement. À peine Bill Clinton a-t-il prononcé son dernier mot qu'on coupe les applaudissements des parlementaires et qu'apparaît le visage de l'autre président, celui que tout le monde attend, le président du jury. Il annonce qu'Orenthal James Simpson a été reconnu responsable de la mort de son ex-femme et de Ronald Goldman. En conséquence, il est condamné à verser huit millions et demi de dollars à la famille de ce dernier.

Cette fois l'affaire O.J. Simpson est enfin terminée. Il n'y a qu'aux États-Unis qu'on a parlé d'« affaire du siècle », de « procès du siècle ». Ailleurs, on a employé de tout autres mots : « mascarade », « cirque », « scandale » et, il faut le reconnaître, non sans quelque raison. En fait, l'affaire Simpson était impossible ailleurs qu'aux États-Unis. Aucun autre pays n'est assez important, ni assez nombriliste, pour ignorer pendant une année entière ce qui se passe dans le reste du monde et ne s'intéresser qu'à un seul fait divers. Et, quand s'exerce une telle pression populaire, la justice peut difficilement être rendue de manière sereine. Certains journalistes européens ont écrit que le procès Simpson avait été le procès de l'Amérique et qu'elle l'avait perdu...

Sans remettre en cause les verdicts qui ont déclaré le même homme innocent et responsable de deux meurtres, on quitte l'affaire Simpson avec un goût amer. Rarement des considérations extérieures auront pris le pas d'une telle manière sur les faits eux-mêmes. Et au bout du compte, on reste confondu en constatant comment le poids de la célébrité et de la fortune, le goût du sensationnel, l'appât du gain et de fausses considérations antiracistes ont pu à ce point ridiculiser la justice et outrager la raison.

Le fils du jardinier

Les Masse de Beaudreuille ne sont pas une aussi grande famille que pourrait le faire croire la consonance de leur nom : ils sont issus de la toute petite noblesse. Mais ils compensent la relative modestie de leurs origines par l'importance de leur fortune. M. Masse de Beaudreuille possède plusieurs commerces à Orléans, il fait partie des notables de la ville.

Les Masse de Beaudreuille n'ont qu'une fille, Hélène, et ils ont le projet de lui faire épouser un représentant de la haute noblesse. Avec l'argent qu'elle apportera en dot, cela ne devrait pas représenter de difficultés...

Nous sommes en 1871 et Hélène vient juste d'avoir seize ans. C'est une belle brune bien en chair, qui fait plus que son âge et qui a déjà tourné la tête à plus d'un garçon... C'est alors que se produit un événement imprévu. La jeune fille vient trouver son père, au bord des larmes.

– Papa, j'ai une terrible nouvelle à t'annoncer : je suis enceinte !

M. Masse de Beaudreuille est évidemment contrarié. Mais il ne s'emporte pas. Il aime sa fille et il est de caractère libéral.

– Tant pis pour ton beau mariage. Tu épouseras le jeune homme avec lequel tu as fait cela. Qui est-ce ?

Hélène éclate en sanglots.

– Je ne peux pas l'épouser, papa. C'est... le jardinier !

M. Masse de Beaudreuille est décidément d'un naturel indulgent. Il ne crie pas, ne tempête pas. Il ne parle pas de faire adopter l'enfant en secret, encore moins de recourir aux services d'une avorteuse. Il prend Hélène dans ses bras.

– Ma fille, cet enfant est le tien. Quand tu auras accouché, nous le mettrons en nourrice et je ferai en sorte qu'il ait une existence décente. Je vais lui constituer un capital de soixante mille francs, qui lui reviendra à sa majorité.

Soixante mille francs, c'est une somme très importante à l'époque. Hélène remercie son père avec effusion. Puis, elle demande timidement :

– Mais tu ne crois pas que cela peut compromettre mon mariage ?

– Certainement pas. Quand on a un patrimoine comme le nôtre, ce n'est pas un obstacle. Le mari que je te choisirai t'épousera, enfant naturel ou pas !...

Quelques mois plus tard, Hélène Masse de Beaudreuille met au monde un garçon, qu'on baptise au hasard Hippolyte Ménaldo. Après la cérémonie, celui-ci est confié à une certaine Maria Chaix, nourrice à Orléans, et on n'en parle plus dans la famille.

Quatre ans plus tard, en 1875, Hélène convole en justes noces. Ainsi que son père l'avait dit, le fait qu'elle ait un enfant naturel n'a pas empêché son union. Le jeune marié est le marquis Baptistin de Nayve, héritier du château de Sidiailles, dans le Cher. Il est pratiquement ruiné, mais là n'est pas l'important. Les Nayve sont une des plus vieilles familles de la région, Hélène entre ainsi dans le cercle fermé de la grande noblesse.

On ne peut pas dire que Baptistin de Nayve soit la séduction même. Il n'a reçu qu'une éducation médiocre, sa conversation est des plus limitées et son physique n'est guère avantageux. Il a plus l'air d'un paysan que d'un aristocrate. Il faut dire que lui aussi est un enfant naturel, que son père a eu avec une domestique. Mais il a été légitimé et, en l'absence d'autre naissance dans le couple, c'est lui qui a hérité du titre.

Bien entendu, M. Masse de Beaudreuille a mis au courant son futur gendre de la situation. En l'apprenant, Baptistin a fait une vilaine grimace, mais étant donné ses origines, il ne pouvait pas dire grand-chose, et puis, la fortune de sa belle-famille méritait toutes les concessions. Il a promis de s'occuper de l'avenir du petit Hippolyte, de lui faire faire de bonnes études, en attendant qu'il touche, à sa majorité, son capital de soixante mille francs.

Hélène Masse de Beaudreuille, devenue marquise de Nayve, quitte Orléans pour le Cher et s'installe dans le château de Sidiailles, une immense bâtisse fin Moyen Âge, début Renaissance, dont le délabrement indique clairement l'état des ressources des Nayve.

Le couple a bientôt trois enfants : deux fils, Henri et René, et, plus tard, une fille. Hélène a réussi, en devenant marquise, une remarquable ascension sociale, mais elle n'est pas heureuse. Elle découvre vite que son mari est un être cupide. Il lui fait signer procuration sur procuration ; son intention évidente est de s'emparer au plus vite de sa fortune. Plus grave, il est brutal : il la bat, ainsi que ses enfants ; les immenses pièces du château résonnent de ses éclats de voix, de ses jurons et de ses coups.

Mais ce qui le met par-dessus tout en fureur, c'est l'enfant naturel de sa femme ; lorsqu'ils en parlent ensemble, il ne l'appelle que le « fils du jardinier ». Il a dû l'accepter pour se marier, mais il n'a jamais vraiment admis son existence. Bien qu'Hélène ait promis de garder le secret, il a la hantise que ses enfants apprennent qu'ils ont un demi-frère illégitime.

Huit ans ont passé. Nous sommes en 1883, Hippolyte Ménaldo a douze ans et sa mère décide qu'il est temps de s'occuper de son avenir. Elle en parle au marquis, lui rappelant les promesses qu'il a faites en l'épousant.

– Hippolyte est en âge de s'orienter dans la vie. Nous devons le retirer de chez sa nourrice et penser à sa carrière.

– Que veux-tu qu'il fasse ?

– Prêtre. Dans sa condition, c'est ce qu'il y a de mieux. Je connais un séminaire où ils s'occuperont très bien de lui.

Le marquis accepte, mais il y met une condition.

– Je viens avec toi. Il n'est pas question que tu lui révèles que tu es sa mère.

– Je n'en ai pas l'intention.

– Je viens quand même avec toi. C'est plus sûr...

Tous deux se rendent donc chez Maria Chaix, à Orléans. Ils découvrent un préadolescent, précocement grandi, aux allures un peu niaises. Le garçon est bouleversé en apprenant que celle qui l'a élevé n'est pas sa mère, mais qu'il s'agit d'une dame importante. Sur l'identité de celle-ci, les Nayve ne disent rien. Ils se présentent simplement comme ses proches parents. Quand il apprend qu'il va entrer au séminaire, Hippolyte Ménaldo fait la moue, mais il les suit quand même jusqu'à cet établissement, qui se trouve assez loin, à Pont-de-Beauvoisin, en Savoie...

Là, Hippolyte n'est pas heureux. Il déteste l'enseignement des prêtres. Il n'a pas envie d'entrer dans les ordres. Il voudrait mener une vie aventureuse, être soldat, faire Saint-Cyr. Et surtout, il y a la révélation bouleversante de ce couple venu le chercher : il n'est pas le fils de Maria Chaix, mais d'une grande dame. Dès lors, il a une idée fixe : la retrouver.

Quelques mois après son arrivée, il fait une fugue. Les gendarmes le rattrapent au bout de trois jours et le ramènent au séminaire. Les Nayve sont prévenus de l'incident par le père Vésin, le supérieur de l'établissement, et, l'année suivante, en octobre 1885, le marquis se rend seul, à l'insu de sa femme, au séminaire de Pont-de-Beauvoisin.

Au père Vésin, il déclare agir de concert avec son épouse.

– Nous avons compris qu'Hippolyte n'était pas fait pour la vie religieuse. Nous le reprenons avec nous pour décider de son avenir.

Le père Vésin s'incline et fait venir le garçon. Le marquis et Hippolyte s'en vont et, dès qu'ils ont quitté le séminaire, Baptistin de Nayve lui fait cette déclaration étonnante :

– Nous partons en vacances...

Commence alors le plus étonnant des voyages. Au lieu de retourner dans le Cher, le marquis prend la direction opposée, celle du sud. Ils se retrouvent bientôt en Italie et ils poursuivent leur route, toujours plus bas, à toute allure, par les premiers chemins de fer disponibles. Dans les hôtels où ils descendent, Baptistin de Nayve se donne l'identité de M. Martin et présente Hippolyte comme son fils. C'est ainsi qu'ils arrivent à Sorrente, dans le golfe de Naples, endroit que le marquis connaît bien, car il y a passé son voyage de noces avec Hélène.

Hippolyte ne comprend pas bien ce qu'il se passe. Pourquoi est-ce que cet homme l'emmène si loin ? Il ne répond à aucune de ses questions et, quand il lui parle, c'est avec rudesse. Mais Hippolyte le suit quand même sans discuter car il sait une chose : cet homme connaît sa mère. Peut-être est-ce vers elle qu'il le conduit. Peut-être habite-t-elle ce pays enchanteur... Il se prend à rêver qu'il est le fils d'une noble Italienne.

Hélas, Hippolyte Ménaldo ne rêvera pas davantage. Le 10 octobre, ils sont à Castellamare, près de Sorrente. Son accompagnateur l'entraîne dans une marche interminable sur la route côtière, jusqu'au massif de la Fusarella, qui surplombe la mer d'une hauteur de cent mètres. Ils y arrivent à huit heures du soir et c'est là qu'Hippolyte fait une chute fatale. On retrouvera son corps fracassé au bas de la falaise.

À partir de cet instant, le comportement du marquis de Nayve, étrange jusque-là, devient franchement suspect. Il ne cherche pas à savoir ce qu'est devenu l'adolescent, encore moins à lui porter secours. Il retourne au pas de course à Castellamare. Une fois en ville, bien loin d'aller trouver les carabiniers pour leur signaler la chute, il se rend dans une maison close où il passe la nuit. Et le lendemain, il prend le chemin du retour, de la même manière effrénée qu'à l'aller.

C'est seulement à Marseille qu'il donne pour la première fois des nouvelles à sa femme, et encore, c'est pour lui mentir. Il lui envoie un télégramme ainsi rédigé : « Hippolyte s'est enfui. » De retour dans le Cher, il ne se rend pas au château de Sidiailles, mais il passe quelques jours auprès de sa mère, qui est souffrante. Enfin, il rentre au foyer pour affronter son épouse.

Il n'est plus question de lui dire que son fils a disparu : les journaux ont brièvement annoncé la nouvelle de son décès, elle les a lus, lui aussi. Alors, il invente un autre mensonge :

– Hippolyte s'est suicidé.

Hélène de Nayve refuse catégoriquement d'y croire.

– Ce n'est pas possible. Jamais mon fils n'aurait fait une chose pareille !

– Ce n'est pas seulement votre fils, c'est celui du jardinier...

Et le plus extraordinaire est que les choses en restent là. Sans doute la marquise de Nayve est-elle certaine de la culpabilité de son mari, mais soit qu'elle estime ne pas avoir assez de preuves, soit par souci de préserver l'honneur de la famille, elle se tait... Bien loin de là, la police italienne enquête toujours. Un homme a été vu en compagnie du garçon, au moment de sa chute. Elle tente de l'identifier, mais ses recherches n'aboutissent pas et, en 1887, le parquet de Naples classe l'affaire. Cette tragique et sordide histoire, comme tant d'autres cachées par les familles, restera-t-elle à jamais inconnue ?

Eh bien non, car neuf ans après les faits, en septembre 1894, Mme de Nayve adresse au procureur de Bourges un courrier exposant tous les faits depuis le début et accusant son mari d'assassinat. Elle précise que ses mobiles étaient la peur du scandale devant l'entêtement du garçon à retrouver sa mère et le capital de soixante mille francs, que l'enfant devait toucher à sa majorité. Une fois son fils mort, l'argent lui revenait à elle et il était possible au marquis de s'en emparer. C'est d'ailleurs ce qu'il a fait.

Pour justifier le long retard de son accusation, Hélène de Nayve explique qu'elle a été retenue par la peur du scandale, mais que, avec les années, le remords est devenu le plus fort et l'a forcée à parler. En conclusion, elle prie le parquet de procéder à l'arrestation immédiate de son mari, de crainte que celui-ci disparaisse à l'étranger.

Après neuf ans, il n'y a pas prescription pour un assassinat et une enquête est ordonnée. Les charges paraissant suffisantes, le marquis est arrêté. Il s'ensuit une instruction d'un an, au bout de laquelle il est inculpé de meurtre, sur la personne d'Hippolyte Ménaldo.

Vu la notoriété de l'accusé dans la région, il y a foule à son procès, qui s'ouvre le 28 octobre 1895, devant la cour d'assises de Bourges. Le public s'attend à des débats mouvementés. Il ne va pas être déçu, mais pas dans le sens qu'il imagine. Car, si l'affaire sortait jusque-là de l'ordinaire, le procès va créer la sensation et réserver un véritable coup de théâtre.

Le marquis de Nayve entre dans le prétoire. Petit, des yeux de myope derrière des lorgnons, la barbe courte, presque entièrement chauve, il n'a rien pour attirer la sympathie. Il porte sous le bras une énorme serviette dont il tire une quantité de papiers qu'il classe avec méthode. Il n'a pas l'air d'éprouver la moindre inquiétude.

Après l'interrogatoire d'identité, le président Lauverjat, qu'on sent très prévenu contre l'accusé, lui pose brutalement sa première question :

– Cet enfant vous gênait ?

Le marquis proteste d'un ton qui se veut indigné.

– Au contraire, j'ai été meilleur pour lui que sa mère qui, en dix ans, n'est pour ainsi dire jamais allée le voir. Quant à moi, je ne me suis occupé de l'enfant que lorsque ma femme me l'a demandé.

Après plusieurs questions sur ses sentiments pour le jeune Hippolyte, le président en arrive au voyage en Italie.

– Pourquoi cette course folle ? demande-t-il.

Le marquis hésite un peu et trouve pour toute réponse :

– J'avais hâte d'arriver...

Le président n'insiste pas. Il donne lecture du témoignage, reçu par écrit, du chevalier Angelotti, qui s'était trouvé dans le même compartiment de chemin de fer que le marquis et Hippolyte, et qui avait été frappé par la rudesse avec laquelle l'homme traitait l'enfant.

– On a l'imagination fertile en Italie, dit seulement l'accusé...

On aborde à présent les faits qui ont justifié l'accusation de meurtre : l'expédition sur la corniche de la Fusarella, cent mètres au-dessus de la mer.

Le président :

– Pourquoi cette longue excursion à pied, éreintante pour un jeune garçon ?

– Parce que cette région est la plus belle de l'Italie, monsieur le président. Il y a des orangers tout au long du chemin.

La réponse prêterait à sourire si les faits n'étaient aussi graves. Le président ne se laisse pas distraire et poursuit son interrogatoire point par point.

– Lorsque vous êtes arrivés près de la Fusarella, que s'est-il passé ? Avez-vous fait monter l'enfant sur un tas de pierres pour lui faire admirer la mer et l'avez-vous précipité ? L'avez-vous poussé par inadvertance ? L'accusation soutiendra, en tout état de cause, que vous êtes son assassin.

Le marquis a préparé depuis longtemps sa réponse.

– Voici ce qui s'est passé. J'ai été pris d'un besoin pressant et je me suis éloigné pour le satisfaire. Quand je suis revenu, l'enfant n'était plus là. J'ai d'abord pensé qu'il s'était enfui. Je l'ai appelé et j'ai couru à sa recherche sur deux ou trois kilomètres avant de revenir à mon point de départ. J'ai attendu là encore une heure et demie et j'ai repris tristement le chemin de Castellamare.

– Cette tristesse ne vous a pas empêché de vous rendre dans une maison close !

– Je ne savais plus trop ce que je faisais...

– Et, à Castellamare, vous n'avez pas alerté la police ?

L'accusé ne se trouble pas et fait cette incroyable réponse :

– J'y ai pensé, mais cela aurait déshonoré ma femme aux yeux de mes enfants. Il ne me restait plus qu'à me sauver. Tous les pères de famille me comprendront !

Le moins qu'on puisse dire, c'est que la défense du marquis est bien faible. Et il n'y a pas que ses propos, il y a aussi ses intonations et son attitude : il a l'air dissimulé, son ton sonne faux. Dans la salle s'élèvent quelques murmures hostiles. Le président, qui pense visiblement comme le public, ne le lâche pas. Il revient à la charge sur la chute fatale.

– Quand vous avez découvert que l'enfant n'était plus là, quelle a été votre première pensée ?

– Qu'il avait pu tomber en bas de la falaise.

– Il y avait des barques près de la falaise. Vous entendiez les voix des pêcheurs, avez-vous dit à l'instruction. Pourquoi n'avez-vous pas appelé ?

– Ils étaient trop loin...

Le président Lauverjat semble excédé. Sa voix se fait plus dure :

– Vous prétendez avoir cherché l'enfant sur la route pendant deux heures. Or l'enfant a été précipité dans le vide à huit heures du soir et, dès huit heures trente, un cocher, Aurellio Vollano, vous rencontrait seul, vous dirigeant vers Castellamare d'un pas rapide, le col relevé, le chapeau rabattu sur les yeux, évitant les lumières de sa voiture. Donc, vous mentez !

Après la réponse confuse de l'accusé, le magistrat passe la parole au substitut Maulmont qui donne lecture de rapports établis par des ingénieurs et démontrant l'impossibilité d'une chute accidentelle à l'endroit où s'est produit le drame. En effet, un mur de pierre le long de la route empêche les piétons de s'approcher du précipice.

Puis il en revient au comportement de l'accusé après le drame : le télégramme mensonger expédié de Marseille, le séjour de plusieurs jours chez sa mère, alors que celle-ci était à peine souffrante. Sur tous ces points, l'attitude du marquis est on ne peut moins convaincante : il parle de respectabilité, de protéger ses enfants et son nom. Il a l'air d'un mauvais acteur récitant un mauvais rôle... Le président aborde enfin les réactions de Mme de Nayve.

– Vous a-t-elle cru quand vous lui avez parlé de suicide ?

– Non. Elle n'en croyait pas son fils capable.

– En fait, elle a eu la certitude de votre culpabilité.

– Elle l'a eue neuf ans après, mais pas sur le moment !...

Pour la première fois, l'accusé marque un point. Il est vrai qu'il y a là un élément troublant. Pourquoi ce long, ce très long silence d'Hélène de Nayve ? Le président poursuit cependant :

– Toujours est-il qu'elle vous accuse d'avoir assassiné le petit Hippolyte en l'ayant précipité de la falaise.

– C'est l'abbé Rosselot qui lui a soufflé ce mensonge !

L'abbé Rosselot, dont le nom est pour la première fois prononcé dans le prétoire, est le précepteur des enfants de Nayve. Il faut dire à son sujet que le marquis en fait le personnage principal de l'accusation. D'après lui, il a monté la tête à sa femme et l'a obligée à le dénoncer... Le président hausse les épaules.

– Vous ne nous ferez pas croire que Mme de Nayve soit influençable à ce point.

– Si. Elle est sous son influence. C'est un monstre !

Et il se produit alors quelque chose de tout à fait inattendu : Baptistin de Nayve tombe soudain sur son banc et éclate en sanglots convulsifs. Son état est tel que le président est obligé de renvoyer les débats au lendemain. Le public, toujours aussi hostile au marquis, se retire quand même troublé. Tout s'est passé comme il l'attendait, excepté cette crise de larmes, assurément sincère, qui constitue une fausse note. Cela signifierait-il que cet abbé Rousselot a un rôle plus important qu'on ne le pensait ? Son témoignage est prévu dans les débats et on a hâte de l'entendre...

Mais le lendemain, ce n'est pas l'audition de l'abbé qui fait redoubler d'attention l'assistance et la fait frémir sur ses bancs. On vient d'annoncer une autre déposition très attendue dans ce procès, celle d'Hélène de Nayve. Chacun se dresse depuis sa place pour mieux l'apercevoir et c'est la déception générale ! On pensait voir arriver une aristocrate aux traits marqués par le chagrin et c'est une grosse dame molle et rougeaude, en toilette de deuil théâtrale, qui prend place pesamment à la barre des témoins.

Son attitude déçoit plus encore. Alors qu'on attendait d'elle de la retenue et de la dignité, elle déclare d'un ton sottement solennel :

– J'accuse mon mari d'avoir, le 10 octobre 1885, précipité mon fils Hippolyte dans le golfe de Naples !

Cela n'émeut personne. Elle poursuit :

– J'ai attendu neuf ans pour parler, mais l'existence n'était plus tenable. Ce sont ses violences et ses brutalités à l'égard de mes autres enfants qui m'ont déterminée à le dénoncer. J'avais peur qu'il les tue et qu'il me tue aussi. Il m'en menaçait, d'ailleurs, constamment.

Ce long silence n'en est que plus étrange... La marquise en vient aux circonstances dans lesquelles elle a appris le drame.

– Il m'a dit tout d'abord que l'enfant s'était enfui. Plus tard, quand les journaux ont mentionné la découverte du cadavre, il m'avoua qu'Hippolyte avait dû se suicider.

– Vous l'avez cru ? demande le président Lauverjat.

– Non, mais je ne croyais pas non plus mon mari coupable, je l'avoue. Ce n'est que plus tard, petit à petit, que j'ai compris qu'il était l'assassin de mon fils. J'ai repensé à certaines choses qui ne m'avaient pas frappée au début.

– Lesquelles ?

– Eh bien, par exemple, quand je lui ai demandé pourquoi il n'avait pas recherché Hippolyte plus longtemps, il m'a dit qu'il avait eu peur et qu'il s'était sauvé. Je lui ai dit : « Mais peur de quoi ? Quand on a la conscience tranquille, on n'a rien à craindre. » Il ne m'a pas répondu...

– Madame, dit alors le président Lauverjat, regardez votre mari et répétez-lui en face ce que vous venez de nous dire.

Mme de Nayve s'adresse à l'accusé :

– Enfin, Baptistin, vous m'avez bien dit cela ?

Pas de réponse. C'est de nouveau le président qu'on entend.

– Voyons, monsieur de Nayve, votre femme vous accuse, répondez !

– Je répondrai aux autres, pas à elle !

Le président n'insiste pas davantage et se retourne vers Hélène.

– Je voudrais, madame, savoir si quelqu'un vous a parlé de votre époux ? Ne subissez-vous pas quelque influence ?

– Aucune, monsieur, j'ai agi en toute liberté.

– Personne ne vous a donc dicté votre conduite ?

– Je n'ai pris conseil que de ma mère. Il y a deux ans qu'elle me suppliait d'en finir : « Mais dénonce-le donc, me disait-elle, il n'y a pas de doute à avoir. »

Cette fois, c'est le procureur général Pain qui se tourne vers le témoin :

– Votre déposition est grave, madame : c'est votre mari que vous accusez, le père de vos enfants. Réfléchissez encore : avez-vous consulté quelqu'un ?

– Oui, répond enfin la marquise après une hésitation, l'abbé Rosselot.

L'homme, précisément, que le marquis accuse

d'être le mauvais génie de sa femme !... Soudain, Mme de Nayve se ravise.

– J'ai encore consulté quelqu'un d'autre, un clerc de notaire.

– De qui s'agit-il ?

– Je ne peux pas dire son nom. J'ai juré le secret.

Voilà qui est étrange, et le président exige de la marquise qu'elle télégraphie séance tenante à ce clerc, pour qu'il la délie de son serment.

M. Lauverjat a une dernière question à poser à la marquise :

– Croyez-vous, madame, que votre mari ait prémédité de tuer le jeune Hippolyte ?

– Non, monsieur le président, il l'a fait dans un moment de violence.

La marquise n'a pas toujours dit cela. Dans sa dénonciation au procureur de Bourges, elle accusait catégoriquement M. de Nayve d'avoir emmené son fils en Italie, dans le but arrêté de l'assassiner...

Mme de Nayve a terminé. Elle abaisse sa voilette de deuil sur son visage et quitte la barre au milieu des rumeurs perplexes du public, qui attendait beaucoup plus de sa déposition.

L'abbé Rosselot lui succède et l'attention redouble dans le prétoire. Grand, maigre, s'exprimant avec un fort accent de l'Est, c'est un homme à l'aspect autoritaire, qui a fort bien pu, en effet, exercer un ascendant certain sur Hélène de Nayve.

Son témoignage porte d'abord sur le caractère de l'accusé. L'homme d'Église ne s'embarrasse pas de précautions : le marquis est un homme emporté, violent, qui a l'habitude de frapper un peu tout le monde, ses enfants, mais aussi sa femme, les domestiques, et même le précepteur de ses enfants, c'est-à-dire lui-même. Selon lui, c'était aussi un débauché notoire.

Cette dernière accusation fait bondir l'accusé, qui s'écrie :

– C'est une calomnie ! Il m'a fait chasser de mon foyer pour y prendre ma place auprès de ma femme. Demandez-lui ce qu'il faisait, quand il s'enfermait des heures avec elle dans sa chambre !

Il y a un flottement dans la salle. Le président n'intervient pas et le marquis renchérit :

– Il s'est emparé de la volonté de ma pauvre Hélène ! C'est lui qui a tout manigancé. Et s'il réussit, il jettera son froc aux orties pour épouser ma femme et ma fortune.

L'accusation est grave et elle ne semble pas invraisemblable. On s'agite sur les bancs du public. Le président demande le silence et se tourne de nouveau vers l'abbé.

– Monsieur, je vous prie de répondre par oui ou par non à la grave question que je vais vous poser : est-ce vous, comme le prétend l'accusé, qui avez dicté à Mme de Nayve sa lettre de dénonciation ?

La réponse est ferme.

– Non seulement je n'ai ni dicté ni inspiré cette lettre, mais je n'en ai eu connaissance qu'après son départ. Madame voulait savoir si je l'approuvais. Je l'ai blâmée de l'avoir écrite.

Puis l'abbé se tait. Il est clair qu'il ne dira plus rien, et il se retire sous les grondements sourds de l'assistance, qui vient brusquement de changer de bord et qui va passer tout à fait du côté de l'accusé, après la déposition du témoin suivant.

Il s'agit du fils aîné de M. et Mme de Nayve, Henri, cité par l'accusation comme témoin à charge. Dès qu'il ouvre la bouche, c'est la stupeur.

– Messieurs les jurés, dit Henri de Nayve, j'ai fait à l'instruction une déposition contre mon père. Je dois vous avouer aujourd'hui qu'elle m'a été soufflée par l'abbé Rosselot ! Si mon père m'a battu quelquefois, je lui dois d'avoir ainsi mieux appris les mathématiques. Et de toute façon, il s'en fallait de beaucoup qu'il frappe aussi fort que l'abbé.

Dans le camp de l'accusation, c'est la panique. Une panique qui redouble avec la déposition de l'autre fils des Nayve, René, analogue, à quelques mots près, à celle de son frère. Les deux jeunes gens donnent bien un peu l'impression de réciter une leçon, mais leur témoignage est troublant.

Suit un défilé des témoins des deux bords, qui n'apprennent rien de bien intéressant et, après quelques jours de débat sans relief, on en arrive aux plaidoiries.

Elles commencent par le réquisitoire du procureur général Pain, qui va tenter de remonter le courant en revenant aux faits eux-mêmes. Car il y a au moins une certitude dans toute cette histoire, c'est la mort du petit Hippolyte.

– Et qui se trouvait avec lui quand il est tombé ? demande le procureur. Vous, monsieur de Nayve ! Comment se fait-il que vous ne puissiez dire exactement comment il est tombé ? Un accident ? Ce n'était pas possible du haut de cette route large de six mètres et longée par un parapet. Il faisait encore jour, pas moyen de s'égarer. Non, un accident est invraisemblable. Et ce qui achève de démontrer que ce n'en est pas un, c'est votre fuite inqualifiable aussitôt après. Que reste-t-il donc ? Le crime ! Votre crime !

Indiscutablement, le procureur Pain a repris la salle en main et, lorsque maître Danet se lève, depuis le banc de la défense, pour prononcer sa plaidoirie, les esprits sont de nouveau partagés. L'hostilité envers le marquis reprend vigueur. De l'avis général, la tâche de son avocat est loin d'être gagnée d'avance.

Ce dernier, maître Danet, commence son discours, mais à peine a-t-il prononcé quelques mots qu'il se produit quelque chose, sinon d'unique, du moins de rarissime dans les annales judiciaires : le président Lauverjat lui coupe la parole.

– Maître, je vous demande pardon de vous interrompre, mais je suis sûr que vous ne m'en voudrez pas quand vous connaîtrez l'importance de la communication que j'ai à faire à la cour.

Et dans le silence intrigué qui suit, le président déclare :

– Je reçois à l'instant une lettre d'une certaine Mme Jaladon, couturière à Nevers, à qui Mme de Nayve a télégraphié au sujet de ce clerc de notaire qui l'aurait conseillée dans la rédaction de sa lettre de dénonciation...

Et que dit Mme Jaladon ? « J'ai reçu hier de Mme la marquise de Nayve trois télégrammes ci-joints, auxquels je ne comprends absolument rien. »

– Voici, messieurs, le premier télégramme, reprend le président Lauverjat : « Prière vous informer chez mon notaire si clerc qui m'a conseillée dans affaire marquis autorise à citer son nom... »

Jusque-là, tout va bien, la marquise s'est conformée à la demande du tribunal. Mais quelques heures plus tard, elle adresse à la couturière un deuxième télégramme, ainsi libellé : « Demandez que notaire envoie dépêche au président des assises pour dire clerc refuse de donner son nom. » Voilà qui est déjà extrêmement grave.

– Je n'ai pas fini ! s'écrie alors le président. Quelques heures encore et Mme Jaladon recevait un troisième télégramme de la marquise, qui disait cette fois : « Adressez-moi dépêche disant que le clerc est mort... »

Aussitôt, l'agitation du public est telle que le président doit menacer de faire évacuer la salle. Quand le calme revient, c'est l'avocat du marquis, maître Danet, qui reprend la parole.

– Voilà, dit-il, monsieur le procureur général. Voilà comment vous avez été joué par cette femme ! « Le clerc a disparu... Le clerc est mort... » La vérité, c'est qu'il n'y a jamais eu de clerc. Le clerc, c'est l'abbé Rosselot, le précepteur des enfants de Nayve, qui voulait se débarrasser du marquis pour rester seul avec sa femme ! Vous comprenez, maintenant, qui est cette femme abominable qui, pour des motifs inavouables, traîne depuis des mois son mari dans les cachots et qui a failli faire porter sa tête sur l'échafaud !

Et dans le silence mortel qui s'est abattu sur le prétoire, l'avocat conclut :

– De cette accusation inventée, il ne reste plus rien.

Vite, messieurs les jurés, pour l'honneur de la justice, rendez le seul verdict possible en présence de ce conte de mauvaise femme : un verdict d'acquittement !

Le coup de théâtre est tel qu'il vient de dispenser maître Danet de prononcer sa plaidoirie. Tout est joué quand le jury se retire pour délibérer. Quarante minutes plus tard, il acquitte le marquis de Nayve, qui sort de la salle sous les applaudissements du public.

Si, au regard de la loi, le marquis de Nayve est innocent, on ne peut s'empêcher de s'interroger. Les rebondissements du procès, les mensonges de son épouse accusatrice et la mauvaise impression produite par l'abbé Rosselot ont fait, contre toute attente, basculer les débats en sa faveur, mais il reste le cadavre du petit Hippolyte fracassé sur les rochers, il reste sa fuite inadmissible après la chute. Il reste enfin, que le « fils du jardinier » était le cauchemar du marquis, et que cet homme brutal et instable, capable des pires accès de violence, avait toutes les raisons de vouloir se débarrasser de lui. Aurait-il été acquitté si sa femme n'avait pas inventé l'affabulation ridicule et inutile du clerc de notaire ? On peut, pour le moins, se poser la question.

Car il est indéniable qu'Hélène de Nayve a joué un fort vilain rôle. Elle aurait pu – elle aurait dû – accuser son mari tout de suite après le voyage de Naples. Mais elle ne l'a pas fait, sans doute parce qu'elle ne voulait pas se lancer dans un affrontement éprouvant et incertain pour ce fils illégitime qui lui était, dans le fond, indifférent.

Mais neuf ans plus tard, lorsqu'elle tombe sous la

coupe de l'abbé Rosselot, tout change. Il la convainc d'exhumer cette vieille histoire pour perdre son mari. Est-il vraiment ce religieux dévoyé que dépeint le marquis, prêt à se défroquer et à prendre sa place et sa fortune après sa condamnation ? Ce n'est pas certain, mais c'est tout à fait envisageable.

Toujours est-il que c'est cela qu'ont retenu les jurés de Bourges. Le marquis et la marquise ont été renvoyés dos à dos. Les turpitudes de la première ont effacé les soupçons criminels pesant sur le second, tandis que la mort du malheureux Hippolyte est demeurée à jamais officiellement inexpliquée...

L'histoire n'est pourtant pas encore terminée : il reste l'épilogue. Après son acquittement, Baptistin de Nayve est rentré au château de Sidiailles où l'attendait sa femme. Ils n'ont pas divorcé. Les intérêts étaient trop grands pour tous les deux, la fortune d'un côté, la situation sociale de l'autre. Ils sont restés jusqu'au bout ensemble et c'est tant mieux. Car c'est ce face-à-face haineux, cette cohabitation insupportable, qui a été leur véritable châtiment...

Le Club des jeunes millionnaires

La villa des Marlow, à Santa Monica, est une des plus belles de cette station balnéaire ultrachic de Californie. Construite dans le style hollywoodien le plus tape-à-l'œil, elle est prolongée par une immense terrasse donnant sur le Pacifique. Et pourtant, cette luxueuse demeure n'est que la résidence secondaire des Marlow. Leur habitation principale, située à Fresno, également en Californie, l'emporte de beaucoup sur celle-ci en luxe et en importance. C'est dire la richesse qui est la leur. C'est, d'ailleurs, la raison d'être de toute la famille, parents et enfants. Ils ne vivent que pour l'argent, ils n'ont qu'un credo : le profit, et qu'un dieu : le dollar.

Andrew, le père, cinquante-neuf ans, est le plus rapace. Il vend des avions de tourisme. Malgré un chiffre d'affaires très élevé, il tient à s'occuper lui-même des ventes. Il s'investit dans chacune d'elles comme si sa vie en dépendait. Il est impossible d'être plus commercial, plus accrocheur qu'il ne l'est. Il multiplie les flatteries, les bassesses envers ses futurs clients. Mais dès que la vente est signée, il cesse aussitôt de s'intéresser à eux, comme s'il ne les avait jamais vus.

À cet attrait pour le gain, il ajoute une absence totale de sensibilité, qui lui vaut d'être détesté par tous ceux qui le connaissent de près ou de loin. Ainsi, son comptable ayant été hospitalisé pour un cancer, il l'a immédiatement licencié sans indemnités. Depuis son lit d'hôpital, son collaborateur l'a attaqué en justice, mais il est mort avant la fin du procès et sa veuve, n'ayant pas assez d'argent pour poursuivre, a abandonné la procédure.

Angela Marlow, sa femme, cinquante-sept ans, est la plus mégalomane. Plus riche encore que son mari, descendante d'une famille de prospecteurs qui a fait fortune dans le pétrole au Texas, elle possède d'importants intérêts dans des compagnies pétrolières. Avec son argent, elle a réussi à se faire inscrire dans les cercles et les clubs les plus fermés. Elle se pique de culture et a écrit plusieurs ouvrages, publiés à compte d'auteur et totalement illisibles, où elle expose ses conceptions sur le monde, la vie et l'humanité. Afin d'assurer leur promotion, elle a acheté une revue et une chaîne de télévision câblée, qui ne tarissent pas d'éloges sur leur compte.

La fille aînée, Sandra, vingt-six ans, est plus effacée. Certes, elle dépense, elle dépense même énormément, principalement en vêtements, mais elle n'est pas tout à fait à l'unisson des autres. Elle n'applaudit pas frénétiquement à chaque vente de son père, elle ne s'enthousiasme pas pour les livres de sa mère. Il faut dire que sa naissance a été difficile et qu'elle a toujours été un peu simple d'esprit. C'est sans doute pour cela que, malgré son âge, elle n'est pas encore mariée...

Au contraire, son frère Elvis, vingt-quatre ans, est un vrai Marlow. Il a hérité de la rapacité de son père et de la mégalomanie de sa mère. Pour lui, l'argent n'est même pas un idéal, c'est la dimension naturelle de l'existence. À six ans, il avait déjà des billets de cent dollars plein les poches. À douze, il a eu sa première Mercedes : pour qu'il puisse la conduire, son père a fait installer un circuit dans la propriété de Fresno. À dix-huit ans, il a eu une autre Mercedes, du modèle sport le plus cher. Il l'a mise en miettes pratiquement tout de suite, mais quelques jours plus tard, il avait la même.

Malgré sa médiocrité intellectuelle, jointe à une paresse phénoménale, ses parents ont réussi à lui faire faire des études secondaires, puis supérieures dans des établissements privés hors de prix. Avec son argent, Elvis Marlow s'est constitué parmi les autres étudiants une petite cour personnelle, qui chante ses louanges. Il se prétend un génie de la Bourse et donne à chacun des conseils infaillibles pour faire fortune.

Cette année 1995, les Marlow ont passé le week-end de Pâques dans leur villa de Santa Monica et ils le terminent en dînant sur la terrasse qui donne sur le Pacifique. Elvis a invité Jessica, sa petite amie du moment, et le père de celle-ci, qui présente la particularité d'être un agent du FBI. La jeune fille vient d'un milieu modeste, mais elle a été bien accueillie dans la famille, car avoir un représentant de la police fédérale dans ses relations, on ne sait jamais, cela peut toujours servir.

Pour l'instant, ce dernier est aussi discret que possible. Il se tait, tout intimidé d'être dans ce décor de rêve, au milieu de ces gens importants. C'est Andrew Marlow qui monopolise la conversation. En fait, il ne parle qu'à une seule personne, Horace Burns, propriétaire d'une fabrique de hamburgers, qui est intéressé par l'achat d'un bimoteur. Il s'agit d'un appareil au coût très élevé et Andrew Marlow ne veut à aucun prix rater cette vente. Voilà pourquoi il a invité Horace Burns à passer le week-end de Pâques avec les siens et voilà pourquoi il fait preuve envers lui de toute la flagornerie dont il est capable. L'homme se dit passionné par les chevaux, aussitôt Andrew embraye sur le sujet.

– Vous savez que, moi aussi, j'adore les chevaux. J'en ai plusieurs dans ma propriété de Fresno. C'est un ranch, en fait !

– Vous ne me l'aviez pas dit...

– C'est pourtant la stricte vérité. J'ai même un étalon blanc, dont je veux me débarrasser. Je suis prêt à vous le céder à un très bon prix, si cela vous intéresse.

– Je comprends que je suis intéressé ! Allons le voir demain.

– D'accord, mais avant, on fait un crochet par mon bureau et vous me donnez une petite signature.

– Vous êtes un filou, monsieur Marlow !

– Un appareil de cette qualité, comment pouvez-vous dire une chose pareille ? D'ailleurs si vous le voulez, nous l'emprunterons pour aller à Fresno. Vous verrez ses qualités de vol...

Le lendemain, tout le monde quitte la villa de Santa Monica pour Fresno. Enfin, pas tout le monde, car au dernier moment, Elvis Marlow choisit de rester avec sa petite amie. Il a décidé de s'octroyer quelques jours de farniente et, bien que ses cours l'attendent, ses parents ne font aucune objection. Ils n'ont, d'ailleurs, depuis son plus jeune âge, jamais fait la moindre objection à l'un de ses désirs. Le père de Jessica, l'agent du FBI, demande s'il peut rester lui aussi, et les Marlow, trop heureux de lui être agréables, acceptent avec empressement.

Angela Marlow et sa fille Sandra partent les premières, à bord d'un puissant 4 × 4. Andrew et son futur client les suivent peu après, en direction de l'aéroport. Andrew Marlow prend lui-même les commandes de l'avion, car c'est un excellent pilote, et une fois arrivé à Fresno, il conduit Horace Burns à son bureau. Là, mis d'excellente humeur par son week-end et agréablement impressionné par les qualités de l'appareil, l'industriel du hamburger signe l'achat d'un bimoteur. Il conclut la transaction d'une cordiale poignée de main et lance avec un large sourire :

– Et maintenant, allons chez vous !

Andrew Marlow a totalement changé de physionomie. Son visage est devenu fermé, désagréable.

– Chez moi ? Pourquoi cela, « chez moi » ?

– Eh bien, pour voir votre cheval, le fameux étalon blanc !

– Quel étalon ? Il n'y a jamais eu de chevaux chez moi. Je les déteste !

– Mais vous m'aviez dit...

– Eh bien, oubliez tout cela... Maintenant excusez-moi. Il est tard et, demain, je dois me lever tôt, j'ai du travail.

Comprenant que son interlocuteur s'est moqué de

lui, l'industriel du hamburger entre dans une violente colère.

– Puisque c'est comme cela, j'annule mon achat !

Marlow a un ricanement.

– Vous aurez du mal. Il n'y a pas de clause d'annulation dans mes contrats.

Horace Burns est furieux, mais que peut-il faire ? Il n'a pas été victime d'une malhonnêteté, car l'appareil qu'on lui a vendu vaut le prix qu'il l'a payé ; il a seulement été traité avec des manières de goujat. Après quelques éclats de voix inutiles, il part en claquant la porte. Il est loin de s'imaginer que le fait de ne pas aller chez Andrew Marlow lui a sauvé la vie. Quant à ce dernier, il n'imagine pas non plus qu'il vient de réaliser sa dernière vente...

Au 4330 Nutley Drive, la plus belle maison du quartier chic de Fresno, une forme s'est glissée, au début de la soirée. Le portail était fermé et l'alarme était branchée, mais l'inconnu possédait la clé. Après quoi, il s'est rendu près du garage et il a attendu. Le 4 × 4 de Mme Marlow et de sa fille arrive le premier. L'inconnu sort un revolver muni d'un silencieux et les abat toutes les deux. Après quoi, il dissimule les corps dans un buisson et il attend de nouveau. M. Marlow se présente peu après, à bord d'une voiture de sa société. Deux petits bruits éclatent et il s'écroule, la tête en sang. Alors, l'inconnu repart par le chemin qu'il a pris pour entrer et il disparaît.

Le retentissement provoqué par ce triple crime touchant la plus haute société est énorme et le shérif Steve Barnaby, de Fresno, à qui échoit l'enquête, sait que la partie sera loin d'être facile, tant parce qu'une investigation dans un pareil milieu est toujours délicate que parce qu'il aura sur le dos les journalistes pressés d'avoir des résultats rapides.

L'enterrement, qui a lieu trois jours après le drame, est grandiose. Les cercueils croulent sous les fleurs et les plus hautes personnalités sont présentes. Elvis Marlow mène le cortège. S'il est tout en noir et porte des lunettes noires, il ne semble pas écrasé de chagrin. Il se comporte avec beaucoup d'aisance ; une ou deux fois, on le voit même sourire. Visiblement, ce qui compte le plus pour lui, c'est de savoir de combien il hérite et de reprendre les affaires familiales. D'ailleurs, il a été voir le notaire avant même l'enterrement...

Ce comportement ne fait que renforcer le shérif Barnaby dans ses convictions, car il a déjà son idée sur l'affaire. Plusieurs raisons lui font soupçonner Elvis Marlow, non d'avoir commis le meurtre – son alibi est incontestable et il est confirmé par un policier du FBI –, mais de l'avoir commandité.

D'abord, il ne s'agit pas d'un crime crapuleux. Le meurtrier n'a pas essayé d'entrer dans la maison pour voler quelque chose et n'a pas touché à l'argent et aux bijoux que les victimes avaient sur elles. Ensuite, il possédait la clé. La villa des Marlow est dotée d'un système d'alarme très sophistiqué et il était impossible, sans cela, de le mettre hors de fonctionnement.

D'autre part, si seul Andrew Marlow, qui était unanimement détesté, avait été tué, on aurait pu croire à une vengeance le concernant. Mais le tueur voulait bel et bien éliminer toute la famille. Il a d'abord supprimé la mère et la fille, auxquelles on ne connaissait pas d'ennemis, avant d'abattre le père. Tout laisse donc penser que c'est Elvis Marlow qui a armé le bras du tueur. Même son alibi trop parfait l'accuse. Si cela se trouve, il n'a fait la conquête de la jeune Jessica que parce que son père était du FBI. Quant au mobile, c'est tout simplement l'héritage. Le jeune homme ne voulait pas attendre, il était pressé...

Mais à partir de là, Steve Barnaby est plus prudent dans ses déductions. Deux choses lui échappent. Premièrement, bien sûr, l'identité du tueur. S'agit-il d'un professionnel, de quelqu'un appartenant à la mafia ou quelque chose de ce genre ? Le shérif aurait tendance à penser que non. Il pencherait plutôt pour une connaissance d'Elvis, genre drogué prêt à tout pour satisfaire son vice. Pour éventuellement mettre la main sur lui, il devra surveiller tous ceux qui approchent le jeune homme.

Enfin, le shérif se demande pourquoi Elvis Marlow est passé si brutalement à l'acte. Avait-il une raison particulière de vouloir toucher la fortune de ses parents maintenant ? Voulait-il faire un investissement ? Avait-il un projet quelconque ? Pour cela aussi, la réponse passe par une surveillance discrète, mais incessante, de l'intéressé.

Et la patience du policier est récompensée... Tant pour satisfaire la presse que pour endormir la méfiance d'Elvis, Barnaby mène officiellement son enquête sur un hypothétique rôdeur ou sur une bande organisée de cambrioleurs, mais il ne tarde pas à découvrir un curieux personnage dans l'entourage du jeune homme. C'est un de ses camarades étudiants, un certain Emil Stefanescu, d'origine roumaine, un original, pour ne pas dire plus. Il est drogué, peut-être dealer, très violent, et son principal amusement est de cracher sur les gens. Steve Barnaby le voit tout à fait dans le rôle du tueur, d'autant que son signalement correspond à celui d'un individu qu'on a vu rôder dans les environs, le soir du meurtre.

Mais la principale découverte du shérif, celle qui le laisse sans voix, c'est le mobile d'Elvis Marlow. Quinze jours après avoir empoché la fortune de ses parents, ce dernier s'inscrit au Club des jeunes millionnaires. Le règlement de cette association est simple : pour en faire partie, il faut avoir moins de vingt-cinq ans et posséder un million de dollars, c'est-à-dire non pas en être l'héritier, mais les avoir sur son compte en banque. Or Elvis Marlow allait avoir vingt-cinq ans, il allait être trop vieux pour entrer dans le Club et c'est pour cette raison qu'il a fait tuer son père, sa mère et sa sœur !

Cela, c'est du moins ce qu'a reconnu Emil Stefanescu, qui, arrêté, a passé des aveux complets. Elvis Marlow, lui, a tout nié en bloc et ne s'est jamais départi de cette attitude. La chose a eu une conséquence directe sur la sentence, lorsqu'ils sont passés tous les deux en jugement, un an plus tard. Plaidant coupable, Stefanescu a été condamné à la prison à vie, tandis que Marlow, plaidant non coupable, l'a été à la peine capitale.

Il a par la suite été gracié, mais pendant quelque temps, il a appartenu à un club non officiel, beaucoup moins envié mais beaucoup plus fréquenté aux États-Unis que le Club des jeunes millionnaires : celui des jeunes condamnés à mort.

Ce charmant M. du Pont

S'appeler du Pont, chez nous, c'est banal, même quand on y met une particule, mais aux États-Unis, ce n'est pas la même chose, surtout si on ajoute « de Nemours »...

Lorsque Éleuthère Irénée du Pont de Nemours quitte la France pour l'Amérique, en 1802, ce n'est pas vraiment avec l'idée de faire fortune. Il a été profondément traumatisé par la Révolution et il veut vivre sous d'autres horizons. Ce chimiste de grand talent, assistant de Lavoisier, ne s'est pas remis de la condamnation et de l'exécution de ce dernier, qui n'avait jamais fait de politique et dont le seul tort était d'être riche.

Une fois dans ce pays neuf où tout est à faire, Éleuthère Irénée se met au travail. S'étant spécialisé dans les poudres, il fonde une maison d'explosifs. Celle-ci connaît un rapide développement, avec la conquête de l'Ouest et, plus encore, avec la guerre de Sécession. La Première Guerre mondiale la hisse au rang des grandes multinationales.

Après 1918, le groupe du Pont de Nemours se diversifie et connaît une expansion accélérée : en 1920, il invente la Cellophane ; dans les années trente, il découvre le caoutchouc synthétique ; dans les années quarante, le Nylon ; dans les années cinquante, le Téflon. Ces inventions remarquables sont dues à un budget de recherche plus important que celui de n'importe quel État. Cinq mille chercheurs, payés comme des P-DG et intéressés à leurs découvertes, travaillent à plein temps pour la société.

Inutile de dire que la fortune des du Pont de Nemours est l'une des toutes premières au monde. D'autant que, pour que celle-ci ne s'éparpille pas, la famille a toujours privilégié les unions consanguines. Certes, le patrimoine s'est trouvé ainsi remarquablement conservé, mais cela n'a pas été sans conséquences fâcheuses, comme en témoigne l'histoire peu banale du récent porteur du nom, John du Pont de Nemours.

Né en 1937, John du Pont de Nemours a, dès son plus jeune âge, la passion des armes à feu, ce qui est somme toute normal dans une famille qui tire sa richesse de la poudre et des explosifs. Mais le jeune John est réellement doué pour le tir, à tel point qu'en 1964 il songe à faire partie de l'équipe américaine de pentathlon, aux Jeux olympiques de Tokyo. Malheureusement pour lui, il est trop nerveux et il échoue aux épreuves de qualification.

Très déçu par cet échec, John du Pont de Nemours ne quitte plus la résidence qu'il habite, à Newton Square, une petite ville de Pennsylvanie. Dans cette maison de style colonial au milieu d'un parc de trois cent cinquante hectares, il organise son existence sans se soucier de l'entreprise qui porte son nom. Il ne fait même pas semblant d'y travailler, se contentant de toucher des dividendes et de mener une vie de riche oisif.

D'abord, il entend poursuivre sa passion pour le tir. Au milieu de son immense domaine, il fait construire un stand d'entraînement ultramoderne, comme peu de brigades de police peuvent en disposer. Et, justement, il va en parler au chef de la police de Newton Square, le lieutenant Lee Hunter.

– Cela vous plairait de vous entraîner chez moi ?

– Ce serait trop d'honneur, monsieur du Pont.

– Eh bien, il ne faut pas vous gêner. Venez quand vous voulez. Cela me fera de la compagnie...

Le lieutenant Hunter et ses hommes ne se font pas prier. Au moins une fois par semaine, ils franchissent le portail de la luxueuse demeure et vont s'entraîner dans des installations qui feraient pâlir de jalousie tous leurs collègues. Pour remercier le milliardaire, ils le font sergent d'honneur et lui offrent un uniforme. On voit souvent John du Pont se promener avec dans les rues de Newton Square. Faut-il préciser que ce dernier dispose désormais, de la part de la police locale, d'un traitement de faveur ?

D'autant qu'il fait la pluie et le beau temps dans la petite ville. Il verse des centaines de milliers de dollars à des associations charitables. Il crée sur la commune un musée d'histoire naturelle qui attire des visiteurs de tout le pays, car l'établissement ne comporte pas moins de soixante-six mille oiseaux empaillés et on peut y voir une des plus belles collections de coquillages au monde.

John du Pont de Nemours est donc, dans Newton

Square et sa région, une sorte d'idole et ses mérites font que ses concitoyens oublient facilement le reste.

Le reste, c'est son comportement, dont le moins qu'on puisse dire est qu'il est peu banal... L'héritier de l'empire industriel a toujours manifesté une méfiance maladive à l'égard de tout, mais à partir du moment où il s'installe définitivement à Newton Square, elle tourne à la paranoïa. Un jour que son chauffeur s'est trompé de direction, il sort de sa poche le revolver qui ne le quitte jamais et le lui pose sur la tempe, en lui donnant l'ordre de revenir chez lui. Puis il déclare à qui veut l'entendre :

– C'était un complot pour me kidnapper et m'enfermer dans une cage de zoo !

Et il renvoie le chauffeur sur-le-champ...

Peu après, il cesse de regarder la télévision de crainte que quelqu'un y ait caché une caméra pour le surveiller. Un peu plus tard encore, il fait venir une entreprise de travaux publics et déclare à son patron médusé :

– Vous allez me retourner toutes les pierres du parc !

Et, comme l'homme, malgré toute sa bonne volonté, ne comprend pas, il précise :

– Vous n'avez pas remarqué qu'elles me regardent ? Il faut les mettre face contre terre pour qu'elles ne puissent plus me voir.

Retourner toutes les pierres disséminées sur les trois cent cinquante hectares prendra plus d'un mois à une équipe entière de terrassiers et la réputation d'original, pour ne pas dire plus, de John du Pont sera définitivement établie.

En 1983 survient un grand événement : John se marie ! Cela s'est passé très vite, sur un coup de tête, comme à son habitude. Mais ses amis sont ravis : jusque-là, bien qu'il ait largement dépassé la quarantaine, il avait manifesté une très étonnante indifférence envers les choses de l'amour. Chacun espère que la vie de couple va lui apporter l'équilibre et mettre un terme aux bizarreries de son comportement.

L'heureuse élue s'appelle Graziella Wenk, elle a vingt-huit ans, elle est kinésithérapeute et elle était venue faire sa rééducation, après une chute de cheval. C'est une jolie blonde qui, sans être une reine de beauté, n'est pas désagréable à regarder. Au milieu d'une séance, il lui a demandé de but en blanc :

– Voulez-vous m'épouser ?

La jeune Graziella a longtemps cru que l'héritier de la multinationale du Pont de Nemours se moquait d'elle, mais quand elle a compris que c'était sérieux, elle a accepté avec l'enthousiasme qu'on imagine.

Le mariage, célébré dans l'immense propriété de Newton Square, est absolument fastueux, mais tout se gâte dès la nuit de noces. À peine Graziella est-elle au lit, que son époux lui met les mains autour du cou et commence à serrer. Elle se dégage comme elle peut.

– Qu'est-ce que tu fais ? Tu es fou ?

John cesse son manège à contrecœur. Il lui explique :

– Je recherchais des émotions sexuelles...

Dès lors, Graziella n'en mène pas large auprès de son milliardaire de mari. Il entreprend de l'initier aux armes à feu, ce qui ne fait que la terroriser davantage. Elle se voit contrainte de s'entraîner des après-midi entières au pistolet automatique ou à la mitraillette dans le stand de tir. Mais sa frayeur est plus grande encore chaque soir, quand elle doit se mettre au lit. Et, six mois plus tard, il recommence ! Il lui serre le cou de toutes ses forces. Elle crie, elle supplie, mais cette fois, il ne s'arrête pas... Elle ne parvient à lui échapper qu'en lui brisant la lampe de chevet sur la tête.

Graziella s'enfuit en chemise de nuit, saute dans une des voitures et va se réfugier au poste de police. Le lieutenant Lee Hunter, qui a été réveillé, fait tout ce qu'il peut pour minimiser la chose.

– M. du Pont ne pensait sûrement pas à mal. C'est une querelle d'amoureux. Vous devriez rentrer chez vous. Il doit être inquiet.

– Jamais ! Je porte plainte. C'est un fou ! Il faut l'arrêter.

– Allons, madame, calmez-vous...

La plainte ne sera pas enregistrée et l'affaire se termine par un divorce. Graziella se voit attribuer une pension alimentaire considérable, mais elle déclare à la sortie du tribunal :

– Pour les six mois que j'ai vécus, c'est mérité !

Voilà donc John du Pont de Nemours de nouveau livré à lui-même et on ne va pas tarder à se rendre compte que sa femme avait malgré tout une certaine influence apaisante sur lui, car, après son divorce, il se déchaîne. Le Noël suivant, plus exactement le

24 décembre au soir, le lieutenant Lee Hunter reçoit un appel affolé.

– Venez vite, il y a un char d'assaut dans mon jardin. Il détruit tout !

Le lieutenant se prépare à dire à son interlocuteur qu'il ne devrait pas commencer le réveillon avec autant d'avance, lorsqu'il entend, effectivement, un bruit de moteur effrayant dans l'écouteur. Il se rend, avec plusieurs hommes, à l'adresse indiquée. Le jardin est dévasté et on distingue nettement d'énormes traces de chenilles sur le sol.

Prendre la piste n'est pas difficile, il n'y a qu'à suivre les dégâts causés par l'engin : sol retourné, poteaux abattus, voitures écrabouillées. Et, peu après, le lieutenant Hunter arrive effectivement en vue d'un char d'assaut, un Sherman de la dernière guerre. Non sans courage, il parvient à l'immobiliser en mettant sa voiture devant lui. C'est John du Pont qui en sort. Lee Hunter l'apostrophe sur le ton de la plaisanterie.

– Eh bien, qu'est-ce qui vous arrive, John ? Vous partez en guerre ?

Le milliardaire, en tenue de soirée, affiche une mine réjouie.

– Pas du tout, Lee. Je vais réveillonner chez des amis et j'ai voulu leur faire une surprise !

– Dites-moi, il est chargé, le canon ?

– Pensez-vous, le char est démilitarisé !

– Alors, cela ira. Seulement, il y a des dégâts.

– Qu'ils m'envoient leur facture. Pas de problème. Joyeux Noël, Lee !

– Joyeux Noël, John !...

Au printemps suivant, au milieu de l'après-midi,

Newton Square est tiré de sa torpeur par un bruit d'enfer. C'est une véritable pétarade, un feu d'artifice en plein jour, les vitres tremblent. Le lieutenant Lee Hunter, qui sait désormais à quoi s'en tenir, prend directement la direction de la propriété du Pont et il ne tarde pas à découvrir le milliardaire en train de tirer en direction du ciel, avec un canon de gros calibre.

– Alors, John, ce coup-ci c'est la guerre ?

– Non. Je chasse les oies sauvages. Mais moi, je fais les choses en grand !... Dites, vous n'allez pas me faire d'ennuis. Je suis chez moi.

– Le problème, c'est que les obus vont forcément retomber quelque part.

– Je paierai, mais en attendant, je vais avoir quelques oies !

John du Pont de Nemours a effectivement payé les dégâts. Il aurait pu aussi y avoir des blessés, voire des victimes, mais il n'y en a pas eu...

L'année suivante, c'est un personnage entièrement dégoulinant d'eau qui se présente au poste de police de Newton Square. L'homme dit s'appeler Allan Jones, être assureur et vouloir porter plainte contre John du Pont de Nemours, pour tentative de noyade... Le lieutenant a un sourire conciliant.

– C'est sûrement un malentendu. Racontez-moi, monsieur Jones.

– J'étais venu chez lui pour un contrat. Après la signature, il m'a dit : « On va arroser cela ! » Il m'a fait monter dans sa voiture, il a pris la direction du parc et il a jeté l'auto dans l'étang. J'ai failli rester prisonnier à l'intérieur et être noyé. Lui, il était déjà sorti et il m'attendait sur le bord en rigolant...

Malgré son insistance, l'assureur ne parviendra pas à faire enregistrer sa plainte et l'affaire se terminera, comme les autres fois, par une compensation financière.

C'est à cette époque que John du Pont de Nemours se découvre une nouvelle passion, qui a pour effet de le calmer un peu : la lutte gréco-romaine. Il ne la pratique pas lui-même, mais il fonde une équipe, la Foxcatcher Team. Il bâtit un gymnase ultramoderne sur sa propriété, recrute les meilleurs éléments, recherche les meilleurs instructeurs et les résultats ne tardent pas : il obtient des places d'honneur dans les championnats nationaux et des résultats plus qu'honorables aux Jeux olympiques.

Il y a, certes, des bruits qui courent : John du Pont ne serait pas insensible au spectacle de ces jeunes hommes qui s'affrontent dans son gymnase. Il aurait même découvert sur le tard ses préférences en matière amoureuse, que les tentatives de strangulation sur sa femme pouvaient laisser présager. Bref, il serait homosexuel. Et on ne tarde pas à découvrir que ce ne sont pas que des bruits. En 1988, un scandale éclate. Un moniteur de lutte l'attaque pour licenciement abusif, affirmant qu'il l'a renvoyé parce qu'il repoussait ses avances. John se défend, mais il y a eu des témoins. Il ne s'en sort qu'en versant, encore une fois, des dommages et intérêts élevés.

Les années passent... À Newton Square, on a pris l'habitude de vivre avec ce si remuant mais si généreux voisin. Régulièrement, le lieutenant Lee Hunter intervient pour étouffer ou arranger un incident malheureux. Chaque fois, la fortune des du Pont de Nemours est mise à contribution, mais comme elle est inépuisable ou presque, cela ne prête pas à conséquence.

Il n'y a qu'en matière de lutte gréco-romaine que John du Pont continue à accumuler les succès. À l'automne 1995, il franchit même une étape supplémentaire : il engage Dave Schulz comme instructeur. C'est la plus grande vedette de la discipline. À trente-six ans, Schulz a été plusieurs fois champion du monde et médaillé d'or aux Jeux olympiques de Los Angeles en 1984. Pour un salaire très élevé, il s'installe avec sa femme Nancy et ses enfants dans un luxueux bungalow construit pour lui dans le domaine. Mais passé la bonne entente des premiers temps, Dave Schulz commence à déchanter. Il dit à son père au téléphone :

– Ce type est fou. Il assiste aux séances d'entraînement toujours armé, il critique tout et il menace ceux qui ne sont pas de son avis. En plus, il boit.

Et ce n'est pas tout. Le superbe athlète qu'il est doit être du goût de l'héritier des du Pont, car, sans lui faire vraiment d'avances, celui-ci a une attitude ambiguë à son égard. Au point qu'une fois, Dave le remet sèchement à sa place. À partir de ce moment, un froid s'installe entre les deux hommes.

26 janvier 1996, 15 heures. Dave Schulz est en train de faire du jogging près de son bungalow, lorsque du Pont de Nemours arrive dans sa voiture et tire deux coups de feu sur lui sans sortir. Mme Schulz fait irruption. Elle hurle, crie d'arrêter. Mais cela n'a aucun effet sur le milliardaire, qui tire une dernière

balle sur sa victime à terre. Le champion de lutte meurt peu après, dans les bras de sa femme.

Cette fois, en apprenant la nouvelle, le lieutenant Lee Hunter ne peut plus se contenter d'une amicale réprimande. La mort dans l'âme, il se rend chez l'héritier des du Pont pour l'arrêter. Mais il est accueilli par le personnel en émoi.

– Monsieur nous a fait sortir de la maison et il s'y est enfermé. Il est armé...

Le lieutenant s'avance pour parlementer : il se rend vite compte qu'il n'y a rien à faire. Il s'entend répliquer, d'une voix surexcitée :

– Je ne me rendrai jamais et je tirerai sur tout ce qui bouge !...

La situation est trop grave pour que le lieutenant Lee Hunter puisse y faire face avec ses hommes. Il fait appel aux forces spéciales de la police, le SWAT, l'équivalent de notre GIGN. En arrivant sur place, le chef du détachement, apprenant que l'homme est seul, veut donner l'assaut, mais le lieutenant l'en dissuade.

– N'en faites rien. C'est un champion de tir et il est armé jusqu'aux dents.

– Quelles armes a-t-il, d'après vous ?

– Sûrement des armes automatiques, peut-être une mitrailleuse, peut-être même un canon !

– Alors, il faut attendre la nuit pour donner l'assaut.

– Il a sûrement aussi des armes infrarouges. Je crois que j'ai une meilleure idée. Je vais couper le chauffage...

Il gèle, en effet, à pierre fendre : il fait – 20°. Or

le lieutenant, pour avoir souvent été invité dans la propriété, sait que la chaudière se trouve dans une serre derrière la maison. Il demande au chef du SWAT de parlementer par haut-parleur avec l'assiégé et, pendant ce temps, il se glisse discrètement sur les lieux... L'inspiration était bonne. Le lendemain matin, les policiers voient sortir de la maison une silhouette grelottante, qui crie dans leur direction :

– Ne me faites pas de mal, je suis le Dalaï Lama !

L'épilogue de cette histoire ne surprendra personne. John du Pont de Nemours a été enfermé dans la prison toute proche de Thornton. Mais après avoir été examiné par les médecins, il en a bien vite été extrait, pour être conduit dans un hôpital psychiatrique d'où il n'est plus sorti.

Et il n'est venu à personne l'idée qu'il avait échappé à la justice en raison de sa fortune. S'il s'était appelé Smith, c'est-à-dire Dupont chez nous, au lieu de s'appeler du Pont de Nemours, il aurait tout autant été déclaré irresponsable. La seule différence – et elle a coûté la vie à un homme –, c'est qu'il aurait été arrêté et interné bien plus tôt !

La loi de la bourgeoisie

Il n'y a pas d'adresse plus prestigieuse à Bordeaux que le quai des Chartrons. C'est là, dans quelques hôtels particuliers, que sont rassemblées les plus grandes fortunes de la ville. De ce qui se passe derrière ces murs, rien ne doit filtrer... En fait, le quai des Chartrons est plus qu'une artère, c'est une citadelle, celle de l'argent et du pouvoir, surtout en ces années 1900 où la bourgeoisie triomphante est à son apogée.

À Bordeaux, depuis des siècles, les plus prestigieuses familles appartiennent soit à la viticulture, qui fait sa richesse depuis le Moyen Âge, soit au commerce maritime. Or Catherine Canaby, né Sabourin, fait partie de l'une et de l'autre. Fille d'un des plus grands armateurs de la ville, elle a épousé le propriétaire d'un des crus les plus réputés du Bordelais. Cette alliance, qui la place tout au sommet de la pyramide sociale, devrait en faire une femme comblée, d'autant que deux enfants, deux filles aussi jolies l'une que l'autre, sont venus couronner son union. Et pourtant...

Et pourtant, à trente-neuf ans, Catherine Canaby s'ennuie. Elle voit bien, dans sa glace, son visage perdre de ses couleurs, prendre un air résigné et austère, qui la rendrait presque laide. Mais qu'importe la beauté désormais ? Dans un an, ce sera la quarantaine, bientôt ses filles se marieront, elle sera grand-mère et c'en sera fini de sa vie de femme.

Mais cette dernière a-t-elle jamais commencé ? Son mariage n'a guère été qu'un rapprochement d'intérêts entre deux familles : le vin d'un côté et les navires pour l'exporter de l'autre. Émile Canaby s'est occupé d'elle juste le temps de lui faire ses enfants, après il ne s'est plus soucié que de ses affaires. Oh, elle n'a rien à lui reprocher : il est fidèle, sobre, attentionné, il est d'humeur égale, jamais ou presque elle ne l'a vu se mettre en colère. En plus de cela, il est beau avec sa haute stature, ses yeux bleus, sa barbe blonde impeccablement taillée.

Oui, Émile est irréprochable, mais que c'est triste, un mari irréprochable ! Comme elle l'aurait préféré rempli de défauts, se disputant sans arrêt avec elle, la faisant s'enflammer, bouillir, pour se réconcilier ensuite. Comme elle l'aurait préféré léger, inconstant, frivole, même s'il avait dû la rendre jalouse. Qu'est-ce que c'est que la jalousie ? Elle ne le sait pas et ne le saura jamais.

Catherine Canaby arpente fiévreusement l'hôtel particulier du 54, quai des Chartrons, aux pièces immenses et lugubres, aussi glacial que le marbre de ses sols, aussi étouffant que ses boiseries et ses tentures... Et dire qu'il y a des gens pour l'envier ! C'est elle, au contraire, qui envie les autres. Pour un peu, elle changerait son existence contre celle des marchandes des halles ou des prostituées du port. Elles sont pauvres, elles sont malheureuses, elles sont tout ce qu'on voudra, mais au moins, elles vivent !...

– Que se passe-t-il, ma fille ? Je vous trouve bien pâle.

C'est Adèle Canaby, sa belle-mère, qui vient de faire son apparition, grande et sèche, tout de noir vêtue. Elle a perdu son mari l'année précédente, Émile lui a dit d'habiter avec eux et, depuis, elle hante les pièces de leur demeure, silencieuse comme un spectre. Catherine la considère avec horreur. C'est bien ce qu'elle est : un spectre, celui de ce qu'elle sera elle-même plus tard. Car elle sera un jour, elle aussi, cette femme en noir ! Elle se dirige vivement vers la porte.

– Vous avez raison, mère, j'ai besoin d'air. Je vais me promener...

Quelques minutes plus tard, elle est dans les rues de Bordeaux. Il fait beau, en ce mois de mai 1904, et elle a ouvert son ombrelle. Elle n'a pas l'habitude de se promener seule et elle en éprouve une sensation de liberté, qui l'apaise un peu. C'est à ce moment qu'une voix l'interpelle dans son dos :

– Catherine !

Elle se retourne et manque de se trouver mal, tant la surprise est grande.

– Pierre !

Un revenant, c'est un revenant, il n'y a pas d'autre mot !... Catherine Canaby pensait tout à l'heure qu'elle n'avait jamais connu la jalousie, mais l'amour si, elle l'a connu. C'était il y a vingt ans, avec Pierre Rabot.

Ils avaient vingt ans l'un et l'autre, ils étaient amis

d'enfance. Longtemps, il n'avait été question entre eux que d'amitié, mais avec le temps, une inclination réciproque les a rapprochés. C'est dans ses bras qu'elle a éprouvé les seuls émois de sa vie. Sans qu'ils aient été officiellement fiancés, le mot de mariage a été prononcé. Catherine le souhaitait de toutes ses forces et sa famille ne s'y serait pas opposée. Il n'y aurait eu nulle mésalliance, Pierre était riche, très riche même. Elle entend encore son père lui dire :

– Je suis prêt à lui donner ta main. Encore faut-il qu'il fasse sa demande.

Mais Pierre Rabot n'a jamais fait sa demande. Il se destinait à la carrière diplomatique et il s'en est allé à l'étranger, très loin, en Amérique. Au début, il a donné de ses nouvelles, et puis il a cessé. Les années ont passé. Il arrive un âge où les jeunes filles doivent se marier. Émile, lui, a fait sa demande et Catherine Sabourin est devenue Catherine Canaby...

Pierre vient de l'embrasser familièrement sur les deux joues. Il se recule pour la contempler avec un large sourire.

– Tu n'as pas changé. Si, tu es encore plus belle qu'à vingt ans !

Le compliment remplit Catherine de bonheur. Elle sait que ce n'est pas vrai la concernant, mais pour Pierre, c'est parfaitement exact. Il a toujours ses airs d'artiste, avec ses yeux très clairs et ses cheveux sombres un peu bouffants. Les années lui ont apporté quelque chose de plus mûr, il est moins fragile et plus séduisant encore... Malgré l'émotion qu'elle ressent, elle parvient à s'exprimer d'une manière naturelle.

– Que viens-tu faire ici ?

– Le mal du pays, l'envie de revoir la ville. De toute façon, j'aurais été vous voir. Comment va Émile ?

– Il va bien.

– Et toi ? Tout se passe bien ? Tu es heureuse ?

– Nous avons eu deux filles. Elles sont très jolies, tu verras... Tu es marié toi aussi ?

– Non, toujours pas. Je ne suis sans doute pas assez sérieux pour cela. À moins qu'aucune femme ne me plaise, quand je la compare à toi...

Ils parlent ainsi quelque temps encore. Catherine rougit aux compliments de Pierre ; lui semble comme transfiguré de l'avoir revue. Ils plaisantent, ils rient, ils ont retrouvé leur jeunesse, leur complicité et, au moment où ils se séparent, elle l'invite à dîner un prochain soir.

Au 54, quai des Chartrons, Pierre Rabot est reçu à bras ouverts. Car il faut préciser qu'il n'est pas seulement l'ami d'enfance de Catherine, il l'est aussi de son mari : Émile Canaby et lui ont fait une partie de leur scolarité ensemble. Pierre devient vite inséparable du couple et Catherine elle-même lui rend souvent visite chez sa tante, où il loge, dans un grand appartement du centre-ville.

L'été arrive. Traditionnellement, pour échapper aux grandes chaleurs, Catherine le passe dans la maison que possèdent les Canaby à Bagnères-de-Bigorre. Émile ne vient jamais avec elle : il ne prend pas de vacances, son travail l'accapare trop. Et ce qu'elle espérait secrètement se produit alors : Pierre demande et obtient d'Émile la permission de la rejoindre à Bagnères.

On peut s'étonner de cette complaisance, mais Émile Canaby a confiance en son ami d'enfance, voilà tout. D'ailleurs, il ne se passe rien. Ils sont surveillés en permanence par les deux filles et les domestiques et, de toute manière, Pierre ne veut pas faire preuve de déloyauté... Il n'empêche que, pour Catherine, le séjour est bouleversant. Pierre est tout le contraire d'Émile, il est spirituel, anticonformiste, cultivé, il s'intéresse à la musique, à la peinture, à la littérature. À vivre ainsi à ses côtés, elle a l'impression que c'est avec lui qu'elle est mariée et elle ne peut s'empêcher de faire la comparaison...

À l'automne, tout le monde revient à Bordeaux et la vie se réorganise comme avant. Pierre Rabot fréquente assidûment l'hôtel du quai des Chartrons, Catherine lui rend fréquemment visite dans l'appartement de sa tante. L'année 1905 arrive et Pierre franchit un pas supplémentaire : il propose à Catherine de passer des vacances en Suisse avec lui. Bien entendu, encore une fois, il demande l'autorisation à Émile et, encore une fois, il l'obtient. L'attitude du mari est beaucoup plus étonnante, car les conditions seront différentes, tous les deux seront seuls, loin de toute surveillance, mais Émile Canaby n'est pas jaloux.

Le couple part... Faut-il dire ce que représentent ces vacances pour Catherine ? C'est quelque chose comme un voyage de noces, même si Pierre reste un parfait gentleman, s'abstenant non seulement de tout geste, mais de toute parole déplacés. Il ne lui fait pas la moindre déclaration, pas la moindre promesse. Il se contente de vivre avec elle ces moments hors du temps et des conventions sociales. Il ne parle jamais d'avenir. Mais Catherine est incapable d'être aussi raisonnable. Elle élabore des projets en secret. Il suffirait de peu de chose pour que ce bonheur de quelques semaines dure toute une vie : son ami d'enfance est toujours célibataire. Bien sûr, elle-même ne l'est pas, mais...

11 mai 1905. Au 54, quai des Chartrons où Catherine est rentrée de Suisse depuis quinze jours, Émile vient brusquement de tomber malade. Il s'est alité et il se tord de douleur entre deux vomissements. Le médecin, appelé en hâte, constate de violentes crampes abdominales, accompagnées de nausées. Il donne son diagnostic à son épouse et à sa mère, qui se tiennent à son chevet.

– Un commencement de grippe infectieuse. Ce ne sera rien.

Mais l'état Émile Canaby s'aggrave, au contraire, rapidement. Des spasmes apparaissent, ses jambes deviennent inertes et sont gagnées par la paralysie. Le médecin, rappelé d'urgence, découvre une très inquiétante accélération du pouls, accompagnée d'une chute brutale de température.

Déconcerté par ces symptômes, il demande, dans un premier temps, l'avis de plusieurs de ses collègues. Ils sont unanimes : il s'agit d'un empoisonnement criminel, il faut soustraire le malade à son environnement. Le médecin fait donc immédiatement transporter Émile Canaby dans une clinique. Catherine, qui le soignait avec le plus grand dévouement, proteste :

– Je ne veux pas être séparée de mon mari !

Mais le médecin ne l'écoute pas et il a raison : une fois hospitalisé, le malade se rétablit aussitôt... Malgré cet ensemble de circonstances plus que suspectes, ni le médecin ni la clinique n'alertent les autorités. Il s'agit des Canaby, évoquer un empoisonnement serait déclencher un scandale... Pourtant, les faits ne vont pas rester secrets longtemps.

Deux jours plus tard, le 13 mai, un pharmacien du quai des Chartrons remarque, en vérifiant ses livres, que de gros achats de produits toxiques : aconitine, digitaline et arsenic, ont été effectués, par Catherine Canaby, au début du mois. C'est d'autant plus curieux que les ordonnances ne viennent pas de son médecin de famille, qu'il connaît bien, mais d'un médecin des Landes, M. Gaube. Il les envoie à celui-ci, qui découvre que ce sont des faux. Il porte plainte, déclenchant la machine judiciaire. Elle va aller jusqu'au bout...

Le fait d'habiter quai des Chartrons ne vous place pas au-dessus des lois et Catherine Canaby est interrogée par les policiers. Sa défense est, pour le moins, peu convaincante.

– Je me suis procuré ces ordonnances pour un inconnu.

– D'où venait-il ?

– Je ne sais pas. Il m'a prié seulement de lui rendre service. Il avait besoin de produits toxiques pour des expériences.

– Et cet homme à qui vous avez remis ces poisons, vous ne l'avez jamais revu ?

– Non. Jamais...

La suite de l'enquête est plus accablante encore pour Catherine. On fait faire l'analyse graphologique des ordonnances : c'est son écriture. Des examens sont pratiqués sur Émile : on découvre des quantités énormes d'arsenic dans ses cheveux et sa barbe.

Le doute n'est plus permis : Catherine Canaby a voulu empoisonner son mari. Reste à découvrir la raison... Pourquoi, à quarante ans, cette femme appartenant à la plus haute bourgeoisie bordelaise et jusque-là irréprochable serait-elle devenue meurtrière ? Un brusque accès de dépression ? La folie ?

La question ne reste pas longtemps un mystère, car les domestiques parlent. Ils révèlent l'existence de Pierre Rabot et ils racontent tout : les retrouvailles, vingt ans après les fiançailles, Bagnères-de-Bigorre, la Suisse... Du coup, c'est à l'ami d'enfance de Catherine de se retrouver sur la sellette. Malgré sa position sociale, il est interrogé sans ménagement. Il est peut-être le complice du crime, voire son instigateur.

Mais il est rapidement mis hors de cause. Il peut produire des témoins attestant la parfaite correction de sa conduite. Aussi bien à Bordeaux qu'à Bagnères, personne ne l'a jamais surpris dans une situation équivoque avec Catherine ; en Suisse, ils ont toujours fait chambre à part et tout s'est fait avec le plein accord de son mari, avec lequel il n'a cessé de correspondre.

Les policiers doivent en convenir : Pierre Rabot a peut-être fait preuve de légèreté, en donnant de faux espoirs à son ex-fiancée, il porte peut-être une responsabilité morale dans cette affaire, mais cela concerne sa conscience, pas la justice. Il est disculpé, tandis que, le 1er janvier 1906, après huit mois d'instruction, Catherine Canaby est arrêtée, sous l'inculpation de tentative d'homicide.

Et c'est maintenant que le plus extraordinaire va avoir lieu ! Car la seule plainte dans son dossier est celle du docteur Gaube, le médecin des Landes. La famille Canaby a fait bloc derrière elle. Une empoisonneuse dans la caste des Chartrons, c'est impossible ! La respectabilité avant tout. Émile répète à qui veut l'entendre que Catherine est la plus aimante des épouses. Il a été malade, oui, empoisonné, jamais !

Si les Canaby veulent ainsi éviter le scandale, ils se trompent. Car leur comportement fait la une non seulement des journaux de Bordeaux, mais de la France entière. Ce prodigieux acharnement de la haute bourgeoisie à dissimuler ses vices, au mépris de toute justice et même de toute vraisemblance, fascine l'opinion. L'affaire devient le symbole d'une mentalité, d'une époque, elle prend presque des dimensions politiques.

C'est dire la passion qui entoure le procès de Catherine Canaby, qui s'ouvre le 25 mai 1906, par une chaleur accablante. Le tout-Bordeaux est venu si nombreux qu'on a demandé l'intervention de l'armée. Il a fallu que le 144e régiment d'infanterie prenne position place Magenta, pour prêter main-forte aux agents de police, qui tentent de canaliser la foule.

L'assistance, en majorité féminine, est survoltée... Enfin Catherine Canaby paraît dans le box, vêtue de noir, pâle, chevelure brune en chignon. Les événements ont porté un coup fatal à sa beauté : elle a les lèvres pincées, les yeux ternes, son visage a quelque chose de fané. Le président Pradet-Bellade, un homme à la forte carrure et à la voix autoritaire, lui énonce les charges : elle est accusée de faux, usage de faux et tentative de meurtre sur la personne de son mari. Il s'arrête alors un instant et ajoute, comme à contrecœur :

– Il est juste d'observer que M. Canaby a toujours protesté contre ce chef d'inculpation.

C'est évidemment ce qui fait tout le côté sensationnel de ce procès. L'enjeu est clair : qui, de l'esprit de caste de la haute bourgeoisie ou de la vérité, va l'emporter ?

Car la tentative de meurtre ne fait aucun doute. Les débats le prouvent sans contestation possible. Les experts, qui se contredisent si souvent, sont pour une fois unanimes et formels. Les quantités de poison achetées par Mme Canaby sont effarantes. Alors que quelques milligrammes de digitaline ou d'aconitine sont mortels, c'est par grammes entiers que Catherine s'en est procuré. Elle ne les a d'ailleurs pas administrés à son mari, qui serait mort sur le coup, mais a préféré l'arsenic.

Les résultats se retrouvent dans les analyses pratiquées sur la victime. Le malheureux Émile doit la vie à une résistance phénoménale au poison. Il avait quarante milligrammes d'arsenic au kilo, alors que, dans la dernière affaire de meurtre jugée à Bordeaux, la quantité n'était que de douze !...

Après l'interrogatoire de l'accusée par le président, au cours duquel celle-ci se montre bien faible dans son système de défense, on en arrive à la première grande déposition du procès, celle de Pierre Rabot.

Il arrive bien droit à la barre. Les dames de l'assistance lui trouvent fort belle allure et leur compassion pour Catherine, vers qui va toute leur sympathie, s'en accroît encore. Il n'en reste pas moins que la position de son ami d'enfance est délicate. S'il se montre froid envers elle, il apparaîtra comme un malotru, s'il est trop affectueux, il la compromettra. Mais il se sort avec aisance de la situation.

– Vous savez les bruits qui ont circulé à Bordeaux, lui dit le président Pradet-Bellade. À Bagnères, vos assiduités ont choqué une cuisinière.

– Elle a été la seule et il lui en fallait bien peu !

– Il n'empêche qu'ensuite vous êtes allé en Suisse avec l'accusée.

– J'avais pour cela l'autorisation de M. Canaby, avec lequel je n'ai cessé de correspondre pendant tout le voyage. J'ai agi en toute sincérité et en toute innocence.

Et, quand il se retire, le témoin laisse à tous l'impression d'un parfait gentleman, coupable seulement d'avoir mésestimé les sentiments qu'il avait provoqués. Mais après lui arrive ce que tout le monde attend : la déposition de la famille Canaby.

C'est Adèle qui paraît la première, tout de noir vêtue, plus grande et sèche que jamais. Après avoir adressé un rapide regard à sa bru, elle déclare, d'une voix ferme :

– Sur mon âme, j'affirme que mon fils n'a pu être trompé. Sa femme est irréprochable. La droiture de sa conduite envers son mari et ses enfants, son dévouement de tous les instants, rien ne peut être mis en doute, je m'en porte garante. Catherine est la victime malheureuse de la malignité de cette ville !

Émile s'avance à son tour à la barre. Blond, la

barbe qui commence à blanchir malgré ses quarante ans, il marche avec difficulté et s'appuie sur une grosse canne. Le président, qu'on sent exaspéré par l'attitude des Canaby, ne le ménage pas.

– Monsieur Canaby, le matin du 4 mai, au moment où vous vous prépariez à sortir, votre femme vous a fait servir une tasse de chocolat. Vous l'avez trouvé mauvais. À midi, vous étiez pris de vomissements. Une domestique a déclaré que vos malaises dataient de ce jour-là.

– Cette histoire ne tient pas debout. Vous donnez je ne sais quel crédit à des ragots de cuisinière.

– Quel intérêt aurait cette domestique à mentir ?

– Elle en veut à ma femme qui, par la suite, l'a renvoyée.

Et, malgré toutes les tentatives du président Pradet-Bellade, Émile Canaby persiste dans ses affirmations. Il conclut avec force :

– Ma femme est innocente ! Je ne crois pas qu'elle ait jamais cherché à m'empoisonner.

Mais il a dit cela sur un ton glacial. Pas une fois il n'a adressé un regard vers celle qui, à ce qu'il prétend, est une victime, odieusement accusée par toute une ville. Son comportement dément on ne peut plus clairement ses propos, mais la justice ne peut tenir compte que des termes de sa déposition.

C'est ce que dénonce le procureur dans son réquisitoire :

– La morale réprouve son témoignage, devant lequel le magistrat, cependant, est forcé de s'incliner. M. Canaby ne veut pas que ses filles soient celles d'une empoisonneuse. Il défend sa famille contre l'intérêt public...

L'avocat de la défense a, évidemment, un point de vue opposé :

– La société veut une condamnation, mais qu'est-ce que la société, sinon l'ensemble des familles ? Et quand un chef de famille qu'on nous présente comme la victime vient vous dire qu'il ne croit pas à ce crime, pouvez-vous avoir une autre conception que lui ?

Tout est dit et, le 28 mai au soir, le président annonce le verdict :

– Catherine Canaby est acquittée du crime d'empoisonnement, mais reconnue coupable de faux et usage de faux. En conséquence, elle est condamnée à quinze mois de prison et cent francs d'amende.

Ainsi s'est terminé le procès de Catherine Canaby. Le journaliste du *Figaro* qui l'avait suivi concluait son article ainsi : « Le drame est fini. Quel en sera l'épilogue ? Dans quelques mois, quand elle sera chez elle, quelle sera la vie de la libérée ? Quel sera le foyer de cette famille ? On peut se poser la question, mais elle ne regarde pas la chronique judiciaire... »

Et pourtant, nous savons ce qui s'est passé après... Le procès qui venait de se dérouler devant les assises de Bordeaux n'était, pour les Canaby, qu'une façade légale destinée à éviter le scandale. Le vrai procès de Catherine a eu lieu plus tard, à sa sortie de prison, dans le huis clos du 54, quai des Chartrons.

Ce jour-là, un second tribunal s'est réuni pour la juger. Qui en faisait partie ? Il est difficile de le dire. Émile Canaby et sa mère certainement, peut-être ses deux filles, peut-être d'autres membres de la famille. En tout cas, leur opinion était faite depuis longtemps.

Bien sûr qu'elle était coupable ! Tous le savaient parfaitement. Il y avait bien une solution : le divorce. Seulement, dans ces familles, on ne divorce pas... Si pour l'état civil, Catherine, née Sabourin, est restée Catherine Canaby, elle a été condamnée par les siens à la prison à vie.

Quelques mois après son acquittement, elle a dû quitter Bordeaux pour se retirer à la campagne, chez l'une de ses sœurs, chez qui elle est restée, avec la seule compagnie d'une vieille servante bossue. Elle n'a été autorisée à revenir que vingt-quatre ans après, le délai au bout duquel sortent habituellement les condamnés à perpétuité. Mais il lui a été jusqu'au bout interdit de revoir sa famille, non seulement son mari, mais ses filles et ses petits-enfants. Et elle est morte en 1952, âgée de quatre-vingt-sept ans, sans avoir revu aucun des siens, au bout de quarante-six années de solitude.

Tout cela, un homme l'a su et il l'a dit. Mieux même, il l'a écrit... Il était âgé de vingt ans lorsqu'il a assisté au procès. Appartenant lui aussi à la haute bourgeoisie de la ville, il a appris de quelle manière la coupable avait été châtiée en privé. Et cette démonstration de l'esprit de caste l'a marqué à un tel point qu'il en a fait le sujet de l'un de ses plus brillants romans.

Il s'appelait François Mauriac et le roman qui raconte l'histoire de Catherine Canaby, née Sabourin, a pour titre *Thérèse Desqueyroux*.

Barbe Bleue

– Vous êtes là depuis longtemps, ma poulette ?
– J'ai commencé la semaine dernière, monsieur...

C'est de cette manière que Cathy Davis fait la connaissance de Greg Harrisson, un beau jour d'avril 1983. Elle a juste dix-huit ans et ce sont ses débuts dans la vie professionnelle. Tout de suite après son bac, elle a trouvé une place de standardiste dans un important cabinet d'affaires de Dallas. Lui est un des principaux clients de l'étude. Quarante ans, très viril, avec sa haute stature, ses cheveux très bruns et ses sourcils broussailleux, il a quelque chose d'un peu inquiétant, mais en même temps de terriblement séduisant.

C'est en tout cas ce que pense Cathy Davis... Lorsqu'il l'a appelée « ma poulette », elle n'a pu s'empêcher de ressentir un petit frisson. D'autant qu'elle sait qui il est. Ce fabricant d'appareils médicaux a tellement bien développé l'entreprise familiale dont il a hérité, qu'il est devenu millionnaire en dollars. Son entreprise ne fait que s'accroître et elle n'est pas loin d'atteindre le niveau international. Alors on comprend que la jeune Cathy ait été toute retournée en s'entendant traiter avec une aussi sympathique familiarité par cet important personnage...

Greg Harrisson continue à la questionner. Il lui sourit, découvrant des dents éclatantes.

– Qu'est-ce que vous faites ce soir, ma poulette ? J'ai deux places pour un cocktail d'inauguration de je ne sais plus quoi. Si vous vouliez m'accompagner, vous me rendriez service. J'ai horreur de sortir seul...

Cathy Davis rougit, se fait un peu prier, mais finit par accepter. C'est ainsi que, le soir même, elle accompagne Greg Harrisson à la réception que donne le conseil municipal de Dallas, pour l'inauguration d'une nouvelle salle des fêtes. La réception est fastueuse et Greg Harrisson se montre absolument charmant. Il est empressé et galant. Il est spirituel aussi et Cathy Davis est aux anges. Elle vit un véritable conte de fées ! Qu'un homme aussi important que Greg Harrisson s'intéresse ainsi à elle la laisse abasourdie.

Mais les contes qu'on raconte aux enfants ne sont pas tous enchanteurs et elle se l'entend rappeler de la plus étrange manière... Alors que Greg Harrisson l'a quittée un moment pour s'entretenir avec un des membres de l'équipe municipale, elle est accostée par une femme d'une trentaine d'années, une jolie blonde au visage un peu triste, qui n'est pas sans lui ressembler un peu... Celle-ci lui demande de but en blanc :

– Depuis combien de temps êtes-vous avec Greg ?

Cathy prend très mal l'intervention.

– Je ne suis pas avec lui. Et qui êtes-vous pour me poser cette question ?

– Son ancienne femme. Si vous n'êtes pas avec lui, j'en suis heureuse : vous avez encore le temps de fuir. Car il faut le fuir : c'est un monstre ! C'est Barbe Bleue...

Cathy veut s'éloigner de la femme pour rejoindre Harrisson, mais elle la retient par le bras.

– Écoutez-moi, je vous en supplie ! Je ne suis pas folle et je n'ai pas bu... Je ne suis pas sa première femme. Avant moi, il a été marié, mais la pauvre n'est pas restée plus de quelques semaines, tellement il a été violent avec elle. Moi, je suis restée plus longtemps, pour mon malheur. Au bout de six mois, j'ai été enceinte. Mais il ne voulait pas d'enfant et il m'a fait avorter en me donnant des coups de poing dans le ventre. Cette fois, j'ai compris et je suis partie...

C'est à ce moment que Greg Harrisson, en ayant fini avec le conseiller municipal, revient dans leur direction. La blonde s'éclipse. Il fait la grimace en l'apercevant. Il demande à Cathy.

– Qu'est-ce qu'elle vous voulait ?

– Rien... Des bêtises...

– Des bêtises et des mensonges ! Elle vous a sûrement dit du mal de moi. Mais rien n'est vrai. Elle n'a pas supporté notre divorce. Elle est restée amoureuse de moi.

L'incident n'ira pas plus loin... Les jours et les semaines suivantes, le milliardaire continue à faire à Cathy Davis une cour empressée, mais parfaitement correcte. Il fait porter des fleurs à son domicile, il l'invite au théâtre et au concert. Devant tant d'égards et de douceur, la jeune femme est plus que jamais persuadée que les propos de son ex-femme étaient effectivement des mensonges dictés par la jalousie.

C'est au bout de deux mois que Greg Harrisson l'invite à passer le week-end chez lui : un ranch aux environs de Dallas, une propriété immense, avec piscine, tennis et piste d'entraînement pour les chevaux. Et c'est là que Cathy cède enfin : elle devient la maîtresse de Greg qui, immédiatement, la demande en mariage. Elle n'a pas une seconde d'hésitation : elle accepte avec joie.

Leur mariage, célébré peu après, est ce qu'il est convenu d'appeler un événement mondain. La réception se déroule dans la salle des fêtes où avait eu lieu leur première sortie. Le maire et le député de Dallas sont là, ainsi que tout ce que la ville compte de personnalités. Pour la petite secrétaire de dix-huit ans, issue d'un milieu modeste, c'est un rêve inimaginable. Et ce n'est pas fini. Après, il y a le voyage de noces, un périple en Europe, qui s'achève à Venise !

Et puis, il y a le retour au ranch de Dallas...

Brutalement Greg Harrisson fait tomber le masque. Dès la première soirée qu'ils passent ensemble, il lui pose cette déroutante question :

– Tu ne vas pas me quitter, n'est-ce pas ?

Et, comme Cathy lui demande pourquoi il lui dit cela, il poursuit, sur un ton différent, méchant, cruel :

– Mes deux premières femmes m'ont quitté, mais toi, tu resteras. Et je te le conseille, car si tu me quittes, je te tue !...

À partir de ce moment, c'est une sorte d'enfer qui commence pour Cathy Harrisson. Elle s'aperçoit qu'elle est pratiquement prisonnière dans le ranch. Greg et elle ne sortent jamais en ville. Elle n'a même pas le droit de prendre l'une des voitures pour faire des courses, ou alors elle doit être accompagnée d'un domestique. Ces derniers sont nombreux et elle ne tarde pas à se rendre compte qu'outre les fonctions qui sont les leurs ils sont tous chargés de la surveiller.

Les années passent... Extérieurement, les Harrisson sont un couple uni. Cathy donne naissance à deux filles, Daryl et Stevie, et elle-même est, en apparence, parfaitement heureuse. Mais ce n'est qu'une apparence. Dès le début, elle a compris que Greg ne parlait pas à la légère, qu'il était bien le monstre, le Barbe Bleue dont avait parlé sa première femme et que, auprès de lui, elle était en danger de mort.

Alors, elle a décidé de jouer la comédie. Et, puisqu'elle était prisonnière, elle a vécu comme tous les prisonniers du monde : en pensant à s'évader. Mais elle devait être prudente, elle savait qu'elle ne devait pas manquer sa tentative, sinon c'était la mort assurée pour elle.

L'occasion survient en octobre 1988, au bout de cinq ans de mariage. Ce jour-là, Greg Harrisson n'est pas à la maison. Il s'est rendu à un salon professionnel, qui se tient à Chicago. Afin de surveiller Cathy, il avait fait en sorte, jusque-là, de ne pas voyager pour ses affaires, mais cette fois, il y avait un gros contrat en jeu et il n'a pu faire autrement.

Depuis longtemps, Cathy Harrisson surveille le chauffeur pour savoir où il cache les clés des voitures : dans le petit pavillon qui lui sert de logement, un peu à l'écart du ranch. Dans la journée, alors qu'il est parti en ville faire une course avec le pick-up, elle va prendre chez lui les clés de la voiture de sport. Elle les remplace par d'autres, en espérant qu'il ne s'apercevra pas de la substitution avant la nuit. Car c'est la nuit qu'elle a décidé de s'enfuir...

Le moment venu, elle va réveiller ses deux filles, à qui elle n'a rien dit, de peur qu'elles la trahissent. Daryl et Stevie, qui ont trois et quatre ans, ne comprennent rien, lorsqu'elles sont tirées du sommeil.

– Qu'est-ce qu'il se passe, maman ?

– Habillez-vous vite ! Nous allons prendre la voiture pour rejoindre papa.

– Maintenant ?

– Oui. Mais il ne faut pas faire de bruit. C'est une surprise...

Cathy n'emporte rien avec elle. Elle a juste pris de l'argent liquide qu'elle a trouvé dans le bureau de son mari. Peu après, elle pousse aussi silencieusement qu'elle peut la lourde porte du garage. Elle met le contact, tremblant que le bruit du moteur n'alerte les domestiques. Mais rien de tel ne se passe et elle franchit sans encombre le portail du ranch.

Après, elle roule toute la nuit sans s'arrêter, pour mettre le plus de distance possible entre son ancien foyer et elle. Au matin, elle appelle, depuis une cabine, une amie, qui habite San Fernando, en Californie. Elle lui explique tout et l'amie consent à l'héberger. Alors, elle reprend le volant pour faire l'interminable chemin qui lui reste, car il y a trois mille kilomètres entre San Fernando et Dallas, où elle arrive épuisée, le surlendemain...

Là, elle prend son courage à deux mains pour appeler Greg, qu'elle sait rentré de Chicago... Le hurlement qui lui parvient dans le récepteur la glace de terreur, mais elle tient bon.

– Où es-tu ?

– Je ne te le dirai pas. Je demande le divorce !

Greg Harrisson vocifère, la couvre d'injures, mais elle ne faiblit pas et il finit par se calmer.

– Je vais réfléchir. Rappelle demain...

Heureuse de ce revirement inespéré, Cathy s'exécute le lendemain et son mari n'est effectivement plus le même. Il est calme, il discute avec elle des modalités du divorce. Elle pense avoir gagné... Elle est loin de s'imaginer la réalité.

Avec les moyens qui sont les siens, Greg Harrisson s'est assuré le concours d'un spécialiste disposant d'un appareil ultramoderne permettant de localiser le numéro d'appel du correspondant... Au bout d'à peine deux minutes, il a l'adresse de Cathy à San Fernando.

Et il ne perd pas de temps ! Comme tous les hommes d'affaires, il a le culte de la rapidité. Il loue un hélicoptère pour se rendre sur place. Il se fait déposer à proximité de la petite villa où se cache Cathy et il s'y précipite. Il s'est muni d'une hache. Il ne sonne même pas à la porte du pavillon, il la fracasse à grands coups et se rue à l'intérieur. Le temps qu'il a mis pour opérer cette destruction a tout de même permis aux deux femmes d'appeler la police...

En voyant débouler Greg, son arme à la main, Cathy croit sa dernière heure arrivée, mais Greg n'a, semble-t-il, pas l'intention de la tuer. Il jette la hache et se met à la tirer par les cheveux, à la secouer de toutes ses forces, voulant lui faire jurer de revenir. Elle parlemente pour gagner du temps et elle a raison, car la police fait irruption à son tour et s'empare du forcené.

Arrêté, jugé sans délai, Greg Harrisson se voit, malgré les avocats prestigieux dont il s'était entouré, condamné à dix mois de prison avec sursis. Le divorce est, en outre, prononcé à ses torts et la garde des enfants confiée à Cathy. Le tribunal laisse en suspens la pension alimentaire, qui sera évaluée ultérieurement...

Dès l'énoncé du verdict, Cathy part avec ses filles, sans dire à personne où elle va. Elle a décidé de se rendre à San Antonio, la grande ville du Texas, près de la frontière mexicaine, dont elle est originaire et de s'y cacher. En agissant ainsi, elle renonce à la pension alimentaire considérable qu'elle aurait pu obtenir de son ex-mari milliardaire, mais elle préfère se retrouver dans la pauvreté, voire dans la misère, car elle sait que sinon, elle mettrait en danger sa vie et peut-être celle de ses enfants...

Et elle ne se trompe pas ! La haine qui s'était emparée de Greg Harrisson lorsqu'elle s'était enfuie s'est trouvée décuplée lorsqu'il s'est vu condamner à cause d'elle. Dès cet instant, il a juré sa mort et il emploie tous les moyens pour la retrouver. Or, avec sa fortune, les moyens dont il dispose sont énormes. Il engage une équipe de détectives, qui la recherchent dans tous les États-Unis et même à l'étranger. Heureusement, Cathy, qui a rompu tout contact avec ses amis et connaissances, reste introuvable.

Les années passent... Pour vivre, Cathy ex-Harrisson a accepté un modeste emploi de secrétaire médicale, et en se privant, elle parvient à se loger correctement et à assurer l'éducation de ses filles. Et c'est alors que, pour la seconde fois, un homme entre dans sa vie...

Il s'agit de Steven Lewis, un ancien marine de quarante ans, à la tête d'une société de gardiennage, qu'elle rencontre dans une réunion charitable. Lorsqu'il commence à lui faire la cour, sa première réaction est la défiance. Malgré son physique athlétique et son type de beauté très viril, il se montre extrêmement doux et prévenant, mais justement, n'était-ce pas de cette manière que s'était comporté Greg, au début ?

Pourtant, les attentions de Steven Lewis et sa persévérance finissent par avoir raison de ses craintes et elle accepte de devenir sa compagne, puis sa femme. Le mariage est célébré dans la plus grande discrétion. Dans une partie d'elle-même, elle s'attend confusément au drame, à voir le cauchemar succéder au rêve, le prince charmant se métamorphoser en Barbe Bleue, mais rien de tel ne se produit. Steven est le plus charmant des maris. S'il n'est pas milliardaire, sa réussite matérielle leur permet de vivre dans l'aisance et, peu après, elle met au monde des jumeaux.

Les années passent encore... Nous sommes en septembre 1997. Cathy a, cette fois, tout à fait oublié son premier mari et elle pense que lui aussi l'a oubliée, que le temps a eu raison de sa haine et de ses projets de vengeance. Elle se trompe cruellement !

Un soir qu'elle est seule à la maison, alors que Steven n'est pas encore rentré, le téléphone sonne. Elle décroche et elle a l'impression que son cœur vient de s'arrêter. C'est lui ! Il ne crie pas, sa voix est douce, presque suave, et l'effet produit est pire encore.

– Bonjour, Cathy. Tu vois que j'ai fini par te retrouver...

Pendant un long moment, elle est incapable de prononcer une syllabe. Elle finit par dire avec difficulté :

– Qu'est-ce que tu veux ?

– Rien... Rien, pour l'instant.

Et Greg Harrisson raccroche.

Lorsque son mari rentre, elle lui annonce, en larmes, la catastrophe. Elle a peur qu'il ne comprenne pas toute la gravité de la situation. Mais au contraire, ce dernier a parfaitement saisi et il prend même une décision extraordinaire. Il lui annonce :

– Nous partons. Il y a longtemps que je voulais m'installer en Floride.

– Nous déménageons ?

– Non, nous ne déménageons pas. Nous sommes peut-être surveillés. Il nous ferait suivre et il nous retrouverait. Nous emporterons ce qu'il y a de plus précieux et le reste, nous le laisserons sur place. Nous le donnerons à des œuvres.

Cathy est abasourdie.

– Mais ton entreprise ? Tes employés, tes clients ?

– Mon entreprise, cela fait déjà un moment que j'ai des propositions d'achat. Je vais donner suite. Il me faudra une semaine ou deux pour tout organiser, pas plus... Nous partirons un week-end, comme si nous allions faire une excursion.

– Mais les voisins vont s'inquiéter, prévenir la police.

– C'est vraisemblable. C'est pourquoi je vais aller à la police et tout leur expliquer. Je préviendrai aussi les services fiscaux et la poste, en leur demandant de ne révéler notre nouvelle adresse sous aucun prétexte.

Cathy regarde son mari émerveillée... Elle savait que c'était un homme fort, capable de prendre des décisions dans les circonstances difficiles, mais elle ne s'imaginait pas que c'était à ce point ! Elle a pourtant une dernière objection à faire :

– Et les filles, qu'est-ce que nous allons leur dire ? Elles sont grandes...

– Nous ne leur dirons rien. Sinon, elles parleraient à leurs camarades de classe et on ne sait pas ce qui pourrait arriver. Nous les mettrons au courant une fois partis.

Et l'extraordinaire plan de Steven Lewis s'accomplit ! Quinze jours plus tard, lors du week-end de la Toussaint, Cathy, les deux filles, les jumeaux et lui-même embarquent dans la voiture familiale, comme s'ils allaient passer quelques jours de vacances, et mettent le cap vers la Floride. Les voisins, comme prévu, préviennent la police quelques jours plus tard, mais celle-ci leur dit de ne pas s'inquiéter. Si Greg Harrisson a mis des détectives pour les surveiller, il en sera pour ses frais, le fil est rompu !

La famille Lewis s'installe à Sarasota, sur la côte ouest de la Floride. Elle loue une belle villa, avec piscine. L'adresse, 3120 Markridge Road, n'a été révélée à personne et leur téléphone est sur liste rouge. Steven, avec l'argent qu'il a retiré de la vente de sa société de gardiennage, en fonde une autre, qui devient rapidement aussi prospère que la précédente. Cathy s'occupe de l'éducation de ses enfants et sort peu de chez elle par prudence. Progressivement, l'angoisse qu'elle avait éprouvée quand elle avait été retrouvée par Greg s'atténue. C'est alors que surgit un problème auquel elle ne s'attendait pas...

Ses deux filles ont très mal réagi à leur fuite précipitée. Elles n'ont pas du tout apprécié de n'avoir été prévenues de rien et d'avoir dû quitter leurs copains et copines sans leur dire au revoir. Mais si Stevie, la cadette, a fini par s'y faire et se trouver de nouveaux camarades de classe, il n'en a pas été de même de l'aînée, Daryl.

Elle va sur ses quatorze ans, elle est en plein âge ingrat et son agressivité à l'égard de sa mère, latente au début, finit par éclater. Ce sont toujours les mêmes reproches, les mêmes discussions.

– Pourquoi est-ce que nous sommes partis ? Je veux retourner à San Antonio !

– Ton père nous avait retrouvés. Il nous aurait tués. C'est un monstre !

– C'est toi qui dis cela. Mais le monstre, c'est toi ! C'est toi qui m'as fait tout quitter sans me prévenir.

– Je t'assure, ma chérie, j'ai fait cela pour ton bien.

– Ce n'est pas toi qui décides de ce qui est bien pour moi, c'est moi. Je veux voir papa !...

« Je veux voir papa ! » À partir de ce moment, c'est la phrase qui revient dans les altercations, de plus en plus violentes, entre Daryl et sa mère. Et un beau jour, l'adolescente passe à l'acte : elle fugue. Elle parvient à faire plusieurs centaines de kilomètres en stop, en direction du Texas. Elle est pourtant arrêtée par la police et ramenée à Sarasota. Mais elle refuse catégoriquement de rester à la maison. Après plusieurs tentatives de conciliation, Cathy et Steven se décident, sur le conseil des services sociaux, à la placer dans un foyer...

Une fois en pension, Daryl, aussi déterminée qu'on peut l'être à son âge, poursuit son idée fixe. Seulement, elle renonce à fuguer. Elle sait qu'ici elle est surveillée et qu'elle n'irait pas loin. Elle décide d'entrer autrement en contact avec son père. Elle ne connaît pas son numéro de téléphone, mais elle trouve sans mal dans l'annuaire celui de la société Harrisson à Dallas et, quand elle se présente, elle obtient tout de suite Greg.

Ce dernier, qui avait été totalement pris de court par l'initiative des Lewis et qui, depuis, dépensait en vain des fortunes pour les retrouver, exulte. Il croyait la partie perdue et voilà que tout est de nouveau possible ! Il prend une voix douce, pour ne pas effaroucher l'adolescente.

– Où es-tu, ma chérie ? À la maison ?

– Non, on m'a placée dans un foyer.

– Pourquoi cela ?

– Parce que je voulais te voir...

Greg Harrisson sait qu'il a gagné, mais il décide de ne rien brusquer. Il discute longuement avec sa fille. Puisque Cathy ne le veut pas, il est d'accord pour que Daryl ne vienne pas le rejoindre. Ils n'auront qu'à se téléphoner et à s'écrire, mais pour cela, il a besoin de savoir l'adresse du foyer... Daryl hésite un peu et finit par la lui donner.

Avec ce renseignement, Greg Harrisson pensait pouvoir localiser rapidement son ex-femme, mais malgré les gros moyens qu'il met en œuvre, il n'y parvient pas. Sarasota est une ville assez importante où il n'est pas si facile de retrouver quelqu'un, d'autant que Cathy, qui reste méfiante, sort très peu. Au bout de deux mois, les détectives à sa solde ne sont parvenus à rien.

On est alors à la mi-décembre et, en désespoir de cause, Greg décide de tenter sa chance auprès de sa fille.

– Allô, ma chérie ? Tu sais que c'est bientôt Noël. Je vais t'envoyer ton cadeau, mais je ne peux pas le faire pour Stevie et ce n'est pas juste.

– Je ne peux pas te donner l'adresse. Maman ne serait pas contente.

– Tu peux au moins me dire par quelle lettre commence la rue.

Daryl se met à rire :

– Par un M.

– Et la deuxième ?

– C'est un A.

– Tu peux bien me dire la troisième !

– D'accord, c'est un R. Mais je ne te dis plus rien. C'est fini.

Lorsque Greg Harrisson raccroche, il est sûr, cette fois, de retrouver son ex-femme. Et il ne se trompe pas : deux jours plus tard, il est en possession de l'adresse complète : 3120 Markridge Road. Maintenant, il va pouvoir passer à la deuxième partie de son plan...

Parmi les nombreuses associations qu'il finance au titre du mécénat, figure un club de football américain d'un faubourg de Dallas. Il s'intéresse même d'assez près à ses joueurs et il pense qu'il y a parmi eux la personne qu'il cherche. Il s'agit de Ricardo Ramirez, un fils d'émigrés mexicains. C'est un garçon doté de qualités physiques exceptionnelles, un athlète au cou puissant qu'on a surnommé pour cela « El Toro ».

El Toro avait tout pour faire une brillante carrière, mais le garçon était trop paresseux à l'entraînement. Il s'est fait renvoyer de l'équipe première et, depuis, il ne fait plus que des remplacements. Greg Harrisson sait aussi qu'il est en train de mal tourner. Il se drogue et il est toujours à court d'argent. D'autre part, c'est un bagarreur, un violent. Il devrait pouvoir faire l'affaire.

Il lui donne rendez-vous dans les vestiaires du stade. El Toro, un colosse aux traits épais et au front bas, y arrive, tout intimidé de se trouver devant le grand patron. Ce dernier lui sourit.

– Tu es prêt à me rendre un service, pour dix mille dollars ?

– Tout ce que vous voudrez, monsieur Harrisson !

– Il s'agit de démolir quelqu'un.

– Facile !

– C'est une femme. Cela ne te dérange pas ?

El Toro hausse ses puissantes épaules.

– Pas de problème... La démolir jusqu'à quel point ?

– Disons, suffisamment pour qu'elle ne puisse plus élever ses enfants...

L'homme réfléchit un instant.

– Ce serait plus pratique si je pouvais lui tirer dessus, seulement, je risque de la tuer.

Le milliardaire hausse les épaules à son tour.

– C'est peut-être la solution. C'est à toi de voir.

Il met la main à sa poche et en sort une enveloppe.

– Voilà mille dollars d'avance, mille dollars pour tes frais, sa photo et son adresse. Tu auras le reste après le boulot.

El Toro arrive à Sarasota quelques jours avant Noël. Il passe la nuit dans un motel proche du domicile de Cathy et, au matin, se rend devant la villa de Markridge Road. À 7 heures, il voit Steven partir pour son travail. Une heure plus tard, Cathy sort à son tour accompagner sa fille Stevie à l'école. Il pense un instant commettre son agression sans plus attendre, mais il y renonce : il y a du monde dans la rue, il risquerait de se faire prendre. Mieux vaut essayer de s'introduire dans la villa et agir tranquillement quand elle rentrera...

Comme dans presque toutes les maisons américaines, il n'y a pas de clôture. De plus, le temps est exécrable : il pleut et il fait un léger brouillard. El Toro peut parvenir sans encombre devant la villa. Il est en train de se demander de quelle manière entrer, lorsqu'il voit, à travers la baie vitrée, les jumeaux en train de jouer. Ce serait trop de complications, il renonce à son projet.

Il aperçoit alors, dans l'autre partie du jardin, la porte du local-piscine entrouverte. Voilà l'endroit idéal pour se cacher ! À un moment ou à un autre sa future victime passera à proximité, et là, il ne la ratera pas.

El Toro ne se trompe pas. Après être revenue de l'école, Cathy s'occupe un moment des jumeaux, puis sort dans le jardin pour ramasser les feuilles mortes. Il entrebâille la porte et tire au jugé. Elle pousse un hurlement : la balle lui a arraché la joue. Il bondit et, d'une bourrade, la projette à terre. Le coup de feu et le cri de leur mère ont alerté les jumeaux, qui arrivent en courant. Mais leur présence ne l'arrête pas. Sous leurs yeux, il la tire par les cheveux, sort un couteau de sa poche et l'égorge. Il le fait si violemment que la tête se détache presque. Ensuite, il s'enfuit vers sa voiture, qu'il a garée non loin et disparaît. Le crime n'a pas d'autre témoin. Ce n'est qu'un peu tard que les voisins découvrent le cadavre et les jumeaux poussant des cris déchirants dans le sang de leur mère.

L'enquête qui s'ensuit est à la fois facile et délicate. Elle est facile parce que Steven Lewis indique tout de suite aux policiers qui est, sinon l'auteur, du moins le commanditaire du meurtre. Il leur raconte l'incroyable haine et l'incroyable acharnement dont a fait preuve Greg Harrisson envers son ex-femme, qu'il avait juré de tuer, pour la punir de l'avoir quitté. Et la malheureuse Daryl explique, en larmes, comment elle est la responsable du drame, en ayant permis à son père de les retrouver...

En ce qui concerne l'exécutant du crime, les choses vont vite également. El Toro a laissé ses empreintes dans le local-piscine et il est fiché pour une rixe qui a mal tourné. Il est donc rapidement identifié et recherché dans Dallas et tout le Texas.

Mais à partir de là, les policiers rencontrent les pires difficultés. S'il apparaît effectivement que Greg Harrisson est bien le commanditaire du meurtre, il n'y a aucune preuve au sens juridique du mot et le milliardaire, entouré de toute une équipe d'avocats, se défend énergiquement. La presse ayant repris les accusations de Steven Lewis, il va même jusqu'à lui intenter un procès en diffamation et il le gagne !

Quant à Ricardo Ramirez, dit « El Toro », s'il est à coup sûr l'assassin, il est introuvable. La police soupçonne Harrisson de lui avoir donné une forte somme d'argent pour le faire passer à l'étranger, mais là encore, il n'y a aucune preuve. L'opinion, qui a été vivement émue par ce crime odieux, est scandalisée. Greg Harrisson, que la presse surnomme « Barbe Bleue », est un monstre. Est-ce que, grâce à sa fortune, il va bénéficier de l'impunité ?

Eh bien non ! La police, dont l'honneur est en jeu, dans cette affaire très médiatisée, emploie de gros moyens et finit par retrouver la trace d'El Toro au Mexique. Elle n'a pas encore gagné, car Harrisson paie des avocats qui font tout pour empêcher l'extradition. Celle-ci finit pourtant par avoir lieu et, dès son retour aux États-Unis, El Toro dénonce son complice. Cette fois, tout est bien fini.

À leur procès, les deux hommes, plaidant coupables, ont échappé à la peine de mort et se sont vu condamner à la prison à perpétuité. Ainsi s'est terminée cette histoire de haine et de mort, celle d'un acharnement dont il y a peu d'exemples dans les annales criminelles.

L'affaire von Bülow

Newport, dans l'État de Rhode Island, est sans conteste l'adresse la plus chic des États-Unis. C'est là que sont concentrées les plus grandes fortunes du pays. L'endroit est calme, sans le luxe tapageur d'Hollywood, mais il est plus riche encore ; on peut y faire des kilomètres et des kilomètres sans longer une propriété de moins de trente pièces.

Et parmi ces résidences de rêve qui abritent les millionnaires en dollars, Clarendon Court est sans doute la plus fastueuse. Ce palais de conte de fées, presque aussi grand qu'un château de la Loire, a servi de décor, dans les années cinquante, au film *Haute Société*. Depuis la colonnade qui décore la façade, on peut voir la mer, par-delà l'immense pelouse, grande comme cinq terrains de football. Sur l'arrière de la demeure, où ont lieu des réceptions, ont été aménagées, au milieu d'un parc anglais, une pièce d'eau et des fontaines inspirées de Versailles...

À la fin des années soixante, Clarendon Court a de nouveaux propriétaires, Claus et Martha von Bülow. Ils s'y sont installés avec toute une escouade de domestiques : chauffeurs, jardiniers, bonnes à tout faire, valets de pied, cuisinières, gouvernantes. Si les von Bülow ont été tout de suite accueillis à bras ouverts dans la haute société de Newport, la plus fermée des États-Unis, ils n'y passent pourtant pas toute l'année. Ils partagent leur temps entre leur appartement de New York, un duplex de vingt pièces sur la Cinquième Avenue, réputé le plus beau logement de la ville, et, plus rarement, leur hôtel particulier londonien de Belgrave Square.

C'est pourtant au milieu des marbres, des boiseries et des ors de Clarendon Court qu'ont eu lieu les événements qui vont suivre. Rarement, sans doute, une histoire criminelle aura eu un cadre plus luxueux. Mais nous avons bien dit : « histoire criminelle » et non « crime », et c'est dans cette nuance que réside toute l'affaire von Bülow.

Martha von Bülow, née Crawford, en 1932, est l'une des femmes les plus riches des États-Unis. C'est d'elle que vient la fortune du couple. Elle est apparentée à Andrew Carnegie, le fameux milliardaire new-yorkais, et son père, John Crawford, est président de la Gas and Electric Corporation de Pittsburgh, une multinationale du pétrole et de l'électricité. Lorsque ce dernier meurt, alors qu'elle n'a que trois ans, elle est élevée par sa mère et sa grand-mère.

Elle est décidément comblée par la nature, car en plus de la fortune, elle se révèle, dès son adolescence, d'une beauté sans pareille. C'est une blonde éblouissante, qui n'est pas sans ressemblance avec Grace Kelly, mais avec des formes plus généreuses, qui lui donnent un charme moins froid. C'est à cette époque qu'elle reçoit le surnom qui ne la quittera plus : « Sunny », la « Radieuse », la « Rayonnante »...

Avec de pareils atouts, il n'est pas étonnant que Sunny Crawford attire les prétendants comme la flamme les papillons. Très jeune, elle tombe amoureuse d'un prince russe ruiné, qui parle dix langues et fait des traductions pour vivre. Mais sa famille s'oppose à cette mésalliance ; elle l'oblige à rompre. Pour lui faire oublier le prince russe, elle l'envoie passer ses vacances dans la station autrichienne ultrachic de Schloss Mitterzil. Elle y rencontre tout ce qu'on fait de mieux en matière de jeunesse dorée et tombe amoureuse d'Alfie von Auersperg, un autre prince ruiné, mais dont la famille remonte à Charlemagne. Il est blond comme les blés, un peu plus jeune qu'elle et possède un physique de cinéma.

Malgré le manque de fortune, la noblesse d'Alfie von Auersperg a raison des réticences de la famille Crawford et Sunny l'épouse en 1957. Ils ont rapidement deux enfants, Alexander et Annie Laurie, que tout le monde appelle Ala, mais le mariage n'est pas heureux. Alfie a des maîtresses et ne s'en cache pas. Pour tromper son chagrin, Sunny se met à boire. Après huit ans d'union, Alfie décide de vivre ouvertement avec une autre femme et part en safari avec elle. Sunny quitte le domicile conjugal avec ses enfants. Elle se rend à Londres, chez une sœur de son mari. Pour la réconforter, cette dernière demande à l'un de ses amis, Claus von Bülow, d'être son chevalier servant...

S'il porte un nom d'aristocrate prussien – qui, d'ailleurs, n'est pas le sien – et si les manières qu'il adoptera toute sa vie sont celles d'un gentleman britannique, Claus von Bülow est danois. Il naît en 1926, à Copenhague, dans une famille de la bonne bourgeoisie. Son grand-père, Fritz Borberg, a été ministre de la Justice. Son père, Sven Borberg, est critique littéraire dans un journal de la capitale.

Il a quatre ans lorsque ses parents divorcent. À sept ans, il est envoyé en pension en Suisse. À l'invasion du Danemark par les Allemands, en 1940, il part pour l'Angleterre, avec sa mère Jona, née von Bülow. Il entre à Cambridge et obtient à vingt et un ans un diplôme de droit. À la fin de la guerre, parce que son père a été condamné pour collaboration, il cesse de porter le nom de Borberg et prend celui de la mère.

Celui qui s'appelle désormais Claus von Bülow se rend à Paris, où il complète ses études à Sciences-Po, puis revient à Londres, où il devient la coqueluche de la haute société. Il faut dire qu'il n'est pas de ceux qui passent inaperçus. Si le premier mari de Sunny avait un physique de cinéma, Claus n'a rien à lui envier à cet égard. Il est très grand, il a les cheveux très bruns prématurément clairsemés, ce qui lui donne un charme supplémentaire, et son regard bleu-gris est absolument irrésistible.

Il est tout aussi apprécié pour la distinction de ses manières, notamment un flegme extraordinaire, dont absolument rien ne peut venir à bout... Un exemple l'illustre mieux que tous les discours. Lors d'une réception, il est jeté tout habillé dans une piscine, par un convive éméché. Il en sort très dignement et va trouver le mauvais plaisant. Il lui tend sa montre, en lui disant simplement, sans élever la voix :

– Vous connaissez l'adresse de Cartier...

Puis il fait de même avec ses souliers de daim et lui dit, toujours sur le même ton :

– Vous connaissez l'adresse de Gucci...

Pourtant, Claus von Bülow est autre chose qu'un mondain. Ses brillantes études témoignent suffisamment de ses qualités intellectuelles et il connaît une réussite professionnelle remarquable. Après un séjour dans un cabinet d'avocats de Londres, il entre, en 1959, au service du magnat du pétrole Paul Getty, l'homme le plus riche du monde. La dureté du milliardaire avec ses collaborateurs est bien connue et le fait qu'il fasse rapidement de Claus son bras droit en dit long sur les capacités de ce dernier. C'est peu après que von Bülow rencontre Sunny...

Entre eux, c'est le coup de foudre et ils se marient le 6 juin 1966. Il a quarante ans et elle trente-quatre. Au début, leur mariage est heureux. Ils achètent Clarendon Court, où ils s'installent en compagnie des deux enfants du premier mariage de Sunny, Alexander et Ala. Tout de suite, ils sont la coqueluche du petit monde fermé de Newport. Les réceptions qu'ils donnent sont les plus brillantes et les plus recherchées. Jamais Sunny n'a été aussi rayonnante, jamais Claus n'a été aussi séduisant.

L'année suivante, ils ont une fille, qu'ils appellent Cosima, comme la fille de Franz Liszt, qui avait été la femme d'un von Bülow avant d'épouser Richard Wagner. Mais ce qui devrait être un bonheur supplémentaire est, au contraire, le début des épreuves. L'accouchement se passe mal, avec des complications très rares. Sunny reste paralysée des jambes pendant plusieurs jours. Elle en retrouve l'usage, mais à la suite de cela, elle devient frigide ; elle a même un dégoût définitif des rapports sexuels. Elle l'avoue à Claus et lui donne l'autorisation d'avoir des aventures extraconjugales, à condition qu'il le fasse discrètement.

Malgré tout, elle admet mal la situation. Elle a toujours été très possessive et, à partir de ce moment, la jalousie ne la quitte plus. Elle sait bien que son mari est un homme à femmes et elle ne supporte pas qu'il soit toute la journée à son travail. Elle le veut uniquement près d'elle. Alors, elle lui propose un marché : s'il donne sa démission à Paul Getty, elle fera un testament en sa faveur. Il recevra quatorze millions de dollars, plus Clarendon Court et l'appartement de New York, avec les meubles et les œuvres d'art qu'ils contiennent. Et Claus von Bülow, que ce soit par amour ou par attrait de l'argent, accepte.

C'est une erreur qu'il ne tarde pas à regretter. Voué à l'inactivité, dans les pièces immenses de Clarendon Court, il s'ennuie à mourir, il étouffe. Pire, il se sent profondément humilié ! Il se fait l'effet d'un gigolo, alors qu'il ne l'est en aucune manière. S'il ne possède pas de fortune personnelle, il est capable de gagner sa vie infiniment mieux que la quasi-totalité des mortels. Au lieu de cela, il est devenu une sorte de secrétaire privé de sa femme : c'est lui qui téléphone à son banquier pour lui transmettre ses instructions et aux grands couturiers pour commander ses robes. Il n'est plus que le premier de ses domestiques !

Sunny von Bülow se rend parfaitement compte que leur couple se distend et elle se remet à boire. Elle prend l'habitude d'absorber des *eggnogs*, cocktails faits de bourbon, d'œufs battus, de crème et de sucre. L'alcool la fait grossir, alors elle prend des laxatifs pour maigrir et sa santé s'en ressent, d'autant qu'elle commence à abuser des tranquillisants...

S'il ne travaille plus, Claus von Bülow n'est pas prisonnier à Clarendon Court ; il se rend fréquemment à New York, où il rencontre des amis. C'est ainsi qu'il fait la connaissance d'Alexandra Isles, une compatriote danoise, ancienne actrice, qui a un peu le même type de beauté que Sunny, mais en brune. Et, alors qu'il n'avait eu jusque-là que des aventures passagères, cette fois, c'est vraiment sérieux. Il est même question de mariage. Alexandra le presse de divorcer et ses amis le poussent dans le même sens. Son mariage avec Sunny est visiblement un échec, il n'a pas besoin de sa fortune pour vivre. Mais bien qu'au printemps 1979 Alexandra lui ait fixé un ultimatum, Claus tergiverse. On ne sait pas si ce sont ses sentiments pour son épouse qui le retiennent ou s'il reste attiré par son fabuleux héritage.

À la même époque, il obtient une concession de cette dernière. Elle accepte, sans qu'il soit salarié à temps complet, qu'il devienne producteur de spectacles. C'est ainsi qu'il monte à Broadway une pièce à succès : *Piège mortel*, l'histoire – cela ne s'invente pas ! – d'un homme qui tue sa femme, grâce à un plan machiavélique. Il réitère peu après avec une comédie musicale, *Carmelina*, mais avec moins de réussite. Si ces activités lui plaisent énormément, il n'en est pas de même pour Sunny. Elle sent son mari lui échapper. Elle boit de plus en plus et songe à divorcer. C'est dans une atmosphère bien morose que se passe Noël 1979, à Clarendon Court...

Le 26 décembre au soir, voyant que sa mère ne se sent pas bien, Alexander la raccompagne dans sa chambre. Il doit la soutenir pour qu'elle ne tombe pas. Le lendemain matin, elle ne descend pas prendre son petit déjeuner et sa gouvernante, Maria Schrallammer, s'en inquiète. Au service de Sunny depuis vingt-trois ans, Maria Schrallammer est le type même de la vieille domestique dévouée corps et âme à sa maîtresse et elle a tout de suite détesté Claus von Bülow, qui prenait une partie de sa place auprès d'elle.

Elle va donc frapper à la porte de la chambre. Celle-ci ne s'ouvre pas. C'est von Bülow qui lui répond depuis la pièce.

– Madame est faible. Elle se repose. Il ne faut pas la déranger...

Mais au début de l'après-midi, il n'y a toujours pas signe de vie. Cette fois, l'angoisse de la gouvernante est telle qu'elle décide de passer outre aux ordres de son maître. Elle frappe à la porte de la chambre et entre, sans attendre la réponse. Elle découvre le couple allongé sur le lit. Claus von Bülow est habillé : pantalon gris et pull-over de cachemire. Il a un livre à la main. À ses côtés, Sunny, en chemise de nuit, semble dormir profondément. Maria Schrallammer va vers elle et lui prend la main : elle est glacée. Elle se tourne vers son mari.

– Elle est malade ! Il faut appeler un médecin.

Ce dernier lui répond sans s'émouvoir :

– Mais non, elle dort.

Maria essaie de la réveiller, la secoue : elle est molle comme une poupée de chiffons. Elle lui crie :

– Réveillez-vous ! Réveillez-vous, Madame !

Elle n'obtient pas de réponse, même pas de réaction. Claus intervient alors de manière agacée.

– Laissez-nous, vous dis-je, elle dort !

La domestique est bien obligée de se retirer. Vers six heures du soir, lorsque Alexander revient de sa partie de tennis, elle court l'informer de l'état de sa mère. Celui-ci entre à son tour dans la chambre. Il la prend dans ses bras, mais elle ne se réveille toujours pas. Pire, elle est visiblement dans un état grave : elle a les lèvres décolorées, le nez pincé, elle respire avec difficulté. À ce moment, Claus von Bülow semble se rendre compte brusquement qu'il se passe quelque chose d'anormal. Il se précipite vers le téléphone et appelle leur médecin traitant, le docteur Gailitis.

– Venez vite. C'est très urgent. Je vous paierai n'importe quel prix, mais venez !

Le praticien ne tarde pas. Il juge tout de suite la situation critique. Il prévient les services d'urgence et, en attendant, pratique à la patiente le bouche-à-bouche, puis un massage thoracique. Les secours arrivent enfin. Sunny von Bülow est transportée à l'hôpital. On lui découvre un taux de sucre si bas que les médecins lui injectent du glucose par intraveineuse. Après un moment d'angoisse, le taux de sucre remonte, elle sort du coma...

Que lui est-il arrivé ? Dans les heures et les jours qui suivent, l'hôpital multiplie les analyses. Elles démontrent que la malade n'avait pas bu d'alcool ni absorbé de barbituriques. Dans ces conditions, qu'est-ce qui a pu provoquer une chute aussi brutale et aussi importante du taux de sucre ? Le médecin chef du service ne sait que penser. Tout cela semble incompréhensible, à moins que...

Il lui revient en mémoire une affaire vieille d'un peu plus de vingt ans : Kenneth Barrow, un Anglais, croyait avoir commis le crime parfait en injectant de l'insuline à sa femme. Mais l'aiguille avait laissé des traces et il avait fini par être condamné. Pourtant, le médecin abandonne cette idée. L'attitude de Claus von Bülow, qui apporte quotidiennement à la malade des roses et des orchidées et passe de longues heures avec elle, lui fait chasser ces soupçons... Alors, il pourrait très bien s'agir d'insuline, mais d'un tout autre scénario : une tentative de suicide.

L'hypothèse est d'autant plus crédible qu'un psychiatre de l'hôpital vient interroger, peu après, la convalescente. Cette consultation entre dans l'ensemble des recherches faites sur son état de santé. Contrairement à d'autres riches héritières, Sunny von Bülow a horreur des psychiatres et des psychanalystes, mais elle lui parle. Elle lui confie qu'elle n'a plus de rapports avec son mari depuis la naissance de sa fille, que sa vie est vide, qu'elle n'a pas envie de se lever le matin.

– Avez-vous essayé de vous suicider ? lui demande le praticien.

– Non, mais j'y ai souvent pensé, répond-elle.

Le psychiatre rapporte la conversation au médecin chef et au docteur Gailitis. Tous trois conviennent que la lumière n'a pas été faite sur le plan médical et qu'il faudra faire par la suite des examens complémentaires...

Celle qui n'a aucun doute, au contraire, c'est Maria Schrallammer. Pour elle, il s'agit bel et bien d'une tentative de meurtre ! Claus von Bülow a tout fait pour qu'on ne porte pas secours à sa femme et, si elle-même n'avait pas été là, elle serait morte. Et Maria Schrallammer ne se contente pas de garder ses soupçons pour elle. Elle va les confier à M. et Mme Aiken, la mère et le beau-père de Sunny von Bülow, qui n'ont jamais aimé leur gendre. Ils sont immédiatement convaincus de sa culpabilité et eux non plus ne gardent pas leurs certitudes pour eux. Ils convoquent Claus et l'accusent ouvertement. Celui-ci se défend avec énergie, en appelle au témoignage du docteur Gailitis, qui lui apporte son soutien, et les choses, du moins en apparence, en restent là.

Les semaines, les mois passent et la vie reprend, entre le duplex de vingt pièces sur la Cinquième Avenue et le palais de Newport. Sunny ne garde aucun souvenir des circonstances de son coma, mais sa santé continue à se détériorer. Elle fait toujours la même consommation effrénée d'alcool, de sucreries et de laxatifs, sans compter les trois ou quatre paquets de cigarettes qu'elle fume quotidiennement.

Elle est pourtant décidée à se soigner et, en avril 1980, elle entre dans un hôpital de New York, pour des examens du pancréas. Une tumeur de cet organe aurait pu, en effet, provoquer son coma. Mais tout est négatif. En désespoir de cause, les spécialistes concluent à une hypoglycémie réactive, due à un excès de sucre et d'alcool. Les personnes hypoglycémiques réactives font une brusque chute du taux de sucre, après, précisément, une forte consommation de sucre, le pancréas réagissant avec excès, en envoyant dans l'organisme une trop grande quantité d'insuline. Dans ces conditions, les médecins recommandent à Sunny de cesser l'alcool et les sucreries...

Elle promet de faire ce qu'elle pourra et elle tient parole au début, car deux événements extraordinaires viennent lui faire tout oublier. C'est même à ce moment que l'existence fastueuse des von Bülow connaît son apogée. En juin 1980, Ala se marie avec un aristocrate autrichien. Le luxe de la cérémonie, qui a lieu à Vienne, dépasse tout ce qu'on peut imaginer : Sunny s'est assuré le concours des chœurs et de l'orchestre de Salzbourg et le carrosse des mariés est tiré par six chevaux blancs ! Un mois plus tard, en juillet, ce sont les vingt ans d'Alexander, qui sont célébrés à Clarendon Court. La réception, qui réunit des centaines de convives tous habillés de blanc, est jugée par les invités comme la plus belle jamais donnée à Newport, ce qui en dit long sur sa magnificence.

Mais tout cela est éphémère et ne représente que la partie visible des choses. Derrière le brillant du décor, il y a les coulisses. Et d'abord, il y a Maria Schrallammer, qui s'est mise à surveiller son maître. Persuadée qu'il s'agit d'un assassin et qu'il récidivera, elle fouille dans ses affaires, pour prévenir une nouvelle tentative. Elle trouve ainsi, dans son vestiaire, une trousse de cuir noir : elle contient des tubes, renfermant des comprimés, de la poudre et de la pâte. Maria en prélève des échantillons et les fait analyser : c'est du Valium, sous trois formes différentes.

À partir de ce moment, certaine que la trousse noire a un lien direct avec les projets criminels de von Bülow, elle en explore régulièrement le contenu et note sur un carnet le résultat de ses investigations. Peu après, elle y consigne la découverte d'aiguilles hypodermiques et, un peu plus tard encore, celle d'un flacon d'insuline...

Du côté d'Alexandra Isles également, les problèmes ressurgissent. Après l'accident de Sunny, elle avait observé une sorte de trêve avec Claus, mais maintenant qu'elle va mieux, elle renouvelle ses exigences. Elle fixe un nouvel ultimatum à son amant : ou il divorce ou c'est la rupture. Comme ce dernier continue à tergiverser, leurs rapports deviennent de plus en plus tendus. L'humeur de Claus s'en ressent, notamment dans ses relations avec sa femme.

Cela a, bien sûr, pour conséquence d'enfoncer un peu plus Sunny dans l'état dépressif qui est le sien. Pour la première fois, elle fait des confidences à ses enfants. Elle dit à Ala qu'elle n'est pas heureuse et qu'elle n'est pas capable de rendre heureux son mari. Avec Alexander, elle va plus loin. Elle lui avoue :

– Je pense à divorcer.

Et, comme il lui demande pourquoi, elle lui répond :

– La raison est tellement horrible que je ne peux te le dire.

1er décembre 1980. Les von Bülow sont alors à New York. Après s'être levé, Claus part faire une promenade dans les rues de la ville. Lorsqu'il revient, il découvre sa femme inconsciente dans leur chambre, au pied du lit. Elle a une blessure à la tête, qu'elle a dû se faire en tombant. De nouveau, c'est le transport d'urgence à l'hôpital. Cette fois, il n'est pas question de coma hypoglycémique, les analyses sont formelles : c'est une surdose d'aspirine. Il est vrai que Sunny en abuse aussi – elle en prend dix à vingt par jour –, mais pour produire un pareil résultat, il a fallu qu'elle avale une soixantaine de cachets en même temps. Sans l'affirmer absolument, les médecins laissent entendre à Claus qu'il s'agit d'une tentative de suicide...

Sunny se remet tout de même et, le 19 décembre, le couple, accompagné de Cosima, quitte New York pour Newport, afin d'y passer les fêtes de Noël. Même si personne ne dit rien, l'atmosphère est tendue. Chacun pressent que le drame, qui a été évité de justesse l'année précédente, pourrait se reproduire et, cette fois...

Le lendemain, Alexander les rejoint à Clarendon Court. L'après-midi, tous les trois vont au cinéma. Au retour, Sunny et Claus ont une discussion. Ce dernier lui déclare :

– Il se pourrait qu'on me propose un poste en Europe...

Sa femme prend très mal la chose.

– Jamais de la vie ! C'est un prétexte pour me quitter. Vous avez quelqu'un d'autre.

– Je vous jure que non...

– Si vous allez en Europe, je divorce !

L'échange de propos s'en tient là mais, semble-t-il,

Sunny ne s'en remet pas. Après le dîner, Alexander a une conversation avec elle. Il la trouve bizarre : ses yeux se ferment, elle a du mal à se tenir assise. Il s'en inquiète ; elle lui répond que tout va bien, mais elle devient de plus en plus incohérente dans son comportement et dans ses paroles. C'est à tel point que, comme l'année précédente, Alexander la raccompagne dans sa chambre, en la soutenant pour qu'elle ne tombe pas. Après quoi, il va prévenir son beau-père, resté au salon.

Et, le lendemain, le même scénario se répète : Sunny ne vient pas prendre son petit déjeuner. À 10 h 30, après avoir promené les chiens, Claus von Bülow remonte dans la chambre. Sa femme n'est pas dans le lit. Il va frapper à la porte de la salle de bains. Pas de réponse... Le verrou n'est pas mis. Il ouvre et découvre un terrible spectacle : Sunny gît sur le sol de marbre, face contre terre, avec un peu de sang autour de la bouche ; sa robe de chambre en soie est relevée jusqu'à la taille. Il appelle Alexander, puis le médecin. Ce dernier ne tarde pas et ses constatations sont catastrophiques : le pouls est à 38, la température est de 27,5°.

Les pompiers arrivent. De nouveau, c'est la course folle vers l'hôpital de Newport où on diagnostique un coma hypoglycémique. On pratique encore une fois une injection intraveineuse de glucose. La température redevient normale, la tension aussi, mais les similitudes avec ce qui s'était passé la fois dernière s'arrêtent là : Sunny ne sort pas du coma. Le médecin responsable, le docteur Meier, va trouver Claus von Bülow, l'air grave :

– Je suis désolé, le cerveau a dû être atteint...

– Mais elle va quand même retrouver la conscience ?

– Peut-être partiellement, peut-être jamais...

En tout cas, le docteur Meier et ses collègues font preuve de la plus grande prudence. Un tel bilan clinique ne fait pas penser à une hypoglycémie réactive. Le taux de sucre était à l'arrivée de la patiente de 0,29 et seule une injection d'insuline peut avoir provoqué un chiffre aussi bas. Ils prennent le soin de prélever deux échantillons de son sang à son admission, pour faire deux expertises contradictoires, car ils ont la certitude que la justice aura à les utiliser plus tard.

Quant à l'état de Sunny von Bülow, il ne s'améliore malheureusement pas. Elle reste une morte vivante, totalement dénuée de conscience. Elle respire, son cœur bat, mais les examens prouvent que son cerveau est détruit à 60 %. Il n'y a aucun espoir qu'elle récupère la moindre faculté un jour.

Elle est emmenée dans un établissement spécialement équipé de New York, le Columbia Presbyterian Hospital. Là, on l'installe dans la meilleure chambre, à mille dollars par jour, d'où on a une vue exceptionnelle sur Manhattan. Mais cette vue, Sunny von Bülow n'en profitera jamais, pas plus qu'elle n'entendra ni ne ressentira quoi que ce soit. Elle est nourrie par une sonde, qui lui pénètre dans le nez et descend jusqu'à l'estomac ; une autre sonde, dans la gorge, aspire les sécrétions qui, sans cela, l'étoufferaient ; une dernière sonde, enfin, élimine ses urines. Et elle vivra ainsi aussi longtemps que son cœur tiendra, peut-être vingt ans, peut-être trente, peut-être plus...

Au début, seule sa fille Ala a le courage de lui rendre visite. Elle lui parle, espérant que sa voix la fera revenir à la vie. Elle vient même une fois avec l'enregistrement de ses chiens, qu'elle adorait. Mais rien n'y fait. Alors, elle renonce à se rendre dans cette chambre de rêve qui domine New York, mais qui n'abrite plus personne de vivant. Elle revient auprès des siens, pour affronter le terrible problème qui l'attend. Que s'est-il passé pour que sa mère soit dans cet état ? S'agit-il d'une tentative de meurtre et qui est le coupable ?

Peu après a lieu un conseil de famille dramatique qui réunit Ala, son frère Alexander et la mère et le beau-père de Sunny, M. et Mme Aiken. Maria Schrallammer est présente également. Elle fait part de ses dernières découvertes concernant le contenu de la trousse noire. D'autre part, les conclusions des médecins sur le second coma sont longuement commentées. Après discussion, de l'avis général Claus von Bülow est sans doute coupable, mais pas de manière absolument certaine. Pour se faire une opinion, il faudrait avoir des preuves supplémentaires, c'est-à-dire mettre la main sur la fameuse trousse noire, et la famille charge un détective de la récupérer.

Ce dernier se rend nuitamment à Clarendon Court, accompagné d'Alexander. Il n'y a pas à craindre la présence de Claus, qui est en voyage... L'intervention d'un détective a été jugée plus prudente, car, au cas où le vestiaire serait fermé, ce dernier saurait l'ouvrir discrètement. Pourtant, l'effraction ne sera pas nécessaire, les clés sont sur la porte et la trousse bien à sa place. Elle contient des aiguilles et des flacons. L'analyse, confiée peu après à un spécialiste, le docteur Stock, révèle la présence, sur l'une des aiguilles, d'insuline, d'un sédatif puissant, l'Amobarbital, et de Valium...

Claus von Bülow est effectivement en voyage et cela n'a aucun rapport avec ses diverses activités. Il est en vacances aux Bahamas avec Alexandra Isles. Totalement inconscient du danger qui le guette, il a décidé de ne plus se cacher et de refaire sa vie avec elle. Les enfants de Sunny von Bülow l'apprennent à son retour. Cela ne fait que confirmer leurs soupçons et les derniers scrupules qu'ils pouvaient avoir, en raison des sentiments qu'ils lui portaient, s'en trouvent balayés. Ils portent plainte officiellement.

L'enquête, confiée à John Reise, le plus brillant élément de la police de Rhode Island, est menée tambour battant. Trois mois après, le procureur général de l'État inculpe Claus von Bülow de deux tentatives de meurtre contre sa femme, les 27 décembre 1979 et 21 décembre 1980. Le retentissement dans tous les États-Unis est énorme. Il y avait longtemps qu'une affaire criminelle n'avait éclaté dans un milieu aussi prestigieux !

Lorsqu'il apprend la nouvelle, Claus von Bülow est encore une fois en voyage. Il a entrepris de faire connaître le monde à sa fille Cosima et parcourt l'Europe avec elle. Il lui serait possible de se rendre au Danemark où il serait sûr de l'impunité, aucun pays n'acceptant d'extrader ses ressortissants, mais il décide, au contraire, d'écourter son séjour et de rentrer aux États-Unis, pour défendre son honneur.

Cosima, qui a alors quatorze ans, est scandalisée par l'attitude de son demi-frère et de sa demi-sœur et ne leur pardonnera jamais. Elle dit à son père son absolue certitude de son innocence et elle sera, dès cet instant, malgré son jeune âge, son meilleur soutien...

Claus von Bülow arrive à New York le 14 juillet 1981. Son inculpation lui est signifiée à sa descente d'avion. On lui confisque son passeport, ce qui lui retire la possibilité de quitter les États-Unis, mais il est laissé en liberté. C'est à ce moment que le public le découvre vraiment. Sa haute stature, son charme de quinquagénaire distingué font leur apparition pour longtemps dans les pages des journaux et sur les écrans de télévision. Mais c'est encore son flegme qui fascine le plus. À son arrivée, un groupe de détracteurs le traite en allemand de « cochon » et de « fils de pute ». Il n'a pas la moindre réaction, pas un regard dans leur direction, pas un signe de contrariété.

Pour assurer sa défense, il choisit Harald Fahringer, de New York, et John Sheehan, de Providence, deux avocats qui lui ressemblent : issus des meilleures familles, ils ont la réputation d'être un peu mondains. En face, les enfants de Sunny font un tout autre choix, avec Stephen Famiglietti, l'assistant de l'avocat général de Rhode Island. C'est, au contraire, un self-made-man, fils d'un maçon italien, qui a une réputation de battant...

À Newport, deux clans se sont formés : les pro- et les anti-von Bülow. Car les soirées continuent et l'intéressé y est toujours invité. Il s'y montre parfaitement calme, parfois il rit, plaisante. Alors, qui est ce si étonnant personnage ? Ce n'est pas seulement Newport, c'est toute l'Amérique qui en discute passionnément. Pour les uns, cette froideur est le signe d'un machiavélique assassin, pour les autres, ce n'est qu'une apparence, un réflexe de défense.

Les rares confidences qu'il fait sont toujours empreintes de la plus grande réserve. Il avoue à un magazine qu'il a été affligé d'avoir été accusé par ses beaux-enfants, qu'il aimait beaucoup, et qu'il a essayé en vain de les faire changer d'avis. Que signifie au juste cette affliction ? Est-ce une simple contrariété, de la part d'un être qui ne s'intéresse qu'à lui-même, ou bien une blessure profonde, qu'il dissimule, comme le reste, par pudeur et dignité ? La réponse à cette question est au cœur du mystère von Bülow.

Son procès s'ouvre le 1er février 1982, devant le tribunal de Newport. La station des milliardaires n'a jamais connu une telle affluence de journalistes, tant l'affaire passionne l'Amérique. Deux chaînes retransmettront en partie les débats : ABC et MBC News. Quant à la petite salle où ont lieu les débats, vieillotte, tout en boiseries, elle ne comprend que soixante places. C'est dire la bousculade à l'ouverture ! Enfin, devant les caméras, l'huissier prononce la formule traditionnelle, qui surprend tout le monde par son anachronisme :

– Que Dieu protège l'État de Rhode Island et les plantations de Providence !

Le juge Needham, l'air sévère, lunettes rondes, épais sourcils, entre dans la salle, fait le signe de croix, s'assied et invite tout le monde à prendre place. Claus von Bülow s'installe à sa table, entre ses deux avocats. Malgré les caméras braquées sur lui, il est parfaitement calme. Il a plus l'air de présider un conseil d'administration que d'assister à son propre procès.

En face d'eux, Stephen Famiglietti, le procureur MacGuire et le policier John Reise. Au fond de la pièce, les jurés : huit hommes et quatre femmes, qui semblent très intimidés, tant par la présence des télévisions que par la personnalité de l'accusé. Il faut dire que le sort a désigné des gens modestes : un pompier à la retraite, une épouse de chauffeur routier, une aide-cuisinière, un mécanicien, un employé d'hôtel, une mère de famille nombreuse, etc. Une telle composition n'est évidemment pas favorable à la défense et les avocats se félicitent d'avoir refusé les propositions de témoignages de membres de la haute société, comme la marquise de Londonderry, ayant estimé, à juste titre, que ce genre d'intervention serait plus négatif qu'autre chose...

Pour l'instant, la parole est à l'accusation. Stephen Famiglietti fait entendre pour la première fois sa voix chaude d'immigré napolitain.

– Il s'agit, lance-t-il, d'un crime subtil, ingénieux et clandestin commis par un homme qui pensait assassiner sa femme, en lui injectant secrètement une importante dose d'insuline. Il avait déjà tenté ce meurtre l'année précédente, mais là, elle avait pu être réanimée. Le mobile est évident : un héritage de quatorze millions de dollars.

Harald Fahringer lui répond, mais sur un ton bien différent, mesuré, presque compassé. Il rappelle les hautes fonctions de l'accusé, qui n'est pas un coureur de dot : ses fonctions chez Paul Getty lui ont rapporté un million de dollars. Et il décrit la victime comme une femme gâtée, alcoolique, qui s'est détruite elle-même. Il s'anime lorsqu'il en vient au portrait de cette dernière.

– Mme von Bülow, une femme en bonne santé mentale ? Allons donc ! Est-ce qu'une personne en bonne santé mentale prend dans la même journée six ou sept cocktails, plusieurs paquets de bonbons, vingt-quatre laxatifs, vingt aspirines et fume trois paquets de cigarettes, sans compter le Valium et le Séconal, le soir, avant de se coucher ?...

Il rappelle que Sunny avait refusé toute relation sexuelle après la naissance de Cosima et avait laissé sa liberté à son mari et il conclut, désignant l'accusé, qui est resté totalement impassible tout le temps qu'il a parlé, même quand il a été question de son intimité :

– Là où est assis M. von Bülow est la place de l'homme le plus solitaire du monde !...

Le premier témoin à venir à la barre est Alexander von Auersperg. Vingt-deux ans, costume prince-de-galles, il a tout du jeune homme de bonne famille. Il parle sans haine vis-à-vis de son beau-père, mais sans faiblesse. Lors du contre-interrogatoire mené par les avocats de l'accusé, il se montre très ferme. Fahringer et Sheehan essaient de lui faire dire que sa mère avait abusé des *eggnogs* avant ses deux comas, ce qui aurait expliqué une hypoglycémie réactive, mais il dément catégoriquement.

Sa sœur Ala le suit. Très émue, elle répond, entre deux sanglots, que sa mère n'était ni alcoolique ni dépressive. La salle semble touchée, les jurés aussi. Ce n'est pas un bon début pour la défense...

Pendant la déposition d'Alexander et d'Ala, les caméras n'ont cessé de filmer Claus von Bülow en gros plan. Chacun sait qu'il aimait beaucoup ses beaux-enfants et les réalisateurs de la télévision ont tenté désespérément de surprendre chez lui la manifestation d'un sentiment quelconque. Mais il n'y a rien à faire : l'homme est décidément impénétrable. Et, dans les millions de foyers américains chez qui parvient son image, c'est, en définitive, le respect qui l'emporte. On peut penser ce qu'on veut de von Bülow, à commencer par le croire coupable, mais en tout cas, ce n'est pas n'importe qui !...

La culpabilité de Claus von Bülow, il va en être question dès le jour suivant, avec le témoignage crucial de ce procès, celui de sa principale accusatrice, Maria Schrallammer.

Elle s'avance, sèche, le visage anguleux, sans grâce, vêtue d'une stricte robe bleu marine à col blanc. Elle parle d'une voix haut perchée, avec un fort accent germanique. Sa voix se charge d'émotion quand elle évoque le coma du 27 décembre 1979.

– Madame râlait, elle cherchait désespérément à aspirer de l'air. Je croyais qu'elle allait mourir d'une seconde à l'autre ! J'ai demandé à Monsieur de m'aider à la soulever, il m'a répondu qu'il ne pouvait pas. Alors, toute seule, je me suis efforcée de la tenir dans mes bras !

Et elle trace de sa maîtresse un portrait très différent de tout ce qu'on avait entendu jusqu'ici : elle était sportive, elle allait tous les jours à sa gymnastique, elle buvait très peu, parce qu'elle ne supportait pas l'alcool. Enfin, Maria Schrallammer affirme qu'elle a vu un flacon d'insuline dans la trousse noire de Claus von Bülow... Tout cela est évidemment très grave, d'autant qu'ensuite, lors du contre-interrogatoire de la défense, elle parvient à garder toute son assurance...

Le procès avance et, s'il prend une tournure plutôt défavorable à l'accusé, on assiste, dans le public, au mouvement inverse. L'opinion, au départ partagée, lui est de plus en plus acquise. C'est encore plus vrai pour les femmes, qui sont pratiquement unanimes en sa faveur. Toutes, même les plus jeunes, le trouvent irrésistiblement séduisant.

Et Claus von Bülow peut s'en rendre compte le matin, en se rendant au tribunal. Il n'habite plus Clarendon Court, il a loué une suite dans le plus grand hôtel de Newport. Avec un certain panache, il tient à faire le trajet à pied et il se voit entouré chaque jour d'une foule plus nombreuse et plus chaleureuse. On lui lance des « Bonne chance, Claus ! », « Courage, Claus ! ». Il se détend, il esquisse un léger sourire ; parfois, il va jusqu'à serrer une main... Il confie non sans humour aux journalistes :

– Moi qui n'attirais pas particulièrement la sympathie, me voilà quotidiennement congratulé par des inconnus. Je reçois des lettres d'encouragement de tous les pays. C'est inimaginable !

Mais à l'instant précis où il franchit la porte du tribunal, il retrouve son masque, il redevient impénétrable...

Les témoignages défavorables à la défense se succèdent. Le 9 février, le docteur Meier, le praticien qui a tenté en vain de sortir Mme von Bülow de son deuxième coma, affirme à la barre que les barbituriques pas plus qu'un quelconque excès de sucre ne peuvent être responsables. Il ne peut s'agir que d'une injection d'insuline.

Le professeur Cahill, spécialiste mondial du diabète, qui s'exprime après lui, est tout aussi net. Il déclare avec la plus grande fermeté qu'avec un taux aussi bas de sucre, les deux comas n'ont été produits que par une injection d'insuline. Quand Fahringer contre-attaque, en lui demandant :

– Et si Mme von Bülow avait bu la veille une grande quantité d'alcool ?

Il réplique :

– Il en aurait fallu des tonneaux ! Ni l'alcool ni les barbituriques ne peuvent faire produire à l'organisme un taux de 216 unités d'insuline. C'est impossible !

L'effet causé est impressionnant mais, bien entendu, n'occasionne pas chez Claus von Bülow la moindre réaction... Et pourtant, tout ce qu'il a subi jusque-là n'est rien. C'est le témoignage suivant qui va lui réserver la plus terrible épreuve de ce procès ; une épreuve à laquelle ni lui ni personne ne pouvait s'attendre...

Lorsque Alexandra Isles paraît dans le prétoire, il y a un mouvement d'admiration spontané dans la salle et, certainement, dans beaucoup de foyers, qui vivent l'événement en direct. Elle est décidément superbe ! Grande, majestueuse, avec son abondante chevelure noire, elle a un corps parfait et beaucoup d'élégance. Mais l'avocat général Stephen Famiglietti, lui, ne s'intéresse pas du tout à son charme. Il a remarqué une chose : elle est totalement terrorisée et il va immédiatement en tirer parti. Après sa déposition, il attaque brutalement et même violemment son interrogatoire.

– Avez-vous donné un ultimatum à Claus von Bülow ?

Alexandra se trouble. Elle hésite... Elle finit par répondre :

– Oui, je lui ai dit que je lui donnais six mois pour divorcer.

– Quand était-ce ?

– En avril 1979...

C'est-à-dire huit mois avant le premier coma. C'est de l'inconscience ! Comment a-t-elle pu faire une pareille réponse, donner un tel avantage à l'accusation ? Si elle pouvait difficilement nier l'ultimatum, elle n'aurait jamais dû être aussi précise dans les dates. Mais ce n'est pas fini : le pire est à venir ! Alexandra est au bord des larmes, en pleine panique. Famiglietti s'en rend parfaitement compte et se fait plus incisif encore :

– Aimiez-vous alors Claus von Bülow ?

– Oui.

– Et l'aimez-vous toujours ?

Hésitation de l'intéressée, qui finit par déclarer :

– Je ne sais pas...

– Quelle a été votre réaction en apprenant que Claus von Bülow avait été inculpé d'assassinat ?

– J'ai trouvé cela absurde.

– Et maintenant, le croyez-vous toujours innocent ?

Alexandra Isles parcourt désespérément la salle des yeux, comme si elle en attendait un secours, et puis répond, d'une voix décomposée :

– Je ne sais pas...

Dans la salle et chez des millions d'Américains, c'est la stupeur. C'est une véritable trahison, il n'y a pas d'autre mot ! Que s'est-il passé, chez la jeune femme, pour qu'elle condamne ainsi son amant, alors que, depuis son inculpation, elle n'avait cessé de lui apporter son soutien ?... Bien entendu, après sa déposition, les journalistes se précipitent pour le lui demander. Elle ne peut que leur répondre piteusement :

– J'avais juré de dire la vérité, je l'ai dite.

Quant à von Bülow, sur qui, bien entendu, les caméras se sont braquées au moment des terribles déclarations de sa maîtresse, il n'a pas manifesté la moindre réaction. Au prix de quel effort ? On ne le saura jamais... Toujours est-il que l'« homme le plus solitaire du monde », comme l'avait appelé son avocat, n'a plus, désormais, qu'un seul soutien, sa fille Cosima...

La fin du procès approche. C'est le moment des plaidoiries. L'accusé ayant plaidé non coupable, c'est la défense qui parle la première. Harald Fahringer essaie d'emporter la conviction des jurés, même s'il n'a pas eu, depuis le début des débats, la même énergie que son adversaire.

– L'accusation, affirme-t-il, a bâti son argumentation sur la présence d'une dose d'insuline très contestée et d'un mystérieux sac noir. Il n'existe aucune preuve réelle. Si à la place de l'accusé était assise une personne que vous aimiez, ne désireriez-vous pas davantage de preuves ?...

Ensuite, comme il l'a déjà fait, il évoque la personnalité de la victime. Sunny von Bülow était une dépressive, que son existence vide a tuée. Il décrit ses journées : elle se lève à onze heures, elle prend son petit déjeuner le plus souvent au lit, elle se fait conduire à son cours de gymnastique, puis elle fait un peu de shopping et c'est la sieste jusqu'au soir... Enfin, l'avocat revient sur sa consommation démente de médicaments et de drogues de toutes sortes : les cigarettes, l'aspirine, les laxatifs, le Séconal, le Valium, les barbituriques, sans compter l'alcool et les bonbons, qui lui étaient formellement interdits. Et il termine, avec cette formule :

– Ce qui lui est arrivé n'est pas la faute des autres, mais la sienne propre...

Stephen Famiglietti prend la parole, à son tour, avec l'allant qui est le sien.

– Bien sûr, vous n'avez aucun témoin qui a vu Claus von Bülow injecter à sa femme de l'insuline, mais je vous ai soumis des indices accablants de sa culpabilité : le témoignage de Maria Schrallammer, celui de sa maîtresse Alexandra Isles, la somme considérable de son héritage...

Et il ajoute :

– Il y a des questions auxquelles on ne répondra jamais, mais les von Bülow avaient parlé divorce peu avant le second coma. Le mobile de Claus von Bülow apparaît clairement : les quatorze millions de dollars, avec lesquels il pouvait refaire sa vie avec sa maîtresse, et n'oubliez pas que Sunny pouvait changer de testament à tout moment...

Il faut six jours au jury pour rendre un verdict unanime. On a appris, entre-temps, par la presse, que la prison de Cranston où risque d'être envoyé Claus von Bülow est une des pires du pays, une forteresse glaciale l'hiver et étouffante l'été ; les cellules sont infestées de rats...

Le 16 mars, c'est le grand jour. Le jury est de retour. Sa présidente, Barbara Connett, vient énoncer le verdict, dans la salle exiguë du tribunal de Newport.

– Le jury a voté coupable pour les deux comas...

Cette fois, enfin, Claus von Bülow a une réaction. Il joint les mains et son visage devient très pâle. Mais dans les deux camps, personne n'a sa retenue. Fahringer est au bord des larmes. Stephen Famiglietti ne peut retenir sa joie. Il s'écrie, en plein tribunal :

– Mon Dieu, nous avons réussi !

Le juge Needham énonce alors le verdict : l'accusé est condamné à trente ans de prison, dix ans pour la première tentative et vingt pour la seconde. Il a droit de faire appel, ce qui est suspensif, mais il devra verser, pour rester libre, une caution d'un million de dollars. L'avocat de la partie civile intervient pour formuler une objection :

– M. von Bülow, déclare-t-il à la cour, pourrait s'enfuir au Danemark où il serait impossible de l'extrader.

Mais le juge rejette l'objection et, cette fois, le procès est terminé...

Claus von Bülow sort très digne du tribunal, entouré

de ses partisans, qui pleurent ou qui laissent éclater leur colère. Il rentre à New York, dans l'appartement de la Cinquième Avenue. Alexandra Isles l'y appelle deux fois. Elle le supplie de lui permettre de le revoir. La première fois, il raccroche. La deuxième fois, il ne décroche pas. Pour lui, elle n'existe plus.

La vie reprend pour celui qu'il faut désormais appeler un condamné. Mais à vrai dire, il est difficile, en le voyant, de s'imaginer qu'il s'est vu infliger trente ans de prison pour tentative de meurtre. Plus entouré que jamais, Claus von Bülow mène la vie mondaine de la haute société. Des amis l'ont aidé à payer sa caution et il a trouvé du travail dans une entreprise dont il ne veut pas dire le nom. L'opinion ne lui est pas unanimement favorable, mais ses partisans, scandalisés par ce qu'ils considèrent comme un déni de justice, font preuve envers lui d'une plus grande ferveur encore. Il est fêté, adulé et, pour couronner le tout, Andrea Reynolds, une brune pulpeuse, qui n'est pas sans ressemblance avec Alexandra Isles, lui permet d'oublier la trahison dont il a été victime.

Mais Claus ne s'étourdit pas dans les plaisirs. Il songe à son procès en appel. Estimant que ses avocats n'ont pas été à la hauteur, il s'en sépare et décide de prendre à leur place Alan Dershowitz... Il s'agit d'un changement total de stratégie, car Dershowitz est tout le contraire de Fahringer et de Sheehan. Il n'a rien de mondain, bien au contraire. Il ne possède, d'ailleurs, pas de cabinet. Il est professeur à la prestigieuse université de Harvard et, à ce titre, un des meilleurs experts en droit des États-Unis.

L'enseignant qu'il est plaide peu mais, quand il le fait, c'est uniquement dans des cas, en apparence, désespérés. Et il obtient alors des résultats admirables, à tel point qu'on a surnommé ce spécialiste des causes perdues l'« avocat du diable ». Seulement, si le choix de Claus von Bülow est certainement on ne peut plus judicieux, il n'est pas du tout certain qu'il soit accepté par l'intéressé.

Car Alan Dershowitz n'est pas un juriste comme les autres. À quarante-six ans, ce petit brun frisé à lunettes, portant une moustache qui lui donne une ressemblance frappante avec Groucho Marx, juif new-yorkais comme lui, est un anticonformiste et un idéaliste. Les personnes qu'il accepte exceptionnellement de défendre sont des marginaux, le plus souvent des Noirs, qui risquent, pour la plupart, la peine de mort. Alors, quelle sera sa réaction quand cet homme du grand monde lui demandera d'être son défenseur ? On ne peut que s'interroger, d'autant que ce n'est pas l'argent qui peut le décider...

Claus von Bülow éprouve certainement une grande appréhension lorsqu'il entre en contact avec Dershowitz, mais ce dernier ne lui oppose pas un refus de principe. Il lui dit seulement :

– Déjeunons ensemble...

La première entrevue entre ces deux hommes si différents dans leur apparence, leur comportement et leurs opinions est étonnante, mais elle est dès le départ placée sous le signe du respect mutuel. Von Bülow a la plus grande estime pour son interlocuteur, sinon il n'aurait pas fait appel à lui ; quant à Dershowitz, s'il est un homme de conviction, il n'est pas borné. Bien sûr, le personnage qu'il a en face de lui n'est pas fait pour attirer sa sympathie, mais ce n'est pas une raison pour ne pas l'entendre. Au début, il décide de le laisser parler et, en l'écoutant disserter sur les raisons qui ont pu conduire les jurés à le croire coupable, il ne peut s'empêcher de se faire une réflexion.

Von Bülow est un homme brillant, même supérieurement intelligent ; en outre, il possède une formation d'avocat. Alors comment a-t-il pu être stupide au point de ranger l'arme du crime, l'aiguille chargée d'insuline, dans son propre placard ? Il y a là quelque chose qui ne va pas. Sans compter que cette perquisition effectuée par la partie adverse à l'aide d'un détective privé lui déplaît... Il prend pour la première fois la parole.

– Comment expliquez-vous la présence d'insuline dans votre trousse ?

– Je ne me l'explique pas.

– Vous pensez à une machination ?

– Je ne sais pas. Peut-être.

– Et la déposition d'Alexandra Isles en votre défaveur, qu'en pensez-vous ?

– Je n'en pense rien non plus...

Toutes ces reparties, Claus von Bülow les a faites sur le ton qui est le sien, détaché, désabusé, un peu ironique. Alan Dershowitz lui en fait la remarque.

– On dirait que personne ne compte à vos yeux, pas même vous.

– Ce n'est pas vrai. Ma fille Cosima compte beaucoup.

Cosima, sa fille adorée, sa seule faiblesse, la seule

part d'humanité qu'il se permet d'avouer... Alan Dershowitz ne peut pas dire qu'il soit pris subitement de sympathie pour lui, mais une chose est certaine : Claus von Bülow mérite qu'on s'intéresse à lui, d'autant qu'une justice équitable ne lui a pas été rendue. Il y a bien des zones d'ombre dans cette affaire et il a été loin d'en profiter... L'avocat a un sourire.

– C'est entendu, monsieur von Bülow, je m'occupe de vous.

C'est au cours d'un autre déjeuner qu'Alan Dershowitz commence ses investigations sur l'affaire. Durant les semaines qui ont suivi le verdict, de nombreux témoignages spontanés sont apparus en faveur de l'accusé, dont celui de l'écrivain Truman Capote, qui a déclaré à *People Magazine* que Martha von Bülow se faisait elle-même des piqûres d'amphétamines. Cela a semblé assez important à l'avocat pour qu'il l'invite au restaurant. L'écrivain a soixante ans, mais il en paraît plus. On dit qu'il se drogue. Quoi qu'il en soit, il est on ne peut plus clair dans ses propos.

– J'ai rencontré Sunny von Bülow chez des amis. J'étais alors très fatigué, anémié. Je sortais de chez mon docteur, qui m'avait fait une piqûre de vitamine B 12. Durant le repas, Sunny m'a demandé pourquoi je ne m'injectais pas moi-même la vitamine. Elle m'a dit : « C'est la chose la plus simple du monde, je vais vous apprendre comment faire. » Après le déjeuner, nous sommes allés dans mon appartement. Sunny a sorti une petite trousse en crocodile noir de son sac. Elle l'a ouverte et, à l'intérieur, qu'est-ce qu'il y avait... des aiguilles hypodermiques ! Elle en a pris une, a relevé sa manche et a dit avec un petit rire :

« D'habitude je me pique la hanche, mais là je vais vous apprendre sur mon bras. » Par la suite nous nous sommes revus, et c'est elle qui, souvent, me faisait ma piqûre.

– Et c'était toujours de la vitamine B 12 ?

– On y ajoutait parfois des amphétamines car elle m'avait assuré qu'elle utilisait elle-même ce mélange pour se sentir mieux.

– Quand l'avez-vous vue pour la dernière fois ?

– Au début de l'hiver 1979, juste avant son premier coma.

– Monsieur Capote, j'aimerais que vous veniez déposer lors du procès. Est-ce que vous êtes d'accord ?

Mais l'écrivain fait la moue.

– Je veux bien faire une déposition écrite mais cela m'ennuie d'aller témoigner au tribunal. Je ne viendrai que si cela s'avère vraiment, vraiment indispensable...

C'est un échec. Dershowitz est non seulement certain que Truman Capote ne viendra pas au tribunal, mais qu'il n'enverra même pas de déposition écrite. Pourtant cela ne le décourage pas, car il a la certitude qu'il y a dans cette affaire énormément d'éléments nouveaux à trouver et, un jour ou l'autre, il finira par tomber sur le bon !

Commence alors l'une des plus étonnantes enquêtes qui aient eu lieu dans une affaire judiciaire. Considérant qu'il n'a pas le temps, avec tous ses cours, d'assumer seul l'énorme travail d'investigation nécessaire, Alan Dershowitz décide de constituer autour de lui un groupe de travail, avec ceux de ses étudiants qui seront volontaires. Ils sont vingt-trois à être partants pour l'aventure. Il installe son quartier général dans son cottage de Cambridge et il constitue des équipes de recherche à qui il attribue comme bureau une pièce de la maison : l'équipe chargée d'enquêter sur la trousse noire se trouve dans la chambre de son fils, celle du glucose dans la sienne, celle de l'insuline dans le salon, celle des barbituriques dans la cuisine.

Pendant des mois, tous ces jeunes gens vivent une existence qui ressemble à celle d'une communauté. Ils prennent les repas en commun dans la cuisine, ils font des parties de basket dans le jardin et ils discutent ensemble le soir. Et le plus étonnant, c'est que Claus von Bülow est souvent présent parmi eux, soit qu'ils aient des questions à lui poser, soit qu'il ait lui-même des idées à suggérer. Au début, il existe entre lui et eux une grande méfiance réciproque et puis, peu à peu, un climat détendu s'instaure...

D'autant que les résultats qu'avait escomptés Alan Dershowitz sont au rendez-vous. Contrairement à ce qu'il avait supposé au début, avec le témoignage de Truman Capote, l'élément nouveau ne concerne pas Sunny von Bülow, qui se serait injecté le produit fatal, soit par accident, soit par volonté suicidaire, il concerne les expertises.

À force de harceler les laboratoires et les médecins qui ont fait les analyses, les jeunes gens de son équipe finissent par se rendre compte que les résultats sont loin d'être aussi probants qu'il l'avait semblé lors du premier procès. Quelques semaines avant le deuxième acte judiciaire, Alan Dershowitz peut annoncer à son client qu'il a réuni tous les éléments nécessaires pour renverser spectaculairement la situation !

L'avocat ne regrette qu'une chose : ne pas pouvoir plaider lui-même. Il a ses cours et, à moins de démissionner de Harvard, il lui est impossible de s'absenter tout le temps que durera le procès. Mais il recrute pour le remplacer celui qui lui semble être le mieux à même de tenir ce rôle : Thomas Puccio.

Cet étonnant personnage, qui est aussi son ami, a eu un parcours atypique. Ancien dirigeant du FBI, responsable de la section des crimes organisés, il a été ensuite un des plus célèbres procureurs de New York, avant de se reconvertir dans la profession d'avocat. Il n'est pas sans ressemblance avec Stephen Famiglietti, qui avait assuré la partie civile avec tant d'efficacité lors du premier procès. Comme lui, c'est un fils d'émigré italien, au tempérament fougueux, comme lui, c'est un battant. Avec lui, la défense met toutes les chances de son côté.

C'est en avril 1985 que s'ouvre le second procès de Claus von Bülow. Différence majeure avec le précédent : il n'a pas lieu dans la petite ville de Newport, mais à Providence, la principale agglomération de l'État de Rhode Island. C'est la juge Corine Grande, sa présidente, qui a pris cette décision, précisant : « La salle du tribunal y est beaucoup plus spacieuse et la cour, plus vaste, sera mieux adaptée pour recevoir les représentants de la presse nationale et internationale. »

Si les hôteliers de Newport sont consternés, ceux de Providence se frottent les mains. Le Sheraton Islander, le palace de la station, est pris d'assaut. Outre la suite réservée par l'accusé, il y a la foule des journalistes. Les équipes de télévision sont venues en plus grand nombre que la première fois. ABC, NBC et CNN sont présentes et cette dernière diffusera les débats en continu. Les principales revues du pays : *Time*, *Newsweek*, *New York Magazine*, sont également sur place et ont commencé à interviewer les habitants. De l'avis général, Claus von Bülow sera une nouvelle fois condamné...

Pendant ce temps, loin de cette agitation, dans une chambre de rêve au cœur de New York, celle dont il va être question avec passion durant les débats, continue son existence hors du monde et du temps. Durant des jours et des jours, l'accusation et la défense vont parler de son testament, de son taux d'insuline, de sa consommation de sucre et d'alcool, mais ce qu'elle est devenue, tout le monde l'a oublié. Il paraît que, débarrassée des produits nocifs qu'elle ingurgitait, Sunny est plus belle qu'avant son coma. Étrange beauté qui n'a plus de sens, ni pour elle-même ni pour les autres, étrange destin qui a fait d'elle un fantôme de chair et d'os, une morte qui fait semblant de vivre...

Si elle est beaucoup plus spacieuse, la salle du tribunal de Providence ressemble à celle de Newport. Ses murs de briques rouges sont en partie recouverts de boiseries sombres. Tout comme la première fois, la première audience est ouverte par l'huissier, qui prononce la formule surannée :

– Que Dieu protège l'État de Rhode Island et les plantations de Providence !

Comme son homologue masculin au premier procès, Corine Grande fait son entrée dans le prétoire.

C'est une jolie femme de cinquante ans, aux cheveux châtains ; elle n'a pas l'air sévère et solennel, si courant dans sa profession. Elle aussi se signe, selon l'usage imposé par l'État de Rhode Island, et elle invite les personnes présentes à s'asseoir.

Face à elle, l'accusation et la défense prennent place à leurs tables respectives. Devant la première, l'avocat général de Rhode Island, Arlene Violet, une brune de quarante ans aux traits ingrats et à l'allure austère, ancienne nonne, et les deux avocats de la partie civile, Henry Gemma et Marc de Sisto. Comme leur nom l'indique, ils sont tous les deux d'origine italienne ; peut-être les enfants de Sunny ont-ils voulu réitérer un choix qui leur avait si bien réussi au premier procès.

Henry Gemma a la quarantaine. Avec sa petite moustache, il aurait plus des allures de cuisinier napolitain que d'avocat, mais il paraît qu'il dissimule des qualités redoutables sous ses allures débonnaires. Marc de Sisto, trente-deux ans, est un ambitieux, qui espère bien lancer sa carrière avec ce procès hautement médiatisé. Son travail pour la construction du dossier a surtout consisté à s'occuper d'Alexandra Isles. Car l'accusation, sûre d'elle du côté des expertises médicales, va concentrer ses efforts sur la vie privée de l'accusé et tenter de le discréditer.

À la table de la défense, on découvre Thomas Puccio. Tout comme Gemma, il ne paie guère de mine : une silhouette épaisse, un ventre bedonnant, une calvitie précoce et de grosses lunettes d'écaille. Il est en compagnie de deux jeunes gens, les principaux assistants d'Alan Dershowitz : Johanna Crispi et Andrew

Citron. Ils ne semblent guère à l'aise dans leurs vêtements de ville. On devine qu'ils les ont mis pour la circonstance, mais qu'ils ont d'habitude un look beaucoup plus décontracté.

Enfin, sur le côté de la salle, à droite de la cour, les jurés, huit femmes et quatre hommes, choisis parmi les habitants de Providence. Ils sont d'un milieu plus favorisé que ceux du procès de Newport (professeur, secrétaire de direction, avocat, directeur de marketing...) mais, bien entendu, on ne peut pas en tirer une conclusion quelconque.

Le témoignage d'Alexander ne diffère guère de celui du premier procès. Dès son apparition, il suscite un vif mouvement de sympathie. Il lui est arrivé, en effet, un malheur extraordinaire. À la suite d'un accident de voiture, son père, le prince Auersperg, a été lui aussi plongé dans un coma irréversible ; le même sort tragique a frappé ses deux parents.

Digne, dans son costume sombre, il répond avec assurance à toutes les questions. Il affirme sa certitude absolue de la culpabilité de son beau-père, mais comme la première fois, il le fait sans haine, sans agressivité... Et sa sœur Ala, qui lui succède à la barre, a la même attitude sobre et résolue. Lors de leur contre-interrogatoire à tous deux, Thomas Puccio se montre très modéré. Il ne serait pas bon d'aller à l'encontre de la sympathie qu'ils suscitent et, de toute manière, quelle que soit la vérité qui se fera jour à l'issue de ce procès, une chose est certaine : ils sont l'un et l'autre des victimes...

Maria Schrallammer a bien vieilli en trois ans. Elle a les yeux cernés, le visage amaigri et sa dentition en paraît plus proéminente. À la différence de la première fois, elle a fait un effort pour être moins sévère dans sa toilette. Elle porte un corsage de soie imprimée et des chaussures à nœuds de satin avec son strict tailleur bleu marine. Mais le témoignage qu'elle prononce, de sa voix haut perchée à l'accent germanique, varie très peu du premier. Il est tout aussi accablant pour Claus et tout aussi favorable à sa maîtresse.

– Madame, affirme-t-elle, était une personne très saine, qui buvait peu !

Thomas Puccio a beau s'être préparé pour le contre-interrogatoire, il a beau la questionner, la harceler, il n'obtiendra que des réponses sèches et péremptoires. Et Maria Schrallammer quitte la barre sans avoir cédé d'un pouce. Elle repart pour Munich, où elle a choisi de se retirer, avec ses certitudes...

L'arrivée d'Alexandra Isles est le grand moment qu'attendent le public et les millions de téléspectateurs dans leurs foyers. Elle vient d'Europe, où elle vit actuellement. On dit que, convaincue par l'accusation, elle serait devenue très hostile à son ancien amant. Alors, va-t-elle oser l'accabler ou va-t-elle faiblir au dernier moment ?

On ne sait pourquoi, elle a changé totalement son apparence. Alors qu'elle avait la première fois des allures de vamp, elle est vêtue d'une sage robe d'été bleu lavande, elle n'est pas maquillée et son opulente chevelure brune est maintenue par deux barrettes. Elle a ainsi des allures de collégienne... Une chose est certaine, en tout cas : elle n'a plus du tout l'air affolé qui était le sien lors du premier procès, elle est calme, presque détendue.

Bien entendu, lorsqu'elle paraît, toutes les caméras se tournent vers l'accusé, pour le filmer en gros plan. Ignorant le témoin, il fixe le stylo en or avec lequel il prend des notes depuis l'ouverture du procès. Est-ce que ce refus de regarder Alexandra est une preuve de son émotion ? Est-ce qu'il craindrait, dans ce cas, de ne plus pouvoir rester impassible ? Ou bien est-ce simplement une manifestation de mépris ? Des millions de familles en discutent passionnément derrière leur téléviseur.

Alexandra Isles commence sa déposition et c'est la sensation ! Répondant aux questions d'Henry Gemma et Marc de Sisto, elle accuse catégoriquement Claus von Bülow. Pour elle, pas de doute : il a bel et bien tenté de tuer sa femme... Lorsque Thomas Puccio prend la parole à son tour, il a conscience de l'importance de l'enjeu. Il doit tout faire pour la déstabiliser.

– Quand M. von Bülow vous a dit qu'il avait sauvé sa femme en appelant le docteur, attaque-t-il, l'avez-vous cru ?

– Oui, mais plus tard, il m'a avoué l'avoir regardée, regardée, regardée toute la journée, sachant qu'elle était en train de mourir et puis, finalement, il s'est tout de même décidé à la sauver.

– Mais vous ne l'avez pas cru, bien sûr, quand il vous a dit cela, car, sinon, vous n'auriez pas continué à le voir ?

La question est inattendue et elle a l'air de surprendre totalement le témoin, qui met un bon moment avant de répondre. À son siège, von Bülow, impassible, fixe toujours son stylo. Alexandra Isles prend enfin la parole :

– J'ai honte de dire que je l'ai cru et que j'ai tout de même continué à le voir.

L'avocat de la défense ne la lâche pas.

– Madame Isles, après la condamnation de M. von Bülow, est-il vrai que vous lui avez écrit une lettre lui disant que vous l'aimiez toujours et désiriez poursuivre votre relation ?

Le visage d'Alexandra s'empourpre... Elle transpire et se passe une main sur le front.

– Quand j'ai écrit cette lettre, je ne savais pas ce que je faisais. Le lendemain, j'avais déjà changé d'avis.

– Vous aviez écrit une lettre qui ne voulait rien dire ?

– N'avez-vous jamais été amoureux ? J'en doute ! On fait beaucoup de bêtises dans ces moments-là...

Thomas Puccio n'insiste pas. Il change de sujet.

– Vous reconnaissez que M. von Bülow a sauvé la vie de sa femme lors du premier coma, n'est-ce pas ?

– Je crois que sa vie a été sauvée...

– Mais c'est lui qui a supplié le docteur Gailitis de venir de toute urgence !

– Oui, mais il l'a fait après avoir regardé toute la journée sa femme en train de sombrer dans l'inconscience. Vous voyez ce que je veux dire ?

On en restera là... Alexandra Isles parvient à garder le dernier mot, mais il n'est pas sûr que son témoignage ait impressionné favorablement les jurés. Son acharnement contre son ancien amant, qu'elle avait d'abord défendu, étonne et met mal à l'aise. Pourquoi est-elle passée ainsi de l'amour à la haine ? Parce qu'elle est jalouse d'Andrea Reynolds, qui l'a remplacée ? Comme si elle en avait le droit !...

Avec l'arrivée des experts, l'accusation est certaine, en tout cas, de reprendre l'avantage. C'est dans ce domaine qu'elle avait marqué des points décisifs au premier procès. Cette fois, il ne sera pas question d'impression plus ou moins favorable, il s'agit de chiffres et, un chiffre, cela ne se discute pas ! C'est dire que lorsque le docteur James Spark s'avance à la barre, personne ne s'attend à quelque événement que ce soit.

Ce petit homme à barbiche, le nez surmonté de lunettes rondes métalliques, est une véritable caricature de savant, qui ressemble au professeur Tournesol. En réalité, sous ses dehors un peu farfelus, c'est un personnage de premier plan. Il dirige un des plus grands laboratoires privés américains, Bio-Science, et c'est cet établissement qui a réalisé les tests sanguins de Sunny von Bülow à son arrivée à l'hôpital de Newport, lors du deuxième coma. Les résultats avaient été sans appel : 216 unités d'insuline par millilitre, un taux phénoménal...

Pendant une demi-heure, James Spark répond avec assurance aux questions de Marc de Sisto. Puis, Thomas Puccio se lève à son tour. Au début, on ne comprend pas le sens de son intervention, mais il s'agit là de la découverte capitale faite par Alan Dershowitz et son équipe et on va assister à un véritable coup de théâtre !

– Docteur Spark, combien de tests faut-il effectuer sur un même échantillon de sang pour que cette recherche d'insuline soit valable ?

– Deux.

– Pourquoi ?

– Parce que si les deux résultats divergent trop, ils sont nuls. Il ne peut y avoir une différence entre eux de plus de 10 %.

– Quels ont été les taux d'insuline relevés lors des premiers tests effectués sur le sang de Mme von Bülow ?

– 350 et 0,08.

– Ils n'étaient donc pas valables ?

– Non, c'est pourquoi nous avons alors réexpédié le sang à analyser dans un autre de nos laboratoires encore plus spécialisé. Celui-ci nous a renvoyé un taux final de 216 unités.

– Et, bien sûr, vous vous êtes contenté de ce chiffre ?

– Oui.

– Eh bien figurez-vous que notre enquête a démontré que ce fameux laboratoire spécialisé n'avait effectué qu'un seul test et non deux !... Ce taux de 216 unités par millilitre est nul car il n'a jamais été contrebalancé par celui d'un autre examen simultané.

C'est une véritable bombe qui éclate dans le tribunal de Providence. C'était sur cette analyse que reposait toute l'accusation et voilà qu'on apprend qu'elle est nulle et non avenue ! À la barre des témoins, James Spark continue à parler, essayant de justifier comme il peut son laboratoire, mais ses paroles n'ont plus d'importance. Chacun sent qu'en cet instant le procès von Bülow vient de basculer...

Le lendemain, les dépositions d'experts se poursuivent. Les docteurs Fines et Stock répondent de manière tout à fait affirmative aux questions de l'accusation : pour eux, les analyses prouvent l'intoxication par insuline. Mais le docteur Gailitis, le médecin de famille des von Bülow, qui leur succède à la barre, est plus réticent. Il élude les questions du procureur Arlene Violet et des avocats de la partie civile. Il est mal à l'aise, il donne l'impression d'être comme pris au piège.

À l'interruption des débats, pour la pause de midi, il va se confier au juge Corine Grande :

– Les questions du procureur ne sont pas équitables. Elles m'empêchent de dire la vérité. Et la vérité, c'est qu'à mon avis le premier coma n'a pas l'insuline pour origine, mais l'obstruction des voies respiratoires par des renvois gastriques. Le procureur fait tout pour que je ne puisse aborder ce problème.

Il en résulte un incident judiciaire de première importance. Révoltée, Corine Grande songe à mettre fin au procès pour en engager un troisième. Elle interrompt les débats. Les jurés sont enfermés dans un hôtel de Providence, avec interdiction d'en sortir. Pendant ce temps, la cour, l'accusation et la défense discutent fébrilement sur la question de savoir s'il faut poursuivre le procès ou non. Finalement, Corine Grande décide de continuer, mais les jurés seront informés des manœuvres condamnables de l'accusation...

Cette dernière n'a pourtant pas renoncé à l'emporter. Il lui reste son dernier argument : la trousse noire. Il va désormais en être question, mais malheureusement pour Henry Gemma, Marc de Sisto et Arlene

Violet, la suite des débats va encore tourner à leur confusion.

Le docteur Leo del Cortivo, toxicologue éminent, vient à la barre. Il a été cité par la défense. C'est une autorité mondiale. On l'a surnommé le « pape de la toxicologie ». Cela ne l'empêche pas d'être tout à fait simple dans ses manières. C'est un petit bonhomme de quarante-cinq ans, trapu et rondouillard. Son rôle a été d'examiner, à la demande de la défense, l'arme supposée du crime : l'aiguille imprégnée d'insuline, d'Amobarbital et de Valium, trouvée dans la trousse noire.

Leo del Cortivo prend la parole dans une tension extrême. Chez eux, les téléspectateurs, eux aussi, retiennent leur souffle.

– L'aiguille en question, déclare-t-il avec force, n'a jamais été utilisée !

Le silence est absolu. La salle est figée. Il poursuit :

– C'est impossible, parce que toute aiguille qui a pénétré dans un tissu humain en ressort automatiquement nettoyée par la seule pression de la peau. D'autre part, il y avait du Valium sur cette aiguille. Or on n'a jamais décelé aucune trace de Valium dans les urines de Mme von Bülow, lors des examens effectués !

C'est de nouveau un coup de théâtre. À la table de l'accusation, le désarroi est nettement visible et, à celle de la défense, on peut voir, avec un peu d'imagination, Claus von Bülow ébaucher pour la première fois un sourire. Thomas Puccio interroge le témoin.

– Peut-on dire selon vous que, s'il y avait des restes d'insuline, d'Amobarbital et de Valium sur l'aiguille retrouvée dans la trousse noire, c'est qu'on les y a déposés, que c'est un coup monté ?

– Je n'ai pas à me prononcer sur ce point. Tout ce que j'affirme, c'est que cette aiguille n'a pas pu servir à une injection.

Puccio change de sujet.

– Quelle est votre opinion sur l'overdose d'aspirine, qui causa l'hospitalisation de Mme von Bülow, trois semaines avant son deuxième coma ?

– Il est évident que les 90 milligrammes d'aspirine retrouvés dans le sang et correspondant à plus de soixante comprimés pris simultanément n'ont pas pu être administrés subrepticement. Une telle démarche correspond à une tentative de suicide ou à un appel au secours.

À la suite de ce témoignage, les arguments de l'accusation sont définitivement balayés. Il reste pourtant à établir la cause du deuxième coma, qui s'est révélé fatal. Durant les jours qui suivent, la bataille des experts se poursuit. Ce sont des attaques et des contre-attaques, à coups de glucose, d'insuline, de Valium ou d'hypothermie.

Mais la cause est déjà entendue depuis longtemps. Chez les jurés, qui ont visiblement du mal à suivre ces discussions techniques à grand renfort de chiffres, le doute s'est installé, il n'en sortira plus et, comme il est normal, il profitera à l'accusé...

Le 27 avril 1985, le président du jury revient, avec le verdict de ses collègues. L'huissier, qui avait, au début des débats, demandé la protection de Dieu sur l'État de Rhode Island et les plantations de Providence, lui pose la question prévue par la loi :

– Avez-vous décidé de maintenir la condamnation de l'accusé, pour un crime commis le 27 décembre 1979 ?

Le président des jurés, sachant qu'il est vu au même instant par des millions de foyers américains, s'efforce de se tenir bien droit et répond d'une voix forte :

– Non coupable !

L'huissier enchaîne :

– Avez-vous décidé de maintenir la seconde condamnation, pour un crime commis le 21 décembre 1980 ?

Et la réponse lui revient, avec la même assurance :

– Non coupable !

Un cri de joie éclate dans la salle. Claus von Bülow baisse la tête. Il se cache les yeux d'une main et, quand il la relève, chacun peut découvrir sur son téléviseur une chose extraordinaire, inouïe : il est en train de verser une larme !

Oui, après des mois et des mois de retenue, Claus a enfin craqué ! Il aura fallu l'instant d'émotion extrême de son acquittement pour qu'il jette enfin le masque, pour qu'il avoue à l'Amérique et au monde entier qu'il est un homme comme tout le monde.

Peu après, les caméras le filment souriant, descendant les marches du tribunal, entre sa fille et sa maîtresse. Cosima est aussi blonde et timide qu'Andrea est brune et démonstrative, et lui, avec son physique de cinéma, il regarde tantôt l'une, tantôt l'autre. On se croirait à Cannes, après la projection triomphale d'un film à succès !

Un peu plus tard, après les clameurs hystériques de

ses partisans, la bousculade de curieux, qu'ont du mal à contenir les cordons de police, l'assaut des journalistes, Claus von Bülow croit en avoir fini avec ses épreuves et pouvoir se retirer avec les siens. Mais il se voit convié à une dernière manifestation publique, qu'il accepte avec autant de surprise que d'émotion : les jurés l'ont invité à déjeuner.

Un épilogue heureux a mis fin à la tragédie, les deux parties ayant fait preuve de sagesse, lorsqu'il s'est agi de régler les énormes intérêts matériels en jeu. Si le testament de Sunny von Bülow n'avait pas à s'appliquer, puisqu'elle était toujours en vie, la mère de celle-ci, Mme Aitken, était décédée entre les deux procès, laissant une fortune de cent millions de dollars et elle avait déshérité Cosima parce qu'elle soutenait son père. Ala, Alexander et Claus ont décidé de se partager la somme en trois, la part de Claus revenant plus tard à Cosima. En contrepartie, ce dernier a renoncé aux quatorze millions de Sunny, à Clarendon Court et à l'appartement de New York. Il s'est engagé aussi à quitter les États-Unis et à ne plus accorder d'interview sur l'affaire.

Tout naturellement, il s'est installé à Londres où il avait conservé tant d'amis. Après les tapageuses résidences qu'il avait habitées en Amérique, il a emménagé dans un appartement discret, un petit rez-de-chaussée meublé avec recherche, dans le quartier le plus chic de la capitale. Au milieu d'objets d'art raffinés, ses nombreux invités pouvaient découvrir dans chaque pièce une photo de Sunny. Sur toutes, elle était rayonnante, justifiant plus que jamais le surnom qui avait remplacé son prénom. On la voyait, lors de son mariage, à trente-quatre ans, éclatante de bonheur ; ou bien portant Cosima dans ses bras, le jour de son baptême, aux côtés de Paul Getty, le parrain de l'enfant ; ou bien encore en robe du soir, dans le grand salon de Clarendon Court, dansant tendrement dans les bras de son mari, sous les lustres illuminés.

Par cet affichage un peu ostentatoire, Claus entendait-il prouver à tous qu'il l'aimait et qu'il n'avait pu commettre le geste dont on l'avait accusé, ou bien était-ce simplement l'expression d'un sentiment sincère et profond, d'une souffrance qu'il avait su si bien cacher à tous ? Les deux, peut-être...

Et l'autre, la vraie Sunny von Bülow ? Eh bien, aux dernières nouvelles, elle est toujours en vie. Comme tout le monde, l'occupante de la plus belle chambre du Columbia Presbyterian Hospital de New York, qui jouit d'une vue imprenable sur Manhattan, a vieilli. Mais peut-être parce qu'elle a été épargnée par les soucis qui touchent chacun de nous, elle conserve un visage étonnamment jeune pour ses soixante-dix ans passés.

Seule sa fille Ala continue à la voir de temps en temps. C'est elle qui prend soin d'elle ; elle vérifie que les mille dollars que la famille verse chaque jour depuis plus de vingt ans sont bien justifiés ; elle veille à ce que sa mère porte les plus jolies chemises de nuit, à ce que les corbeilles de fleurs qui décorent sa chambre soient régulièrement renouvelées.

Sunny reçoit presque les mêmes soins de beauté qu'avant son coma. Ses beaux cheveux gris sont lavés et peignés tous les jours, une fois par mois un grand coiffeur de New York vient lui faire une mise en plis ; ses mains sont manucurées, ses dents brossées et régulièrement surveillées par un dentiste ; un kinésithérapeute fait bouger quotidiennement ses membres, pour éviter l'atrophie. Et il en sera ainsi jusqu'au moment où son cœur décidera de ne plus battre...

En définitive, si l'affaire von Bülow exerce un tel pouvoir de fascination, ce n'est pas seulement à cause de la fortune de ses protagonistes ou de la personnalité hors du commun de son accusé, c'est aussi en raison du sort si singulier réservé à sa victime, qui lui donne des allures de conte féerique ou fantastique. Sunny, soleil éteint, Belle au bois dormant qu'aucun baiser ne viendra réveiller, Blanche-Neige ni morte ni vivante dans son cercueil de verre, sait peut-être le fin mot de l'énigme. Seulement voilà : elle conservera jusqu'au bout, derrière ses lèvres closes, son inaccessible secret.

Une cause perdue

Münster, en Westphalie, est une grosse ville de province allemande. Et comme dans toutes les villes de province du monde, il suffit qu'un événement sortant de l'ordinaire éclate pour que la vie des habitants soit bouleversée.

Le 25 août 1961, vers huit heures du soir, un coup de téléphone retentit dans le bureau du commissaire Eippel, qui s'apprêtait à sortir. Au bout du fil, une voix de femme angoissée.

– Ici madame Mauser, Helena Mauser... Venez vite ! Mon mari s'est tué en nettoyant son revolver.

Quelques minutes plus tard, le commissaire Eippel est devant la luxueuse villa qu'habitent les Mauser, un peu à l'écart de la ville. « Villa » n'est d'ailleurs pas le mot qui convient : c'est une résidence magnifique, un corps de bâtiment flanqué de deux tours, au milieu d'un vaste parc et, dans le voisinage, on l'appelle communément le « Château ». À coup sûr, l'événement est grave. Wolfgang Mauser, cinquante-six ans, était une des personnalités de Münster, un avocat d'affaires richissime et, surtout, c'était l'adjoint au maire.

Le commissaire et ses deux inspecteurs trouvent

l'homme étendu au pied de son bureau. Il a une plaie à la tempe et tient encore un revolver entre ses doigts crispés. Un rapide examen prouve que la balle a été tirée à bout portant. Le médecin légiste le confirmera, mais il semble exclu qu'il s'agisse d'un meurtre.

– C'est un terrible accident, madame.

Le commissaire a dit « accident », mais en lui-même il est certain qu'il s'agit d'un suicide.

Malgré le drame, Mme Mauser a gardé tout son sang-froid.

– Il faut avant tout éviter le scandale.

– Rassurez-vous, nous serons aussi discrets que possible.

Le commissaire est sincère, la police va effectivement se montrer discrète. Cela n'empêche pas que, bientôt, tout Münster va parler de l'affaire et, un peu plus tard, ce sera l'Allemagne entière.

Wolfgang Mauser est enterré depuis six mois. L'enquête sur sa mort, menée rapidement, a conclu officiellement à un accident, par respect pour la veuve qui ne voulait pas qu'on parle de suicide et Münster, la grosse ville de province un instant troublée par la mort d'une de ses personnalités, a retrouvé son calme et ses habitudes. Bref, tout est rentré dans l'ordre.

À un détail près pourtant. La famille de Wolfgang Mauser n'accepte pas du tout la thèse du « suicide-accident ». Ils sont trois à penser ainsi : Franz Mauser, le vieux père de Wolfgang, quatre-vingts ans, et ses deux fils, les frères de la victime. Pour eux, l'enquête a tenté d'étouffer la vérité. Il y a dans la ville une conspiration du silence autour de la mort de Wolfgang.

Eux n'habitent pas Münster mais à une trentaine de kilomètres, à la campagne. Ils sont paysans, de tout petits paysans. Wolfgang était le plus doué de la famille. À force d'études, il était parvenu à s'échapper de son misérable milieu d'origine. Pour son père et pour ses frères, il était un objet de fierté, leur orgueil. C'était celui qui avait réussi, celui qui parlait d'égal à égal avec les notables de la région. Mais le père Franz Mauser savait bien que jamais son fils n'avait été vraiment accepté dans ce milieu.

Et puis il y a Helena. Celle-là, les Mauser ne l'ont jamais admise : une intrigante qui n'en voulait qu'à sa fortune. Car il l'a épousée sur le tard, après avoir accumulé beaucoup d'argent. Leur ménage ne marchait pas bien. Bien que son fils ne lui ait jamais fait de confidences, le père Mauser l'avait senti. Peut-être parce que Helena et Wolfgang n'avaient pas d'enfants, peut-être tout simplement parce qu'ils ne s'entendaient pas. Et si Helena avait voulu le quitter sans divorcer, le quitter par un moyen qui lui aurait permis de garder sa fortune ?

Mais ce n'est pas tout. Il se passait quelque chose à la mairie de Münster. À ce sujet au moins, Wolfgang avait fait des confidences à son père. Il lui avait parlé plusieurs fois de son désir de démissionner de ses fonctions d'adjoint parce qu'il avait appris des faits troublants auxquels il ne voulait pas être mêlé, des faits qui concernaient le maire lui-même.

Alors, le vieux Franz Mauser et ses deux fils ont trouvé que cela faisait vraiment trop. Un accident, c'est invraisemblable ; un suicide, ils n'y croient pas non plus. Wolfgang était riche et considéré, il n'avait aucune raison de se tuer. D'ailleurs il n'avait jamais évoqué une telle éventualité devant eux. En revanche, il y avait des raisons de le tuer, que ce soit un crime passionnel ou un meurtre en rapport avec ce que Wolfgang avait découvert à la mairie...

Quand, un jour de novembre 1962, le vieux Franz Mauser, accompagné de ses deux fils, se rend chez le commissaire Eippel pour lui faire part de ses soupçons, c'est tout juste s'il ne se fait pas jeter dehors.

– Et alors ? grommelle le commissaire, il y a eu une enquête, qu'est-ce que vous voulez de plus ?

Le vieux Franz Mauser, emprunté dans ses habits de ville, tourne et retourne son chapeau posé sur ses genoux.

– C'est que, monsieur le commissaire, Wolfgang n'était pas de nature à se suicider.

– Qui vous a parlé de suicide ? L'enquête a conclu à un accident et, comme je vous l'ai dit, elle est close.

Franz Mauser remet son chapeau sur sa tête et s'en va, le dos voûté, entre ses deux fils. Le commissaire Eippel le voit partir avec satisfaction. Maintenant au moins, l'affaire Mauser est définitivement terminée, il n'en entendra plus jamais parler ! Mais le commissaire a sous-estimé la ténacité de Franz Mauser. Ce petit vieillard timide est un têtu et il a décidé d'employer les grands moyens...

Quinze jours plus tard, le 4 décembre 1962, le père Mauser, toujours timide et endimanché, est assis dans un autre bureau de Münster. En face de lui, un homme d'une quarantaine d'années aux cheveux noirs un peu ébouriffés, très grand, très maigre, avec un visage anguleux et des yeux fiévreux. Franz Mauser sait que cet homme représente la dernière chance de faire la lumière sur la mort de son fils. C'est Paul Dietrich, celui qu'on surnomme l'« avocat des pauvres » ou l'« avocat social », une sorte de Don Quichotte révolutionnaire qui ne s'occupe que des causes marginales et en apparence perdues.

L'homme a une lueur d'excitation dans le regard :

– Selon vous, il aurait découvert quelque chose concernant le maire. Cela ne m'étonne pas. Je sais, moi, que c'est un ancien nazi. Sans doute a-t-il commis des crimes de guerre... Mais je le saurai ! Je vais faire mon enquête et bientôt toute la ville, toute l'Allemagne le saura !

Franz Mauser incline la tête avec reconnaissance. Il sait que Paul Dietrich ira jusqu'au bout. On lui a tant parlé de lui depuis quelques jours qu'il connaît sa vie presque aussi bien que celle de ses propres fils.

Il est né quarante ans plus tôt, à Münster. Il n'a pas connu sa mère, morte à sa naissance. C'est son père qui l'a élevé, dans une atmosphère rigide et autoritaire. Paul Dietrich a reçu des principes très durs, très absolus. Pour lui, la cassure s'est produite quand il a eu dix-huit ans. Cette année-là, son père a quitté la religion catholique pour se remarier avec une protestante. Pour Paul, ce fut une révélation : celle de la compromission, du reniement, de l'abandon de quelque chose à laquelle on croit en vue d'un intérêt quelconque.

À partir de ce moment, il a décidé de devenir une sorte de redresseur de torts. Il s'est enfui de chez lui et a continué ses études de droit en exerçant les métiers les plus divers. Il a d'abord été employé de banque, mais il s'est fait renvoyer au bout de quelques mois parce qu'il refusait de faire payer aux clients les intérêts qu'il jugeait trop élevés. Ensuite il a été infirmier ; là aussi, il s'est fait renvoyer, car il en avait profité pour rédiger un mémoire sur les insuffisances de l'équipement hospitalier de Münster. Enfin, il est devenu avocat. Son premier acte a été d'intenter un procès à son père pour détournement d'héritage. Un procès qu'il a perdu, mais c'était secondaire : ce qui importait pour lui, c'était le principe.

D'ailleurs, ce sont exclusivement les principes qui comptent pour Paul Dietrich. Il dédaigne les causes faciles et celles qui rapportent gros. Il a une prédilection, au contraire, pour celles qui semblent perdues d'avance, celles où il faut se battre contre les gens en place, les puissants. Et il s'identifie à ces causes, comme si elles le concernaient personnellement ; il les vit passionnément, avec déchirement. Chaque fois il en sort davantage blessé, pour se lancer, avec plus de hargne encore, dans son prochain combat.

Voilà l'homme que Franz Mauser a en face de lui, ce 4 décembre 1962. Peut-être lui fait-il un peu peur, malgré tout. Peut-être se rend-il compte obscurément que, pour Paul Dietrich, cette affaire n'est qu'un moyen de combattre des gens qu'il déteste. Mais il s'en moque. Une seule chose importe pour lui : la vérité sur la mort de Wolfgang. Et il sait que seul Dietrich en est capable.

Paul Dietrich se jette à corps perdu dans l'enquête sur la mort de Wolfgang Mauser. Dans la ville de

Münster, on le voit partout. En quelques mois, il n'interroge pas moins de trois cent cinquante personnes. Les unes sont simplement étonnées, les autres franchement hostiles : comme le maire, le commissaire Eippel et la veuve. L'avocat scrute tous ses interlocuteurs de ses yeux fiévreux. Il dérange, mais il s'en moque. Ou plutôt, il en est ravi, car il est persuadé que, à cause de lui, bien des gens vont cesser de dormir d'un sommeil tranquille.

Et il faut dire que dans son enquête, Paul Dietrich découvre des choses troublantes.

Par exemple, la nuit même du drame, Helena Mauser a tout remis en ordre dans le bureau où on a retrouvé son mari ; elle a même nettoyé le tapis taché de sang. Le revolver que la victime tenait dans ses mains n'a pas été examiné et – c'est incroyable mais c'est ainsi – on n'y a pas cherché d'empreintes. Le corps a été autopsié et l'examen a conclu à un coup tiré à bout portant, mais l'enquête s'est limitée à cela.

Voilà tout ce que découvre le petit avocat aux principes inflexibles. De plus en plus, pour lui, cette affaire devient son affaire et même l'affaire de sa vie.

Et puisqu'on ne veut pas l'entendre, puisque le maire de Münster et le commissaire Eippel lui ont claqué la porte au nez, il sait ce qui lui reste à faire.

Il rédige des tracts qu'il va lui-même distribuer sur les marchés de la ville et à la sortie des églises. Sous le titre « Proclamer les vérités », on peut lire : « Un assassinat s'est commis à Münster. Wolfgang Mauser devait mourir parce qu'il en savait trop, parce qu'il avait découvert que notre maire est un criminel de guerre et qu'il allait le dénoncer publiquement. Le maire a eu pour complice la veuve Helena Mauser qui voulait se débarrasser de son mari. C'est elle qui, la nuit du 25 août, a ouvert sa porte aux hommes de main du maire... »

Inutile de dire que la réaction des autorités de Münster est plutôt vive. Le maire porte plainte pour diffamation et le commissaire Eippel prend la responsabilité d'arrêter Paul Dietrich. Il faut dire qu'il n'a guère le choix, car l'avocat s'est mis à parcourir les rues de la ville dans une voiture équipée d'un haut-parleur. Alors, Eippel signe un mandat d'arrêt pour diffamation et troubles sur la voie publique, auquel il peut bientôt ajouter « injures et coups et blessures à agents », car, quand les policiers se présentent chez lui, Paul Dietrich se débat et les frappe en hurlant comme un fou.

Comme un fou... Pour le commissaire Eippel, ce n'est pas une simple expression. Il y a longtemps qu'il s'en doutait, mais maintenant il en est sûr : c'est un fou. Ce genre de fanatique est même dangereux. Et le lendemain, 14 octobre 1963, Paul Dietrich est sorti de sa prison pour être interné dans un hôpital psychiatrique.

Quand la nouvelle est connue dans la ville de Münster, elle divise profondément l'opinion. Pour beaucoup, l'avocat est effectivement un illuminé et ils ne comprennent pas qu'on ne l'ait pas enfermé avant. D'autres, au contraire, crient au complot : le maire et ses acolytes tentent d'étouffer la vérité en faisant passer Paul Dietrich pour fou. Il faut immédiatement réouvrir l'enquête sur la mort de Wolfgang Mauser.

En attendant, dans la petite cellule qu'occupe

l'« avocat des pauvres » à l'hôpital, les psychiatres se succèdent. Et d'abord le professeur Selbach, l'illustre expert de Berlin. Il est formel : Paul Dietrich souffre d'une grave perturbation de l'humeur et du jugement qui remonte à des conflits dans sa petite enfance. À sa suite, d'autres experts viennent l'examiner et, comme il est courant, leurs avis sont parfaitement contradictoires. Pour les uns, Paul Dietrich est fou à lier, pour les autres, il est tout à fait normal...

Si le maire de Münster et le commissaire Eippel avaient voulu éviter le scandale, le moins qu'on puisse dire est qu'ils n'ont pas eu de chance. À mesure que les mois passent, non seulement Münster entre en ébullition, mais toute l'Allemagne s'intéresse, puis se passionne pour le cas de Paul Dietrich.

Inutile de préciser que son procès, qui s'ouvre le 22 septembre 1964, va être bien autre chose qu'un procès pour diffamation, scandale sur la voie publique, injures et coups à agents. Pour les journalistes de la presse écrite, de la radio et de la télévision qui s'écrasent dans la petite salle d'audience, il est évident que deux questions vont dominer les débats : Paul Dietrich est-il fou ? Ses accusations contre le maire de Münster et Helena Mauser sont-elles fondées ?

Paul Dietrich paraît dans le box. Son visage anguleux s'est encore amaigri, ses yeux fiévreux brillent d'un éclat plus sombre que jamais, une barbe noire lui mange le visage. Selon son opinion sur le problème, on lui trouve des allures de héros ou de fou. Mais sur un banc, dans l'assistance, un vieillard timide le regarde avec un respect quasi religieux, c'est Franz Mauser. Paul Dietrich a tenu sa promesse. En mettant en jeu sa propre existence, il a réussi. Grâce à lui, il va enfin savoir la vérité sur la mort de son fils Wolfgang.

La première partie du procès est consacrée à l'audition des experts psychiatres. Dietrich les écoute avec indifférence comme si leurs propos ne le concernaient pas. D'ailleurs, rien de clair ne résulte de leur discussion. Ils se disputent à grand renfort de termes techniques : tout ce qu'on comprend c'est qu'ils ne sont pas d'accord entre eux.

Le président remercie le dernier expert et s'éclaircit la voix :

– Le prévenu est accusé de diffamation envers Mme Helena Mauser et M. le maire de Münster. Pour répondre à cette accusation, j'accepte que soient examinées les circonstances de la mort de Wolfgang Mauser...

Un frisson d'excitation passe parmi les journalistes ; le vieux Franz se raidit sur son banc et Paul Dietrich, sortant brutalement de sa torpeur, se lance à l'attaque.

– Je demande qu'on entende le commissaire Eippel.

Le commissaire est, en effet, le premier témoin inscrit sur la liste. Il paraît au tribunal très droit, très sûr de lui, comme s'il ne remarquait pas les centaines de regards braqués sur lui. Le président l'interroge :

– Commissaire, dans votre enquête sur la mort de

Wolfgang Mauser, vous avez conclu à un accident. Est-ce aujourd'hui encore votre sentiment ?

Le commissaire Eippel parle d'une voix forte :

– Non, monsieur le président, ce n'était pas un accident.

Il y a dans la salle un instant de stupeur, suivi d'un brouhaha que le président a du mal à calmer. Franz Mauser s'est levé, pâle comme un mort ; ses lèvres tremblent légèrement. Le commissaire Eippel poursuit calmement :

– Je n'ai jamais cru à l'accident. Wolfgang Mauser s'est suicidé. Je n'ai conclu à l'accident que par respect pour Mme Mauser.

Paul Dietrich passe à la charge :

– Pourquoi n'avez-vous pas relevé les empreintes sur l'arme ? Pourquoi n'y a-t-il pas eu d'expertise balistique ?

À toutes les questions de l'avocat, le commissaire répond dédaigneusement. Et il termine sa déposition en affirmant :

– C'est un suicide. Je connais mon métier.

Dans la salle, beaucoup ne partagent pas du tout l'assurance du commissaire Eippel. Le moins qu'on puisse dire c'est qu'il reste bien des choses obscures dans cette affaire.

C'est maintenant au tour du médecin de Wolfgang Mauser de déposer :

– D'après vous, docteur, le disparu était-il susceptible de mettre fin à ses jours ?

– Sans hésitation oui, monsieur le président. Wolfgang Mauser avait eu, deux ans avant sa mort, une crise de dépression brève mais très dangereuse. Il s'en était sorti sans mal et j'avais ordonné un traitement. Pour moi, la deuxième crise a été fatale. J'avais dit tout cela, à l'époque, au commissaire Eippel et même à Paul Dietrich, quand il m'a questionné. Mais il n'a pas eu l'air d'attacher d'importance à mon témoignage.

Dans son box, l'avocat fait un geste impatient de la main. Effectivement, ce que dit le docteur ne l'intéresse pas. Il attend le témoin suivant, le témoin principal : Helena Mauser.

Quand elle se présente, quelques minutes plus tard, elle a l'air terriblement grave. C'est une femme d'une soixantaine d'années, élégante et même hautaine. Elle ne répond pas à la question que lui pose sans préambule Paul Dietrich :

– Pourquoi avez-vous nettoyé le bureau la nuit du drame ?

Elle n'a même pas un regard pour lui. Tournée vers le président, elle ouvre son sac à main et en sort une feuille pliée en quatre.

– Monsieur le président, voici la preuve que mon mari s'est suicidé. Il tenait ce mot dans sa main gauche au moment de mourir : « Je te demande pardon. Adieu. » C'est signé et daté du jour de sa mort. Les graphologues vous confirmeront que c'est bien son écriture.

Il y a des cris de surprise. Le billet passe pendant plusieurs minutes entre les mains des juges. Dans la salle, tout le monde discute à haute voix. Le président doit réclamer le silence.

– Mais enfin, madame, pourquoi avoir caché cette pièce ?

– Je ne voulais pas qu'on sache que mon mari s'était suicidé. Le suicide est contraire à mes convictions religieuses.

– Paul Dietrich et une partie de la presse allemande vous ont accusée d'être une meurtrière !

– Je savais que je pourrais toujours prouver la vérité, mais je ne voulais le faire qu'au dernier moment, s'il ne restait plus d'autre moyen...

Tout le monde se tourne vers l'avocat qui promène ses mains sur le rebord du box comme s'il cherchait quelque chose. Il ouvre la bouche pour parler, mais rien ne vient...

Les gens, maintenant, ne le regardent plus du tout avec les mêmes yeux... Ce regard, cette expression hébétée : mais c'est évident, c'est un fou, un pauvre fou !

À l'issue du procès, Paul Dietrich est, non pas condamné, mais déclaré irresponsable. Tandis qu'on emmène vers l'asile le petit avocat aux principes inflexibles qui avait eu le tort et le malheur de se tromper de cause, personne ne fait attention à un vieillard endimanché qui remet son chapeau sur sa tête et s'en va. Franz Mauser connaît la vérité sur la mort de son fils. Maintenant, il peut mourir.

Franz Mauser est mort deux mois plus tard, en léguant tous ses biens à Paul Dietrich.

Les deux Égyptiens

Le lundi 20 janvier 1964, Amal Bejaoun remonte à pas pressés la via Veneto, à Rome. Elle est en retard à son travail. Pourvu que son patron ne lui fasse pas d'histoires ! Amal Bejaoun, jeune Libanaise de vingt-deux ans, est depuis un an la secrétaire de Mustapha Chouraki, fondé de pouvoir d'une importante société de textiles.

Amal traverse le hall de marbre à toute vitesse, s'engouffre dans l'ascenseur, entre dans les bureaux sans saluer personne et frappe à la porte de son patron. Pas de réponse. Elle se décide à tourner la poignée, mais la porte ne s'ouvre pas : elle est fermée de l'intérieur. Amal Bejaoun frappe à coups redoublés, toujours sans résultat. Alors elle appelle la police.

Elle est loin d'imaginer que c'est le début de l'affaire judiciaire la plus compliquée et la plus invraisemblable de l'Italie de l'après-guerre.

Un quart d'heure plus tard, le commissaire Perani et ses hommes sont là. Le commissaire Perani, bon vivant, la cinquantaine, les tempes grisonnantes, est considéré comme un des policiers les plus subtils de la capitale. Il s'est déjà sorti avec beaucoup de doigté d'affaires très délicates.

En arrivant sur les lieux, il a une impression désagréable qui lui rappelle de mauvais souvenirs. Cette porte fermée de l'intérieur ne lui dit rien qui vaille. De toute façon, il n'y a pas à hésiter. Il la fait enfoncer par deux de ses hommes. Il y a un grand craquement et tout le monde se précipite à l'intérieur.

Le spectacle est pire encore que ce que redoutait le commissaire. Au pied du luxueux bureau de direction, un homme est étendu, abattu de plusieurs balles. Mais est-ce vraiment le patron de la jeune secrétaire ? Car le cadavre est méconnaissable. L'homme a été vitriolé et son visage est totalement défiguré. On se croirait dans un film d'épouvante. D'ailleurs, devant le spectacle, la jeune femme s'est évanouie...

Le commissaire Perani lance quelques ordres à ses hommes, qui sont eux-mêmes tout blancs. Il faut dire qu'on voit rarement de telles horreurs, même dans le métier de policier.

– Appelez le médecin légiste et l'identité judiciaire. Et puis, occupez-vous de la secrétaire : je vais avoir des questions à lui poser. Moi, je file prévenir le patron. C'est sûrement une grosse affaire.

Dans l'esprit du commissaire Perani, les réflexions se bousculent. Il y a d'abord l'identité de la victime, si c'est bien elle. Mustapha Chouraki est une des personnalités du tout-Rome, un play-boy, un des habitués les plus tapageurs de ce qu'on appelle à l'époque la *dolce vita*. Le commissaire connaît par cœur ses origines. Qui ne les connaît à Rome ? Il suffit, pour cela, de lire les journaux... Mustapha Chouraki, de nationalité égyptienne, a immigré en 1952 avec ses parents. Son père, ministre du Trésor du roi Farouk, avait fui la révolution nassérienne, en emportant avec lui son immense fortune. Le jeune Mustapha, beau comme un dieu dès son adolescence et richissime, de surcroît, n'a eu aucun mal à s'imposer dans les cercles les plus fermés de Rome. En 1964, à vingt-sept ans, toujours célibataire, il est devenu la coqueluche des belles Romaines.

Il y a autre chose qui intrigue le commissaire Perani : c'est cette porte fermée. En entrant, il l'a examinée rapidement. Le verrou a été sans doute tiré de l'extérieur grâce à une ficelle ou à un fil solide. Un procédé raffiné qui lui fait penser à des méthodes du contre-espionnage. Une raison supplémentaire de prévenir le préfet de la police romaine.

Quand le commissaire a terminé son coup de téléphone à ce dernier, il regagne le bureau. Les spécialistes qu'il a convoqués sont en train de s'affairer autour du corps défiguré. Le médecin légiste hoche la tête avec une évidente satisfaction professionnelle. Pour lui, c'est un beau cas.

– La mort remonte à deux jours, monsieur le commissaire, c'est-à-dire au samedi 18 janvier. L'homme a été abattu de cinq balles de calibre 7,65, tirées à bout portant et toutes mortelles. Quant à la défiguration au vitriol, elle a eu lieu post mortem. Immédiatement après la mort, mais après.

Le commissaire Perani n'en écoute pas davantage et se rend dans la pièce voisine où Amal Bejaoun, à peine remise de ses émotions, attend d'être interrogée.

Le commissaire lui met la main sur l'épaule et lui adresse un sourire encourageant.

– Mon petit, nous avons besoin de vous. D'abord, la victime est-elle votre patron ?

– Oui. Malgré tout, je l'ai reconnu.

– Avez-vous une idée de qui a fait cela ?

Amal répond sans aucune hésitation. Mais elle tremble de tous ses membres.

– Nadja, c'est elle, j'en suis sûre !

Le commissaire fouille rapidement dans ses souvenirs... Nadja Amani est la femme de Khaled Amani, un autre Égyptien qui, lui aussi, a fait fortune dans le textile. Sa liaison avec Mustapha Chouraki a entretenu pendant des semaines les potins des journaux spécialisés. Dans l'esprit du commissaire, un second scénario se superpose au précédent. Peut-être effectivement ne s'agit-il pas d'espionnage, mais d'un crime passionnel. Un crime de femme jalouse, cela expliquerait le vitriol.

La jeune secrétaire continue entre deux sanglots :

– Elle l'appelait tous les jours. Je le sais, c'est moi qui recevais les communications. M. Chouraki me faisait dire qu'il n'était pas là. Alors elle insistait. Il ne voulait plus d'elle et elle s'accrochait...

Le lendemain, dans son bureau, le commissaire Perani fait le point. Les éléments positifs s'accumulent. L'enquête, qui semblait délicate au départ, est plus facile qu'il ne le pensait. D'abord la victime est bien Mustapha Chouraki. Son dentiste l'a identifié. Ensuite, la piste de Nadja Amani et de son mari Khaled a tout l'air d'être la bonne. Ils ont en effet quitté Lausanne, où ils habitent, la veille du crime. Ils sont descendus dans un hôtel de la capitale et ils sont repartis le soir même pour Athènes, en avion.

Le commissaire entre immédiatement en contact avec le secrétariat général d'Interpol et demande qu'on adresse à la police grecque un mandat d'arrêt contre le couple. La réponse lui parvient le lendemain matin et elle confirme, si besoin était, ses convictions. C'est un télégramme en provenance d'Athènes, laconique mais explicite : « Nadja et Khaled Amani déjà arrêtés frontière pour port d'arme illicite. Stop. Avons trouvé revolver 7,65 dans leurs bagages. Stop. Demande d'extradition transmise aux autorités. »

Un mois plus tard Khaled et Nadja Amani débarquent à l'aéroport de Rome. Le commissaire Perani les attend avec ses hommes. Il leur signifie leur arrestation au nom du gouvernement italien, remercie les policiers grecs et tout le monde prend le chemin de son bureau. Le revolver, qui a précédé le couple, a déjà été examiné par les services de balistique. Le résultat de l'expertise est sans équivoque : c'est l'arme du crime.

Décidément, le commissaire Perani est content. Tout le reste n'est qu'une question de routine. Cette affaire qui lui semblait si délicate se révèle presque banale. Lui, le spécialiste des questions épineuses, en est presque déçu.

Il a pourtant bien tort et il ne va pas tarder à s'en rendre compte ! Immédiatement, d'ailleurs, quelque chose l'intrigue, aussi bien dans la personnalité de l'homme que de la femme. Pendant le trajet qui les conduit de l'aéroport au centre de Rome, il a tout le loisir de les détailler. Ils ne se regardent pas, ils s'ignorent. Khaled Amani, élégant, le visage dur, dissimulé derrière d'énormes lunettes noires, semble impénétrable. Nadja garde fièrement la tête droite. Elle est d'une beauté étonnante, très orientale, très brune, avec, toutefois, un détail insolite : elle a des yeux gris clair qui, sous ses épais sourcils noirs, font un effet saisissant. Cela lui donne un air candide, faussement candide peut-être.

Oui, pense le commissaire Perani, ce ne sont certainement pas des gens ordinaires. Mais après tout, il y a des charges contre eux. Et le revolver est une pièce à conviction accablante, sans réplique.

Sans réplique ? Le commissaire Perani, malgré ses trente ans d'expérience policière, va rapidement avoir la démonstration du contraire.

Il interroge d'abord le mari :

– Vous saviez que votre femme vous trompait avec Mustapha Chouraki ?

Sur le visage de Khaled Amani, aucune expression n'apparaît. Décidément cet homme est impénétrable.

– Comment aurais-je pu ignorer ce que tout Rome savait ?

– C'est pour cela que vous avez demandé et obtenu le divorce ?

Khaled Amani hausse les épaules.

– Bien sûr.

– Pourtant, monsieur Amani, après votre divorce, vous avez continué la vie commune avec votre femme et cela, je ne le comprends pas.

Khaled Amani a un sourire condescendant.

– Évidemment, vous autres Italiens, vous ne

connaissez pas le divorce. Je l'ai gardée parce que j'ai eu pitié d'elle, c'est tout.

– Admettons... Passons aux faits. Vous avez quitté Lausanne avec votre femme la veille du crime. Vous êtes descendus dans un hôtel de Rome. Et ensuite ?

– Elle avait rendez-vous avec son amant, dans son bureau. C'est après son départ que je me suis rendu compte qu'elle avait emporté mon revolver. Quand elle est rentrée, elle m'a avoué qu'elle l'avait tué. Alors, j'ai quitté Rome avec elle pour tenter de la sauver des conséquences de son geste.

– Et pourquoi, monsieur Amani ? Vous l'aimez donc encore à ce point ?

Pour la première fois, l'Égyptien a une expression : une expression désagréable, presque inquiétante.

– Vous vous trompez, je la hais !

Le commissaire le congédie et fait entrer sa femme, qui attendait dans la pièce à côté. C'est décidément une beauté étrange, avec ses traits fortement typés et ses grands yeux innocents, limpides. Le commissaire Perani attaque l'interrogatoire sur un ton très dur, peut-être parce que, malgré lui, il est un peu troublé.

– Quand Mustapha Chouraki a-t-il rompu avec vous ?

Les beaux yeux candides de Nadja lancent des éclairs.

– Jamais. Si mon mari ne l'avait pas assassiné, nous nous serions épousés.

– Allons, allons... Je sais qu'il a eu bien d'autres maîtresses après vous.

– Ce n'est pas vrai, c'est un mensonge !

– Si vous voulez... Alors, parlez-moi du crime.

Le visage de Nadja Amani reprend d'un seul coup son expression sereine.

– C'est simple : le 18 janvier, je suis allée rendre visite à Mustapha dans son bureau. Soudain, mon mari a fait irruption. Il s'est disputé avec lui et je me suis réfugiée dans la pièce à côté. C'est là que j'ai entendu les coups de feu. Par la suite, mon mari m'a dit qu'il avait tiré pour se défendre de Mustapha qui le menaçait d'une bouteille de vitriol. Je pense que c'est lui qui a renversé le vitriol sur le visage de Mustapha sans le vouloir.

– C'est tout ?

– Oui, monsieur le commissaire.

– Et ensuite, vous avez suivi votre mari, meurtrier de votre amant, dans sa fuite criminelle ? Votre mari, avec qui vous aviez continué la vie commune après votre divorce. Quelle preuve d'amour... étonnante !

De nouveau, les yeux gris lancent des éclairs.

– Vous vous trompez, je le hais !

Le commissaire Perani sourit avec scepticisme. C'est très clair. L'homme et la femme ont chacun leur version des faits, bien au point, inattaquable. Mais il n'y croit pas. Il redresse brusquement la tête :

– Eh bien moi, madame Amani, je vais vous dire ce qui s'est réellement passé. Votre mari était follement jaloux de Mustapha Chouraki, qui l'avait déshonoré aux yeux de tous. Et vous, vous étiez tout aussi jalouse de cet amant qui vous délaissait pour d'autres femmes, qui faisait répondre qu'il n'était pas là quand vous lui téléphoniez plusieurs fois par jour. Alors, Khaled et vous, vous avez passé un pacte : vous avez décidé de le tuer tous les deux, chacun pour son propre mobile. Vous êtes entrés ensemble dans son bureau. C'est votre mari qui a tiré ; vous, vous teniez la bouteille de vitriol et c'est vous qui l'avez versé sur le visage du mort, sur ce beau visage qui, depuis quelques mois, souriait à d'autres femmes, embrassait d'autres femmes... Non, madame, vous ne haïssez pas votre mari. Vous l'aimez au contraire, d'un amour monstrueux, scellé par un crime !

Nadja Amani bondit, comme piquée par une vipère, mais elle se ravise et se tait. Elle ne dira plus rien. Désormais, elle se bornera à répéter inlassablement sa version des faits, tout comme son mari.

Ainsi s'est terminée l'enquête... Il n'y a qu'un seul point que le commissaire n'a pu élucider : la porte fermée de l'intérieur, grâce au verrou, détail qui lui avait fait penser, au départ, à une affaire d'espionnage. Mais ce mystère n'en est pas véritablement un. Si le procédé est assez délicat et demande pas mal d'expérience et de doigté, il n'y a pas besoin de faire partie des services secrets pour en être capable. Maintenant, lequel des deux a accompli la manœuvre ? Il n'en sait rien et c'est secondaire. Il ne leur a même pas posé la question : tous les deux auraient, bien évidemment, nié.

Quand, le 26 janvier 1965, presque un an jour pour jour après le crime, s'ouvre le procès de Nadja et Khaled Amani, toute l'opinion italienne se passionne pour cette cause hors du commun. Une chose est certaine : l'un d'entre eux au moins est coupable. La présence du revolver dans leurs bagages est une preuve irréfutable. Mais l'un d'eux est-il innocent ?

Ou bien sont-ils coupables et complices ? Sont-ils les amants diaboliques que décrit le commissaire Perani ? Le procès qui commence va peut-être permettre de répondre à ces questions.

La grande salle du palais de justice de Rome est trop petite pour contenir la foule des journalistes et des curieux qui s'écrasent pour assister au procès de Nadja et Khaled Amani.

Nadja frappe tout le monde par ses yeux extraordinaires, son air doux et résolu à la fois. Pour la foule romaine, prompte à s'émouvoir, dans un sens comme dans un autre, c'est le coup de foudre. Le public l'a adoptée : c'est une victime, elle est innocente, cela ne fait aucun doute. Mais cela ne veut pas dire que le public accable Khaled. Bien sûr, son aspect physique ne suscite pas le même intérêt : avec ses lunettes noires et ses traits dénués d'expression, ce serait plutôt le contraire. Mais quand il parle, c'est autre chose : cette voix chaude, ces accents passionnés... Les Romains aiment les gens passionnés. En quelques heures, et pour des mois, Nadja et Khaled Amani vont devenir presque aussi populaires que les vedettes du championnat de football ou du Giro. Peut-être un des deux est-il innocent : eh bien c'est suffisant pour les acquitter tous les deux !

Au procès, le mari et la femme ont des attitudes bien tranchées et même opposées, mais qui, dans le fond, signifient la même chose. Nadja, brillamment défendue par maître Giovanni Leone, un des ténors de la vie politique, a pris le parti d'ignorer complètement son mari. Au fil des audiences, elle ne lui adresse pas un regard ; quand il parle, elle se tait ou bavarde ostensiblement avec ses avocats.

Khaled, au contraire, ne cesse de regarder Nadja. Il n'arrête pas de la fusiller des yeux, furieux, hors de lui de ne jamais pouvoir accrocher son regard. Quand elle parle, il se déchaîne. Il jette ses lunettes noires d'un geste rageur. Il hurle en arabe, couvrant sa voix :

– *Kabbada, kabbada !* (Menteuse, menteuse !)

Dans le public, on frissonne d'aise : des gens qui se haïssent à ce point, cela mérite le respect. Et quand le procureur reprend à son compte la thèse du commissaire Perani – le mari et la femme s'aiment toujours, ils ont prémédité et exécuté ensemble le meurtre de Mustapha Chouraki –, il déclenche dans le public des sourires amusés. De l'amour entre ces deux êtres ? C'est risible. Il n'y a qu'à voir leurs regards. Cela ne trompe pas, un regard...

Les jours, les mois passent, et c'est toujours le même scénario : Nadja, hautaine, méprisante, Khaled criant, clamant sa vérité. Mais décidément, il est dit que ce procès, déjà pas comme les autres, sera jusqu'au bout hors du commun...

Le 6 mai 1965, après cinquante audiences, trois cents heures de séances, pour des raisons juridiques très complexes qui tiennent aux particularités de la loi italienne, le jury est déclaré incompétent et le procès de Khaled et Nadja Amani renvoyé à une date ultérieure.

Quand il reprend, le 5 octobre 1965, c'est dans une émotion, une effervescence encore accrues. À Rome, c'est devenu, si l'on peut dire, un spectacle quotidien.

On va voir tous les jours le couple des Égyptiens qui restent, au fil des jours, des semaines et des mois, fidèles à leur personnage. Ils manifestent sans faiblesse leur haine l'un envers l'autre. Et au milieu d'eux, le procureur répète inlassablement la thèse de l'accusation : ne vous laissez pas abuser, c'est une comédie, ils s'aiment d'un amour monstrueux, ils ont tué tous les deux, lui parce que c'était un mari trompé, elle, une amoureuse délaissée.

C'est seulement le 22 mai 1966, un an et demi après le début du procès, après cent quarante-deux audiences, l'audition de cent quatorze témoins et après que le malheureux greffier eut rempli cinq mille pages manuscrites, qu'arrive enfin l'heure du verdict.

Les huit jurés s'enferment le samedi 22 à 11 h 30. Tout autour du palais de justice, la foule se presse. Une heure, deux heures, trois heures passent... On discute avec animation. Que font-ils ? Si cela dure tellement, cela ne peut pas être mauvais. S'ils avaient voulu les condamner, ils l'auraient fait tout de suite. Mais alors, qu'est-ce qu'ils attendent ?

Le soir du 22 mai arrive et il n'y a toujours rien. Cette fois, même les plus obstinés vont se coucher.

Mais le lendemain, dimanche 23, le public revient devant les marches du palais. Et il apprend que ce n'est toujours pas fini, que les jurés ne sont pas sortis, qu'ils sont encore en train de délibérer. Cette fois, la foule romaine s'est installée et elle ne bougera plus. Au fur et à mesure que les messes successives se terminent, elle grossit. À midi et demi, plusieurs milliers de personnes attendent, bien décidées à rester toute la journée et à y passer la nuit s'il le faut.

À 20 h 30, enfin une rumeur : ils sont sortis ! Après vingt-neuf heures de délibération, pas moins, le jury rend enfin son verdict et c'est l'acquittement ! Nadja et Khaled Amani sont acquittés au bénéfice du doute.

La foule se met à manifester spontanément au cri de « Vive la justice ! », même si elle apprend en même temps que le procureur a fait appel a minima.

L'affaire est donc rejugée. Le procès en appel a lieu le 15 janvier 1968 mais, bien sûr, en l'absence des deux accusés, qui ont préféré ne pas s'attarder en Italie.

Cette fois, l'atmosphère a bien changé. Le public n'est pas venu et, surtout, il n'y a plus Nadja et Khaled pour exprimer, l'une sa haine glacée, l'autre son emportement fiévreux.

Dans cette salle déserte, le réquisitoire du procureur, qui reprend une fois encore la thèse de la complicité du couple, prend toute sa force et le jury, qui n'a plus le spectacle de la passion devant les yeux, se laisse guider par la logique : Nadja et Khaled Amani sont condamnés, chacun, à vingt-deux ans de travaux forcés.

Bien entendu, leurs avocats se pourvoient en cassation et c'est le 30 octobre 1974 qu'a lieu l'épilogue judiciaire de cette extraordinaire affaire. La haute cour confirme le jugement de janvier 1968 : vingt-deux ans de prison.

Mais l'Italie n'a pas d'accord d'extradition avec l'Égypte. Et c'est dans ce pays que se sont réfugiés, tout de suite après leur acquittement, Nadja et Khaled. Par deux avions différents, bien entendu.

Et ensuite, que sont-ils devenus ? On ne le sait pas, on a totalement perdu leur trace. Si on l'avait su, on aurait su du même coup la vérité. Si on avait appris qu'ils ne se s'étaient jamais revus, qu'ils avaient chacun refait leur vie de leur côté, alors on aurait pu penser, effectivement, qu'ils n'avaient jamais été complices et que l'un d'eux, un seul des deux, était coupable et l'autre innocent. Si on avait appris au contraire qu'après avoir fui séparément ils s'étaient retrouvés et que, depuis, ils vivaient ensemble, partageant un amour passionné et monstrueux à la fois, alors, c'était la thèse du commissaire Perani qui était la bonne : ils étaient bien des amants diaboliques.

Mais Nadja et Khaled Amani, qui de toute manière ne risquaient plus rien puisqu'ils ne pouvaient pas être extradés, ont choisi, en se réfugiant dans l'anonymat, de laisser planer à jamais le doute sur cette extraordinaire affaire.

Et c'est peut-être mieux ainsi. Car c'est bien aux accusés que doit profiter le bénéfice du doute.

Corruption, corruption

Nous sommes en décembre 1929, dans le palais de justice de New York. Le bureau du juge Adrian Coleman est semblable à la personnalité de son occupant, austère, un rien glacial : des boiseries sombres, des livres de droit à la reliure impeccable. Seul le drapeau américain dans un coin de la pièce apporte une note de couleur, à défaut de fantaisie...

Adrian Coleman est assis bien droit dans son fauteuil à haut dossier. Il a la soixantaine, les cheveux déjà blancs. Il lance à sa visiteuse, de sa voix un peu cassante :

– Je vous écoute, madame Sullivan.

Aurora Sullivan forme un contraste certain avec le juge. C'est une belle femme blonde d'environ quarante ans. Elle respire la santé, il y a en elle une grande aisance et un charme incontestable. Elle parle d'une voix ferme.

– Je suis venue vous voir parce que je connais votre réputation. Je sais que vous, vous m'écouterez et que vous agirez, quoi que je vous dise. Même si je vous parle de corruption.

Le magistrat ne fait aucun commentaire et Aurora Sullivan commence son récit.

– Je suis divorcée depuis un an, monsieur le juge. Vous connaissez sans doute mon mari, du moins de nom : George Sullivan. Il est manager d'une banque importante.

Le juge Coleman acquiesce d'un bref signe de tête.

– C'est lui qui a souhaité le divorce. Il avait une maîtresse, enfin peu importe... Ce qui compte, c'est que le divorce a été prononcé à ses torts et que c'est à moi que la garde de notre fille Vivian a été confiée.

La voix d'Aurora Sullivan se durcit :

– Tout s'est passé il y a six mois, fin juin 1929. Un homme m'a abordée dans la rue, au sortir de mon immeuble. Il s'est présenté de la part d'un vieil ami que je n'avais pas vu depuis des années. Je l'ai invité à monter chez moi prendre un verre... Nous n'étions pas installés depuis deux minutes qu'on a sonné. Un homme s'est encadré sur le seuil et a sorti de sa poche un insigne de la police. Il m'a dit : « Inspecteur MacVernon. Flagrant délit de racolage sur la voie publique. Vous êtes en état d'arrestation. Suivez-moi. » Je suis restée abasourdie, je lui ai désigné l'homme qui était avec moi. « Voyons, c'est absurde, ce monsieur est venu me donner des nouvelles d'un ami commun. » Alors l'autre homme a eu un petit rire et a sorti à son tour un insigne de police. « Inspecteur Picket. Allez, suivez-nous sans faire d'histoires. »

Aurora Sullivan regarde le juge Coleman bien en face.

– J'ai compris trop tard que j'étais victime d'une machination... Je suis restée en prison trois jours. Je n'ai pas eu le droit d'appeler mon avocat ni personne d'autre. Et, au bout de ces trois jours, j'ai vu arriver l'inspecteur MacVernon. Je me souviendrai toujours de ses paroles. Il m'a dit : « Je suis venu vous proposer un petit arrangement : vous signez le papier que voici, stipulant que vous renoncez à la garde de votre fille, et vous êtes libre. Sinon, avec le dossier qu'il y a contre vous, vous serez condamnée pour prostitution et on vous retirera de toute façon la garde de Vivian. Comme vous voyez, ma belle, le résultat sera le même avec, en plus, beaucoup de désagréments pour vous... »

Pour la première fois, Aurora Sullivan manifeste son émotion. Sa voix tremble un peu.

– J'ai signé, je ne pouvais rien faire d'autre.

Le juge Coleman prend la parole :

– Selon vous, ces deux policiers ont été achetés par votre mari ?

– Absolument. Et je suis certaine qu'ils ne sont pas les seuls... George me parlait rarement de ses affaires mais je sais qu'il ne reculait pas devant la corruption. Ils sont tout un groupe d'hommes d'affaires avec lui. Ils ont acheté non seulement des policiers, mais des hommes politiques...

Le juge Coleman parle avec gravité :

– Je ne suis pas surpris de ce que vous dites. La corruption est une plaie. J'ai essayé de lutter contre elle, mais j'ai toujours manqué de preuves. Seriez-vous prête à signer une déposition ?

– Oui. Je suis venue pour cela.

Le juge Adrian Coleman se lève, il a toujours sa voix froide, mais quelque chose dans son regard trahit son admiration et sa sympathie pour la femme qu'il a en face de lui.

– Très sincèrement, madame Sullivan, je dois vous avertir que vous prenez un risque. Je connais ces gens et ils sont capables de tout.

Aurora Sullivan a un regard de défi.

– Je n'ai pas peur et je veux récupérer ma fille Vivian...

Et après avoir signé sa déposition, elle quitte le bureau.

Le juge Coleman décide de passer à l'action. Il va mener son enquête lui-même. La première chose à faire est de se renseigner sur cet inspecteur MacVernon.

Effectivement, il appartient bien à la police de New York. Seulement, lorsqu'il a au bout du fil son supérieur direct, le lieutenant Hodges, il s'entend dire d'un ton poli :

– Ah, je regrette, monsieur le juge, MacVernon est parti le mois dernier pour les Bermudes... Il est en vacances. C'est à quel sujet ?

En vacances aux Bermudes, en plein hiver ! C'est pour le moins inattendu. Le juge parvient tout de même à garder son calme.

– J'ai une convocation pour lui. Il doit venir le plus tôt possible à mon bureau.

Le lieutenant promet qu'il transmettra et raccroche. Le juge sent qu'il n'a aucune collaboration à attendre de sa part, pas plus que de la police en général.

Après cela, le juge Coleman n'a pas grand-chose à faire, sinon attendre le retour de l'inspecteur MacVernon pour le confronter avec Aurora Sullivan. Mais là, il aura bien du mal à se justifier : ce n'est pas le salaire d'un simple inspecteur de police qui a pu lui permettre de s'offrir de telles vacances. D'où lui est venu cet argent ? Quand ? Qui le lui a donné ?...

C'est deux jours plus tard que le juge Coleman reçoit un appel téléphonique de MacVernon.

– Je viens de rentrer et je viendrai à votre convocation, monsieur le juge... Je crois savoir qui vous a parlé de moi : Aurora Sullivan. Mais je tiens à vous dire que vous faites fausse route. C'est une mythomane et, de plus, une femme de mauvaise vie, j'en apporterai la preuve.

Froidement, comme à son habitude, le juge Coleman répond :

– Eh bien, vous aurez l'occasion de le lui dire vous-même. J'ai l'intention de vous confronter tous les deux.

Non, il n'y aura pas confrontation. Le lendemain, alors que le juge quitte son bureau, il regarde machinalement les titres des journaux du soir. Une manchette le fait sursauter : « Assassinat dans le grand monde ». Fébrilement, il commence à lire l'article de première page. Ce n'est pas possible ! Ils n'ont tout de même pas osé !... Si, ils ont osé. « Hier soir, le corps d'une femme du monde a été découvert dans son luxueux appartement de Manhattan. Il s'agit de Mme Aurora Sullivan, récemment divorcée du célèbre banquier George Sullivan. L'appartement avait été cambriolé. On suppose que Mme Sullivan a surpris son voleur au moment où il opérait. »

Le quartier de Manhattan où habitait la malheureuse Aurora dépend du secteur du lieutenant Hodges, le supérieur de l'inspecteur MacVernon. MacVernon qui n'assistera jamais à l'audition contradictoire avec son accusatrice. Elle a payé de la vie son courage... Immédiatement rentré chez lui, le juge Coleman prend contact avec le lieutenant Hodges.

– Lieutenant, je sais que vous vous occupez de l'affaire Sullivan. J'ai beaucoup d'informations à ce sujet. Est-ce que je peux prendre contact avec vous pour votre enquête ?

La réponse est sans nuance, pas même polie.

– Absolument pas. Vous n'avez aucun droit de le faire. Quant à MacVernon, c'est un de mes meilleurs éléments. Alors je vous prie de le laisser tranquille !

Le juge Coleman n'insiste pas. Mais il est décidé à ne pas se tenir pour battu. Il y a tout de même des moyens de se faire entendre. Il n'est pas n'importe qui...

Mais toutes ses requêtes aux autorités de New York restent vaines. Au bout de quinze jours, le juge doit même cesser ses démarches. Un problème plus urgent requiert son attention. Le magistrat est, indépendamment de ses fonctions, administrateur d'une compagnie d'assurances. Or, mystérieusement, depuis quelques jours, la société traverse des difficultés inimaginables. Plusieurs gros clients ont retiré leurs contrats. La banque, celle dont précisément George Sullivan est manager, vient de refuser les facilités de caisse qu'elle avait toujours accordées jusque-là.

Pendant plusieurs semaines, le juge Coleman se débat au milieu des pires difficultés. Mais il pressent déjà que c'est une bataille perdue. Il sait d'où vient le coup et, contre ces gens, il n'est pas de taille à lutter. Avec lui, ils n'ont pas employé les mêmes moyens qu'avec Aurora Sullivan. Assassiner un juge, George Sullivan, les policiers et les hommes politiques à sa solde n'auraient quand même pas osé. Alors, ils ont décidé de le perdre d'une autre manière, moins brutale, mais tout aussi efficace.

Au bout d'un mois, la compagnie d'assurances fait faillite. Dans les milieux d'affaires, certains bruits, soigneusement propagés, font état d'opérations plus ou moins louches que la compagnie aurait réalisées pour se tirer d'affaire. C'est le déshonneur, bientôt le scandale...

Adrian Coleman a perdu. Il démissionne de ses fonctions de juge. C'est un homme brisé qui quitte pour la dernière fois son bureau. En l'espace de quelques mois, il a terriblement vieilli. Ce n'est plus l'homme à la stature imposante qui impressionnait ceux qui se trouvaient en face de lui. Il est tout voûté, il a le regard perdu. Il va se retirer dans son village natal pour y finir ses jours.

L'enquête sur la mort d'Aurora Sullivan n'est pas terminée. Vu les policiers qui en sont chargés, il semblerait qu'elle ait bien peu de chances d'aboutir. Et pourtant si, elle aboutit ! En apparence, tout du moins...

Peu après la démission du juge Coleman, un fait nouveau se produit. Un truand de petite envergure, Henry Grover, est arrêté et conduit dans le bureau du lieutenant Hodges. Il avait tenté de vendre à un bijoutier une montre de femme deux fois moins cher que son prix. Méfiant, le bijoutier a vérifié dans sa liste des objets volés. La montre appartenait à Aurora Sullivan...

Le lieutenant Hodges procède aussitôt à l'interrogatoire, un curieux interrogatoire, puisque c'est lui qui fait les demandes et les réponses.

– C'est toi qui as fait le coup chez Mme Sullivan, hein ? Si tu avoues, tu as une chance de t'en sortir.

Henry Grover a tout de la brute. Il regarde le policier d'un air perplexe. Il finit par dire :

– Ouais, c'est moi.

– Et, bien entendu, tu étais seul, tu n'avais pas de complice...

– Non, je n'avais pas de complice.

– Donc, tu es rentré chez Mme Sullivan, elle est arrivée à ce moment et elle t'a surpris. C'est bien cela ?

– C'est ça...

– Tu t'es affolé et tu l'as frappée avec le premier objet qui t'est tombé sous la main, le tisonnier, par exemple ?

– Ouais, le tisonnier.

Le policier a un sourire.

– Parfait. L'inspecteur MacVernon va rédiger tes aveux. Tu n'auras plus qu'à signer...

Et Henry Grover signe ses aveux. Cette fois, sur le plan policier, l'affaire Aurora Sullivan est terminée. Enfin presque, car, deux jours plus tard, il se produit un rebondissement : en pénétrant dans la cellule de Henry Grover, son gardien le trouve pendu aux barreaux. Le remords sans doute...

Non, ce n'est pas le remords : c'est ce que dit dans

les journaux une voix qui, pour la première fois, se fait entendre, celle de Vivian Sullivan.

Vivian Sullivan a vingt ans. Lorsque sa mère a renoncé à sa garde, elle n'a pas fait d'objection et elle a rejoint passivement son père. Après tout, son père et sa mère étaient des gens du monde aussi occupés l'un que l'autre et elle les voyait fort peu. Entre eux, elle n'avait pas de réelle préférence.

Après le meurtre d'Aurora, Vivian a été bouleversée, mais elle a accepté la version de la police : sa mère avait été surprise par un cambrioleur, c'était un drame stupide et tragique.

Seulement, après le suicide plus que suspect de Henry Grover dans sa cellule, Vivian Sullivan a ressenti un choc : cette fois, il se passait réellement quelque chose... C'est alors qu'elle s'est souvenue de paroles qu'avait prononcées devant elle sa mère, peu après son divorce. Des paroles vagues auxquelles elle n'avait pas prêté attention : « Je crains ton père, avait dit Aurora, il est capable de tout pour te reprendre. Il a beaucoup de gens à sa dévotion dans la police et la politique. »

Alors, d'un seul coup, Vivian Sullivan comprend tout... Elle quitte la luxueuse demeure de son père, elle s'installe incognito dans un hôtel minable de New York et c'est de là qu'elle envoie ses déclarations à la presse. Elle dit tout, du moins tout ce qu'elle sait : les menaces que sa mère sentait planer autour d'elle, les activités suspectes de son père. Mais elle ne peut citer aucun nom. Aurora ne lui avait rien dit de précis...

Les révélations de Vivian Sullivan font grand bruit dans la presse. Les journaux américains ont toujours eu leur franc-parler et ils ne se gênent pas pour laisser entendre que les personnalités les plus en vue pourraient être compromises.

La contre-attaque des intéressés ne se fait pas attendre. La police new-yorkaise s'indigne d'avoir été mise en cause. Le lieutenant Hodges demande des accusations précises, des preuves. Ces preuves, un seul homme pourrait les donner : le juge Adrian Coleman. Seulement, il n'est plus en état de le faire. Depuis qu'il s'est retiré, il a perdu sa combativité et même son goût de la vie. À tel point qu'on a dû récemment l'hospitaliser pour dépression...

Dans ces conditions, les choses ne pouvaient pas aller bien loin. George Sullivan est intervenu à son tour. Il a tenu une conférence de presse : sa fille avait été gravement traumatisée par la mort de sa mère, il ne fallait pas tenir compte de divagations faites sous l'emprise de la douleur, dans quelque temps, elle irait beaucoup mieux...

George Sullivan, le banquier, ne se trompait pas. Vivian a fini par se remettre, et les journaux ont fini par se lasser d'une affaire qui restait désespérément inexplicable. Vivian est rentrée dans le rang et elle a oublié la mort mystérieuse de sa mère, dont personne n'a reparlé depuis.

Vivian Sullivan a fait, peu après, un riche mariage et la presse a reparlé d'elle, mais dans de tout autres circonstances. Sous le titre : « Une cérémonie bien new-yorkaise », on la voyait sourire aux côtés de son père. N'avait-elle pas choisi la sagesse ? Les secrets de famille ne se disent pas aux étrangers, ils restent dans la famille. Savoir se taire est la première qualité de toute bonne épouse et mère de famille.

Le Mas d'Or

4 avril 1948. Il fait une jolie matinée de printemps à Saint-Ribier, charmant village du Vaucluse, bâti un peu au-dessus de la Durance. Le clocher de la petite église tinte lentement. Bien qu'on ne soit pas un dimanche, il y a un office aujourd'hui : un enterrement.

Mlles Combas et Grison, la soixantaine légèrement dépassée, sont assises au premier rang. Mlles Combas et Grison viennent tous les jours à l'église. Elles aident monsieur le curé dans ses tâches quotidiennes et s'occupent des bonnes œuvres. Aussi, un jour comme celui-ci représente un événement dans leur monotonie quotidienne. D'autant que cet enterrement n'est pas un enterrement ordinaire.

La disparue, Gabrielle Coulomb, était la propriétaire du Mas d'Or et la personne la plus riche du village. Son mari avait fait fortune aux colonies. À sa mort, Gabrielle Coulomb est revenue finir ses jours à Saint-Ribier et elle a acheté ce Mas d'Or, luxueuse propriété entourée d'un vaste domaine. Gabrielle Coulomb, qui vient de mourir brutalement d'un arrêt du cœur à l'âge de soixante-dix ans...

Mlle Combas pousse du coude Mlle Grison. Elle chuchote derrière sa voilette :

– Le voilà !

L'homme qui vient d'entrer, Georges Rivaud, n'a pas encore atteint la quarantaine. Il a incontestablement de l'allure et même du charme. Il y a un peu plus d'un an qu'il s'est installé comme pharmacien à Saint-Ribier. Beaucoup, au village, ne l'aiment guère. Il faut dire qu'il est de Marseille, autant dire que c'est un étranger. Et puis, il est riche, très riche, presque autant que la défunte Mme Coulomb. Mais à la différence de cette dernière, qui était restée simple avec tout le monde, il tient à garder ses distances. Il a l'arrogance des gens de la ville...

Mlle Grison regarde avec un pincement des lèvres le pharmacien prendre place dans l'église. Elle souffle à sa compagne :

– Il y en a qui ont de la chance !

Mlle Combas a un petit ricanement :

– Monsieur le curé dit qu'il ne faut jamais croire au hasard.

– Vous ne voulez tout de même pas dire... ?

– Je ne dis rien.

Pour comprendre le dialogue des vieilles demoiselles, il faut savoir que Georges Rivaud avait acheté, il y a six mois, en viager le Mas d'Or à Mme Coulomb. Mme Coulomb, qui vient de mourir subitement, alors qu'elle s'était portée jusque-là comme un charme. Et Georges Rivaud est pharmacien...

Mlles Combas et Grison continuent leurs confidences à voix basse :

– Et l'autre, vous croyez qu'elle va venir ?

– Oh non, tout de même pas !

Les deux demoiselles s'immobilisent en même

temps, tandis que la même exclamation leur vient à la bouche :

– Seigneur Jésus !

Celle qu'elles appellent « l'autre » vient, en effet, de faire son entrée dans l'église. « L'autre » s'appelle Lucie Gautier. Elle a trente-huit ans. Elle s'est installée au village après son divorce et cela n'a pas traîné : le pharmacien est devenu son amant. Ils ont même déjà un enfant, que Georges Rivaud a légitimé, mais ils n'ont pas jugé bon de se marier.

Lucie Gautier est une grande brune bien faite. Pour la circonstance, elle a mis une robe noire, mais honteusement trop courte de l'avis des deux demoiselles. De même que son décolleté, même si elle a pris le soin de le recouvrir d'un châle, est une véritable provocation.

Lucie Gautier se dirige sans hésiter vers la rangée qu'occupent Mlles Combas et Grison, passe devant elles avec un léger sourire, et va s'installer un peu plus loin. Chez les vieilles filles, l'infarctus n'est pas loin.

– Vous avez vu cette arrogance ?

Les fidèles se retournent. Le cercueil fait son entrée dans l'église, porté par des jeunes gens du village. Derrière, une femme d'une quarantaine d'années, assez corpulente, une blonde au visage vulgaire : la seule parente de la disparue.

Marie-José Lavergne, née Coulomb, est la fille de Gabrielle Coulomb. Il y a vingt ans qu'elle a vu sa mère pour la dernière fois. Elle l'a quittée tout de suite après ses études pour vivre à Paris. C'est en arrivant à Saint-Ribier, prévenue par télégramme, qu'elle a appris du notaire la terrible nouvelle. Sa mère, qui ne lui pardonnait pas de l'avoir quittée, avait vendu le Mas d'Or en viager...

L'enfant de chœur agite sa sonnette. L'office des morts commence. Mais combien dans l'assistance sont réellement attentifs ? Bien peu sans doute. Les esprits sont ailleurs. Chacun est en train de penser au drame qui s'est peut-être produit avec la mort de Gabrielle Coulomb et au drame qui va peut-être se produire maintenant.

5 avril 1948. Gabrielle Coulomb est enterrée depuis la veille et sa fille, Marie-José Lavergne, se trouve en ce moment dans l'appartement de Georges Rivaud, au-dessus de la pharmacie. La fille de Gabrielle Coulomb a un léger haut-le-corps en apercevant Lucie Gautier qui est là, très sûre d'elle, en maîtresse de maison. Elle fait mine de l'ignorer et s'adresse sans attendre à Georges Rivaud.

– J'ai demandé à vous voir pour vous proposer un arrangement.

– Un arrangement ?

– Oui, à propos de l'héritage...

– Je ne vois pas ce que vous voulez dire. Les choses sont parfaitement claires : vous héritez des objets personnels de votre mère, de ses meubles, de ses bijoux, de ses comptes en banque... Enfin, de tout sauf du Mas d'Or.

Il y a un éclair dans le regard de Marie-José Lavergne :

– D'accord, mais c'est un million !

Georges Rivaud ne peut s'empêcher de rire :

– Un million !... Pour quoi faire ?

– Un million pour que je vous laisse le Mas d'Or.

Le pharmacien redevient sérieux.

– Écoutez, ne perdons pas notre temps. Le viager a été fait selon les règles. Il est parfaitement valable et je n'ai nul besoin de votre consentement.

– Vous avez tort. Il y a des bruits qui courent au village. Je peux les encourager ou les faire taire. Réfléchissez...

– Sortez !

– Tant pis pour vous.

Dès qu'elle est sortie, Georges Rivaud se frappe le front de la main.

– Elle est folle.

Mais Lucie Gautier, au contraire, secoue la tête avec gravité.

– Non, elle a raison. Je les connais et je sais de quoi ils sont capables. Si elle arrive à les monter contre toi, fais attention !

Georges Rivaud ne tient pas compte de ces conseils de prudence. Il a toujours été persuadé que la meilleure défense est dans l'attaque et il se met à raconter à qui veut l'entendre la conversation qu'il a eue avec Marie-José Lavergne et le scandaleux marché qu'elle lui a proposé.

Le résultat ne se fait pas attendre : deux clans se forment à Saint-Ribier. Certains croient le pharmacien. Mais les autres, les plus nombreux, sont scandalisés par ce qu'ils considèrent comme une calomnie à l'égard d'une malheureuse femme dépouillée. Décidément, le pharmacien est odieux, il est même franchement suspect.

11 avril 1948. En se rendant à la pharmacie pour interroger Georges Rivaud, le brigadier Ernest Gros ne fait que son métier. Contrairement à beaucoup, il n'a pas d'idée préconçue à son sujet. Mais au village, les rumeurs étaient devenues tellement insistantes, les accusations tellement précises, qu'il était de son devoir de faire une enquête.

Georges Rivaud n'est pas surpris de voir arriver le brigadier. Il affecte une allure décontractée, mais il a eu tout le temps de réfléchir depuis le jour où il a refusé la proposition de Marie-José Lavergne, et il s'est rendu compte que sa position était très délicate... Le brigadier Gros lui pose les questions auxquelles il s'attendait :

– Vous alliez souvent chez Mme Coulomb ?

– Oui. Malgré la relation un peu spéciale qui nous unissait, nous avions noué des liens d'amitié.

– Dites-moi, est-ce qu'elle était cliente de la pharmacie ?

Georges Rivaud préfère dire la vérité. Elle finirait par se savoir. Tout se sait dans un village comme Saint-Ribier.

– Oui. Elle prenait un médicament pour l'estomac. Je le lui apportais moi-même quand je venais la voir. Je lui en faisais cadeau.

Le gendarme hoche la tête.

– C'est ce qu'on m'avait dit. Maintenant que vous le confirmez, je pense que le juge décidera l'exhumation.

Le pharmacien sent la panique l'envahir :

– Mais enfin, elle est morte d'une crise cardiaque. Le médecin a bien signé l'acte de décès, non ?

– Raison de plus pour ne pas craindre l'exhumation, monsieur Rivaud...

L'exhumation a lieu en présence d'une bonne partie du village, une semaine plus tard. Et les résultats sont connus deux jours après, c'est-à-dire le 20 avril. Des résultats qui laissent perplexe. Le corps de Gabrielle Coulomb renferme 8 milligrammes d'arsenic au kilo. C'est une dose forte, mais on ne peut en dire plus. Comme chacun sait, l'organisme humain contient naturellement de l'arsenic. Huit milligrammes, c'est plus que la dose ordinaire, c'est peut-être l'indice d'un empoisonnement, mais peut-être pas...

Pour l'instant, Georges Rivaud est laissé en liberté et c'est le lendemain, 21 avril, qu'a lieu l'événement : le pharmacien a disparu. Il a fermé sa boutique à une heure de l'après-midi, comme tous les jours, et il est sorti sans dire où il allait...

Cela, du moins, c'est ce que prétend Lucie Gautier. Car il semble plus que probable qu'elle ment pour le protéger. Georges Rivaud a pris la fuite quand il a compris qu'il allait être arrêté. C'est un aveu !

Le brigadier Gros fait preuve de beaucoup moins de ménagements avec Lucie Gautier qu'avec son compagnon quelques jours auparavant. Maintenant, sa conviction est faite. Il ne fait aucune attention à ses protestations d'innocence et elle sort de chez elle, les menottes aux mains, sous les huées d'une partie de Saint-Ribier.

C'est trois jours plus tard, le 24 avril, que Georges Rivaud est retrouvé... Ce sont des enfants qui font la découverte en pêchant dans la Durance. Le pharmacien est au milieu d'un grand trou d'eau, son corps à demi dissimulé par la végétation.

À Saint-Ribier, le suicide de Georges Rivaud – car il ne peut s'agir que d'un suicide – retourne l'opinion en sa faveur. Il est interprété par tous comme une preuve d'innocence. Georges Rivaud n'a pas supporté les accusations dont il était l'objet et surtout la perspective d'être arrêté. Car, même si son innocence finissait par être reconnue, ce serait le scandale, la honte...

Tout n'est pourtant pas terminé, car une personne ne s'avoue pas vaincue. Contre l'avis des villageois, qui lui sont maintenant très hostiles, Marie-José Lavergne répète :

– Son suicide, c'est au contraire la preuve qu'il est coupable. C'est le remords, sa conscience...

L'action judiciaire contre Georges Rivaud est éteinte du fait de sa mort, mais Marie-José engage tout de même une procédure contre l'enfant naturel de Rivaud et de Lucie Gautier. Un criminel ne peut pas hériter de sa victime. C'est un cas d'indignité prévu au code civil. Si donc Georges Rivaud est reconnu avoir tué Mme Coulomb, le fils de ce dernier n'aura droit à rien et le Mas d'Or reviendra à Marie-José Lavergne.

La justice, qui se trouvait dans le cas exceptionnel de juger un mort, a laissé à l'accusé posthume le bénéfice du doute : non, Georges Rivaud n'était pas coupable. Conformément à la vente en viager, le Mas d'Or revenait au fils légitimé qu'il avait eu avec Lucie Gautier.

Lucie Gautier est partie peu après le procès. Son fils n'est jamais venu habiter le Mas d'Or. À sa majorité, il l'a vendu... On le comprend : c'est au Mas d'Or qu'il devait de ne pas avoir connu son père.

Le roi de la soie

La comtesse Pia Beltramini parcourt du regard la terrasse de l'hôtel Villa d'Este, en bordure du lac de Côme. La soirée est brillante : c'est la réception annuelle offerte par le roi de la soie, Carlo Bianchi. Des mannequins portant toutes sortes de soieries défilent avec élégance entre les tables où ont pris place les invités. Il est près de vingt heures et il ne fait pas tout à fait nuit, ce 1er septembre 1948. Les eaux du lac, qui commence tout de suite après la terrasse, sont encore légèrement bleutées.

Pia Beltramini est seule à sa table, à la différence des autres convives, pour la plupart en couple. Physiquement, elle a tout pour plaire. Très brune, très bien faite, elle est aussi belle que distinguée. Si elle est seule c'est que, bien qu'elle n'ait que vingt-huit ans, la comtesse Beltramini est veuve. Elle a perdu son mari trois ans plus tôt, dans les tourmentes qu'a connues l'Italie pendant la guerre.

À la table voisine, Carlo Bianchi applaudit au passage du dernier mannequin, imité par tous ses invités. C'est la fin du défilé. Il va être suivi par le bal. À quarante ans un peu passés, Carlo Bianchi possède tout le charme que peut avoir un quadragénaire. Lui aussi est très brun, même si ses cheveux commencent à grisonner sur les tempes. Il arbore un sourire réjoui, avec un rien d'ironie : visiblement, il est très satisfait de lui. À ses côtés, sa femme Norma, grande et mince, un fume-cigarette interminable à la main, semble perdue dans sa rêverie. Originaire de la haute aristocratie, elle est habillée de noir, la seule couleur qu'elle porte depuis des années, bien qu'elle ne soit pas veuve.

Carlo Bianchi se lève pour entamer le bal. Mais il ne tend pas la main à Norma pour l'inviter. Le magnat de la soie italienne a décidé de choisir une autre cavalière que son épouse. Il passe devant Pia Beltramini, continue son chemin et va s'incliner devant une autre femme seule à sa table. C'est la première fois que Pia la voit. Elle est aussi blonde qu'elle-même est brune et un peu plus jeune qu'elle : elle n'a pas vingt-cinq ans. Elle s'appelle Silvia Guido, c'est tout ce qu'elle sait d'elle. Elle ne connaissait jusque-là que son nom qui, malheureusement pour elle, est synonyme de malheur.

Et, tandis que le couple s'est mis à valser, imité par les autres invités, la comtesse Beltramini revit intérieurement les dernières années de son existence. C'est une histoire étrange. Elle a des allures de conte de fées, bien qu'elle se passe pendant les années les plus noires de l'Italie, et elle vient de se terminer de la manière la plus brutale.

Tout commence en 1937, alors que Pia a dix-sept ans. Elle est alors loin d'être comtesse ! Elle vit, au contraire, dans la pauvreté, presque la misère. Elle habite Civitavecchia, près de Rome. Elle est la dernière de cinq enfants. Son père est mort peu avant sa naissance ; il ne s'est jamais remis de ses blessures de guerre. Sa mère fait des ménages.

C'est au mois de juin de cette année-là qu'a lieu une des nombreuses fêtes civiques organisées par le régime de Mussolini : l'élection de la jeune fille la plus méritante de la ville. Pia s'y présente, poussée par sa mère : il y a une petite somme à gagner et surtout la promesse d'un emploi offert par la municipalité.

Et c'est Pia qui l'emporte ! Elle avait, certes, des atouts pour cela : la conduite des siens est dans la parfaite légalité, deux de ses frères sont aux Jeunesses fascistes, mais c'est sans doute son physique qui a le plus joué. Il y a quelque chose en elle de sain, de robuste. Elle incarne à merveille l'Italienne idéale voulue par les autorités. Et elle se voit récompensée par un chèque de mille lires et un poste de femme de ménage dans une école publique de Civitavecchia.

Mais Pia ne sera pas femme de ménage à l'école... Son prix lui est remis par le président du jury, un homme d'une quarantaine d'années, à l'allure distinguée. Pia rougit en allant à sa rencontre. Elle sait qu'il s'agit du comte Arturo Beltramini. Il appartient à une vieille famille de l'aristocratie romaine. Très lié avec le pouvoir en place, il est même l'ami personnel de Mussolini. C'est l'une des personnalités les plus en vue du pays.

Lorsqu'il remet à Pia la couronne de roses matérialisant sa victoire, le comte Beltramini la regarde un moment sans rien dire puis lui déclare :

– Cela vous plairait d'entrer à mon service ?...

La jeune fille dit oui, bien sûr. Elle quitte Civitavecchia pour la capitale toute proche et pénètre dans un autre univers. Arturo Beltramini habite un palais sur l'une des collines de Rome. Pia n'y est domestique que quelques semaines, car le comte ne tarde pas à se déclarer : il est tombé fou amoureux d'elle dès qu'il l'a vue. Et il ne s'agit pas d'une simple aventure : il est veuf et lui demande de l'épouser !

Le mariage est fastueux. Le Duce en personne est présent à la noce et, à partir de ce moment, ce ne sont que réceptions toutes plus brillantes les unes que les autres. On imagine ce que cela peut représenter pour la petite citadine mal dégrossie de Civitavecchia ! D'autant que, mal dégrossie, elle ne le reste pas longtemps. Son mari fait venir à leur domicile les meilleurs professeurs, pour qu'elle acquière la culture qu'elle n'a pas. Bientôt, rien ne distingue Pia Beltramini des autres dames de la haute société italienne...

La guerre arrive peu après, mais c'est à peine si Pia s'en rend compte. Les fêtes sont simplement un peu moins brillantes, voilà tout. Et puis, en 1943, tout change. C'est le débarquement américain en Sicile. Arturo Beltramini prend peur pour sa femme, qu'il adore plus que jamais. Il l'envoie dans le nord du pays, à Côme, promettant de l'y rejoindre un peu plus tard. Mais il ne la rejoindra jamais et le destin de Pia va basculer une seconde fois...

En tant que femme d'un haut responsable du pays, Pia Beltramini est logée dans le meilleur établissement, l'hôtel Villa d'Este, et c'est là qu'elle fait la connaissance de Carlo Bianchi. Le roi de la soie italienne y prend quelques jours de détente. Il n'est pas seul, il est en compagnie d'une maîtresse, mais il congédie celle-ci sans y mettre la moindre forme et il entreprend de faire à la comtesse une cour effrénée.

Après une résistance de principe, Pia Beltramini ne tarde pas à céder. Elle se rend bien compte que Carlo Bianchi est un séducteur, un Don Juan, pour qui les femmes ne font que passer. Pour l'instant, il est épris d'elle, mais au fond d'elle-même, elle se doute que cela ne durera pas. Cela ne l'arrête pourtant pas. Elle est amoureuse pour la première fois... Avec Arturo, la question ne se posait pas. La reconnaissance qu'elle éprouvait envers lui remplaçait tous les autres sentiments ; avec Carlo, sa vie de femme commence vraiment.

Débute alors, entre eux, une aventure étrange et romanesque. Ils passent toute l'année 1944 ensemble, voyageant dans l'Italie déchirée par la guerre : Venise, Florence, le lac de Côme à nouveau. Pia Beltramini est sans nouvelles de son mari, qui a rejoint Mussolini et ses derniers partisans. Elle est libre de mener son existence à sa guise et elle est un peu, aux côtés de Carlo, une épouse sans en avoir le titre.

Cette dernière existe pourtant et Pia la découvre lorsque son amant se décide à rentrer chez lui, à Milan, pour s'occuper de ses affaires. Dans la luxueuse villa de style Renaissance qu'il habite, à l'écart de la ville, Norma Bianchi a son propre appartement. Pia la croise parfois, toujours habillée de noir, hautaine, indifférente. Elle sait que Carlo et elle ont fait un mariage de raison : elle a apporté sa lignée aristocratique, il a apporté la fortune. Ils ne se sont jamais aimés, il y a longtemps qu'ils se détestent, s'ils le pouvaient, ils se sépareraient, seulement le divorce n'existe pas en Italie, alors ils se supportent...

C'est tout à la fin de la guerre, en avril 1945, que Pia Beltramini apprend la nouvelle : alors qu'il tentait de se réfugier en Suisse, Arturo a été arrêté et fusillé par les résistants. Elle est veuve et tous les biens des Beltramini lui reviennent. Mais ce qui apparaît comme un nouveau cadeau du destin est, au contraire, pour elle, le début des inquiétudes. Elle constate un changement d'attitude de la part de son amant. Comme si le fait de la savoir libre la rendait dangereuse à ses yeux, il s'éloigne peu à peu d'elle. Il prend des maîtresses, sans toutefois aller jusqu'à la rupture et, surtout, il affiche tout le cynisme qui est le sien et qu'il lui avait caché jusque-là.

Un jour, il lui montre une sorte de formulaire imprimé, avec un petit rire.

– Savez-vous ce que c'est, ma chère ? Ma manière de signifier mes adieux. C'est peut-être un peu brutal, mais les séparations doivent être radicales. Comme vous voyez, il suffit de remplir les blancs. J'en ai toute une pile.

Pia Beltramini prend le papier en mains et lit, horrifiée : « M. Carlo Bianchi a le regret d'annoncer à Mme.......... leur rupture immédiate et définitive. Ci-joint un chèque de.......... lires, à titre de souvenir. Avec ses sincères hommages. »

À partir de ce moment, Pia vit dans la crainte permanente d'être supplantée par une rivale, mais elle s'accroche à cet homme sans lequel elle ne peut vivre. Elle se bat pour le conserver, faisant preuve de tout le charme, de tout l'esprit dont elle est capable. Les années se succèdent, tendues, fiévreuses. C'est en 1948 qu'elle se rend compte qu'il se passe quelque chose de sérieux. Son amant ne lui présente pas sa nouvelle maîtresse, comme il le faisait avec les autres. Et pourtant, elle existe : il est de plus en plus souvent absent la nuit et le week-end. Elle a beau le presser de questions, il garde le silence, jusqu'à ce qu'il lui déclare, sans élever la voix, dans la villa Renaissance de Milan :

– J'ai effectivement une nouvelle dame dans ma vie. Elle s'appelle Silvia Guido. Vous ferez sa connaissance à ma réception annuelle. Je compte la donner à l'hôtel Villa d'Este, à Côme.

L'endroit précis où ils se sont connus... Carlo Bianchi n'en dit pas plus et la quitte sur ces mots, mais Pia Beltramini est sans illusions. La boucle est bouclée, tout est terminé, c'est la fin de l'aventure. Elle espère, du moins, que celui qu'elle aime toujours par-dessus tout saura rompre avec élégance, ne lui imposera pas le même sort dégradant qu'aux autres. Mais non, une heure plus tard, un domestique vient la trouver, avec une enveloppe cachetée sur un plateau d'argent. Avant même de l'ouvrir, elle sait qu'il s'agit de la circulaire fatidique. Elle ne se trompe pas : « M. Carlo Bianchi a le regret d'annoncer à Mme la comtesse Beltramini leur rupture immédiate et définitive. Ci-joint un chèque d'un million de lires, à titre de souvenir. Avec ses sincères hommages. »

Pia Beltramini déchire le chèque, qui représente pourtant une fortune et, tout en faisant ses valises, songe de quelle manière se venger. Car il n'est pas question que les choses en restent là ! Son tempérament fougueux, violent, ne peut admettre une infamie pareille. Tout l'amour qu'elle éprouvait pour Carlo s'est métamorphosé d'un seul coup en haine.

C'est en empilant rageusement ses affaires qu'elle découvre un revolver réglementaire d'officier italien... Avant de la faire partir pour le lac de Côme, Arturo le lui avait remis afin qu'elle puisse éventuellement se protéger. Elle l'avait gardé, elle ne sait trop pourquoi, et l'avait oublié. C'était la dernière chose qu'elle conservait de son mari.

Elle le prend en main. Oui, elle ira à la fête de la soie, elle y rencontrera une dernière fois Carlo, là même où ils se sont connus. Oui, la boucle sera bouclée et le point final sera mis à leur aventure, mais pas de la manière qu'il imagine !

Telles sont les pensées douloureuses qui agitent la comtesse Pia Beltramini, tandis qu'elle contemple son ancien amant valsant avec Silvia Guido... La danse est terminée. Elle voit Carlo se diriger vers le bar, au bras de sa remplaçante. Le moment est venu. Elle se lève, tenant à la main son étole d'hermine. Elle passe devant Norma Bianchi et leurs regards se croisent. Elle lit dans celui de l'épouse légitime une sorte d'ironie cruelle.

Pia rejoint le couple, alors qu'ils sont en train de lever ensemble une coupe de champagne. Elle se plante entre eux deux.

– Carlo, vous avez eu tort, je ne suis pas comme les autres !

– Que me voulez-vous, ma chère ? Tout est fini,

ne l'avez-vous pas compris ? La page est tournée, le rideau est tombé...

Il vide sa coupe d'un trait.

– Le vin est bu.

Pia Beltramini sort le revolver dissimulé dans son étole d'hermine.

– J'ai parfaitement compris et je ne veux rien, sinon vous tuer.

Le milliardaire ne s'émeut pas.

– Vous n'oserez pas tirer, je le sais bien. Vous n'en aurez ni la force ni le courage.

Il y a une détonation assourdissante et le roi de la soie part violemment à la renverse. Une large tache rouge apparaît sur son smoking blanc à la hauteur du cœur. Pia Beltramini porte le revolver à sa tempe, mais l'arme s'enraye. Elle pousse des cris :

– Mon revolver ne tire plus ! Je ne peux pas me tuer !

On la désarme. Silvia Guido se jette sur son amant et pousse à son tour des cris déchirants :

– Il est mort ! Mon Dieu, il est mort !

Le procès de la comtesse Pia Beltramini a eu lieu deux ans plus tard, en octobre 1950, devant les assises de Milan. Étrange procès, qu'on a appelé le « procès des absentes », car il y manquait d'abord l'accusée.

Tout de suite après son arrestation, Pia Beltramini a été victime d'une grave dépression et a tenté à plusieurs reprises de se suicider, à tel point qu'on a dû la placer dans un hôpital psychiatrique. Là, malgré les traitements, sa santé a encore empiré. Les médecins ont diagnostiqué une grave maladie mentale, peut-être irrémédiable. Elle lui interdisait, en tout cas, de paraître aux audiences. Sur son état psychique au moment du meurtre, les experts étaient, en revanche, divisés. Certains estimaient que sa maladie s'était déjà déclarée à ce moment et qu'elle était irresponsable, d'autres pensaient l'inverse.

Voilà pourquoi le procès de Milan s'est ouvert avec un box vide. Une autre personne était absente des débats, Silvia Guido, qui avait immigré aux États-Unis et qui avait refusé de rentrer pour cette occasion. Mais une troisième femme était présente dans la salle d'audience et c'était vers elle que convergeaient tous les regards.

Norma Bianchi, la veuve de la victime, était comme toujours en noir, couleur qui, cette fois, convenait à son état, mais son comportement avait changé du tout au tout. Elle avait perdu ses allures renfermées et hautaines. Elle était épanouie, souriait et plaisantait. Elle avait hérité de l'empire industriel des Bianchi et, avec le rang et la fortune qui étaient les siens, les prétendants se bousculaient. On chuchotait qu'elle n'allait pas tarder à convoler en justes noces...

Au terme de débats sans passion, qui ont surtout consisté en un affrontement technique entre psychiatres, Pia Beltramini a été reconnue responsable et coupable avec circonstances atténuantes. Elle a été condamnée à dix ans de prison à purger dans un établissement médical.

Mais elle n'est pas allée jusque-là. Elle est morte avant, de l'évolution inéluctable de son mal, dans le plus grand dénuement moral, échevelée, hagarde, ne reconnaissant personne... La petite habitante de Civitavecchia, devenue comtesse Beltramini, puis compagne du roi de la soie et, enfin, meurtrière, en avait terminé avec sa singulière existence.

Les deux « G »

27 mars 1995, 15 h 15. Un homme élégant pénètre dans un immeuble de la via Palestro, dans le quartier des affaires de Milan. Il s'agit de Maurizio Gucci, quarante-quatre ans, l'un des dirigeants de la fameuse marque de luxe italienne. Le concierge, Giuseppe Onorato, qui se trouvait dans le hall, s'empresse d'aller à sa rencontre, pour le saluer avec respect.

La suite va très vite. Un homme robuste, de taille moyenne, âgé d'une trentaine d'années, fait irruption, sort un revolver et tire à trois reprises à bout portant dans la nuque de l'industriel, qui s'effondre. Courageusement, Giuseppe Onorato se jette sur l'agresseur, qui tourne son arme contre lui et le blesse au bras. Après quoi, il prend la fuite, monte dans une voiture de couleur verte qui l'attend dans la rue et disparaît...

Lorsque les secours arrivent, ils ne peuvent que constater le décès de Maurizio Gucci, tué de trois balles de 7,65. En raison de la personnalité de la victime, l'affaire connaît tout de suite un retentissement considérable. Et, pour les policiers, c'est une tâche très délicate qui commence. Elle va les conduire à enquêter au sein de la famille Gucci, dont le moins qu'on puisse dire est qu'elle n'est pas ordinaire.

À l'origine de la fortune des Gucci, il y a la trouvaille d'un homme de génie. Né en 1853, dans un faubourg de Florence, Guccio Gucci émigre à cause de la pauvreté, comme tant de ses compatriotes. Il va en Angleterre où il trouve un modeste poste de bagagiste au Savoy, le palace londonien. Pendant trente-cinq ans, il exerce ce métier ingrat et fatigant, mais qui lui permet, avec les pourboires, d'accumuler un joli pécule.

En 1904, il rentre à Florence, s'installe dans un petit atelier et se met en devoir de réaliser l'idée qui lui est venue : à force de colporter les valises, il s'est rendu compte qu'elles étaient bien trop lourdes et manquaient de raffinement. Bien sûr, les gens de la haute société ne les portent pas eux-mêmes, mais cela peut exceptionnellement arriver, et puis, il leur plairait certainement d'avoir avec eux quelque chose de plus esthétique. Il réalise donc, avec des matières nouvelles, des bagages souples, coud en travers une sangle vert et rouge et signe le tout par ses initiales, deux « G » entrelacés, qui deviennent la griffe de la firme.

L'idée était bonne et le succès est immédiat. À tel point que Guccio demande de l'aide dans sa famille. Il est bientôt assisté par ses fils Vasco, Ugo et Aldo, son frère Rodolfo et le fils de ce dernier, Rodolfo junior. Et, lorsqu'il meurt centenaire, en 1953, l'atelier artisanal de Florence est devenu une entreprise de taille mondiale, qui occupe l'une des toutes premières places dans le domaine du luxe.

Mais s'il avait du génie, Guccio Gucci avait aussi

un caractère épouvantable. Très autoritaire, il s'est employé toute sa vie à monter les uns contre les autres ses divers descendants pour continuer à gouverner sans partage. Si bien que la famille Gucci est devenue très vite un véritable panier de crabes et qu'elle l'est restée...

À sa mort, c'est la troisième génération qui prend les commandes : ses petits-fils Giorgio, Paulo et Roberto, ainsi que leur cousin Maurizio, fils de Rodolfo junior, qui a préféré être acteur. Et l'état d'esprit détestable qui avait existé dans la famille du vivant de Guccio continue de sévir. Les héritiers ne cessent de s'insulter publiquement, de se faire chanter, de s'évincer à tour de rôle des divers conseils d'administration.

De tous, c'est Maurizio Gucci qui a la personnalité la plus marquée. C'est lui qui mène la vie la plus active et la plus tapageuse. Très jeune, il a épousé Patrizia Reggiani, une superbe brune aux yeux violets, qui n'est pas sans ressemblance avec Elizabeth Taylor, tant par le physique que par le tempérament volcanique. Le couple est un des plus en vue de la haute société italienne, mais, comme toute la famille Gucci, il reste boudé par la classe dirigeante traditionnelle, groupée autour de Giovanni Agnelli.

Les élites traditionnelles le snobant, pour se faire remarquer plus encore, Maurizio Gucci rachète le trois-mâts de Stavros Niarchos, *Le Créole*, considéré comme le plus beau voilier du monde. Cela n'empêche pas les démêlés avec sa famille de se poursuivre. Ses cousins l'attaquent en justice et font la preuve qu'il s'est offert *Le Créole* en exportant illégalement des capitaux. Peu après, Maurizio contre-attaque, en dénonçant au fisc son oncle Aldo. Ce dernier, âgé de quatre-vingts ans, est condamné par la justice et finit ses jours en prison !

Entre-temps, Maurizio a divorcé de Patrizia, qui, furieuse d'avoir été évincée, rejoint le clan de ses cousins contre lui... Les hostilités continuent. En 1989, afin de récupérer 53 % de Gucci, Maurizio s'allie à l'un de ses cousins, Giorgio, pour éliminer les autres. En représailles, ceux-ci, aidés par Patrizia Reggiani, l'accusent d'avoir falsifié la signature de son père Rodolfo, pour se soustraire aux droits de succession, estimés à deux milliards de lires. Maurizio s'enfuit en Suisse et il est finalement innocenté par la Cour de cassation.

Il reste pourtant en pays transalpin où il se plaît et où il décide de faire des affaires. Il a élu domicile à Suvretta, le quartier chic de Saint-Moritz. Sa propriété L'Oiseau bleu est un ensemble de trois chalets en bois ancien noir et aux volets bleus, reliés entre eux par des galeries souterraines. Il y collectionne les meubles Charles X et les porcelaines chinoises. En février 1995, il crée à Lugano Grands Jeux, une société de casinos, dont il détient 51 %. Il veut, en outre, fonder à Crans-Montana un complexe de jeux et d'hôtellerie, pour en faire le Monte-Carlo des neiges. Il entre ainsi dans le monde des jeux où la concurrence est féroce et où gravitent toutes sortes de gens dangereux, y compris ceux liés à la mafia... C'est un mois plus tard qu'il est assassiné.

Dans ces conditions, pour le juge d'instruction Carlo Nocerino, chargé de cette difficile enquête, les choses sont claires. Il y a deux pistes possibles : soit un concurrent dans le monde du jeu, soit un membre de la famille Gucci. Mais pour plusieurs raisons, le magistrat, approuvé en cela par les journaux dans toutes leurs analyses, privilégie la première hypothèse.

D'abord, Maurizio Gucci avait fondé le complexe de casinos Grands Jeux en février 1995 et il est assassiné en mars : il est difficile de croire que ce soit une coïncidence. Ensuite, il y a la manière dont s'est déroulé le meurtre : le sang-froid de cet homme, qui agit en plein jour et abat sa victime de trois balles dans la nuque. Tout cela indique un professionnel et, malgré le climat détestable qui règne dans la famille, on voit mal les Gucci faire appel à un tueur. En revanche, cela correspond tout à fait aux pratiques existant dans le milieu du jeu.

Des investigations sont donc menées en Suisse, conjointement avec la police helvétique. Or non seulement elles se révèlent infructueuses, mais elles ne tardent pas à être abandonnées. Il apparaît très vite, au contraire, que c'est l'autre direction, la piste familiale, qui est la bonne. C'est bien chez les Gucci qu'on doit chercher l'assassin de Maurizio Gucci...

C'est un avocat milanais, maître Malvini, qui va faire changer d'opinion le juge d'instruction Nocerino. Il vient le trouver quelques jours après le meurtre pour lui faire une stupéfiante révélation.

– Patrizia Reggiani était ma cliente et je suis obligé de vous dire la vérité : l'année dernière, elle est venue me demander si je connaissais un moyen de la débarrasser de son ex-mari.

Le juge d'instruction n'en revient pas. Il demande :

– Quelle a été votre réaction ?

– Je l'ai éconduite, bien sûr. Et j'ai immédiatement prévenu Maurizio Gucci.

– Et lui, comment a-t-il réagi ?

– Il n'a pas pris la chose au sérieux. Comme Patrizia Reggiani est une adepte de la magie, il a pensé qu'elle voulait lui jeter un sort et il a engagé un exorciste. Peut-être aurait-il mieux fait d'engager un garde du corps...

Du coup, tandis que les recherches se poursuivent vainement en Suisse, Carlo Nocerino s'intéresse de très près à Patrizia Reggiani, et ce qu'il découvre est pour le moins troublant.

Elle est d'un tempérament passionné et violent. Bien qu'après son divorce elle soit passée envers son ex-mari de l'amour à la haine, elle continuait d'être jalouse de lui comme une tigresse. Or, depuis peu, Maurizio Gucci s'était mis en ménage avec une jolie décoratrice, Paola Franchi et, en février 1995, au moment même où il créait sa société de casinos, il avait annoncé officiellement leur mariage.

Et le comportement de Patrizia Reggiani ne fait que conforter les soupçons du juge. Le lendemain du meurtre, elle est allée dans l'appartement milanais de Maurizio, pour intimer à la compagne de celui-ci l'ordre de partir, étant donné que ce logement appartenait à ses filles Alessandra et Allegra. Paola Franchi a dû s'exécuter. Par la suite, Patrizia n'a cessé d'accordé des interviews, dans lesquelles elle manifestait sans détour ses sentiments. Elle a ainsi déclaré au quotidien *Corriere della serra* : « Humainement, je suis désolée. Mais je ne peux pas en dire autant sur le plan personnel. » Enfin, elle venait de publier un roman, dans lequel l'héroïne disait à son mari : « Il y aura un tueur pour toi ! »

Dans un premier temps, le juge d'instruction préfère ne pas interroger l'intéressée elle-même, mais puisqu'il s'avère qu'elle consultait une voyante, il décide de convoquer celle-ci, une nommée Giuseppina Auriemna. Et son choix se révèle bon car, après avoir résisté quelque temps, la femme finit par passer aux aveux.

– C'est vrai, Mme Reggiani m'avait offert six cents millions de lires pour l'exécution du contrat.

– Et vous avez accepté ?

– Dame, pour une somme pareille ! Je connaissais un mauvais garçon, Benedetto Ceraulo. C'est lui qui a fait le coup. Et, comme chauffeur, j'ai recruté une autre personne du milieu, Orazio Cigala.

Confronté au concierge de l'immeuble, Benedetto Ceraulo est formellement reconnu par ce dernier. Patrizia Reggiani est aussitôt arrêtée et inculpée d'assassinat, ainsi que toute la bande.

Au procès des meurtriers de Maurizio Gucci, qui s'ouvre trois ans plus tard, en juin 1998, Patrizia Reggiani attire, bien sûr, tous les regards, au milieu de ses ternes comparses, une femme comme tout le monde qui se disait voyante pour se faire quelque argent et deux petits voyous milanais. L'ex-épouse de la victime est plus belle que jamais, il y a même en elle quelque chose d'éclatant, mais sur le plan moral, c'est autre chose. Au fil des débats, on découvre avec effarement la violence de la haine qui l'habitait.

Bien que, à la différence de ses complices, elle ait toujours nié, sa culpabilité est évidente. Le témoignage de la gouvernante de ses deux filles est particulièrement accablant pour elle.

– Un jour, déclare-t-elle, Madame m'a demandé de trouver un tueur pour son mari.

– Pourquoi vous ? s'étonne le président. Comment a-t-elle pensé que vous pouviez faire une chose pareille ?

– C'est ce que je lui ai dit. J'étais stupéfaite et indignée. Elle m'a répondu : « Je le demande à tout le monde. Je le demanderais même au charcutier. Je ne pense qu'à cela. C'est une obsession... »

Face à cette situation, la défense fait ce qu'elle peut. Dans un premier temps, Patrizia Reggiani ayant subi une opération au cerveau, son avocat essaie de la faire passer pour folle, mais des médecins viennent démentir cette thèse à la barre. Alors, l'avocat de Patrizia charge ses coaccusés : elle est victime d'un complot, c'est Giuseppina Auriemna qui a organisé seule le meurtre dans l'espoir de faire chanter ensuite sa cliente.

– Certes, s'écrie l'avocat dans sa plaidoirie, Patrizia Reggiani n'a cessé de déclarer vouloir se débarrasser de son ancien époux. Si elle avait vraiment voulu le tuer, elle ne l'aurait pas claironné sur tous les tons. Non, c'est Giuseppina Auriemna qui est la seule coupable !

Mais pas un instant les jurés ne croient à cette thèse. Il ne leur faut pas une heure pour rendre un quadruple verdict de culpabilité : Benedetto Ceraulo, le tueur, est condamné à la perpétuité, Patrizia Reggiani à vingt-neuf ans de prison, Giuseppina Auriemna à vingt-six ans et, enfin, Orazio Cigala, le chauffeur, à vingt-cinq ans...

Au moment où est prononcé le verdict, éclatent dans la salle des sanglots déchirants. Ce sont Alessandra et Allegra, les filles de Patrizia, qui semblent comprendre soudain ce qu'elles s'étaient refusé à admettre jusque-là : que leur mère a tué leur père et qu'elles-mêmes font partie de cette famille Gucci qui, en même temps que la fortune, apporte aux siens la haine et, parfois, la mort.

Le passé d'Alice

Ce dimanche 12 septembre 1993, Alice Metzinger donne une fête très réussie dans son restaurant de Corvalis, petite ville de l'Oregon, sur la côte ouest des États-Unis. La cinquantaine séduisante, brune aux cheveux courts, Alice Metzinger est unanimement appréciée à Corvalis, tant pour l'excellence de sa cuisine que pour la générosité dont elle fait preuve envers les bonnes œuvres.

Et il faut que ses mérites soient spécialement éclatants pour qu'on lui pardonne les deux particularités de sa vie privée : elle est mère célibataire – son fils Thomas, quatorze ans, est né de père inconnu avant son arrivée dans la ville – et elle vit en concubinage avec son compagnon, Donald.

Mais c'est ainsi, et même les personnes les plus traditionalistes en ont pris leur parti. Pour l'instant, en tout cas, nul ne pense à cela. Une seule question occupe les esprits : pourquoi cette réception ? Car c'est un mystère ou, plus précisément, une surprise, qu'Alice a promis de révéler au dessert.

Le moment fatidique est arrivé. Alice Metzinger lève sa coupe de champagne et prononce d'une voix ferme :

– Mes chers amis, nous célébrons ensemble mon dernier jour de liberté ! Demain, je coucherai en prison.

Il y a un moment de flottement et quelques rires hésitants pour saluer cette plaisanterie d'un goût discutable... Le maire de Corvalis, qui est présent, finit par demander :

– En prison, chère Alice ? Mais pourquoi ?

Et Alice Metzinger, personnalité unanimement respectée dans toute la région, lui fait cette réponse :

– Vol à main armée et meurtre !

L'aventure d'Alice Metzinger commence vingt-trois ans plus tôt, au printemps 1970. Au fait, elle ne s'appelle pas alors ainsi – car Alice Metzinger n'est pas son vrai nom –, mais Karine Power. Et elle habite exactement à l'autre bout de l'Amérique, à Boston, sur la côte atlantique.

Karine Power, donc, a tout pour réussir dans la vie. Elle appartient au meilleur milieu social : son père est directeur de banque. Sa mère ne travaille pas, mais le père de celle-ci est armateur et, étant fille unique, elle héritera un jour d'un véritable empire industriel et financier. Comme si cela ne suffisait pas, Karine possède les dons intellectuels les plus remarquables. C'est une brillante étudiante en sociologie à l'université de Boston.

Mais la jeune fille ne se contente pas de cet avenir tout tracé, de l'aisance qu'elle connaît aujourd'hui et de la perspective de devenir richissime ; elle repousse impitoyablement les coureurs de dot qui tournent autour d'elle. Elle pense aux autres. C'est d'ailleurs dans l'air du temps. Les États-Unis sont en pleine guerre du Vietnam et, comme beaucoup de ses camarades étudiants, elle y est violemment opposée. C'est ainsi qu'en cette belle journée du printemps 1970, elle est venue le crier haut et fort, en compagnie de sa meilleure amie, Susan Saxe, au cours d'une manifestation dans les rues de Boston...

C'est là que débute le drame. La police tire dans la foule et on relève quatre morts parmi les manifestants. Pour Karine, tout est changé. Elle, la jeune fille de bonne famille, se transforme en révoltée. Elle n'a plus qu'une pensée en tête : venger ses camarades. Elle s'engage politiquement. Elle le fait totalement, en oubliant tout le reste, à commencer par le danger.

Elle tombe peu après amoureuse d'un certain Stanley Bond. C'est un repris de justice, condamné pour vol à main armée, mais justement, il a l'expérience que les autres n'ont pas : elle le convainc de s'engager pour la cause. Et bientôt, avec son amie Susan Saxe et un troisième étudiant, William Gilday, ils forment leur bande. Ils n'ont plus qu'à passer à l'action...

23 septembre 1970. Karine Power et son groupe d'extrême gauche attaquent la Bank and Trust Company, à Brighton, près de Boston. Karine est au volant, tandis que ses trois complices entrent dans l'établissement et ressortent avec un sac de dollars. C'est lorsqu'elle va démarrer qu'une voiture de police arrive, sirène hurlante. Un de ses compagnons, William Gilday, tire, tuant net un des policiers.

Karine et son gang parviennent à s'enfuir, mais leur situation est plus que critique. Le FBI les traque avec acharnement. C'est qu'il ne s'agit pas d'un simple crime crapuleux. La presse s'est emparée de l'affaire et fait courir les bruits les plus sensationnels. On prétend que l'argent dérobé – une somme considérable – va servir pour financer un attentat contre le président ou faire dérailler des trains transportant du matériel militaire.

De très gros moyens sont mis en œuvre. La photo de Karine Power, avec ses longs cheveux blonds et ses lunettes cerclées de métal, est affichée dans les commissariats et les lieux publics. Sous son portrait, on lit en caractères gras : « Recherchée pour vol à main armée et meurtre ».

Et, un à un, tous ses complices sont pris, dont William Gilday, qui est condamné à la prison à vie, la peine de mort n'existant pas à cette époque, et qui est encore en prison en 1993...

Karine Power, elle, échappe à toutes les recherches. Depuis le fatidique 23 septembre, elle n'a pas donné le moindre signe de vie à ses parents, qui n'arrivent pas, malgré tout, à croire qu'elle soit morte et qui, chaque année, fêtent son anniversaire.

Ils ont raison : Karine n'est pas morte, elle *fait* la morte... Elle a coupé ses cheveux, elle s'est teinte en brune et porte des verres de contact. Elle se terre dans les nombreuses communautés hippies des États-Unis. Elle y est non seulement à l'abri, mais elle y trouve des complicités. Un employé de mairie lui procure une nouvelle identité : celle d'une fillette morte en 1949, Alice Metzinger, qui aurait exactement son âge. En 1979, elle met au monde un fils de père inconnu et, en 1983, quatorze ans après le hold-up tragique, elle apprend enfin la grande nouvelle : le FBI a abandonné ses recherches. Les photos jaunies de Karine Power disparaissent des commissariats et des lieux publics. Alice Metzinger, sa remplaçante, va pouvoir sortir de la clandestinité.

Elle choisit Corvalis un peu par hasard. Parce que c'est loin de Boston et que cet environnement provincial n'a rien de commun avec celui qu'elle a connu pendant sa jeunesse. Quitte à changer de vie, autant que la métamorphose soit complète... Là, tout se passe à merveille. En tant que jeune fille de bonne famille, elle a appris la cuisine et n'a aucune peine à se faire engager dans un restaurant.

Elle fait la connaissance de Donald Duncan, un garçon modeste, employé aux abattoirs de la ville, dont elle s'éprend sincèrement. Seulement, elle refuse de l'épouser... Par prudence. Elle serait obligée de justifier son identité, autant ne pas courir ce risque. Au restaurant, ses talents de cuisinière font merveille, à tel point qu'elle décide d'ouvrir son propre établissement. Et cela marche ! On vient de tout Corvalis, bientôt de toute la région, pour manger chez Alice Metzinger. Pour arrondir ses revenus, elle donne des cours de cuisine. Toutes ces dames ne tarissent pas d'éloges sur elle. Elle est devenue une personnalité locale. C'est une totale réussite. Ou plutôt ce le serait, s'il n'y avait... le reste.

Un jour de 1992, elle s'effondre en larmes en plein cours de cuisine. Son médecin diagnostique une dépression et lui conseille de voir un psychiatre. Et devant le praticien, pour la première fois depuis vingt-deux ans, Alice Metzinger, ou plutôt Karine Power, parle. Elle dit tout... Quand elle a fini, elle demande, entre deux sanglots :

– Qu'est-ce que je dois faire, docteur ?

– Dire la vérité.

– Mais je vais aller en prison !

– La prison est préférable à ce que vous vous infligez : le mensonge à perpétuité. Vous mentez à votre compagnon, vous mentez à votre fils. Vous mentez à vos parents par votre silence, alors qu'il vous suffirait de leur donner un simple coup de téléphone. Même votre visage est un mensonge : c'est celui d'une brune, alors que vous êtes blonde.

– Je ne vais tout de même pas donner ce plaisir à la police. Vous vous rendez compte ? Tous ces efforts pour rien !

– Ne pensez pas à la police, pensez à vous. Vous portez le nom d'une morte. Vous vous êtes tuée symboliquement et, si cela continue, vous vous tuerez tout court.

– Vous croyez que je risque de me suicider ?

– J'en suis certain.

Telle est l'histoire de Karine Power, alias Alice Metzinger. Il lui a fallu une année entière pour se résoudre à avouer son secret à quelqu'un d'autre qu'à son psychiatre. Elle a commencé par son compagnon Donald, qui a réagi avec beaucoup de sérénité et l'a encouragée à se livrer. Elle a dit la même chose à son fils Thomas qui, malgré ses quatorze ans, a fait preuve du même calme. Ceux qui n'étaient pas calmes, en revanche, c'étaient ses parents quand, début septembre 1993, elle les a appelés au téléphone, vingt-trois ans après. Elle a bien cru qu'elle allait les faire mourir. Et, dernier acte, ce 12 septembre, elle vient de dire la vérité aux habitants de Corvalis...

Dernier acte ? Pas tout à fait. Restaient les conséquences légales. La stupeur du policier de service quand elle est venue se livrer valait le déplacement. Ramenée à Boston, Karine Power a été incarcérée à la prison de haute sécurité du Massachusetts. Mais rarement, sans doute, on n'avait vu une détenue aussi souriante. Elle s'était fait pousser les cheveux, leur avait rendu leur couleur naturelle et avait remplacé ses verres de contact par des lunettes semblables à celles qu'elle portait sur les avis de recherche. On aurait dit qu'elle avait rajeuni de vingt-trois ans !

Même sa condamnation à huit ans de prison pour vol à main armée et complicité de meurtre, une peine relativement lourde compte tenu qu'elle s'était livrée spontanément, n'y a rien changé. Karine Power a accueilli le verdict avec un sourire.

Et on la comprend. Qu'est-ce que c'est que huit ans de prison quand on s'était condamné au mensonge à perpétuité ?

Madame Wu, empereur de Chine

En cette année 649, la Chine vit une des plus brillantes périodes de son histoire, celle de la dynastie Tang. Bien protégée par la Grande Muraille, elle est à l'abri des invasions turques ou mongoles ; c'est elle, au contraire, qui multiplie les annexions et les conquêtes. Le pays est prospère, la sécurité règne, les récoltes sont bonnes. La vie intellectuelle et artistique est tout aussi brillante : on assiste à une floraison de poètes et de philosophes.

Mais pour l'instant, l'heure est à la tristesse. Après un long et glorieux règne, l'empereur Taizong vient de s'éteindre. Dans tout le palais, ce ne sont que des pleurs et les lamentations sont particulièrement vives du côté du harem. En effet, selon la loi, les favorites du souverain défunt doivent se retirer dans un monastère. Après avoir connu la vie brillante de la cour, le maquillage raffiné et les éclatantes parures, elles vont avoir la tête rasée et revêtir la méchante robe de drap blanc des nonnes, pour finir leurs jours dans le silence et la solitude...

Parmi les favorites, Wu Zetian est peut-être la plus amère. D'abord parce que c'est la plus ancienne. Elle a vingt-sept ans, elle est entrée au palais à quatorze ans et elle va devoir le quitter après treize ans d'enchantement. Ensuite, c'était la préférée du souverain et pas seulement à cause de sa beauté sans pareille, car elle éclipsait toutes les dames de la cour, par son esprit, sa culture. Elle était une personnalité, qu'on admirait et qu'on flattait, car on savait qu'elle pouvait tout ou presque obtenir de l'empereur.

Deux nonnes venues spécialement au palais ont commencé la coupe rituelle des cheveux. Madame Wu voit les longues tresses noires de ses compagnes, naguère parées de perles et diamants, tomber sous les ciseaux et le rasoir s'attaquer au crâne, pour le mettre totalement à nu. Bientôt ce sera à elle... Bien sûr, elle savait cela en arrivant : l'empereur était déjà âgé, il mourrait tôt ou tard, mais c'est si triste et si injuste ! Elle ne peut s'empêcher d'éclater en sanglots déchirants...

– Tu as donc tant de chagrin, Wu Zetian ?

La jeune femme lève les yeux et sursaute. C'est lui, c'est le nouvel empereur, Gaozong !... Parmi ses nombreux fils, Taizong l'a choisi pour lui succéder parce que c'était son préféré. Mais on peut se demander s'il ne s'agit pas d'une erreur politique. À vingt-deux ans, Gaozong a encore des allures d'adolescent. Certes, il ne manque pas de charme, avec son visage délicat, orné d'une fine moustache tombante et ses yeux rêveurs, mais il a plus l'air d'un poète que d'un empereur. Gaozong se tient gauchement devant l'ancienne favorite en pleurs. D'ailleurs, il est toujours gauche dans son maintien, spécialement avec les femmes.

Wu Zetian le considère à travers ses larmes. Pendant la longue maladie de son père, elle s'est trouvée très souvent en sa présence dans la chambre impériale et elle a parfaitement remarqué que le jeune homme rougissait quand elle arrivait ; parfois, il lui lançait des regards à la dérobée... Elle sent que si elle a une seule chance d'échapper au sort qui l'attend, c'est maintenant ! Elle cesse ses larmes et pousse un long soupir.

– Je pleure ton père, Fils du Ciel ! Et je pleure surtout...

Elle lève ses grands yeux noirs vers lui, en y mettant toute la sensualité dont elle est capable.

– Je pleure surtout parce que je vais te quitter.

Gaozong ne peut cacher son émotion.

– Hélas, c'est la loi ! Nul ne peut s'y soustraire.

– Je ne m'y oppose pas et je vais partir. Mais toi, rien ne t'interdit de venir me voir au monastère. Tu es empereur, tu as tous les droits.

Le jeune souverain fixe les yeux noirs, le visage sensuel rendu plus troublant encore par les larmes, hésite un instant et finit par déclarer :

– Je viendrai...

Gaozong ne tarde pas pour mettre sa promesse à exécution. La semaine suivante, il se présente au monastère. La supérieure se prosterne devant lui, le conduit à la cellule de Wu Zetian et les laisse seuls. Wu a du mal à contenir les battements de son cœur tant sa joie est violente, mais elle se permet quand même d'être coquette.

– Pars, Fils du Ciel ! Je ne veux pas que tu me voies ainsi, sans mes cheveux.

– Qu'importe le feuillage, il repousse. C'est l'arbre qui compte.

L'empereur a la voix douce, il approche d'elle sa main fine, son regard exprime toute l'émotion du monde.

– Je t'aime depuis toujours, Wu.

Il revient encore et de plus en plus souvent, à mesure que le temps avance. Wu se rend compte que l'empereur est follement épris d'elle, mais elle préfère ne rien lui demander, elle laisse faire les événements, persuadée que son heure viendra. Et elle ne se trompe pas : au bout de quelques mois, elle s'aperçoit qu'elle est enceinte. Quand elle l'apprend à son impérial amant, ce dernier est fou de joie, c'est son premier enfant ! Mais il manifeste également sa contrariété.

– Tu ne peux pas accoucher au couvent, ce ne serait pas convenable.

– Que faire alors ?

– Je vais demander que tu sois relevée de ta condition religieuse et tu viendras au palais.

– Que va dire l'impératrice ?

– Elle sera d'accord...

Gaozong ne ment pas. En apprenant que Wu est enceinte, l'impératrice Wang propose même spontanément qu'elle vienne accoucher à la cour. Wang est une charmante jeune femme, très douce, remarquable par son teint de nacre et ses cils immenses, mais qui est frappée par une terrible infortune : elle est stérile. Elle sait que ce n'est pas elle qui donnera un héritier à l'empereur, il l'aura avec une favorite.

Or, justement, elle redoute beaucoup l'une d'elles, Xiao. Aussi belle qu'arrogante, Xiao ne cache pas son intention de prendre sa place sur le trône. Wang sait que l'empereur est faible et tout à fait capable de lui céder. En faisant venir à la cour Wu, qui va avoir un enfant, elle portera un coup décisif à sa rivale. Bien sûr, il y aura Wu elle-même, mais Wang ne pense pas avoir quelque chose à craindre d'elle : du temps de l'ancien empereur, elle était louée de tous pour sa sagesse. Elle aura dans l'ancienne religieuse une alliée et non une rivale...

Et il semble que Wang ne se soit pas trompée. Madame Wu devient même vite pour elle plus qu'une alliée, une amie. Non seulement elle n'est pas hautaine, comme Xiao, mais elle est l'image même de la modestie, de l'humilité. Toujours les yeux baissés, la voix douce, elle ne quitte pas sa compagnie, multipliant les attentions à son égard. Bien sûr, l'empereur semble très épris d'elle, mais elle n'en profite pas. Elle lui fait, au contraire, les déclarations les plus touchantes.

– Lorsque cet enfant sera né, tu pourras le considérer comme le tien, Wang. Celui de l'empereur est aussi celui de l'impératrice.

Xiao n'a évidemment pas la même attitude vis-à-vis de Madame Wu. Dès son arrivée à la cour, elle la prend en haine, non seulement parce qu'elle va avoir un enfant de l'empereur avant elle, mais parce qu'elle se rend compte des sentiments que ce dernier lui porte. Elle ne peut pas s'empêcher de la menacer publiquement.

– Prends garde, Wu, un jour, ce sera moi l'impératrice et tu retourneras au couvent !

Wu ne répond rien, elle se contente de baisser la

tête et toute la cour se répand en louanges devant tant de retenue et de douceur. À une exception, cependant : le poète Lo Ping Wang. Ce vieux sage aux yeux perçants et à la barbe blanche longue comme une corde, dont on dit qu'il a le pouvoir de lire dans les âmes, s'approche d'elle avec un sourire.

– Tu ne devrais pas baisser la tête, Wu. Tu montres tes sourcils.

– Qu'ont donc mes sourcils, noble Lo Ping Wang ?

– Ils sont comme les antennes dressées de l'insecte qui va dévorer sa proie.

Le vieux poète ne se trompe pas : seul de toute la cour, il a percé le secret de Madame Wu. Bien sûr qu'elle veut prendre la place de l'impératrice et plus que cela encore : son ambition est sans limites ! Mais elle se garde bien de le montrer. Elle n'est pas une écervelée comme Xiao. Menacer est la dernière des sottises. Il faut se taire, attendre d'être la plus forte et, à ce moment-là, frapper !

Pour être la plus forte, le meilleur moyen serait de donner un fils à l'empereur. Lorsque l'accouchement arrive, Wu prie de toutes ses forces le ciel pour que ce soit un garçon et... c'est une fille. Sa déception est à la mesure de ses espoirs, immense. Elle va être forcée d'attendre d'être de nouveau enceinte, en espérant que Xiao ou une autre n'aura pas, entre-temps, donné un héritier à l'empereur.

Malgré tout, Wu ne se laisse pas abattre. Son naturel combatif reprend le dessus. Elle réfléchit et, peu à peu, le sourire lui revient. Le fait qu'elle ait une fille peut, au contraire, la servir. Pour cela, il suffit de ne reculer devant rien... Bientôt, elle a mis au point un plan absolument monstrueux, qui va faire d'elle une des plus effrayantes criminelles de l'histoire !

Elle s'adresse aux servantes qui, déjà, emportent l'enfant dans son berceau, pour l'emmener dans la chambre qui lui est réservée.

– Donnez-moi ma fille !

Elle la prend dans ses bras, la couvre de baisers, l'appelle « lumière de ma vie », « chair de ma chair », rit avec elle et, quand les servantes veulent la prendre pour l'emmener, elle se fâche.

– Jamais ! Je veux la garder avec moi. Elle ne quittera pas ma chambre...

Lorsqu'elle est connue à la cour, cette manifestation d'amour maternel provoque la plus grande surprise. En découvrant qu'il s'agissait d'une fille, Madame Wu aurait dû sombrer dans le désespoir et, d'ailleurs, Xiao a explosé de joie en l'apprenant. Mais non, pour elle, c'est son enfant, il n'y a que cela qui compte ! Une telle preuve de ses qualités de cœur et de sa sagesse renforce encore l'admiration qui l'entourait.

L'impératrice Wang partage le sentiment général et, deux jours plus tard, elle fait annoncer à Wu qu'elle va rendre visite à l'enfant. La jeune maman, qui vient tout juste de se lever, l'accueille dans sa chambre avec effusion. Wang prend le bébé dans ses bras et félicite Wu, tant pour la beauté de sa fille que pour la noblesse de ses sentiments... Celle-ci s'incline profondément pour la remercier et lui adresse un sourire.

– Me permets-tu de te laisser un instant, Wang ?

J'ai fait la promesse que dès que je pourrais me lever, j'irais faire une prière à la pagode impériale.

L'impératrice n'est pas surprise, Madame Wu ayant toujours fait preuve de la plus grande piété. Elle acquiesce et la jeune femme la laisse seule... Dans l'antichambre, elle trouve la nourrice et les servantes, les siennes comme celles de Wang, qui s'étaient retirées pour les laisser en tête à tête. Elle leur dit, avant de s'en aller :

– L'impératrice veut rester seule avec l'enfant. Vous ne devez entrer sous aucun prétexte !

Puis elle va se promener dans le palais. Elle y rencontre l'empereur, qui la prend dans ses bras et l'assure plus que jamais de son amour. Elle se dégage doucement.

– Ton épouse est en ce moment auprès de notre fille. Viendras-tu lui rendre visite toi aussi ?

– Je viendrai tout à l'heure...

Lorsque Wu retourne dans sa chambre, l'impératrice est partie. Il n'y a personne, l'enfant dort dans son berceau... Alors, elle n'hésite pas : elle met les mains sur son cou et serre de toutes ses forces ! Après quelques soubresauts, le nouveau-né devient mou comme une poupée de chiffon. Il est évident que la « chair de sa chair », la « lumière de sa vie » a cessé de vivre, mais elle continue quand même à serrer. C'est qu'il ne faut pas qu'on puisse croire à une mort naturelle. Il faut que le crime soit évident, qu'on voie les traces de doigts et, plus précisément, de doigts de femme... Enfin, elle repose le petit corps inerte dans les draps et elle attend l'empereur.

Gaozong ne tarde pas à paraître. Elle se dirige vers le berceau.

– Tu vas voir comme elle est belle, notre trésor !

Elle la prend dans ses bras et pousse un cri déchirant :

– Elle est morte !

Elle lui montre les traces violacées sur le cou.

– On l'a tuée ! Regarde : on voit encore les doigts. Ils sont petits. C'est une femme !

Et Madame Wu hurle, sanglote, déchire ses vêtements, se griffe le visage. On entend ses cris à l'autre bout du palais impérial.

– Je l'aimais plus que ma vie ! C'était mon enfant, ton enfant, ton seul enfant !

Gaozong est bouleversé lui aussi. Lorsque le désespoir de sa favorite se calme un peu, il l'interroge.

– Qui a fait cela, selon toi ?

Madame Wu a sa réponse toute prête. Elle ne va pas accuser Wang, ce serait trop direct, trop grossier. Elle est beaucoup plus subtile que cela.

– Ce ne peut être qu'une servante. Fais-les interroger, torturer au besoin, il faut qu'elles parlent !

L'interrogatoire a lieu peu après, en présence d'une bonne partie de la cour. L'impératrice est là, légèrement tremblante. Le bourreau est présent également, avec son grand sabre à la ceinture. Mais il n'y aura pas besoin de torture. Toutes les domestiques parlent et toutes disent la même chose :

– L'impératrice a voulu rester seule avec l'enfant. Elle a interdit qu'on entre tant qu'elle serait là.

Les courtisans poussent des cris scandalisés. Gaozong va vers son épouse, devenue blanche comme la mort.

– Tu as tué ma fille !

Wang se jette à ses pieds.

– Je suis innocente. Pourquoi aurais-je commis une monstruosité pareille ?

– Parce que tu ne peux pas avoir d'enfant et que, quand tu as vu celui de Wu, tu es devenue folle de jalousie. Voilà pourquoi !

– C'est un mensonge ! Je le jure sur ce que j'ai de plus cher !...

Le plan monstrueux de Madame Wu vient de réussir de bout en bout, mais celle-ci décide de lui ajouter une touche finale. Si Wang est répudiée maintenant, elle est pratiquement certaine de prendre sa place. Mais « pratiquement » ne suffit pas, elle ne veut agir qu'à coup sûr. Après tout, elle n'est revenue au palais que depuis six mois et sa position est encore fragile. D'autre part, elle a vu que certains courtisans ne partageaient pas l'avis général. Lo Ping Wang, en particulier, ne s'est pas joint aux cris scandalisés contre Wang. Lui ou un autre est capable de parler contre elle à l'empereur et il est tellement influençable !... Il faut qu'elle soit plus insoupçonnable encore. Elle se jette à son tour aux pieds de Gaozong.

– Je t'implore moi aussi, Fils du Ciel. Ne châtie pas ton épouse. C'est mon amie, je ne peux pas la croire coupable !

Gaozong hésite, considère ces deux femmes prosternées devant lui et va relever Wu Zetian.

– Pour toi, pour toi seule, je veux bien faire grâce...

Cette fois, Madame Wu a parachevé son œuvre.

Son triomphe est total, mais elle se garde de le montrer. Normalement, maintenant, elle devrait être reprise par son chagrin, elle se remet donc à pleurer et toute la cour vient l'assurer avec ferveur de sa sympathie.

Non, pas toute la cour. Lo Ping Wang est resté à l'écart, silencieux, impénétrable. Délaissant tous les autres, elle va vers lui, les yeux encore pleins de larmes.

– Eh bien, Lo Ping Wang, regrettes-tu, maintenant, tes méchantes paroles ?

Mais le poète secoue sa tête de vieux sage.

– Je me suis effectivement trompé, Wu Zetian. Tu n'es pas un insecte, tu es bien pire...

L'empereur fait faire à la petite morte des funérailles émouvantes et grandioses et la vie reprend à la cour. Wang est toujours officiellement impératrice, mais dans la réalité, elle n'est plus rien. Gaozong a cessé brutalement et définitivement de l'aimer, les courtisans s'écartent d'elle avec horreur. Elle est devenue une pestiférée dans le palais impérial.

La vraie souveraine, même si elle n'en a pas le titre, c'est Madame Wu. C'est elle qui partage le lit et la vie de l'empereur, au grand désespoir des autres favorites, de plus en plus tenues à l'écart, Xiao la première. Malgré cela, Wu garde sa douceur et son air modeste. Elle reste simple également dans son habillement. L'empereur la couvre d'or, elle pourrait, si elle voulait, s'acheter des bijoux et des robes précieuses, mais elle n'en fait rien. Quand, une fois, Gaozong lui en fait tendrement le reproche, elle lui répond :

– L'amour de mon souverain est ma plus belle parure.

En fait, avec l'argent qu'elle reçoit, Wu Zetian corrompt les domestiques du palais. Elle se constitue ainsi un très efficace réseau d'espions et d'agents à sa solde...

Six mois s'écoulent encore et, cette fois, elle décide de passer à l'action. La pauvre Wang, délaissée de tous, n'est plus que l'ombre d'elle-même : elle peut maintenant l'abattre à coup sûr.

Elle profite d'une indisposition de Gaozong. Ce dernier se plaint de violentes douleurs à la poitrine, qui sont heureusement passagères. Elle fait alors placer sous le lit de l'impératrice une figurine représentant l'empereur, avec un clou planté à la place du cœur. Puis, elle fait en sorte qu'un domestique la découvre par le plus grand des hasards. Ce dernier va aussitôt la porter à l'empereur, qui entre dans une violente colère. Il fait convoquer Wang.

– Tu as voulu me tuer. Regarde ce qu'on a trouvé sous ton lit ! Qu'as-tu à répondre ?

Comme la fois précédente, l'impératrice se traîne à ses pieds et jure son innocence, avec des torrents de larmes... Ils ne sont pas seuls dans la salle du trône, où se déroule la scène. Deux proches de l'empereur se permettent d'intervenir en faveur de Wang. D'abord le vice-chancelier Shang Guan Yi. Cet ancien ministre du défunt empereur Taizong est réputé pour sa sagesse et Gaozong tient toujours le plus grand compte de ses avis. Il est catégorique.

– Je ne crois pas ton épouse coupable. Quel intérêt aurait-elle à ce crime ? Si elle te perd, elle perd tout.

Lo Ping Wang est également présent et, lui aussi, jouit de la considération du souverain.

– C'est ailleurs qu'il faut chercher, Fils du Ciel. Pour moi, cette statuette a été placée là par quelqu'un qui veut du mal à l'impératrice.

Hésitant, comme à son habitude, Gaozong semble troublé. Mais Wu est là, elle aussi. Il se tourne vers elle.

– Et toi, que penses-tu ? Me demandes-tu encore une fois la clémence ?

Wang lance à la jeune femme un regard suppliant.

– Pour l'amour du ciel, Wu, aide-moi !

Mais celle-ci parle d'une voix dure.

– Il y a un temps pour la clémence et un temps pour la fermeté. S'il est vrai qu'elle a tué ta fille, pourquoi n'aurait-elle pas essayé de te tuer ? Si tu l'épargnes, elle recommencera. Châtie-la, je ne veux pas te perdre !

Gaozong n'attendait que cela. Il prend sa décision.

– Wang, je te répudie et je te condamne à l'exil. Wu, je t'épouse, tu seras mon impératrice !

Quelques semaines plus tard, après la répudiation de Wang selon l'étiquette impériale, a lieu le couronnement de Madame Wu. La cérémonie est magnifique et la nouvelle impératrice plus encore. C'est une véritable métamorphose dans sa tenue. Elle qui n'était vêtue jusque-là que de vêtements modestes apparaît dans une lourde robe de satin bleu nuit, sur laquelle sont brodés des dragons ; elle est couronnée d'un diadème d'or rose ; elle porte un collier et des bracelets faits de rubis d'une taille inimaginable.

Mais c'est elle-même qui est la plus changée. Elle a quitté son air doux et soumis. Elle ne baisse plus les yeux. Elle fixe l'assistance d'un regard dur, impitoyable, sous ses sourcils d'insecte tueur. Elle se montre enfin telle qu'elle est et que seul Lo Ping Wang avait su la voir, dans sa clairvoyance de vieux sage. Ce dernier, d'ailleurs, n'est pas là. Il a préféré se retirer pour toujours dans un monastère, soit qu'il n'ait pas voulu voir la suite des événements, soit qu'il ait jugé que, s'il restait à la cour, ses jours étaient comptés.

Le premier souci de la nouvelle impératrice est de régler le sort de Wang. Elle n'a rien dit, mais elle n'a pas admis sa condamnation à l'exil, qu'elle jugeait beaucoup trop douce. Pour le moment, la souveraine déchue est toujours enfermée dans une chambre du palais, en attendant son départ : il n'y a pas un instant à perdre. Wu va trouver Gaozong. Avec lui aussi elle a changé de comportement ; elle n'a plus rien de la favorite timide et énamourée ; elle est directe, brutale.

– Tu as tort de condamner Wang à l'exil ! Une fois partie, elle est capable de fomenter une révolte. Il faut la mettre hors d'état de nuire.

– Je ne peux tout de même pas la condamner à mort...

– Il te suffit de la mettre en prison.

– Tu crois ?

Gaozong hésite, comme à son habitude. Alors, elle lui lance :

– Fais-moi confiance : je m'en charge.

Et elle tourne les talons...

Un peu plus tard, elle arrive, entourée de gardes, dans la pièce où Wang est détenue. Elle lui dit simplement :

– Suis-moi !

Et elle la conduit dans la prison du palais, vers la cellule qu'elle a choisie pour elle. C'est la pire de toutes, dans le dernier et le plus humide des sous-sols : une sorte de silo, dont la seule ouverture est un trou en haut, par lequel le geôlier jette la nourriture. En voyant ce véritable tombeau, la malheureuse Wang pousse un cri d'effroi. Sa remplaçante sur le trône lui sourit.

– Ta nouvelle demeure ne te plaît pas, Wang ? Il faudra pourtant que tu t'y habitues, tu ne la quitteras plus.

– Je t'en supplie, Wu ! Tu étais mon amie.

– Ton amie, tu crois ?

Wu Zetian semble prise d'une idée. Après avoir réfléchi un instant, elle lui déclare, toujours souriante :

– Tu as raison, je suis ton amie, Wang, et je vais faire quelque chose pour toi : je vais te donner de la compagnie...

Peu après, elle pénètre dans le harem, toujours entourée de ses gardes. Elle ordonne aux soldats d'arrêter Xiao et la fait conduire dans la cellule. Le cri d'horreur des deux femmes, quand elles découvrent qu'elles vont être enfermées ensemble dans ce lieu abominable, la fait éclater de rire. Une fois que le couvercle est remis sur le silo, elle s'adresse au geôlier :

– Tu les nourriras à peine. Tu leur donneras juste ce qu'il faut pour ne pas mourir...

Plusieurs mois passent, pendant lesquels Madame Wu affermit plus encore son pouvoir. À la cour, chacun tremble devant elle. De plus en plus, c'est elle qu'on flatte, elle dont on essaie d'obtenir les faveurs et non Gaozong, qui apparaît chaque jour davantage comme un jouet entre ses mains.

L'empereur a pourtant conscience de l'abaissement qui est le sien. Il a aussi du remords au sujet des prisonnières. Quoi qu'elles aient fait, quel que soit le danger qu'elles représentent, il ne peut oublier qu'il les a aimées et il ne veut pas pour elles un sort trop cruel. Jusqu'à présent il n'a pas osé aller les voir, par crainte de Wu. Car c'est ainsi : maintenant, il a peur de l'impératrice.

Aussi, un jour qu'elle a quitté le palais, il s'arme de courage et se rend à la prison. Madame Wu est allée faire ses dévotions dans la principale pagode de la capitale. Elle prend soin d'afficher publiquement sa piété pour augmenter sa popularité et, d'ailleurs, elle est populaire. Le peuple admire sa prestance, sa majesté...

Quand le geôlier, sur son ordre, extrait les deux femmes de leur prison, Gaozong fait un bond en arrière tant ce qu'il voit est abominable. Ces deux êtres n'ont plus rien d'humain. Ce sont deux squelettes vêtus seulement de quelques lambeaux d'étoffe. Un peu partout sur le corps s'étalent des plaies purulentes et nauséabondes. Elles ont perdu leurs cils, leurs sourcils et une partie de leurs cheveux. Elles n'ont plus de dents. L'obscurité les a rendues presque aveugles. Elles le reconnaissent pourtant et se jettent à ses pieds. Celle qui a été Wang l'implore, avec ce qui lui reste de force.

– Je n'ai pas tué ta fille, Fils du Ciel. Et je n'ai pas tenté de te tuer non plus. Je le jure sur la mémoire de tous mes ancêtres !

Celle qui a été Xiao le supplie avec les mêmes accents déchirants.

– Et moi, qu'ai-je fait, Fils du Ciel ? Je n'ai rien fait, rien fait !...

Gaozong, totalement bouleversé, reste longuement muet, puis il finit par leur déclarer, d'une voix étranglée :

– Je vous jure de vous délivrer au plus tôt !

Et il quitte la prison, dans un état second, tandis que le geôlier leur fait réintégrer leur silo... Pourquoi « au plus tôt », alors qu'il n'avait qu'un mot à dire pour les faire libérer, lui, l'empereur, le souverain absolu ? La réponse à cette question tient, bien sûr, en une seule syllabe : Wu !

Or il se trouve que, parmi les nombreux espions que Madame Wu paie au palais, figure le geôlier. Dès qu'elle est rentrée de ses dévotions en ville, ce dernier court l'informer de ce qui s'est passé. Elle court à son tour à la salle du trône où Gaozong est en train de donner audience à des visiteurs étrangers. Elle fait sortir tout le monde et marche vers lui, hors d'elle-même.

– Qu'est-ce que j'apprends ? Tu as été rendre visite aux prisonnières ?

– Qui t'a dit cela ?

– Peu importe. Est-ce vrai ? Réponds-moi !

Le tremblement de Gaozong est nettement visible.

– Non, je n'y suis pas allé ! C'est faux. Je te le jure !

Madame Wu reste un moment silencieuse, tant sa stupéfaction est grande... Elle savait que son mari était un faible et un lâche, elle savait qu'elle l'aurait un jour sous sa coupe, mais elle ne pensait pas que cela arriverait si vite et si totalement. L'empereur de Chine lui ment, comme un enfant pris en faute ! Le Fils du Ciel tremble devant elle !... Conformément à ses principes de prudence, elle avait imaginé plusieurs étapes soigneusement calculées pour s'emparer du pouvoir, mais tout cela n'a plus de raison d'être : Gaozong n'existe plus, elle peut tout se permettre et elle va tout se permettre !

Elle le quitte sans ajouter un mot, pour reprendre le chemin de la prison. Mais cette fois, elle se fait accompagner du bourreau, tandis que des serviteurs apportent des tonneaux de vin.

De nouveau, les prisonnières sont extraites de leur cellule. Elles s'attendaient à voir l'empereur leur annoncer leur délivrance. Le cri d'horreur qu'elles poussent en découvrant à sa place l'impératrice comble d'aise cette dernière. Elle s'adresse au bourreau.

– Tu vas leur donner cent coups de fouet à chacune. Mais ne frappe pas trop fort : je ne veux pas qu'elles meurent sous le fouet.

L'ordre est exécuté. Tandis que les lanières déchirent les chairs, elle tient à narguer une dernière fois ses victimes.

– Wang, où sont les longs cils dont tu étais si fière ?

Où sont-ils passés ? Réponds-moi ! Xiao, tu avais dit que tu m'enverrais au monastère. Qu'est-ce que tu attends pour le faire ?...

Au bout des cent coups, elles ne sont plus que deux corps déchiquetés, mais elles respirent encore. L'impératrice s'adresse de nouveau au bourreau.

– Coupe-leur les pieds et les mains et jette-les dans les tonneaux !

L'affreuse boucherie s'accomplit. Bientôt, les deux martyres s'agitent faiblement dans le vin, mêlant leur sang au breuvage. Penchée sur elles, Madame Wu ne perd rien de leur agonie et, lorsqu'elles ne bougent plus du tout, elle s'en va, satisfaite...

Lorsque la nouvelle est connue au palais, c'est la terreur et la stupeur. Un monstre se trouve sur le trône de Chine. La vie de chacun est menacée. Désormais, il suffira de déplaire à Madame Wu pour connaître le sort de Wang et de Xiao. Une seule question occupe les esprits : que va faire l'empereur ? S'il ne comprend pas en quel état d'abaissement il est tombé, tout est perdu ; s'il réagit, il reste encore un espoir !

Cette réaction, ce sursaut, sans lequel il abandonne à jamais toute dignité, un homme s'emploie à l'obtenir de Gaozong, le seul qui en ait le courage et le pouvoir, l'ancien ministre du roi Taizong, le vice-chancelier Shang Guan Yi. Lorsqu'il a appris le double meurtre, il a couru chez l'empereur et s'est enfermé avec lui.

– Qui a donné l'ordre qu'elles soient torturées et mises à mort ? Est-ce toi ?

– Non, c'est elle, elle seule ! Elle est cruelle.

– Elle n'est pas seulement cruelle. Elle se comporte comme si c'était elle l'empereur et non toi. Elle te bafoue, elle te défie !

– Je le sais, Shang Guan Yi, mais que faire ?

– La répudier : voilà ce que tu dois faire !

De nouveau, Gaozong s'est mis à trembler. Du temps de son père, Shang Guan Yi avait été chargé de son éducation. Il reste pour lui un maître, qu'il respecte et craint.

– Tu as sans doute raison. Mais la réaction de Wu risque d'être terrible...

– Quelle réaction ? Un mot de toi et j'envoie les gardes l'arrêter. Elle prend la place de ces malheureuses et toute la cour vient se jeter à tes pieds pour te remercier !

Gaozong marche de long en large dans la pièce. Il ne sait que faire : il a peur de Wu, mais aussi de son ancien précepteur. Face à lui, il se retrouve dans la position de l'enfant qu'il était dix ou quinze ans plus tôt... Ce dernier en est bien conscient et il se fait aussi pressant qu'il peut.

– N'hésite pas, Gaozong ! Pense à la Chine. Cet être est un monstre. Dieu sait quel mal elle pourrait faire au pays, si tu la laisses faire.

– Je me suis décidé. Je vais la répudier...

– Quand cela ?

– Dès que tu m'auras fait un projet.

– Un projet ? Quel projet ?

– Eh bien, résume-moi tout ce que tu viens de me dire : la date de la répudiation, la manière dont tu vas la faire arrêter. Il ne faut pas qu'elle ait le temps de réagir, tu comprends ?...

Oui, Shang Guan Yi comprend. Il comprend que

tout est perdu. Il va faire ce que lui demande l'empereur, mais il sait déjà que jamais celui-ci ne passera à l'acte...

Quelques heures plus tard, il revient avec le document demandé, le lui remet et se retire. Mais Madame Wu a déjà été prévenue par ses espions. Elle fait irruption dans la salle du trône.

– Qu'est-ce que tu es en train de lire ?

– Rien, je t'assure... Rien du tout.

Elle lui arrache le papier des mains et le parcourt des yeux.

– Ma répudiation !... Tu appelles cela rien du tout ?

– C'est un projet, seulement un projet. Je ne l'ai pas signé. Je ne le signerai jamais !

– Et d'où t'est venue cette idée ?

– C'est Shang Guan Yi qui a tout fait. Moi, je n'ai rien fait...

– Shang Guan Yi ? Ainsi donc Shang Guan Yi préparait ma perte !... D'après toi, quel châtiment mérite-t-il pour cela ?

– La mort, certainement !

– Donc, tu le condamnes à mort ? Dis-le clairement. Je vois, sur ce document, qu'il me reproche d'avoir fait exécuter les prisonnières sans ton ordre.

– Je le condamne à mort.

– Parfait ! Et moi, je vais m'occuper de son exécution...

Et peu après a lieu la décapitation de Shang Guan Yi. Madame Wu a fait en sorte qu'elle soit la plus spectaculaire possible : elle a lieu dans la cour du palais en présence de tous ses occupants, jusqu'au dernier des domestiques. Sont présents également les membres de la famille du condamné, qui assistent à son supplice à genoux, avant d'être vendus comme esclaves. Lorsque la tête saute sous le sabre du bourreau, chacun a conscience que c'est le pouvoir de l'empereur qui vient d'être décapité. Gaozong n'existe plus ; il n'y a plus désormais, sur le trône, que l'impératrice.

Effectivement, à dater de cet instant, commence le règne, la dictature de Madame Wu. Elle fait suivre la mort de Shang Guan Yi d'une vaste épuration. Tous ceux qui, à la cour, avaient eu le malheur de lui déplaire sont impitoyablement éliminés. Dans le meilleur des cas, ils sont exilés, dans le pire, exécutés, après avoir avoué sous la torture des crimes imaginaires ; parfois, ils sont tout simplement assassinés.

Wu dirige la Chine d'une main de fer, sans que, il faut le reconnaître, la puissance et la prospérité du pays en soient affectées. Elle est d'ailleurs presque unanimement aimée et respectée du peuple. Dans un pays aussi vaste, bien peu savent ce qui se passe au palais impérial ; les gens ne voient que leurs conditions de vie et elles n'ont jamais été aussi bonnes. D'autant que Madame Wu soigne toujours sa popularité. Elle organise de grands pèlerinages, dont elle prend personnellement la tête. Elle rédige un ouvrage, qui jouit tout de suite d'un grand prestige : *La Conduite à tenir par les femmes dans leur foyer*. Elle y démontre que les qualités primordiales d'une bonne épouse sont la douceur, l'humilité et la totale soumission à son mari.

Les années passent... Wu a donné quatre fils à l'empereur, qui ne cesse de s'abaisser devant elle. Un jour, elle décide qu'il n'a plus besoin de favorites et elle dissout son harem. Gaozong ne dit rien. Désormais, il se passera d'autres femmes que son épouse et même il se passera de femmes tout court, car elle le délaisse pour ses amants... À la cour, les femmes se font rares, il n'y a plus que les familières de l'impératrice et encore, ces dernières ne sont pas toujours à l'abri. Elle a fait venir sa sœur et sa nièce et les a couvertes d'honneurs. Mais celles-ci ont le malheur de plaire à l'empereur. Toutes deux ne tardent pas à mourir, dans d'horribles souffrances, à la suite d'un banquet. Madame Wu les pleure beaucoup.

Peu après, elle remplace les médecins de son mari par d'autres, qu'elle a choisis. À partir de ce moment, il est pris de maux de tête continuels, qui l'empêchent d'assister aux conseils et elle les préside à sa place... Son fils aîné, le prince ayant atteint sa majorité, vient l'y rejoindre. Tout va bien jusqu'au jour où il se permet de s'opposer à l'une de ses décisions. Il meurt, le lendemain, d'indigestion. Son second fils devient le nouvel héritier et le remplace au conseil. Lui aussi se permet de la critiquer et subit le même sort...

À la cour, les courtisans, terrorisés, ne se posent plus qu'une question : quand Madame Wu va-t-elle se débarrasser de son mari ? Il y a longtemps qu'elle peut le faire, il est entre les mains de ses médecins et elle n'a qu'un ordre à leur donner. De l'avis général, elle a attendu parce que ses deux fils aînés avaient trop de personnalité et qu'elle craignait de les mettre sur le trône. Mais maintenant qu'ils sont morts tous les deux, elle ne devrait plus tarder...

Et, effectivement, l'empereur Gaozong meurt peu de temps après, le 26 décembre 683. Madame Wu a soixante et un ans. Il y a quarante-sept ans qu'elle est venue pour la première fois à la cour et trente-quatre qu'elle y est retournée, au sortir du monastère... Elle assiste, avec beaucoup d'émotion, au sacre de son troisième fils, mais peu après, ce dernier a l'idée saugrenue de vouloir régner véritablement. Sans y mettre la moindre forme, elle le fait exiler à l'autre bout du pays, puis, se ravisant, elle envoie là-bas un homme de main pour l'assassiner...

Il ne reste plus que son quatrième fils. Il est nommé empereur, mais il reçoit l'ordre de ne pas quitter sa chambre au palais et de ne communiquer avec personne. Il obéit, terrorisé. Cela ne l'empêche pas de mourir peu après, vraisemblablement de mort naturelle.

Et c'est alors que Madame Wu donne toute sa mesure ! Puisqu'elle n'a plus de fils, elle va gouverner elle-même. Et d'abord, elle va fonder sa propre dynastie. Elle abolit celle des Tang et la remplace par la sienne, nommée Zhou !

Mais elle est allée trop loin. Pour la première fois, elle se heurte à une résistance. Les neveux de l'ancien empereur Taizong se soulèvent. Il s'ensuit des combats acharnés, au bout desquels la révolte est noyée dans le sang. La répression est, on s'en doute, impitoyable.

Pour l'ancienne favorite qui aurait dû finir ses jours au couvent, c'est l'apothéose ! Au début de l'année 690, l'ancienne dynastie des Tang est abolie en faveur de celle des Zhou et elle-même en est le premier empereur. Oui, « empereur » et non impératrice, ce qu'elle est déjà... En Chine, comme dans la plupart des monarchies, seuls les hommes montent sur le trône. Mais qu'à cela ne tienne ! Par décret impérial, Wu Zetian, Madame Wu, fait proclamer qu'elle est un homme « selon l'esprit céleste ».

Pourtant, elle reste bel et bien femme et, malgré ses soixante ans passés, dotée d'appétits particulièrement exigeants. Tout de suite après sa nomination en tant qu'empereur, elle fait venir Feng, un hercule de foire qu'elle a remarqué, lorsqu'il s'est produit à la cour. Et Feng devient son favori officiel, sous le nom de « Petit Trésor ». Pour qu'il ait le privilège d'entrer de jour comme de nuit dans toutes les pièces du palais, ce qui n'est réservé qu'aux religieux, elle en fait un moine bouddhiste. L'homme est violent, vantard, insupportable ; de plus, il prend ses fonctions sacerdotales au sérieux et déclare que l'impératrice, ou plutôt l'empereur, est une réincarnation de Bouddha.

Madame Wu finit par se lasser. Elle disgracie Petit Trésor, qui est aussitôt mis en pièces par les courtisans et elle décide qu'elle n'aura plus, désormais, un seul favori, mais plusieurs. Le harem, qu'elle avait supprimé à son mari, elle se le constitue pour elle-même. Elle fait venir des jeunes gens âgés d'une vingtaine d'années, choisis dans tout le pays pour leur beauté. Afin de ne pas trop choquer le peuple, officiellement, ce sont des étudiants en philosophie, qui viennent méditer au palais, sur Confucius et Lao-Tseu...

Une fois ses plaisirs assurés, Madame Wu se

penche sur les problèmes de l'empire et sur le plus important à ses yeux : sa succession. Car ce n'est pas tout de fonder une dynastie, elle doit aussi se trouver un héritier, et elle s'aperçoit qu'elle a une fâcheuse tendance à tuer tous ses descendants. Elle est en train de se dire qu'elle risque fort d'être la première et la dernière des Zhou, lorsqu'elle apprend que le troisième de ses fils, celui qu'elle avait exilé, est toujours en vie. L'homme qu'elle avait chargé de le tuer n'a pas eu le courage de le faire. Elle l'appelle auprès d'elle au palais et il devient son héritier désigné. Il ne régnera, bien sûr, qu'à sa mort, puisque l'empereur, c'est elle.

Et le plus extraordinaire, c'est que les années passent ainsi !... Madame Wu a soixante-quinze ans, quatre-vingts ans, et elle continue à partager son temps entre son harem et l'administration de l'empire, qu'elle dirige d'une main de fer, mais avec une incontestable maîtrise.

À la longue, pourtant, des murmures se font entendre, non dans le peuple, mais dans les couches cultivées de la société. Les lettrés et les religieux sont choqués par le harem et la mascarade des pseudo-étudiants en philosophie. On reproche surtout à Wu celle de ses mesures qui est restée la plus contestée : l'abolition de la glorieuse dynastie Tang. C'est ainsi que, début 705, un complot est formé pour remettre les Tang sur le trône. Car un Tang, il y en a un au palais. Si le prince est le fils de sa mère, il est aussi, par son père, l'héritier direct de la dynastie Tang.

Un matin de janvier 705, un groupe d'hommes

armés se glisse dans le harem, qui se situe dans les mêmes pièces que, jadis, les harems féminins des empereurs. Ils égorgent silencieusement les jeunes gens et s'emparent de l'impératrice, qui dormait parmi eux. L'un d'eux s'adresse à elle :

– Tu as trop longtemps régné, Wu. Il est temps que tu rendes le pouvoir à ton fils, et que tu disparaisses...

Mais la disparition dont il s'agit n'aura rien de brutal. Le prince a exigé qu'on ne fasse aucun mal à sa mère. Madame Wu ne connaîtra pas le sort de ses rivales, elle ne mourra pas, les pieds et les mains coupés, dans un tonneau de vin, il va seulement lui arriver ce qu'elle avait subi, exactement au même endroit, cinquante-six ans plus tôt.

Une nonne est présente avec les conjurés. Elle est porteuse des ciseaux et du rasoir rituels et commence à s'attaquer à sa chevelure. Une heure plus tard, revêtue de la robe blanche des religieuses, Wu Zetian quitte le palais pour le même monastère où elle avait été enfermée. Elle y mourra quelques mois plus tard, âgée de quatre-vingt-trois ans.

Tel a été l'extraordinaire destin de Madame Wu, empereur de Chine. Par l'importance et la durée de son règne, elle appartient, non pas à la petite histoire, mais à l'histoire tout court et on trouve aisément son nom dans les dictionnaires et les manuels. Pourtant, c'est encore dans l'histoire du crime qu'elle s'est le plus distinguée. Elle y mérite assurément l'une des premières places !

Les dames du Puy

En cette année 1835, cinquième du règne de Louis-Philippe, la situation sociale est très contrastée en France. Dans la capitale et les grandes villes, c'est le bouillonnement des idées nouvelles et l'explosion du romantisme, mais dans les provinces les plus démunies, les moins bien desservies par les transports, les mentalités sont inchangées depuis des siècles. C'est à croire que la Révolution n'a jamais existé. Les grandes familles nobles bénéficient d'une telle considération qu'elles se trouvent pratiquement au-dessus des lois. Et, dans ce domaine, jamais sans doute les choses ne sont allées aussi loin que lors du drame de Chamblas. Un drame qui a ému et scandalisé la France entière.

L'Auvergne fait partie de ces provinces laissées pour compte par le progrès et, parmi les familles nobles les plus en vue, figurent assurément les La Roche-Négly. Ils possèdent un luxueux hôtel particulier au Puy, en Haute-Loire, un château à Vouzy, dans la Loire, et une vaste exploitation agricole, le domaine de Chamblas, à sept kilomètres à l'est du Puy.

Malgré leur notoriété et leur fortune, Charles et

Émilie de La Roche-Négly sont soucieux, en cette année 1835. La raison de leur souci s'appelle Théodora. C'est leur enfant unique, héritière du titre, elle vient d'avoir trente ans et elle n'est toujours pas mariée. Or, à cette époque, si une fille n'est pas mariée à cet âge, elle risque de ne jamais l'être. Et comme, de plus, c'est la seule descendante, la famille, dont les origines remontent au Moyen Âge, risque purement et simplement de s'éteindre.

Mais pourquoi Théodora de La Roche-Négly, malgré sa fortune et le prestige de son rang, n'a-t-elle pas trouvé de mari ? La réponse réside, malheureusement pour elle, dans son physique. Dire qu'elle est laide serait insuffisant, elle est difforme. Elle a été atteinte dans son enfance de coxalgie, ce qui l'a laissée dans un état proche de la monstruosité : elle est affligée d'un fort boitement, elle a le corps terriblement penché en avant et le torse creux, sans le moindre soupçon de poitrine, ce qui fera dire, à la fois pudiquement et cruellement, à la chronique qui relatera l'affaire : « Elle n'a pas reçu les grâces, même les plus ordinaires, de son sexe. »

Charles de La Roche-Négly, son père, en est conscient et il a une conversation à ce sujet, avec sa femme Émilie.

– Nous ne pouvons plus attendre pour établir notre fille. Je viens de rencontrer Louis de Marcellange. Il m'a demandé la main de Théodora.

Émilie de La Roche-Négly a un vif sursaut en entendant ces mots. Cette grande femme sèche, à l'allure ingrate, confite en dévotion, est certainement la personnalité la plus en vue de la ville du Puy. À la différence de son mari, resté simple dans ses manières, elle est consciente d'appartenir à la haute aristocratie de la province. Il n'y a rien qui compte plus pour elle, même l'avenir et le bonheur de sa fille.

– Louis de Marcellange, il n'en est pas question, c'est un gueux !

– Ce n'est pas un gueux, il appartient à la noblesse, comme nous.

– Quelle noblesse ? Il a travaillé, à ce que j'ai entendu dire. Il a été commis. Jamais ma fille n'épousera un commis !...

Effectivement, si la famille Marcellange fait partie de la toute petite aristocratie d'Auvergne, elle ne vit pas dans l'aisance. À tel point que Louis, pour assurer sa subsistance, a accepté un poste de commis aux écritures dans les contributions directes. Cette tâche, non seulement l'a tiré du besoin, mais lui a apporté une réelle connaissance dans la gestion d'un budget... M. de La Roche-Négly réplique assez sèchement à sa femme :

– C'est un homme honnête et courageux. Il n'est pas question de discuter davantage. J'ai décidé qu'il serait mon gendre.

Et, au mois de septembre 1835, a lieu le mariage de Louis de Marcellange et de Théodora de La Roche-Négly. La réception, qui se déroule dans l'hôtel particulier du Puy, est fastueuse, mais elle révèle en même temps combien cette union est mal assortie.

Il y a d'abord le physique des mariés. Malgré une ample robe de mousseline blanche, qui dissimule le mieux possible ses difformités, ne laissant apparaître que son visage fragile, mais gracieux, Théodora de

La Roche-Négly ne peut s'empêcher d'avoir le corps penché en avant et de boiter à chaque pas. Le contraste n'en est que plus grand avec son mari. Sa haute stature, sa figure énergique encadrée de favoris noirs dégagent une impression d'assurance et de force.

Mais c'est encore sur le plan social que la fracture est la plus profonde. Durant toute la réception, les invités des deux familles, qui sont en nombre à peu près égal, évitent soigneusement de se mélanger. Du côté des La Roche-Négly, à l'exception du père de la mariée, qui ne cesse de complimenter son gendre, ce ne sont que commentaires dédaigneux émis en sourdine. C'est Émilie la plus acerbe et la plus méprisante. Elle ne cesse de répéter à qui veut l'entendre :

– Ma fille a épousé un commis !

De l'autre côté, on n'est pas plus enthousiaste. La sœur du marié, Joséphine de Tarade, ne se gêne pas pour dire à son frère ce qui est son point de vue et celui du reste de la famille.

– Tu ne peux pas être amoureux d'elle : elle fait pitié à voir, la malheureuse. Tu as épousé son titre et son argent. Mais tu as eu tort. Jamais ils ne t'accepteront, jamais tu ne seras des leurs !...

Et pourtant, il semble bien que de part et d'autre on se trompe. Les premières années du ménage sont prospères. Le mérite en revient à Charles de La Roche-Négly, qui éprouve toujours une grande sympathie pour son gendre et qui est prêt à tout pour faciliter ses débuts dans l'existence. Il vend au couple, pour un prix symbolique, le domaine de Chamblas.

Pour Louis de Marcellange, c'est une véritable

bénédiction. Autant il ne pouvait pas supporter la vie d'oisif qu'il menait chez ses beaux-parents dans l'hôtel particulier du Puy, autant, lorsqu'il arrive à Chamblas, tout change. Même s'il s'agit d'une terre noble, qui fait partie du patrimoine de sa belle-famille, Chamblas est avant tout une exploitation agricole. Le bâtiment tient plus de la grande ferme que du château et les terres qui l'entourent ne sont aucunement décoratives ; elles nécessitent beaucoup de travail, tant pour les mettre en valeur que pour s'occuper de leur gestion.

Alors, l'homme actif qu'il est se met au travail. Il organise méthodiquement l'élevage et le travail des champs. Avec les connaissances de comptabilité et de gestion qu'il a acquises aux contributions directes, il fait fructifier le capital de l'exploitation. Il vend certaines parcelles, il en achète d'autres, il investit dans un matériel plus moderne. Bref, au bout d'un peu plus d'un an, il a presque doublé la valeur du domaine.

Entre-temps Théodora a mis au monde un enfant. Certes, il est né avant terme et il est souffreteux, mais pour la première fois, elle semble heureuse. Si Émilie de La Roche-Négly ne vient jamais leur rendre visite, se partageant entre l'hôtel particulier du Puy et le château de Vouzy, Charles ne passe pas une semaine sans les voir et il ne tarit pas d'éloges sur son gendre. Bref, tout serait parfait s'il n'y avait une ombre à ce tableau. Cette ombre a un nom : Jacques Besson.

Jacques Besson, originaire de Chamblas où il a sept frères, est, à l'origine, un simple valet de ferme, engagé par Charles de La Roche-Négly. Mais celui-ci n'ayant pas le temps de s'occuper lui-même du domaine, Besson est peu à peu devenu dans la pratique l'administrateur de Chamblas. C'est dire son désappointement lorsqu'il a vu arriver Louis de Marcellange, qui a tout pris en main et qui l'a relégué à son ancien état de valet. En fait, le mot de « désappointement » est trop faible, il vaudrait mieux parler de fureur, car le personnage est emporté et violent. À plusieurs reprises, il a dit aux autres employés qu'il tuerait leur maître. Louis de Marcellange a été mis au courant de ses propos, mais étant d'un naturel généreux, il s'est abstenu de sévir.

Survient alors un événement imprévu : M. de La Roche-Négly, jusque-là en parfaite santé, meurt brutalement. Louis de Marcellange, qui a bon cœur, propose à sa belle-mère de venir habiter avec eux et, celle-ci, encore ébranlée par le drame, accepte. Mais quand elle arrive, il est évident qu'elle a repris le dessus sur sa douleur et il est tout aussi évident qu'elle ne va pas rester longtemps. Lorsque son gendre se précipite pour ouvrir la porte de sa calèche, elle lui déclare, après avoir jeté un coup d'œil circulaire sur les lieux :

– Monsieur, les écuries de mon père sont plus belles que votre château !

Dès le lendemain, elle a une discussion avec sa fille. Théodora est de nouveau enceinte et elle ne s'embarrasse pas de préambule avec elle.

– Ma fille, fais tes bagages. Nous partons. Ton enfant ne peut venir au monde dans une porcherie !

Théodora de Marcellange partage les préjugés de caste de sa mère, même si elle est consciente qu'avec le physique qui est le sien elle ne pouvait prétendre à beaucoup mieux. Elle objecte :

– Mais que va dire Louis ?

– Le commis ? Je me moque bien de ce qu'il pourra dire. Tu vas quitter ces lieux indignes de toi et tu n'y retourneras jamais !

Et Émilie ajoute, après avoir reniflé l'air de la pièce, avec une grimace :

– Chez nous, au moins, l'odeur du fumier n'entre pas au salon !

Elle va sur-le-champ annoncer sa décision à son gendre... Louis de Marcellange a toujours été très intimidé par les La Roche-Négly et, tout particulièrement, par sa belle-mère. Lorsqu'elle lui apprend que sa femme va le quitter avec leur fils et qu'elle n'a pas l'intention de revenir, il n'ose pas s'y opposer. Peut-être, aussi, n'est-il pas vraiment affecté par le départ de cette épouse qu'il n'aime guère. Ce qui compte pour lui, c'est l'administration de Chamblas. Il s'est découvert une véritable vocation en arrivant. Il se contentera d'aller de temps en temps au Puy, pour voir ses enfants...

C'est le départ séance tenante. Chacun s'installe dans le cadre qui est conforme à ses origines : les La Roche-Négly dans l'hôtel particulier lambrissé du Puy, Louis de Marcellange dans cette grande bâtisse aux allures de ferme. Théodora accouche quelques mois plus tard. L'enfant, un garçon, arrive à terme et il semble plus vigoureux que son aîné, ce qui décide Mme de La Roche-Négly à franchir une étape supplémentaire. Elle déclare sans ambages :

– Ma fille, maintenant que ta descendance est assurée, ton mari ne sert plus à rien. Il est hors de question qu'il accapare notre fortune plus longtemps !

Depuis qu'elle a quitté Chamblas, Théodora de Marcellange est tombée totalement sous la coupe de sa mère. Elle ne fait qu'une seule objection :

– Oui, mais comment faire ?

À cette époque, en effet, le divorce n'existe pas. Instauré par la Révolution, il a été maintenu dans le code Napoléon et supprimé à la Restauration. Mais Émilie de La Roche-Négly a imaginé une autre solution.

– Tu vas faire une demande en séparation de biens. Avec les appuis que j'ai dans la justice, j'ai bon espoir...

Et elle conclut :

– Après cela, s'il a besoin d'argent, le commis n'aura qu'à refaire des écritures !

Mais malgré les relations des La Roche-Négly, leur demande n'aboutit pas. Le procès qui oppose les deux époux se termine à l'avantage de Louis, en juin 1839. Les dames du Puy se voient même paternellement admonestées par l'archevêque de Lyon, qui est leur ami personnel. Il leur reproche ce comportement peu compatible avec le caractère sacré du mariage et leur prêche la réconciliation. En dépit du respect qu'elles ont pour lui, elles n'en tiennent aucun compte. Du Puy à Chamblas, il n'y a que sept kilomètres, mais il existe désormais, entre l'épouse et la belle-mère d'une part, Louis de Marcellange de l'autre, un fossé de haine. Tour à tour, les deux enfants du couple meurent, sans qu'elles jugent bon de prévenir leur père qui, dans les deux cas, l'apprend par la gazette locale.

De son côté, à Chamblas, Louis de Marcellange s'est organisé comme il peut. Si on doit bien parler de haine dans cette histoire, elle ne vient pas de lui. Il ne demanderait qu'à voir les choses s'arranger, même au prix de concessions de sa part, mais il finit par se rendre compte qu'il n'y a rien à faire. Il s'habitue à l'idée de ne plus revoir sa femme. Ses enfants sont morts, il décide de tourner la page.

Mais ce n'est pas si facile que cela. L'hostilité dont il est victime de la part de sa belle-famille est partout présente autour de lui. Il se rend même bientôt compte qu'il s'agit plus que de l'hostilité. Un jour, Marie Bourdon, une domestique de Mme de La Roche-Négly, vient lui apporter un panier de pâtisseries. Surpris de cette attention inhabituelle, il les goûte avec précaution et leur trouve une saveur suspecte, qui l'incite à tout jeter.

C'est pourtant Jacques Besson qui représente toujours son principal souci. Depuis que sa femme a quitté Chamblas, comme s'il se sentait encouragé par ce départ, il devient plus violent encore. Une fois, il le menace avec sa faux. Louis de Marcellange ne dit rien, mais lorsque Besson le menace avec son fusil, malgré toute sa bonne volonté, c'est plus qu'il ne peut tolérer : il le renvoie. Dès qu'elles l'apprennent, Théodora et Émilie s'empressent de le faire venir au Puy où il est traité non pas comme un domestique mais comme un invité.

Après avoir séjourné quelque temps chez elles, il repart pour Chamblas. Là, avec ses sept frères, tout aussi violents que lui, il organise une sorte de conspiration contre Louis de Marcellange. Ils terrorisent les habitants du village, qui se voient l'objet des pires menaces s'ils ont le moindre contact avec le maître du domaine. Et ils finissent par réussir !... Cette atmosphère empoisonnée qui s'installe autour de lui et même ces menaces qu'il sent contre sa vie ont raison de la résistance et de la volonté de Louis de Marcellange. Il renonce à Chamblas. Il va aller à Moulins, dont il est originaire et où se trouve le reste de sa famille. Il fixe son départ au 2 septembre 1840.

1er septembre, huit heures du soir. Pour tous ses employés et serviteurs, qui lui sont restés très attachés, Louis de Marcellange organise un petit repas d'adieu. On a amélioré l'ordinaire, on a sorti de bonnes bouteilles, on a mis une grosse bûche dans la cheminée. Malgré cela, l'atmosphère est triste. Une fois le maître parti, le personnel de Chamblas sait bien qu'il a toutes les chances de retomber sous l'autorité de Jacques Besson et personne n'en a envie...

Soudain, il y a une détonation, les carreaux de la fenêtre volent en éclats dans la pièce. Louis de Marcellange est projeté en avant. Il s'écroule la tête la première dans le foyer. On se précipite, on le relève, mais chacun peut s'apercevoir qu'il est mort. Une balle l'a frappé dans le dos ; il ne respire plus... Les domestiques sortent avec des fusils. Dehors, il fait nuit noire et ils ne voient personne. Ils retournent chercher des lampes, mais les battues ne donnent rien. Alors ils vont porter le malheureux dans sa chambre et préviennent le curé et les gendarmes, mais d'un commun accord, ils décident de ne pas aller trouver ces « dames du Puy ». Même si personne n'ose le dire, elles apparaissent à tous ceux qui sont là comme les instigatrices de ce crime. Si quelqu'un était capable de l'avoir commandité, c'étaient bien elles !

Dès le lendemain, la justice enquête. Louis de Marcellange a été tué d'une balle de fusil de chasse d'un modèle courant, tel que tout le monde ou presque en possède dans la région. Un fait frappe les gendarmes : les chiens. Ils étaient trois au moment du drame et aucun n'a aboyé. Deux étaient dans la pièce et le troisième, le chien de garde, qui était attaché dans sa niche, à l'extérieur, n'a pas bronché. Cela ne peut signifier qu'une chose : le meurtrier est un familier.

À partir de là, tout semblerait devoir aller vite et pourtant, pendant des jours et des jours, l'enquête piétine. Les gendarmes ont beau interroger tous les habitants de Chamblas et des environs, personne ne parle. Personne, en particulier, même les employés du domaine, ne prononce le nom de Jacques Besson. Tous ces gens-là ont-ils peur ? Il semblerait bien, mais on ne peut pas le prouver...

Curieusement, le premier témoignage important vient de loin. Après les obsèques de Louis de Marcellange, qui ont lieu à Moulins, sa sœur, Joséphine de Tarade, se rend à Chamblas pour dire aux enquêteurs ce qu'elle sait. C'est une femme énergique et elle en vient tout de suite au fait.

– Mon frère s'était confié à moi, peu avant sa mort. Il se sentait menacé. On avait déjà attenté à sa vie.

– Qui cela ?

– Marie Bourdon, une domestique d'Émilie de La Roche-Négly. Elle a tenté de l'empoisonner avec des gâteaux... Louis m'a dit : « Si je meurs, les coupables seront ma femme et ma belle-mère. Venge-moi ! »

En entendant le nom de La Roche-Négly, les gendarmes ont un mouvement de recul et une grimace de contrariété.

– Il est difficile de vous croire, madame. Ce ne sont pas elles qui ont tenu le fusil, pas plus que cette Marie Bourdon.

– Ce ne sont pas elles, en effet. C'est Jacques Besson. Mon frère l'avait renvoyé parce qu'il l'avait menacé de mort et elles l'ont immédiatement hébergé chez elles.

– Et pourquoi des dames d'une telle condition auraient-elles fait une chose pareille ?

– Pour récupérer leur fortune. Elles avaient intenté contre mon frère une demande en séparation de biens et elles avaient perdu. Le seul moyen restant était que Louis disparaisse.

Et Joséphine de Tarade ajoute :

– Pour cela, il fallait agir sans tarder. Mon frère devait quitter Chamblas le lendemain matin. Il allait s'installer à Moulins où il aurait été beaucoup plus difficile de le tuer. La dernière occasion de l'assassiner se situait ce soir-là !...

Malgré toute la réticence que leur occasionne ce témoignage, les gendarmes ne peuvent l'ignorer. Sans être une personnalité de l'importance des La Roche-Négly, Joséphine de Tarade n'est pas n'importe qui : elle fait partie des notabilités de Moulins, elle est amie avec le préfet de l'Allier. Quelques jours plus tard, les enquêteurs se présentent, dans leurs petits souliers, à l'hôtel particulier du Puy... Émilie de La Roche-

Négly les reçoit dans l'antichambre, plus hautaine que jamais. Au bout de quelques phrases, elle leur coupe la parole.

– Ce sont des calomnies. Venant de la part de cette famille de vauriens, cela ne m'étonne pas !

– Mme de Tarade a mis en cause une certaine Marie Bourdon.

– Mensonges !

– Elle accuse Jacques Besson d'avoir tiré le coup de fusil meurtrier...

– Eh bien c'est faux ! À ce moment-là, Jacques Besson avait la variole. Il était soigné chez moi et il était incapable de quitter son lit. Je suis prête à en témoigner sous serment.

Les gendarmes n'insistent pas. Ils saluent bien bas et se retirent sur la pointe des pieds. Ils poursuivent leur enquête et, après avoir cherché en vain pendant quelque temps, ils entendent de nouveau parler de Jacques Besson. Dans une taverne des environs, un berger du nom d'André Arzac déclare à qui veut l'entendre, après avoir trop bu :

– Moi, je sais une chose énorme à propos de Chamblas !

Arzac est aussitôt arrêté et interrogé sans ménagements. L'homme n'a pas l'air de se rendre compte de la gravité des faits. Il est visiblement vantard et peut-être un peu simple d'esprit. Il avoue sans difficulté :

– Jacques Besson m'a proposé six cents francs pour empoisonner Louis de Marcellange.

– Pourquoi à toi spécialement ?

– Parce que je connais bien Chamblas. J'y ai travaillé. J'y entre comme je veux.

– Et le chien ne te dit rien ?

– Pensez donc ! Je le connais depuis qu'il est tout petit. Il me mange dans la main...

Voilà qui est plus que satisfaisant pour les gendarmes. Mais André Arzac, qui est décidément un bavard incorrigible, ajoute, alors qu'on ne lui demande rien :

– Et puis je connais bien ces dames de La Roche-Négly. Elles m'ont reçu souvent à déjeuner. Même qu'elles m'ont dit une fois : « André, si tu fais ce qu'on te dit et si tu gardes le silence, tu auras de quoi manger toute ta vie ! »

Faire quoi ? Garder le silence sur quoi ? Les gendarmes évitent soigneusement de se poser la question. Par la suite, ils demanderont par courrier à la veuve de la victime si elle a reçu André Arzac. Théodora répondra par lettre que ce nom lui est inconnu, puis, sans doute conseillée par un avocat, elle déclarera dans une seconde lettre qu'il est possible qu'elle l'ait vu, mais qu'elle n'en a gardé qu'un vague souvenir.

En tout cas, faute de suivre la piste bien trop périlleuse des dames du Puy, les enquêteurs décident d'arrêter Jacques Besson, nommément mis en cause par Arzac. Leur initiative a un résultat pour le moins inattendu. À peine Besson est-il entre leurs mains, que des dizaines de personnes se précipitent pour témoigner. Toutes disent à peu près la même chose :

– Je l'ai vu le jour du crime à Chamblas. Si je n'ai pas parlé plus tôt, c'est que j'avais peur de lui.

Les gendarmes ont du mal à y croire. Mme de La Roche-Négly leur a affirmé qu'il avait la variole et qu'il était soigné chez elle... Là encore, les réponses sont unanimes :

– C'est vrai qu'il a eu la variole, mais elle était terminée. On l'a vu, avec un fusil caché sous sa blouse, qui rôdait autour du domaine...

Un bon nombre d'habitants de Chamblas font, en outre, la même déclaration qu'André Arzac : à eux aussi, Jacques Besson avait proposé six cents francs pour empoisonner Louis de Marcellange.

Devant ces témoignages accablants et concordants, Jacques Besson, après avoir tout nié en bloc, finit par perdre pied.

– C'est vrai, je suis sorti le 1er septembre, mais je n'ai pas quitté Le Puy. J'étais bien trop faible pour aller plus loin et surtout pas à Chamblas.

Quant à ses propositions de six cents francs en échange de l'empoisonnement de son ancien maître, il parle d'une simple provocation. Il espérait que la rumeur arriverait aux oreilles de l'intéressé et qu'elle lui ferait prendre peur. Mais ses explications semblent si peu convaincantes qu'il est inculpé de meurtre...

Devant cet événement majeur que constitue la découverte du meurtrier présumé de leur mari et beau-fils, les dames du Puy ne peuvent que réagir et c'est ce qu'elles font. Vont-elles se porter partie civile pour défendre la mémoire de la victime ? Pas exactement... À partir de ce moment, on les voit rendre fréquemment visite au prisonnier, dans la maison d'arrêt du Puy. Théodora de Marcellange lui fait porter dans sa cellule un lit moderne et confortable et elle paie pour que l'ordinaire de sa nourriture soit digne d'une bonne table.

D'autre part, on voit affluer à partir de ce moment, dans le bureau du juge d'instruction, une quantité de témoins à décharge pour Besson. Ils n'ont d'ailleurs pas grand-chose à dire... On découvre au même moment que les dames du Puy ont souscrit un prêt hypothécaire de trente mille francs. De là à imaginer que ces témoins sortis d'on ne sait où ont été payés avec cette somme, c'est un pas que l'instruction se garde bien de franchir...

Toujours est-il que, lorsque monsieur le procureur clôt l'instruction, Jacques Besson est inculpé seul du meurtre de Louis de Marcellange. L'éventuelle complicité d'André Arzac n'a pas été retenue. Il comparaîtra comme simple témoin. Quant au reste – un crime commandité par les dames du Puy, la première tentative de meurtre par leur domestique Marie Bourdon, le faux alibi qu'elles ont donné pour l'inculpé, qui a reconnu lui-même être sorti ce jour-là –, il n'en est fait mention nulle part. Les témoignages qui y faisaient allusion ont été purement et simplement retirés du dossier. Jacques Besson a tué la victime parce qu'il la détestait pour l'avoir évincé, puis renvoyé de Chamblas, un point, c'est tout !

Son procès s'ouvre devant la cour d'assises de la Haute-Loire, le 4 mars 1842. Le frère et la sœur de Louis de Marcellange se sont portés partie civile. Ce n'est évidemment pas le cas de ces dames qui ont, au contraire, payé fort cher pour que l'accusé ait un des avocats les plus en vue du moment, maître Guillot.

Pour une petite ville de province comme Le Puy, où les distractions sont rares, un pareil procès est un véritable événement et on s'écrase dans la salle. Lorsque Jacques Besson paraît dans le box, le public marque un peu de surprise. Il s'attendait à voir une brute au front bas et au visage aviné, mais au contraire, l'accusé présente bien et répond avec aisance aux premières questions du président. Il a plus l'air d'un paysan aisé, voire d'un gentilhomme campagnard, que d'un assassin sanguinaire...

Celui qui est conforme à l'image qu'on se fait de lui, c'est André Arzac, qui est appelé le premier, comme témoin, à la barre. Il a les traits épais, la démarche pataude. C'est, de toute évidence, un être fruste, qu'on sent capable du pire... Tout comme devant les gendarmes, il n'a pas l'air de se rendre compte de l'importance de la situation. Après avoir prêté serment, il demande, d'un air goguenard :

– Bon ! Qu'est-ce que vous voulez que je vous dise ?

Le président répond sèchement :

– La vérité. L'accusé vous a-t-il proposé de l'argent pour empoisonner Louis de Marcellange ?

– Qu'est-ce que c'est que cette histoire ?

– Celle qui figure dans votre déposition.

– Alors, c'est que j'ai dit ça pour rigoler ! Ou alors, c'est une blague des gendarmes...

Et cela continue sur le même ton. André Arzac dément tout ce qu'il avait affirmé jusque-là, il nie même avoir jamais rencontré Besson de sa vie, le tout agrémenté de petits rires. C'est à tel point que le président le fait arrêter sur-le-champ comme faux témoin... Maître Guillot demande immédiatement la parole.

– L'arrestation d'un témoin d'une pareille importance risque de fausser tous les débats. Je demande le report du procès.

La cour se retire pour délibérer et, peu après, accepte la requête de la défense : le procès est remis à une date ultérieure. Le public, qui s'attendait à être tiré de la monotonie de son existence pendant plusieurs jours, voire plusieurs semaines, se retire dépité : le tout n'a pas duré une heure !

Du moins les habitants du Puy pensent-ils que ce n'est que partie remise, que, dans quelques mois, les débats vont reprendre pour de bon, mais ils sont une nouvelle fois déçus. L'avocat de Besson fait une demande en suspicion légitime et réclame le renvoi devant une autre cour. Ce genre de démarche se produit lorsque les juges, les jurés et l'accusé évoluent dans un milieu assez confiné, ce qui peut influer sur le verdict. Cela semble effectivement le cas et la demande est accordée : Jacques Besson sera jugé à Riom, devant les assises du Puy-de-Dôme...

Alors, à défaut de Besson, les gens de la Haute-Loire vont pouvoir se consoler avec le procès d'André Arzac, qui, lui, a bien lieu au Puy, le 16 août 1842. Et, cette fois, ils ne vont pas être déçus !

Arzac est uniquement poursuivi pour faux témoignage, pas pour complicité et, pourtant, on va se rendre compte qu'il a sans doute joué, dans cette affaire, un rôle bien plus important qu'on ne le dit... Cette fois, chapitré par son avocat, il s'abstient de toute déclaration intempestive et se fait aussi petit que possible dans son box. Mais d'autres parlent à sa place.

Plusieurs de ses compagnons d'estaminet rapportent qu'il s'est vanté après boire d'avoir été reçu souvent par Mme de La Roche-Négly et sa fille, qui lui ont promis de le nourrir la vie entière s'il faisait ce qu'elles lui demandaient. Des habitants de Chamblas affirment l'avoir vu près du domaine le jour du meurtre.

D'autres témoins encore viennent dire des choses troublantes à propos du chien de garde. Il s'agissait d'une bête féroce et quelque peu caractérielle, qui pouvait grogner même contre des personnes qu'elle connaissait. Mais elle avait une véritable passion pour Arzac, qui en faisait ce qu'il voulait. Alors, celui-ci a-t-il occupé le chien, pendant que Besson faisait son coup ? La question n'est pas évoquée, parce qu'elle ne figure pas à l'ordre du jour, mais chacun ne peut s'empêcher de se la poser intérieurement.

Une autre question que tout le monde se pose, c'est celle de la responsabilité des dames du Puy... Plus les débats avancent et plus elle paraît évidente. Arzac et Besson ont fait l'objet de leur part des mêmes attentions extraordinaires et ils étaient tous deux présents sur les lieux au moment du meurtre. Cela fait pour le moins beaucoup de coïncidences !

Bien entendu, l'avocat de la partie civile, maître Bac, un jeune et brillant avocat, ne se gêne pas pour demander leur comparution devant la cour. Celle-ci est malheureusement refusée pour un point de procédure : leur nom n'a pas été communiqué à la défense. Cela n'empêche pas maître Bac, dans sa plaidoirie, de lancer enfin l'accusation qui a fait reculer jusque-là l'appareil policier et judiciaire.

– Derrière André Arzac, il y a les dames du Puy !

Émilie de La Roche-Négly traitait son gendre de commis et lui reprochait de rechercher la compagnie des petites gens, mais elle-même et sa fille, qu'ont-elles fait d'autre ? Elles ont soigné un valet pendant sa maladie, elles ont reçu plusieurs fois un berger à leur table. Pourquoi de telles faveurs et que leur ont-elles demandé en échange ?...

Un frisson passe dans l'assistance et c'est au contraire presque dans l'indifférence qu'elle entend, peu après, le verdict : André Arzac est condamné à dix ans de réclusion. La peine est pourtant étonnante et mérite qu'on s'y attarde. Elle est, en effet, bien lourde pour un simple faux témoignage, mais elle serait indulgente pour une complicité d'assassinat. Il semble que les jurés aient été aussi troublés que les autres, ce qui leur a fait rendre cette sentence bâtarde, qui ne signifie rien.

Si le procès d'André Arzac a été sensationnel, celui de Jacques Besson promet de l'être plus encore ! C'est dire l'effervescence qui règne quand celui-ci s'ouvre, quelques jours plus tard, le 22 août, devant la cour d'assises du Puy-de-Dôme. Les habitants de Riom bénissent la requête en suspicion légitime qui a fait se dérouler dans leur petite ville un tel événement !

Car, cette fois, on ira jusqu'au bout : les dames du Puy seront bel et bien présentes aux débats. Leur nom a été dûment inscrit sur la liste des témoins. On va la voir, cette veuve, qui est allée dorloter dans sa prison l'assassin présumé de son mari, on va la voir, cette belle-mère odieuse, qui est sans doute l'instigatrice de toute la machine meurtrière !

Dès le début, les débats tournent à la confusion de l'accusé. Voici Claude Reynaud, un habitant de Chamblas, qui a vu Jacques Besson rôder dans les environs du domaine avec un fusil caché sous sa blouse.

– Quelle heure était-il ? lui demande le président.

– Sept heures du soir, environ.

– Êtes-vous bien sûr que c'était lui ? Il faisait déjà sombre et l'accusé prétend n'avoir pu quitter Le Puy, à cause de sa variole.

– Justement, monsieur le président. J'étais tout près et j'ai vu distinctement ses lèvres déformées par la variole.

Et, tour à tour, la femme Taris, aubergiste, Jacques Vidal, cultivateur, Mathieu Poubourg, maréchal des logis de gendarmerie en retraite, viennent jurer à la barre avoir vu Jacques Besson à Chamblas le jour du meurtre... Le président se tourne vers ce dernier.

– Vous avez entendu, Besson ? Dites-nous votre version des faits.

Le moins qu'on puisse dire, c'est que l'accusé n'est pas à son aise.

– Je suis bien sorti ce jour-là, mais j'étais trop fatigué pour quitter Le Puy. Je me suis promené avec un ami, Girard, jusqu'à la barrière de Vienne et, vers cinq heures, je suis rentré chez moi. Enfin... je veux dire chez Mme de La Roche-Négly.

– Et où est-il, ce Girard ?

– Je ne sais pas. On n'a pas pu le retrouver...

En fait, son véritable alibi, ce sont les dames du

Puy. Et, justement, on va les entendre, le grand moment est arrivé ! Émilie est citée la première. Elle s'avance à la barre, très droite, le visage fermé, les lèvres pincées, semblant toiser ce tribunal issu du code civil. Visiblement, elle regrette le temps où les seigneurs avaient le droit de haute et de basse justice sur leurs terres et faisaient pendre les manants qui les incommodaient... Cette morgue est nettement perçue par le public, qui fait entendre une rumeur d'hostilité.

Le président s'adresse au témoin avec déférence – on ne parle pas de la même manière à une La Roche-Négly et à la femme Taris, aubergiste à Chamblas –, mais sur le fond, il reste précis et ferme.

– Madame, dans votre premier interrogatoire, vous avez dit que l'accusé n'était pas sorti du tout le 1er septembre 1840.

La voix du témoin est condescendante, mais on y sent un rien d'embarras.

– En fait, je l'avais imaginé, en raison de sa maladie. Mais il était couché quand je suis rentrée avec ma fille.

– Quelle heure était-il ?

– Neuf heures du soir. Nous avions été à une réception en ville.

– Comment savez-vous qu'il était couché ? Avez-vous été dans sa chambre ?

– Non, bien sûr...

Le président n'insiste pas et pose alors à Émilie de La Roche-Négly une question qui surprend l'assistance.

– Est-ce que quelqu'un est rentré chez vous à minuit, ce soir-là ?

– Pas du tout...

Le président remercie le témoin. Normalement, ce serait à sa fille de lui succéder, mais en vertu de son droit d'organiser les débats comme il l'entend, il appelle à la barre Jérôme Fugin. Ce nom ne dit rien à personne. Dans le public, on se demande bien pourquoi le magistrat a intercalé le témoignage de cet inconnu entre celui des dames du Puy. Mais on va comprendre tout de suite...

M. Fugin est un homme distingué d'un certain âge. Il habite Le Puy, mais pas n'importe où : juste en face de l'hôtel particulier des La Roche-Négly. Le président questionne le témoin.

– De chez vous, pouvez-vous entendre ce qui se passe chez la famille de la victime ?

– Certainement, monsieur le président.

– Et la nuit du 1er septembre 1840, avez-vous remarqué quelque chose ?

– Oui. Vers minuit, quelqu'un a frappé chez eux et on lui a ouvert. C'était la première fois que cela se produisait...

On comprend à présent pourquoi le président avait posé à Émilie de La Roche-Négly cette question surprenante. Quelqu'un est bien rentré à une heure tardive dans l'hôtel particulier du Puy. Et qui, sinon celui qui prétendait n'avoir jamais quitté sa chambre à cause de sa maladie ? Qui, sinon Jacques Besson qui revenait de Chamblas, une fois son crime accompli ?...

Le magistrat ne tire pourtant aucune conclusion de ce genre. Il laisse parler les faits d'eux-mêmes. C'est maintenant à Théodora de Marcellange de paraître à la barre. Malgré ce qu'on sait d'elle, en particulier ses visites à Jacques Besson dans sa prison, elle ne provoque pas dans le public la même hostilité que sa mère. C'est que son physique met mal à l'aise. Elle s'avance toute courbée, boitant à chaque pas. Des regards de pitié s'échangent dans l'assistance. Quoi qu'il ait fait ou pu faire, un tel être est une victime de la nature et il faut y regarder à deux fois avant de le condamner.

Le président pose à Théodora les mêmes questions qu'à sa mère et elle y répond de la même manière, avec les mêmes intonations méprisantes. D'ailleurs, la mère et la fille ont exactement la même voix...

Pourtant, les similitudes entre les deux dépositions s'arrêtent là. Car le magistrat aborde un tout autre sujet. Parmi les témoins qu'on devait entendre figurait Marie Bourdon, cette domestique que Louis de Marcellange accusait d'avoir voulu l'empoisonner. Or elle n'est pas présente à l'audience et le président pense que la veuve de la victime sait quelque chose à ce sujet.

– Après avoir été au service de votre mère, Marie Bourdon n'était-elle pas passée au vôtre ?

– C'est vrai. Elle était ma camériste.

– Et qu'est-elle devenue ?

– Je l'ai renvoyée à Aix où je prenais les eaux.

Le président s'étonne :

– Vous l'avez laissée là, dans un pays où elle ne connaissait personne ?

Théodora hausse les épaules, ce qui fait exécuter un mouvement étrange à son corps contrefait. Elle prononce d'un ton hautain :

– On n'a pas de sentiments à faire quand on renvoie un domestique !

Dans la salle, il y a un cri de réprobation. En une seule réplique, Théodora a ruiné le capital d'indulgence que lui valait sa malformation physique. Chacun se rend compte qu'elle ne vaut pas mieux que sa mère. Si elle est plus effacée et si elle a joué les seconds rôles, elle est tout aussi coupable. Quant à cette Marie Bourdon, que personne n'a vue, il est bien peu probable qu'elle l'ait renvoyée. Au contraire, elle a dû la cacher quelque part, pour qu'elle ne soit pas inquiétée, vraisemblablement dans un couvent...

Le procureur ne peut ignorer ces faits lourds de conséquences et il en tient compte dans son réquisitoire. Après avoir requis la mort pour Jacques Besson, il conclut :

– Je peux affirmer que le coupable est devant le jury, mais je ne dis pas le seul coupable !

Et la défense n'est pas en reste. Elle aussi met en avant la culpabilité des dames du Puy. L'avocat s'exclame, en conclusion de son discours :

– Il y a un complot et il n'y a qu'un seul accusé. Si les maîtres sont innocents, le valet ne peut être coupable. S'ils sont coupables, qu'on juge tout le monde !

Cela n'empêche pas Jacques Besson d'être condamné à mort, par la cour d'assises de Riom, le 27 août 1842.

Son avocat se pourvoit en cassation. La Haute Cour se penche attentivement sur le procès et elle casse, effectivement, le jugement, pour un vice de forme tout à fait mineur, qui aurait très bien pu passer inaperçu. Il est visible que les magistrats ont considéré que justice n'avait pas été rendue et qu'ils ont donné ainsi à la vérité une seconde chance de se manifester...

Lorsque le nouveau procès – le quatrième de cette affaire ! – s'ouvre à Lyon, le 14 décembre 1842, c'est l'effervescence dans la ville. Les autorités ont même fait venir la troupe, car elles craignent des troubles, voire des émeutes. Les faits ont pris peu à peu une dimension politique, l'opposition républicaine dénonçant avec vigueur la scandaleuse impunité dont bénéficie la haute aristocratie.

Mais dans la salle d'audience archicomble, ce ne sont pas ces considérations qui passent au premier plan. Le public est là pour voir les dames du Puy et pour voir ce qui se passera quand elles se présenteront. De l'avis général, elles devraient être arrêtées à l'audience...

Jacques Besson prend place dans le box. Il est défendu, cette fois, par maître Lachaud, qui s'est illustré récemment dans l'affaire Lafarge. Mais c'est à peine si on lui accorde un regard. L'accusé n'intéresse personne. Il est coupable, c'est évident, c'est lui qui a tiré le coup de feu meurtrier. Non, ce que tout le monde attend, c'est l'appel des témoins.

Tour à tour, l'huissier énonce les noms des personnes appelées à déposer, les intéressés répondant tour à tour présent et, lorsqu'il prononce : « Émilie de La Roche-Negly », seul un grand silence lui répond. C'est la même chose après les noms de Théodora, veuve Marcellange, et Marie Bourdon... Dans la salle éclate un brouhaha indescriptible, que le président finit par faire taire. Il déplie un papier devant lui.

– Je dois vous informer que je viens de recevoir une lettre signée de Mme de La Roche-Négly et de sa fille : « Brisées de douleur et craignant l'aveugle fureur de la populace, nous avons décidé de ne pas nous présenter au procès. »

Il s'ensuit un nouveau vacarme que le président finit par dominer.

– J'ai immédiatement ordonné qu'on fasse des recherches pour les retrouver. Si c'est le cas, elles seront arrêtées et traduites de force devant le tribunal !

Maître Lachaud prend immédiatement la parole, pour réclamer un nouveau renvoi du procès, mais le procureur s'y oppose et la cour lui donne raison. Les débats se poursuivent donc, dans l'indifférence générale. On entend les témoins répéter ce que tout le monde sait par cœur : que Besson était sur les lieux au moment du drame, qu'il avait un fusil caché sous sa blouse, etc.

En revanche, l'attention redouble lorsque commence le réquisitoire du procureur. Il est, dans cette enceinte, le porte-parole de l'appareil judiciaire. Va-t-il sauver l'honneur de cette institution en dénonçant pour la première fois les vraies coupables ?... Eh bien non ! Après avoir réclamé la peine de mort pour Jacques Besson, il se montre étonnamment indulgent lorsqu'il s'agit des dames du Puy. Il reste vague, se place sur un terrain purement moral. Il s'étonne de leur indifférence, flétrit leur sécheresse de cœur. Il s'écrie, en conclusion, sur un ton qu'il veut sévère :

– Allez, fuyez, mesdames ! Cherchez une retraite

solitaire pour verser sur vous-mêmes les larmes que vous avez refusées à votre gendre et époux assassiné !

Et c'est tout... Selon la loi, le commanditaire d'un crime risque la même peine que celui qui l'a exécuté. Or le ministère public vient de requérir la mort contre Besson. Pour les dames du Puy, il se contente d'un hypothétique remords. La guillotine d'un côté, quelques larmes de l'autre, cela semble équitable à monsieur le procureur !

Dès lors, tout est dit et, à l'issue des débats, le 27 décembre 1842, Jacques Besson est, pour la deuxième fois, condamné à mort... Son avocat se pourvoit de nouveau en cassation et, preuve que les hauts magistrats ont plus de conscience que la plupart de leurs collègues, la cour examine le pourvoi avec un soin tout à fait inhabituel. Mais cette fois, il n'y a pas le moindre vice de forme, même minime. Le jugement est confirmé le 17 février 1843.

Le 28 février 1843, Jacques Besson est exécuté. Quand, selon l'usage, on lui demande s'il a d'ultimes révélations à faire, il répond, d'un ton fataliste :

– À quoi bon parler ? Ce serait mettre beaucoup de personnes dans l'embarras...

Deux ans plus tard, André Arzac meurt dans sa prison et, en 1860, l'action contre les dames du Puy est abandonnée. La justice cesse officiellement et définitivement de les rechercher, si tant est qu'elle ait vraiment essayé de les retrouver. Sur le lieu de leur cachette, il n'y a pas d'hésitation possible : elles ont trouvé refuge dans un couvent. Quand on connaît personnellement l'archevêque de Lyon, cela ne présente pas de difficulté. Quant à Marie Bourdon, elle est restée tout aussi introuvable.

Ainsi s'est terminé le drame de Chamblas, assassinat d'un brave homme qui avait eu le tort de ne pas mépriser le travail et les petites gens, exemple presque caricatural d'une justice de classe, de caste, d'une coalition des puissants et des nantis pour étouffer la vérité.

L'enfer au paradis

Il y a des endroits, dans le monde, où la fortune se concentre de manière inimaginable. On peut citer la principauté de Monaco, certaines îles des Caraïbes et, bien sûr, les environs de Hollywood. Et, dans ce dernier cas, rien n'égale le quartier de Mulholland.

C'est incontestablement l'endroit le plus prestigieux de cet univers de riches. Il s'agit d'une colline surplombant Santa Monica, que se partagent en tout et pour tout deux propriétés de deux hectares chacune, une immensité dans ce secteur où le terrain vaut une fortune ! Et elles sont si bien cachées qu'elles ne sont visibles que depuis les airs. L'une appartient à Jack Nicholson et l'autre, dont l'adresse officielle est 12900 Mulholland Drive, est la propriété de Marlon Brando...

La villa Brando comporte douze pièces, toutes de plain-pied. Un peu plus loin dans le parc se dresse la maison des invités, plus petite, mais qui a tout de même six pièces. Entre les deux s'étalent une immense piscine et, tout autour, un parc à la végétation luxuriante. Mais ce lieu de rêve est aussi une forteresse, protégée par des gardes, des caméras de surveillance, des chiens, des murs de clôture surmontés de fils de fer barbelés.

À première vue, on a du mal à associer ce petit paradis à l'idée de meurtre. Et pourtant, si on y réfléchit bien, quoi d'étonnant ? Le bonheur ne se mesure pas à la longueur d'une piscine. Le milieu des acteurs de cinéma est, au contraire, instable, violent, propice à tous les excès. Quant aux caméras de surveillance, aux vigiles et aux chiens, ils protègent des étrangers, pas des dangers venant de l'intérieur.

Oui, il s'est bien produit un drame au 12900 Mulholland Drive et son récit n'évoque pas du tout le paradis. Il est, au contraire, très proche de l'enfer.

Nous sommes le 16 mai 1990. Le soir tombe doucement sur cette longue journée de printemps. Dans l'immense villa, tous les acteurs de la tragédie sont en place.

Et d'abord le maître des lieux, le patriarche, Marlon Brando, le plus grand acteur américain vivant, une légende, un monument ! Il est alors âgé de soixante-quatre ans. Il a fait trente-neuf films et obtenu deux Oscars. Au fil des ans, le jeune séducteur de l'écran qu'il était s'est empâté. Il est devenu presque obèse, avec une tête énigmatique, qui fait penser à un sphinx ou à un chat. Sa santé également n'est plus ce qu'elle était : il a le souffle court, des problèmes cardiaques.

S'il a beaucoup tourné, il a beaucoup procréé aussi. De ses mariages successifs, il a eu neuf enfants, sur lesquels il exerce une autorité écrasante. Il les veut le plus possible près de lui et entend diriger leur existence. Un de ses amis d'enfance a confié à une revue américaine ce qui est sans doute le plus mauvais côté de l'acteur : « Le véritable problème avec lui, c'est la manière dont il traite depuis toujours les autres, particulièrement ses proches. Il est un peu comme une araignée, qui piégerait les gens dans sa toile. Quand on lui dit cela, il a l'habitude de sourire. On pouvait, effectivement, en plaisanter autrefois, mais depuis qu'il est devenu célèbre, depuis qu'il a acquis ce monstrueux pouvoir, il est devenu dangereux. Ceux qui entrent dans son cercle sont sous une perpétuelle menace, y compris et surtout ses enfants. »

Ses enfants sont au nombre de deux en cette soirée du 16 mai 1990. D'abord, la préférée de tous, Cheyenne, âgée tout juste de vingt ans. C'est la fille de Tarita Tariipia, une Tahitienne que Marlon Brando a rencontrée en tournant *Les Révoltés du Bounty.* Elle doit ce prénom insolite à la passion qu'a l'acteur pour les Indiens. Il a toujours été l'ardent défenseur de leur cause et il a voulu ainsi leur rendre hommage.

Cheyenne ne ressemble pas aux autres enfants de Brando. D'abord, comme sa mère, elle est de nationalité française. Elle est restée très attachée à sa Polynésie natale où elle retourne souvent auprès des siens, ce qui ne l'empêche pas d'éprouver une véritable fascination pour son père et de passer le plus clair de son temps en sa compagnie. Ensuite, il y a son physique. Cheyenne a tout hérité de sa mère. À la différence de ses autres frères et sœurs, qui sont de jeunes Américains comme les autres, elle possède la beauté exotique des vahinés, elle semble sortie tout droit d'un tableau de Gauguin. Elle a un charme étrange aussi, et presque inquiétant, dû au regard sombre qu'elle a parfois. Car Cheyenne a, de temps à autre, de longues périodes d'abattement. Les médecins lui ont dit que son psychisme était fragile.

Pour l'instant, en tout cas, tout devrait lui sourire. Elle va bientôt avoir un enfant : elle est enceinte de sept mois. Le futur père s'appelle Dag Drolett. Il est tahitien comme elle et l'a rencontrée lors d'un de ses séjours à Papeete. Dag Drolett fait partie d'une famille influente de Tahiti ; son cousin, Jacky Drolett, est délégué à la Santé et à l'Environnement en Polynésie française. Lui-même a travaillé trois ans dans une firme important des pièces détachées de France. Mais Dag est surtout un play-boy, aux innombrables succès féminins, et Cheyenne, qui n'avait que dix-neuf ans quand elle l'a connu, est tout de suite tombée dans ses bras.

Leur union n'a pas été sans nuages. Ils ont eu de fréquentes disputes. Ils se sont même séparés une fois, avant de reprendre la vie commune. À la demande de Marlon Brando, ils sont venus tous deux habiter au 12900 Mulholland Drive, car le patriarche veut que son petit-fils naisse près de chez lui...

Il s'est produit récemment un drame dans la vie de Cheyenne. Peu après son arrivée en Californie, elle a eu un grave accident de voiture, qui lui a abîmé le visage. La chirurgie a réparé les dégâts, mais elle a manifesté, à la suite de cela, des troubles du comportement. Son psychisme, qui inquiète depuis longtemps ses médecins, semble avoir été ébranlé. Elle s'est mise à mentir de manière pathologique et, qu'il s'agisse ou non d'un mensonge, à accuser auprès de son entourage Dag Drolett de lui donner des coups. Elle s'est plainte, en particulier, à son frère Christian, qui est, ce soir-là, le deuxième des enfants Brando présent dans la villa...

Il est âgé de trente-deux ans et il est lui aussi le fils d'une beauté exotique, l'actrice britannique d'origine indienne Anna Kashfi. Mais à la différence de Cheyenne, il ressemble plutôt à son père sans rien d'oriental dans ses traits.

On ne peut pas dire que l'union d'Anna Kashfi et de Marlon Brando ait été une réussite. Ils ne sont restés ensemble que deux ans, à peine plus que le temps de donner naissance à Christian. Leur séparation a été suivie d'une procédure interminable, qui n'a pas duré moins de douze ans. En 1972, en plein tournage du *Dernier Tango à Paris,* Anna Kashfi a enlevé son fils, estimant que « le film lui avait causé une honte irrémédiable », et l'a emmené dans une communauté hippie de Californie. On l'a retrouvé quelques semaines plus tard souffrant d'une pneumonie et on l'a sauvé de justesse. Cet épisode dramatique a convaincu ses parents de se mettre enfin d'accord. Il vivra avec son père et sa mère pourra le voir quand elle voudra.

Des débuts aussi chaotiques dans l'existence n'ont évidemment pas contribué au développement harmonieux du jeune Christian. Ce qui lui plaît le plus, dans son enfance, c'est jouer aux Indiens. Il aime se surnommer le « Sauvage » et porte en toutes circonstances des peintures de guerre. Pourquoi une telle passion ? Peut-être pour réunir en lui des parents séparés et déchirés. Les Indiens font partie de leur existence à tous les deux : son père milite pour leur cause et sa mère, même si ce n'est pas exactement de la même manière, est indienne...

Mais on ne joue pas toute la vie, il faut étudier et là, c'est la catastrophe. Christian se révèle très vite incapable d'avoir une scolarité normale, sans doute moins par mauvaise volonté que par incapacité : il a un QI très faible. À seize ans, il quitte l'école sans avoir obtenu le moindre diplôme.

Comme il ne sait pas, en apparence, ce qu'il veut faire dans la vie, mais qu'il a un vif penchant pour la nature, son père lui achète une propriété immense, dans l'État de Washington, au nord-ouest des États-Unis, pour qu'il y joue les gardes forestiers. C'est durant cette période qu'il rencontre Mary McKenna, une maquilleuse qui n'a pas, elle non plus, achevé ses études. Que ce soit pour cette raison ou pour une autre, ils se trouvent de telles affinités qu'ils ne tardent pas à se marier.

Le mariage de Christian Brando dure encore moins que celui des ses parents : un an et demi. Mais à cette occasion se révèle un aspect inconnu de sa personnalité : une violence extrême. Le jour où sa femme lui tend les papiers du divorce, il casse tous les meubles de la maison et lui crie :

– Je te conseille d'appeler la police ou je vais te tuer !

Et peu après, il brandit une arme chargée au visage de sa belle-mère... Tout se termine heureusement sans drame et Christian revient habiter avec son père, dans la luxueuse villa de Mulholland Drive.

Il mène, dès lors, une vie confuse... Il serait facile de le traiter de raté, mais il faut reconnaître que le sort n'a guère été indulgent avec lui. Avec les moyens limités qui sont les siens, il aurait pu exercer un métier simple, peut-être proche de la nature, et mener une vie modeste. Seulement voilà : il est le fils de la plus grande vedette américaine vivante. Alors, comment ne pas se sentir écrasé par lui ? Comment ne pas être la proie de complexes épouvantables ?

D'autant que, si Cheyenne est la préférée de Marlon Brando, on ne peut pas en dire autant de lui. Il voue une admiration démesurée à son père, il cherche désespérément à attirer son attention et son affection, sans rien rencontrer d'autre qu'une apparente indifférence. Il dit de lui aux journalistes : « Je sais qu'il m'aime, mais il me l'a rarement montré... » En désespoir de cause, Christian Brando s'essaie aux activités artistiques. Il est musicien dans un groupe de rock de Los Angeles, puis il va en Italie pour faire de la sculpture. Chaque fois, c'est un fiasco.

C'est en 1987 qu'il se décide à franchir le pas, à réaliser le rêve secret qui est le sien depuis toujours : devenir acteur. Il met un point d'honneur à ne pas se faire aider par son père. Il quitte la villa de Mulholland et s'installe dans un modeste bungalow à Hollywood. Les résultats sont malheureusement plus que décevants. Il n'obtient que quelques tout petits rôles dans des séries B de télévision et, malgré tous ses efforts, ne décroche pas le moindre contrat dans un film.

Alors, au bout de deux ans, il renonce. En 1989, il revient à Mulholland, plus déçu et complexé que jamais. Il se découvre deux passions très dangereuses, compte tenu de l'état de violence latent qui est le sien : l'alcool et les armes, et il semble se consacrer, désormais, uniquement à sa famille. Il est vrai qu'il a hérité de la mentalité tribale de son père... Malgré ses problèmes, il est fier d'être un Brando et il s'est toujours fait le défenseur du clan. Marlon a dit de lui : « Il ne supporte pas qu'on touche aux siens. »

Christian a toujours spécialement défendu sa jeune demi-sœur Cheyenne. Il s'est mis en tête d'être son protecteur et de faire fuir tous les play-boys qui tournent autour d'elle, tant en raison de son nom que de sa beauté. Un jour, étant à la plage avec elle, il a crié aux jeunes gens qui l'importunaient :

– Ne la touchez pas ! C'est la préférée, le joyau de papa !...

Lorsque celle-ci commence sa liaison avec Dag Drolett, Christian éprouve immédiatement la plus vive aversion à son encontre. Pour lui, ce n'est qu'un profiteur, un séducteur professionnel, qui n'en veut qu'à la fortune de sa demi-sœur. Quand il débarque à Mulholland, en compagnie de la jeune femme enceinte, les rapports entre les deux hommes sont d'emblée exécrables. Et ils s'aggravent encore lorsque Cheyenne, après son accident, dit à Christian que Dag la bat.

Telle est la situation, ce 16 mai 1990... À part le personnel, cinq personnes sont présentes dans la villa. Marlon Brando est allé dans sa chambre aux alentours de 22 heures. Dans la salle à manger, Cheyenne, Tarita Tariipia, sa mère, et Christian achèvent de dîner. Dag Drolett, lui, est dans le petit salon, qui se situe exactement à l'opposé de la maison, et regarde la télévision.

Que se disent les trois personnes autour de la table ? Il est difficile de le savoir, leurs témoignages ayant été, par la suite, assez confus. Selon toute vraisemblance, Cheyenne accuse, encore une fois, son compagnon de mauvais traitements. En tout cas, Christian Brando quitte le repas et traverse toute la villa, en direction du petit salon...

Il est 22 h 30, lorsqu'il fait irruption dans la chambre de son père. Il paraît hébété. Il lui dit seulement :

– Papa, Dag Drolett est mort...

Un peu plus tard, dans sa déposition aux policiers, l'acteur racontera de façon saisissante comment il a vécu la scène.

– Je ne savais pas ce qu'il voulait dire. C'est seulement quand j'ai vu son visage et qu'il m'a montré l'arme que cela m'est tombé dessus. C'était comme une sorte d'explosion au ralenti...

Christian Brando sort de son état de torpeur. Il s'exclame :

– Devant Dieu, papa, ce n'est pas moi ! Il s'est jeté sur l'arme, nous avons lutté et le coup est parti. C'est un accident !

Marlon court au salon... Son fils n'a, hélas, pas menti. Dag Drolett est étendu sur le canapé, avec une balle dans la tête. Il a la commande de la télé dans une main et un briquet dans l'autre. Marlon Brando tente de le ranimer, mais n'y arrive pas. Entre-temps, Cheyenne est arrivée et pousse des cris déchirants. L'acteur compose le 911, le numéro de la police.

– Mon fils a tiré sur quelqu'un. C'est un accident. Venez vite, 12900 Mulholland Drive !

Au bout du fil, on ne prend pas au sérieux cette voix énervée. On lui demande de se calmer et de commencer par dire son nom. L'acteur entre en fureur. Il hurle :

– Marlon Brando, cela vous dit quelque chose ? Voulez-vous que j'épelle ?

Cette fois, la police a compris. L'agent réplique :

– On arrive !

Et, en un temps record, la police est sur place. Elle trouve tout le monde attendant sur le perron. Marlon Brando se détache des autres. Il se dirige vers l'officier qui commande le groupe et tente de le convaincre de sa version des faits.

– C'est un accident. Il y a eu une dispute à propos de ce que faisait subir la victime à Cheyenne. Cheyenne a dit à Christian que son petit ami lui donnait des coups. Ils se sont battus pour s'emparer du revolver et le coup est parti tout seul...

Le policier ne répond rien et se rend sur les lieux du drame. Dag Drolett est effondré sur le canapé, la tête rejetée en arrière. Il a reçu une balle dans la joue, qui a dû se loger dans le cerveau, car il a visiblement été tué sur le coup. L'arme du crime a été déposée auprès de lui : c'est le colt 45 de Christian, calibre 11,43.

Les policiers ne disent rien, mais pas un instant ils ne croient à la thèse de l'accident. La victime tient encore, entre ses doigts crispés, la télécommande de la télévision dans une main et un briquet dans l'autre. Comment aurait-elle pu se battre dans ces conditions ? D'autre part, il n'y a pas la moindre trace de lutte dans la pièce. Tout cela ne fait aucunement penser à une altercation qui aurait tragiquement tourné, mais bel et bien à un meurtre.

La police procède alors à une fouille en règle de la villa, ce qui lui permet de mettre la main sur un silencieux, ainsi que sur quatre armes à feu non répertoriées, dont une mitraillette Uzi. Ensuite, malgré les protestations de son père, Christian Brando est emmené, menottes aux poignets.

Lorsqu'elle est connue, la nouvelle du drame a un retentissement immense et les journalistes s'écrasent, deux jours plus tard, dans la salle du tribunal municipal de West Los Angeles où va avoir lieu, selon la loi californienne, le débat sur la mise en accusation.

Christian Brando arrive, en jean noir et chemise grise, les bras menottés dans le dos. Il regarde les caméras d'un air incrédule. Il a des cernes sous les yeux. Il semble hagard. Il demande aux journalistes, comme si c'étaient eux qui allaient pouvoir lui répondre :

– Est-ce que je vais passer le reste de ma vie en prison ?...

Une personne se précipite pour lui adresser un signe de soutien et de réconfort. C'est son éphémère épouse Mary McKenna, qui a traversé l'Amérique en apprenant la nouvelle. Décidément peu rancunière, elle déclare aux journalistes :

– C'est un gentil garçon !...

Mais déjà l'audience commence, présidée par Rosemary Schumsky. La magistrate tient sans doute à montrer qu'elle ne se laisse pas impressionner par le nom du prévenu, car elle adopte un ton de voix particulièrement sévère pour s'adresser à lui :

– Monsieur Christian Brando, vous comprenez la gravité des charges requises contre vous ? Vous savez que vous avez droit à un examen préliminaire de votre dossier avant l'audience ?

En réponse, le fils de la vedette ne bredouille qu'une syllabe :

– Oui.

À ses côtés, son avocat, William Kunstler, lui adresse un regard d'encouragement. C'est un vieux routier du barreau new-yorkais et un ami de longue date de Marlon Brando. Libéral, comme lui, il a été le défenseur des gauchistes américains, dans les années soixante. Il ne peut pourtant pas empêcher son client de se comporter de la manière la plus maladroite. Lorsque la juge lui demande s'il a prémédité son geste, Christian a cette réponse stupéfiante :

– Si j'avais voulu tuer Dag Drolett, je n'aurais pas tiré sur lui. Je l'aurais emmené dans les collines de Franklin Canyon et je lui aurais pulvérisé la tête à coups de batte de base-ball.

On ne saurait avouer plus clairement ses intentions meurtrières et sa haine de la victime... Après cela, personne ne s'étonne que Rosemary Schumsky prononce son inculpation pour meurtre. Elle refuse, en outre, sa liberté sous caution, ce qui était moins attendu...

L'enquête continue. Cheyenne Brando y apporte sa contribution personnelle, en allant, dans les jours qui suivent, faire aux policiers des révélations qu'elle veut fracassantes. Selon elle, ce n'est en aucune manière un accident, c'est un meurtre ! Les enquêteurs enregistrent sa déposition, mais pour eux, elle n'apporte rien : ils ont toujours été persuadés que c'était le cas.

Marlon Brando, lui, prend très mal la chose. Il veut empêcher sa fille de faire des déclarations intempestives et la soustraire aux autorités américaines. Il la convainc d'aller à Tahiti pour accoucher. Elle quitte les États-Unis le 15 juin et, le 27, donne naissance à un fils, Tuki...

Par la suite, la libération sous caution de Christian Brando finit par être accordée, contre la somme astronomique de dix millions de dollars. Pour la payer, son père est obligé d'hypothéquer sa maison. Peu après, William Kunstler, l'avocat, décide de changer de tactique. Il renonce à la thèse devenue intenable de l'accident, qui aurait pu entraîner la condamnation à perpétuité de l'accusé, et décide de plaider coupable. Dans ces conditions, Christian n'encourt plus que de six à seize ans de prison.

Son procès s'ouvre le 14 janvier 1991, devant la cour d'assises de Los Angeles. Jacques-Denis Drolett, père de la victime, partie civile, s'est déplacé depuis Tahiti. Marlon Brando lui a offert un million de dollars pour retirer sa plainte, mais il a refusé, scandalisé. Il a déclaré, dans une lettre ouverte publiée par un journal de Tahiti : « J'en ai marre de ces gens qui se disent bons voisins, bons citoyens, mais qui rendent la vie impossible à leurs enfants et tuent ceux des autres... »

Le moins qu'on puisse dire, c'est que Christian Brando a été bien inspiré de plaider coupable, car les débats ne font que confirmer la thèse du meurtre. En particulier, le problème des empreintes sur le revolver est longuement évoqué et tourne à la confusion. Sur le colt 45, on n'a retrouvé que celles de Christian. S'il y avait eu, comme il le prétend, bagarre pour s'en emparer, on aurait dû y découvrir aussi celles de Dag Drolett. Pour se justifier, Christian Brando dit qu'il les a effacées involontairement en glissant le revolver sous des coussins, après avoir désarmé la victime. Cela ne convainc personne. C'est puéril et ce n'est pas loin d'être risible.

Mais le grand moment est la déposition de Marlon Brando lui-même. L'acteur apparaît comme un homme brisé, terriblement affecté par le drame. Il nie avec force qu'il y ait eu un complot dans la famille pour éliminer Drolett. Il proteste de ses sentiments pour lui.

– J'aimais Dag. Il allait être le père de mon petit-fils. Quand on a emporté son corps, les policiers m'ont laissé l'embrasser une dernière fois...

Mais il éclate carrément en larmes lorsque, répondant à une question du président, il admet qu'il porte une part de responsabilité dans le drame, en raison de la manière dont il a élevé ses enfants.

– J'aurais pu agir différemment en tant que père, reconnaît-il, mais je ne l'ai pas fait...

Enfin, avant de quitter la barre des témoins, il tient à s'adresser à Jacques-Denis Drolett en français :

– Je sais que vous me détestez, lui lance-t-il, mais j'espère de tout cœur que notre petit Tuki nous réunira de nouveau...

Et, à l'issue du procès, le 28 février 1991, c'est

sans surprise que Christian Brando est condamné à dix ans de prison.

L'affaire n'est pourtant pas entièrement terminée sur le plan judiciaire. Dag Drolett étant français, les autorités françaises estiment qu'elles ont aussi leur mot à dire. Selon elles, toute la lumière n'a pas été faite sur le meurtre, il faut pousser plus loin les investigations. Or Cheyenne, au moment où se termine le procès de Los Angeles, se trouve en France, précisément dans une clinique du Vésinet où elle est soignée. En juillet 1991, à la suite d'une plainte de Jacques-Denis Drolett, elle est inculpée de complicité de meurtre par un juge de Tahiti. Ce n'est pas que le père de la victime croie qu'elle porte la moindre responsabilité dans l'affaire, au contraire, elle a toute son affection, mais il pense que l'entendre est la seule manière de faire progresser la vérité...

Il s'ensuit un épisode rocambolesque. Le juge se déplace de Tahiti au Vésinet, pour entendre Cheyenne à sa sortie de clinique. Mais Marlon Brando vient lui aussi en France et enlève sa fille. Tous deux se cachent d'abord chez un ami de maître Vergès, leur avocat, puis dans une maison de Sologne. Pour justifier son acte, l'acteur fait parvenir un message aux journalistes : « Elle est innocente, mais fragile. Je veux la protéger. »

Finalement, Cheyenne Brando est arrêtée le 15 novembre 1991 et emmenée à Tahiti, dans un avion militaire... Elle sera libérée trois jours plus tard, contre une caution d'un million de dollars et, par la suite, disculpée. Elle bénéficie d'un non-lieu, le

23 mai 1993, sans qu'on n'ait rien appris de plus sur la mort de Dag Drolett...

À la demande de son père, elle retourne alors en Californie, pour la première fois depuis le drame. Celui-ci découvre combien son état mental s'est aggravé. Il loue à prix d'or les services d'une clinique psychiatrique, dont elle est la seule malade.

Mais Cheyenne ne va pas bien. Il n'y a pas besoin d'être médecin pour s'en rendre compte. Elle a sacrifié son opulente chevelure brune. Elle s'est coupé les cheveux très court, à la militaire, ce qui la rend presque laide et lui donne un air inquiétant. Elle n'est pas enfermée à la clinique. Elle fréquente l'université de Berkeley, fait de vagues études d'art, écoute à longueur de journée Jacques Brel dans son walkman. Et elle profite aussi de cette liberté pour accorder une interview à *Paris Match*.

Le texte en est pathétique. On y découvre une personnalité profondément perturbée. Elle donne des détails poignants sur le meurtre. Elle évoque l'image de son fiancé emporté dans un sac plastique. Elle raconte comment, dans les jours qui ont suivi, elle a gratté son sang sur la moquette... Elle dit sa haine de son père. Elle l'appelle, faisant allusion au plus célèbre de ses films, le « véritable parrain ». Elle l'accuse, sans en apporter la moindre preuve, d'avoir organisé le meurtre de Dag Drolett. Elle l'accuse aussi d'attouchements sur elle, quand elle était petite. Elle dit qu'elle le rejette, qu'elle a rompu tous les ponts, mais on la sent en même temps fascinée par lui, et cet article, qu'il va forcément lire, est peut-être un appel au secours qu'elle lui envoie.

En tout cas, elle prend effectivement ses distances. En août 1993, peu de temps après, elle retourne à Tahiti. « Là-bas, dit-elle avant de partir aux journalistes, j'aurai moins peur. J'ai une maison et toute ma famille. Il ne peut rien m'arriver... »

Ce n'est malheureusement pas si simple. À l'autre bout de la terre, on emporte ses problèmes avec soi et les proches, malgré tout leur amour et leur volonté de bien faire, se révèlent souvent impuissants... À Tahiti, Cheyenne ne va pas mieux. Elle se drogue, elle boit. Elle sort beaucoup, cherchant un divertissement, un apaisement qu'elle sent elle-même impossibles. Les Tahitiens prennent l'habitude de la voir traîner son spleen dans les boîtes de nuit et rentrer au petit matin, chaque fois plus désespérée.

Un an après son arrivée, elle a une overdose de LSD. Après s'être teint les cheveux en bleu, elle va faire la circulation sur la route. La police la recueille et la rend à sa famille. Sa mère Tarita et son frère Teihotu, qui s'occupent d'elle depuis le début, redoublent de vigilance. À partir de ce moment, ils ne relâchent plus leur surveillance.

Marlon Brando, lui aussi, réagit à ce grave incident. Il la presse d'aller en Californie, pour être traitée. Il mettra à sa disposition les meilleurs médecins. Il réquisitionnera, comme la première fois, une clinique psychiatrique pour elle seule. Mais il se heurte au refus définitif de sa fille, qui lui déclare au téléphone :

– Je ne veux pas aller chez les fous !

Décidée à rester à Tahiti et à ne plus en bouger, elle mène une vie de plus en plus instable. Quand on demande à ses proches comment va Cheyenne, ceux-ci répondent avec désabusement : « Elle va bien quand elle prend ses médicaments. »

Dimanche 16 avril 1995... C'est le jour de Pâques. Tarita va à la messe avec Teihotu, chez qui Cheyenne habite. Cheyenne choisit de ne pas les accompagner. Que se passe-t-il alors en elle ? Est-ce que ce jour de fête lui est insupportable, dans sa détresse et sa souffrance ? Ce genre de question est sans objet. Un suicide n'a pas d'explication véritable, surtout dans l'état de délabrement mental qui est le sien. Lorsque sa mère et son frère rentrent de l'office religieux, ils la trouvent pendue dans sa chambre...

Quelques jours plus tard, Cheyenne Brando a rejoint Dag Drolett, dans un petit cimetière de campagne, sous les frangipaniers. Son père n'était pas là. En apprenant la nouvelle, il a eu un malaise, on a cru qu'il fallait l'hospitaliser, on a même cru qu'il allait mourir, mais il a surmonté le choc et il s'est enfermé dans sa chambre de Mulholland Drive, écrasé par le chagrin et le remords.

À l'enterrement, chacun a vu un petit bonhomme de cinq ans qui suivait sans comprendre le cercueil de sa mère. C'était Tuki et chacun a pu constater qu'il ne ressemblait pas à ses parents ; il n'avait rien de tahitien, c'était un blondinet au charme occidental, qui ressemblait à son grand-père. Il semblait si fragile aussi, cet orphelin de père avant sa naissance et maintenant orphelin de mère. Alors, souhaitons-lui de ne pas quitter son île et de ne pas avoir un jour la tentation de s'approcher de ces paradis qui ressemblent si fort à l'enfer.

Le collier de bois

San Francisco, 15 avril 1974. Il est 9 h 50. Cinq personnes pénètrent dans la banque Hibernia : un homme noir et quatre femmes blanches. Ils sont vêtus de longs manteaux de couleur sombre. Brusquement, tous les cinq ouvrent leurs manteaux et dégagent des carabines automatiques. Le Noir se met à hurler :

– Couchez-vous à terre ! Tous couchés !

Les employés de la banque et les clients s'aplatissent d'un même mouvement... Un hold-up dans une banque, quoi de plus banal aux États-Unis et ailleurs, même s'il n'est pas courant que les quatre cinquièmes des bandits soient des femmes ? Pourtant, c'est ce qui va se passer maintenant qui est extraordinaire.

L'une des femmes se dirige vers le guichet. Elle proclame d'une voix forte :

– Nous sommes l'Armée symbionnaise de libération.

Puis elle se retourne et montre du doigt l'une de ses camarades, une très jolie jeune fille d'une vingtaine d'années, qui est affublée d'une longue perruque brune et qui braque son arme avec un air farouche.

– Elle, c'est Patricia Hearst.

Les employés et les clients sont tellement stupéfaits

que, malgré leur peur, ils relèvent la tête dans sa direction. Et, quelques heures plus tard, quand les chaînes de télévision diffusent le film qui a été pris par les caméras espions de la banque, c'est l'Amérique tout entière qui éprouve la même stupeur.

Car Patricia Hearst, fille d'un des plus célèbres milliardaires américains, a justement été enlevée soixante-dix jours plus tôt par l'Armée symbionnaise de libération, un groupe terroriste. Et voilà qu'elle réapparaît, l'arme au poing, aux côtés de ses ravisseurs...

Alors, que s'est-il passé ?

Deux mois plus tôt, le 4 février 1974, Patricia Hearst regarde la télévision en compagnie de son fiancé Steven Weed, au domicile de celui-ci, 2063 Bienvenue Avenue, à Berkeley, près de San Francisco.

Patricia Hearst, vingt-deux ans, est une étudiante à la frimousse agréable et aux jolis cheveux châtains, mais son physique et ses activités présentes sont tout à fait secondaires. Patricia Hearst est l'une des plus riches et des plus célèbres héritières des États-Unis.

Son père, Randolph Hearst, est le plus grand magnat de la presse américaine, propriétaire d'une chaîne de quotidiens et de magazines à gros tirages. Mais c'est aussi et surtout le fils de l'illustre William Randolph Hearst, fondateur de la dynastie qui, comme chacun sait, a inspiré à Orson Welles le film *Citizen Kane*. Patricia Hearst est, qu'elle le veuille ou non, un symbole...

Il est 19 heures. On sonne. Steven Weed, le fiancé,

va ouvrir. Tout se passe très vite. Sur le seuil, il y a deux hommes noirs et une femme blanche, tous trois armés. Le fiancé est assommé. Patricia, en robe de chambre, est entraînée sous la menace d'un revolver. On lui met une cagoule. On la jette dans une voiture et le groupe disparaît...

Peu après, les chaînes de télévision annoncent l'enlèvement, qui est revendiqué par l'Armée symbionnaise de libération. La rançon exigée pour la libération de la jeune fille sort de l'ordinaire : Randolph Hearst devra verser soixante-dix dollars (soit autant d'euros) à chaque nécessiteux de Californie. Il est difficile d'évaluer la somme globale, la notion de « nécessiteux » étant vague, mais cela fait certainement plusieurs millions de dollars.

Oui, drôle de rançon et drôle d'organisation que cette Armée symbionnaise de libération, au nom étrange ! Elle constitue une sorte de phénomène aux États-Unis où les groupuscules contestataires ont toujours été, à la différence de l'Europe, pratiquement inexistants. Son but est la destruction du capitalisme par la violence. On peut la comparer à la Bande à Bader ou aux Brigades rouges.

L'Armée symbionnaise de libération, qui a pour emblème un cobra à sept têtes, réunit une poignée d'individus : des Noirs, comme son chef Donald de Freeze, des intellectuels blancs, comme William Wolfe, professeur d'université. Mais il serait faux de la prendre pour une association folklorique. En octobre 1972, l'Armée symbionnaise a assassiné Marcus Foster, un éducateur noir d'Oakland, qui s'occupait de la rééducation des jeunes drogués. Ses meurtriers lui reprochaient de récupérer ainsi les jeunes pour les réinsérer dans le système capitaliste. Un crime d'autant plus horrible que la victime faisait l'admiration de tous et qu'elle a été abattue d'une manière affreuse, avec des balles au cyanure...

C'est dire qu'à l'annonce de l'enlèvement l'émotion est considérable. La police met immédiatement sur pied des moyens impressionnants. Randolph Hearst, de son côté, annonce qu'il va payer la rançon et répartir les sommes à distribuer. Mais il déclare :

– Je ne verserai pas un centime tant que je n'aurai pas la preuve que Patricia est vivante.

Patricia Hearst est-elle vivante ou a-t-elle été abattue d'une balle au cyanure comme le symbole du capitalisme américain qu'elle est malgré elle ? La réponse, heureusement, ne tarde pas. Une radio de San Francisco reçoit une cassette. Le message est bref. Patricia parle d'une voix apeurée, étranglée mais c'est bien sa voix : « Maman, papa, je suis OK. Ces gens ne sont pas une bande de fous. Ils sont absolument prêts à mourir pour ce qu'ils font. J'espère que vous ferez ce qu'ils exigent. »

Randolph Hearst commence à verser la rançon. Les Américains respirent. Ce n'était, somme toute, qu'un kidnapping banal. Tout va bientôt rentrer dans l'ordre. D'ici peu, on retrouvera saine et sauve l'héritière de l'empire Hearst.

Or deux jours plus tard parvient un second message tout différent. Patricia Hearst s'adresse à son père d'une voix dure : « Tu dis que tu m'aimes, mais tu ne fais rien pour le montrer. Tu prétends que tu te soucies de ma vie et de toutes les personnes opprimées, mais tu es un menteur dans les deux cas. Pour être issue de la classe des dirigeants, je sais que tes intérêts et ceux de maman ne sont jamais ceux du peuple. »

Ni l'opinion publique ni M. Hearst ne pensent un instant que Patricia soit sincère : on vous fait dire ce que l'on veut avec un revolver sur la tempe... Cela prouve seulement que les ravisseurs sont plus déterminés que jamais. Randolph Hearst se hâte de finir de payer la rançon.

Mais les jours passent et Patricia ne réapparaît toujours pas... C'est le 4 avril, deux mois après son enlèvement, que parviennent d'autres nouvelles de Patricia Hearst. Et cette fois, c'est l'incrédulité et le malaise.

Il y a d'abord une photo de la jeune fille posant, sans maquillage, coiffée d'un béret, le regard froid, une arme à la main, devant le cobra à sept têtes de l'Armée symbionnaise de libération. Quant à la cassette qui l'accompagne, elle dit ceci : « J'ai choisi de rester et de lutter. Je suis une révolutionnaire. Je suis devenue consciente et je ne veux plus revenir à la vie que j'adorais. Mes camarades sont ici, dans les prisons et dans les rues. » Et Patricia termine à l'adresse de son fiancé : « Espèce de cochon ! Ton avenir bourgeois, je n'en ai rien à faire ! »

Randolph Hearst refuse farouchement de croire que sa fille se soit exprimée librement. Il dit :

– Ce n'est pas elle. Ce n'est pas vrai.

Et la majorité de l'opinion pense comme lui. Comment imaginer que la malheureuse victime que chacun plaint depuis deux mois soit devenue la complice de meurtriers de la pire espèce ? Cela dépasse l'entendement, cela révolte la conscience. Et pourtant, il y a déjà longtemps que la rançon est payée. Alors, pourquoi les ravisseurs ne rendent-ils pas Patricia, qui ne peut leur être d'aucune utilité et qui constitue, au contraire, un danger pour eux ? Pourquoi, sinon parce que Patricia Hearst est désormais l'une des leurs ?...

Et, le 15 avril 1974, c'est l'attaque de la banque Hibernia à San Francisco et les extraordinaires images de Patricia prises par la caméra espion.

Mais malgré cela, Randolph Hearst ne veut toujours pas y croire... Sans doute l'arme de sa fille n'était-elle pas chargée, sans doute était-elle menacée par ses complices. Peut-être était-elle droguée...

En fait, il n'y a qu'un moyen de savoir la vérité, c'est d'arrêter les membres de l'Armée symbionnaise. La police mobilise des forces considérables et, le 17 mai 1974, elle aboutit dans ses recherches : en découvrant le siège de l'organisation...

Il faut dire que la police, elle, est certaine de la culpabilité de Patricia Hearst. Et lorsqu'elle trouve le repaire des terroristes, un pavillon de Los Angeles, elle se décide à donner l'assaut. Il y a une discussion terrible entre Randolph Hearst et les autorités policières. Le milliardaire n'est plus qu'un homme brisé, dévoré par l'angoisse.

– Je vous en supplie, n'attaquez pas. Patricia est sans doute à l'intérieur. Vous allez la tuer !

Mais les responsables se montrent inflexibles.

– Ces gens-là sont trop dangereux pour que nous les laissions filer. Nous sommes désolés, monsieur Hearst.

L'assaut a lieu et il est bien pire que tout ce que pouvait craindre Randolph Hearst ! C'est un combat d'apocalypse. Les assiégés se défendent avec furie. Du côté des policiers, pas moins de cinq mille cartouches sont tirées. Mais les fusils et les revolvers sont insuffisants. Il faut employer les grands moyens. L'assaut est donné au lance-flammes et à la roquette.

Cette fois, le résultat est immédiat : l'appartement, bourré de cocktails Molotov, explose dans un flamboiement de feu d'artifice. Quand les pompiers éteignent le brasier, ils trouvent les corps de six occupants carbonisés. Parmi eux, il y a ceux de Donald de Freeze, le chef du mouvement, et de William Wolfe, le théoricien, mais pas celui de Patricia Hearst.

Par chance pour elle, Patricia ne se trouvait pas là lors de l'attaque... Alors, où est-elle ? On ne se pose pas longtemps la question. Le lendemain 18 mai, un hold-up a lieu à Los Angeles. Les témoins sont formels : un des trois agresseurs était Patricia Hearst !

Cette fois, M. Hearst lui-même ne peut plus se cacher la vérité. La police veut en finir. Pour retrouver l'héritière, c'est une mobilisation sans précédent. Pendant plus d'un an, trente mille personnes participent aux recherches, qui coûtent près de cinq millions de dollars. Enfin, le 18 septembre 1975, dix-neuf mois et quatorze jours après son enlèvement, Patricia Hearst est arrêtée en compagnie d'un couple rescapé de l'Armée symbionnaise de libération...

Elle a bien changé, la jeune fille de bonne famille, qui poursuivait sagement ses études en attendant de se marier ! Elle pose devant les journalistes en brandissant son poing fermé ; sur le registre de la prison, elle écrit, en face de la mention « profession » : « guérilla urbaine »...

Pourtant, lorsque son père et sa mère arrivent, bouleversés, dans sa cellule, elle se jette dans leurs bras en criant :

– Papa, maman... J'ai tant souffert !

Alors, que croire ? Quel est le vrai visage de Patricia Hearst ? A-t-elle été une jeune fille terrorisée, victime d'un monstrueux conditionnement mental ? Ou bien a-t-elle agi de son plein gré ? A-t-elle été un authentique bandit et joue-t-elle la comédie depuis son arrestation pour échapper au châtiment ?

Dès l'ouverture du procès, l'allure et l'attitude de l'accusée plaident la thèse de l'innocence. Patricia est redevenue la gentille héritière de bonne famille. Elle semble au bord des larmes...

Le juge Carter commence l'interrogatoire :

– Dans quelles conditions avez-vous été séquestrée ?

Patricia répond d'une voix tremblante. Visiblement, les souvenirs ne se sont pas effacés.

– Pendant les sept premières semaines, j'ai été enfermée dans des placards tapissés de morceaux de moquette et de mousse pour qu'on n'entende pas mes cris... Le premier mesurait un mètre soixante de haut sur soixante centimètres de large, le second était encore plus petit : un mètre cinquante sur quarante-sept centimètres. Ce n'était pas un placard, c'était un cercueil !

Il y a un frémissement dans le public... Patricia Hearst continue :

– J'ai perdu sept kilos pendant ces semaines, pour ne plus peser que quarante kilos. J'étais dans le noir absolu. Je n'avais rien pour me distraire de la peur de mourir, si mon père ne payait pas la rançon ou si l'envie en prenait à mes gardiens.

Le juge Carter semble, lui aussi, très impressionné. Néanmoins, il poursuit son interrogatoire :

– On vous sortait quand même parfois de votre placard... Dans quel but ?

Patricia Hearst semble terrorisée :

– Pour me menacer de mort si j'essayais de m'échapper. Si j'appelais, ils disaient qu'ils me battraient ou qu'ils me suspendraient au plafond... Ils m'ont montré les balles au cyanure avec lesquelles ils avaient tué Marcus Foster. Ils m'ont dit que j'étais un prisonnier de guerre et que j'allais être jugée...

Le juge Carter semble plus ému qu'il ne le voudrait :

– Après que vous avez enregistré la première cassette, leur attitude n'a pas changé ?

Cette fois, Patricia éclate en sanglots.

– Après, ils m'ont violée !

Au premier rang, Mme Hearst mère se trouve mal. Randolph serre les mâchoires et les poings. Le public, lui, gronde d'indignation... Comment est-ce possible ? Et dire que Patricia est restée en prison depuis son arrestation ! Mais c'est une honte ! Il faut la libérer tout de suite !

À son banc, l'accusateur James Browning ne cille pas. Est-il insensible ?... Non, il attend son heure, qui vient au cours des audiences suivantes. Et le public, stupéfait, découvre une autre Patricia Hearst.

Voici un des clients attaqués lors du hold-up de la banque Hibernia :

– À aucun moment, ses complices n'avaient leurs armes braquées sur elle. En faisant un mouvement maladroit, elle a fait tomber des balles de son manteau et elle les a ramassées.

Voici un autre client :

– Alors que je relevais le nez du plancher, elle m'a crié d'une voix mauvaise : « Garde ta saloperie de tête par terre ou je te fais sauter ta saloperie de cervelle ! »

Ce n'est pas tout. On apprend que lorsqu'elle était en fuite, elle allait faire son jogging tous les matins dans les rues. Jamais elle n'en a profité pour s'échapper. Une fois, elle croise même des policiers qui lui adressent la parole et elle rejoint ses complices en s'esclaffant : « Vous avez vu ? Ces cochons-là ne m'ont pas reconnue avec ma perruque et mes fausses taches de rousseur ! »

Un ami de Patricia, un journaliste, Jack Scott, vient déposer. Il l'a rencontrée en secret alors qu'elle était dans la clandestinité. Il lui a proposé de l'emmener. Elle lui a répondu : « Je ne veux pas retourner chez mes parents. Ma vraie famille, c'est l'Armée symbionnaise. Je veux rester avec eux. »

Le public gronde de nouveau, mais cette fois, c'est contre l'accusée. Le juge Carter veut comprendre.

– Pourquoi n'avez-vous pas essayé de vous enfuir alors que vous en aviez la possibilité ?

Pas de réponse.

– Vous aviez peur ?

Patricia Hearst ne répond toujours pas. Elle reste butée, la bouche fermée.

Et c'est l'accusateur James Browning qui porte le coup fatal :

– Quels étaient vos sentiments pour William Wolfe ?

William Wolfe, c'était l'intellectuel de la bande, tué lors de l'assaut du 17 mai 1974... Patricia répond sans hésiter :

– Je le détestais. Il m'avait violée comme les autres.

James Browning prend alors parmi les pièces à conviction un tout petit collier fait de perles de bois, un objet de pacotille, une babiole. Il le brandit devant les jurés.

– Ce collier, c'est William Wolfe qui vous l'avait donné. On l'a retrouvé dans votre sac à main le jour de votre arrestation, un an et demi après sa mort. C'était une preuve d'amour, une belle preuve d'amour. Vous êtes une menteuse, Patricia Hearst !

Il a suffi de quelques minutes aux douze jurés pour rendre leur verdict. Le 12 avril 1976, Patricia Hearst a été reconnue coupable à l'unanimité et condamnée à sept ans de prison. Elle a été libérée en novembre 1978, après vingt-trois mois de détention. Elle s'est mariée peu après et s'est fait oublier, ce qu'elle avait sans doute de mieux à faire.

Alors, que s'est-il passé dans le cerveau de cette jeune fille, pour justifier ce comportement pratiquement unique en son genre ? Les mauvais traitements subis ne peuvent rien expliquer. Ils constituent, si l'on veut, de larges circonstances atténuantes, mais, ainsi que les débats l'ont montré, Patricia aurait pu s'enfuir quand elle le voulait.

La vérité est différente. Elle est sans doute toute simple et presque banale. En fait, ce n'est pas si facile d'être l'héritière d'un empire. Lorsqu'elle a été enlevée, Patricia Hearst devait ressentir un vague dégoût de cette vie brillante, oisive et factice. Vingt ans, c'est l'âge où l'on se révolte contre ses parents. Et voilà que Patricia a entendu de la bouche de ses ravisseurs des phrases, des mots fascinants. Sa révolte, qu'elle ne parvenait pas à exprimer contre un père trop écrasant, on la formulait pour elle, avec tout le prestige de la terminologie révolutionnaire, on la lui offrait sur un plateau.

Oui, Patricia Hearst s'est rebellée contre ses parents, mais les armes à la main. C'est en quelque sorte un conflit familial qui a tenu l'Amérique en haleine pendant près de deux ans.

La poudre de succession

Le poison présente la curieuse particularité d'avoir pratiquement disparu aujourd'hui. On ne l'utilise presque plus au XXIe siècle, alors qu'il a été présent dans toute l'histoire, depuis l'Antiquité.

Moyen d'action des faibles, qui ne nécessite aucune force physique, aucune connaissance des armes, il a toujours été naturellement privilégié par les femmes. Mais c'est aussi l'instrument des meurtres domestiques, car, pour empoisonner quelqu'un, il faut vivre dans son entourage immédiat, partager sa table, voire son lit. Le poison est aussi l'arme par excellence des parricides et des époux meurtriers. Enfin, il rime obligatoirement avec trahison. Il est indispensable, en effet, d'endormir la méfiance de sa victime, si on veut parvenir à ses fins. Il faut trinquer joyeusement avec elle avant de la voir s'écrouler sur la table, il faut feindre de la soigner avec la compassion la plus grande pour pouvoir lui administrer la potion fatale.

Les empoisonneurs et surtout les empoisonneuses célèbres, les annales du crime en regorgent. Pourtant, un nom se détache des autres, celui de Marie-Madeleine de Brinvilliers, qui reste comme la figure emblématique de ce genre d'homicide. On l'appelle souvent

« la Brinvilliers » tout court, comme s'il s'agissait d'une vulgaire roturière, alors que c'était l'une des très grandes dames de France et qu'elle portait le titre de marquise. Son histoire n'en est que plus déroutante et fascinante.

C'est en 1631, en plein Grand Siècle triomphant, que naît Marie-Madeleine d'Aubray. Son père, Antoine, est sire d'Offrémont, en Picardie, et lieutenant civil de Paris, ce qui fait de lui – et c'est une des curiosités de cette affaire – un des responsables de la police du royaume.

Aînée de cinq enfants, la jeune fille reçoit une excellente éducation. À dix-sept ans, âge où on se lance dans le monde, elle a tous les atouts de son côté. De petite taille, bien faite, elle possède une peau incroyablement blanche, une abondante chevelure châtaine et surtout des yeux d'un bleu absolument extraordinaire. Elle n'est pas en reste pour l'esprit : elle est intelligente, vive, spirituelle, pleine d'entrain. Elle plaît à tout le monde et ne demande qu'à profiter de la vie.

Et c'est alors que se produit l'événement dont toute la suite va découler : son mariage. Marie-Madeleine d'Aubray a vingt ans lorsqu'elle épouse Antoine Gobelin, marquis de Brinvilliers, fils d'un président de la Cour des comptes. Oh, ce n'est pas une mésalliance ! Les Brinvilliers sont tout aussi nobles et tout aussi riches que les Aubray. Non, c'est le mari lui-même qui est en cause. Il est difficile d'imaginer personnage plus inintéressant : il est superficiel, volage et surtout joueur, incorrigiblement joueur. Il perd des fortunes aux cartes et, lorsqu'il gagne, il va dilapider les sommes avec des individus douteux, qu'il rencontre dans des endroits de perdition.

Délaissée, la nouvelle marquise de Brinvilliers veut profiter de la vie quand même. Non pas en prenant des amants, elle reste encore sage, mais en s'achetant tout ce qu'il y a de plus beau et de plus cher : des robes, des bijoux, des carrosses. Le couple s'est installé dans un luxueux hôtel particulier du Marais, rue Neuve-Saint-Paul, assurément l'une des plus belles demeures de Paris, mais c'est peu dire qu'il n'est pas heureux. La marquise et le marquis ne cessent de se disputer : elle lui reproche ses pertes au jeu, il lui reproche ses frais de toilette et d'équipage. De guerre lasse, ils cessent leurs affrontements, s'évitent et ne se parlent plus.

Marie-Madeleine est bien mal partie dans la vie ! Bien sûr, toutes les femmes qui ont un mari joueur ne deviennent pas des empoisonneuses, mais si elle avait connu le bonheur conjugal, jamais, sans doute, elle n'aurait fait parler d'elle...

Les années passent, à la fois dispendieuses et amères. Ils vivent chacun de leur côté, mais ils font quand même des enfants. Vu leur situation sociale, ceux-ci sont tous promis au plus brillant avenir, c'est la consolation de la marquise. Le destin de son fils aîné est même tout tracé : un jour, il reprendra la charge de lieutenant civil de Paris, qu'occupe son grand-père Antoine d'Aubray. Par jeu, Marie-Madeleine, qui s'ennuie plus que jamais sous les lambris du Marais, a pris pour habitude de l'appeler le « lieutenant ». Et c'est alors que le destin frappe à sa porte...

Un beau jour, Antoine de Brinvilliers arrive à l'hôtel de la rue Neuve-Saint-Paul avec un de ses compagnons de débauche. Afin de le présenter, il gratifie, pour une fois, son épouse de quelques mots.

– Ma chère, voici monsieur de Sainte-Croix. C'est l'un de mes amis. J'ai décidé qu'il habiterait sous notre toit.

Ce M. de Sainte-Croix s'appelle en réalité Godin. Il se prétend le bâtard d'un noble gascon, mais il n'est, en fait, que l'un des innombrables parasites qui gravitent dans la haute société parisienne... Cela dit, pour vivre aux dépens des grands messieurs et des nobles dames, il faut avoir certaines qualités, qu'il possède au plus haut point.

D'abord, il est beau. Âgé d'environ trente-cinq ans, il a le corps élancé, le visage viril, de type plutôt méditerranéen. Bien qu'issu du peuple, il a appris les bonnes manières, il s'incline avec grâce, il emploie un langage choisi. Mais c'est surtout dans sa conversation qu'il brille. Il est drôle, excessivement drôle ! Il se tient au courant des potins de la cour et du tout-Paris et il a toujours une anecdote irrésistible à raconter. Si on ajoute à cela un culot à toute épreuve, on concevra qu'il ait tout pour plaire à de riches oisifs.

À ces qualités, Sainte-Croix ajoute la séduction. Ses bonnes fortunes ne se comptent pas, même de très haut rang... En s'installant rue Neuve-Saint-Paul, il remarque tout de suite que la marquise, qui se morfond dans son ennui doré, n'attend qu'un mot de lui. Seulement il hésite. Il vit des largesses du marquis : serait-il prudent de tuer la poule aux œufs d'or ?... Pourtant, il ne tarde pas à s'apercevoir que non seulement ce dernier ne verrait aucune objection à ce qu'il ait une liaison avec sa femme, mais que c'est peut-être pour cela qu'il l'a fait venir chez lui.

Alors, il n'hésite pas davantage. Il entreprend sa cour. Marie-Madeleine de Brinvilliers tombe aussitôt dans ses bras et ne tarde pas à devenir follement amoureuse de lui. Voyant cela, le mari coupe les crédits au galant, non en raison d'une quelconque animosité, mais parce qu'il estime que c'est désormais à sa femme de l'entretenir, ce qu'elle fait sans discuter, et la vie à trois s'organise dans l'hôtel particulier du Marais.

Pour la marquise de Brinvilliers, il ne s'agit pas d'une passion passagère, mais d'un grand amour, son premier amour. Elle s'affiche publiquement avec Sainte-Croix dans le cercle de ses amis. Et, si certains en sont choqués, ce n'est pas le cas du marquis...

En fait, le danger, pour la marquise, ne vient pas de son époux complaisant, mais de sa propre famille. Celle-ci réagit d'ailleurs moins pour des raisons de morale que d'intérêt. Antoine d'Aubray est en charge d'un des plus hauts postes de police du pays et le fait que sa fille aînée, non seulement soit adultère, mais s'affiche ouvertement avec un aventurier, risque de jeter le discrédit sur lui-même et sa fonction. L'aîné de ses fils, prénommé également Antoine, est furieux lui aussi. Car ce n'est pas le fils de la marquise, le « lieutenant », qui doit hériter le premier de la charge, elle doit lui revenir d'abord.

La liaison de Marie-Madeleine et de Sainte-Croix dure déjà depuis plus d'un an, lorsque Antoine d'Aubray la convoque au château d'Offrémont. L'entrevue est d'une violence extrême. Le vieux lieutenant civil somme sa fille de mettre fin à sa vie de dévergondée ; Antoine, le frère de celle-ci, la traite de tous les noms. Mais la marquise de Brinvilliers n'est plus la même depuis sa liaison. Elle envoie promener père et frère avec une rare insolence. Et, puisque c'est ainsi, elle va s'afficher plus encore avec son amant !

Elle tient parole et, dès son retour à Paris, sa liaison avec Sainte-Croix devient si provocante qu'elle n'est pas loin du scandale...

L'une des institutions les plus connues de l'Ancien Régime – et qui a contribué à causer sa perte – est celle des lettres de cachet. Ce service, dit « dans l'intérêt des familles », permet aux personnes proches du roi de faire interner sans jugement et sans même qu'il y ait délit une personne qui leur cause du tort. L'intéressé est conduit à la Bastille et la durée de son emprisonnement dépend uniquement de l'arbitraire du souverain...

Antoine d'Aubray fait partie des quelques privilégiés qui ont assez de pouvoir pour obtenir ce service du roi. Il parvient à convaincre Louis XIV du préjudice que lui cause Sainte-Croix. Le roi signe la lettre de cachet, charge Antoine d'Aubray de l'appliquer lui-même, mais précise que l'individu n'ayant rien fait de vraiment grave, il fixe son internement à six semaines. Son interlocuteur se confond en remerciements.

– Je n'en demandais pas plus, sire. Ce sera largement suffisant pour calmer la marquise et infliger une leçon à ce coquin !

Et le lieutenant civil de Paris se retire de l'entrevue

fort satisfait, avec sa lettre de cachet en poche. Il ne se doute évidemment pas qu'il vient de déclencher l'engrenage qui va faire de sa fille une criminelle et, au bout du compte, entraîner sa propre mort...

Antoine d'Aubray ne perd pas de temps. La couple s'affiche si ouvertement qu'il n'est pas difficile de le découvrir. Il fait arrêter Sainte-Croix le jour même, dans le carrosse où il se trouve avec sa maîtresse. La réaction de cette dernière, quand elle voit les agents emmener son amant pratiquement dans ses bras, est indescriptible : elle hurle, vocifère, frappe. Il faut la remettre de force dans le carrosse et reconduire ce dernier sous escorte à l'hôtel de la rue Neuve-Saint-Paul.

Pendant les six semaines de la détention, la marquise de Brinvilliers n'a pas le droit de voir le prisonnier, qui est au secret, elle reste dans son hôtel du Marais. Mais contrairement à ce qu'avait escompté Antoine d'Aubray, elle ne se calme pas, bien au contraire. Chaque jour renforce sa fureur et elle prend bientôt une décision dont rien ne la détournera : ce que lui a fait son père est impardonnable, elle le tuera ! Elle ne sait ni quand ni comment, mais elle le tuera !...

Marie-Madeleine, dans son désespoir et sa rage, imagine son amant croupissant dans le plus sinistre et le plus noir des cachots, or il n'en est rien. Les conditions de détention sont plutôt douces à la Bastille : la forteresse est immense et n'abrite que peu de prisonniers, les cellules sont très vastes, parfois ce sont de véritables appartements ; en outre, le règlement est tout ce qu'il y a de libéral.

Non, Sainte-Croix ne se déplaît nullement à la Bastille. Cela ressemblerait plutôt, pour lui, à des vacances. Contrairement à la marquise, il n'est nullement amoureux, il ne poursuit leur liaison que par intérêt et d'être ainsi débarrassé pour un moment de ses ardeurs et de ses transports lui cause un réel soulagement.

Il s'intéresse aussi à ses compagnons de détention. Il y a de tout à la Bastille : de grands seigneurs comme de pauvres bougres, des illuminés comme des aventuriers. Et, parmi ceux-ci, il sympathise avec un Italien du nom d'Exili...

Un curieux personnage, cet Exili ! Il est là pour de mystérieuses raisons, qu'il s'emploie soigneusement à cacher, n'aimant rien tant que le mystère. Sainte-Croix devine qu'il a bien des choses sur la conscience. C'est sans doute un criminel, ce qui n'est pas du tout son cas à lui : il déteste la violence. Mais justement, l'homme l'attire, le fascine... Ils finissent par se lier d'amitié et l'Italien lui confie son secret.

– As-tu déjà essayé de tuer quelqu'un ?

– Jamais. C'est bien trop dangereux !

– Cela dépend du moyen que tu utilises. Si c'est un moyen grossier, sanglant, certainement, mais si c'est un moyen subtil, invisible...

– Le poison ?

– J'appelle cela, moi, la poudre de succession... C'est un vrai tour de magie. Tu jettes une pincée de poudre et pfft !... la personne se volatilise. Et toi, tu es riche à sa place.

Exili prend un air de confidence, puis ajoute à mi-voix :

– Il n'y a qu'un homme qui sache fabriquer la poudre de succession : maître Glaser, place Maubert. Va le voir de ma part. C'est le plus grand de tous, un génie !

Au bout de ses six semaines, Sainte-Croix sort de la geôle royale et retrouve Marie-Madeleine, éperdue de bonheur. Après l'émoi et les transports des retrouvailles, elle lui fait part de ses états d'âme, dans le secret de son alcôve.

– Je ne pardonnerai jamais à mon père ce qu'il nous a fait. J'ai juré sa mort !

Il essaie de la calmer, de la modérer, de lui faire entendre raison, mais il n'y a rien à faire. Il découvre en sa maîtresse une femme qu'il ne connaissait pas : violente et animée d'une volonté inflexible. Or il n'a aucune envie d'être entraîné dans une affaire de parricide. Il a tout à y perdre, y compris la vie sous la main du bourreau, et rien à y gagner. Il le lui dit tout crûment :

– Je regrette, mon cœur. Je ne m'engagerai pas dans cette histoire. C'est beaucoup trop dangereux et sans intérêt pour moi !

Mais la marquise repousse l'objection :

– Tu y as un grand intérêt, au contraire ! Si mon père meurt, j'hériterai et j'aurai, nous aurons beaucoup d'argent...

Elle se tait un instant. Ses beaux yeux bleus se chargent de contrariété.

– Seulement, je ne sais pas comment faire. C'est mon seul problème : comment faire ?

Sainte-Croix ne peut s'empêcher de se remémorer

sa conversation avec Exili. Il prononce presque malgré lui :

– La poudre de succession...

– De quoi parles-tu ?

– C'est ainsi qu'un Italien que j'ai rencontré à la Bastille appelle les poisons.

– Tu connais les poisons ?

– Non, mais je sais qui les connaît...

– C'est merveilleux ! Allons tout de suite le trouver.

– Certainement pas. À partir de maintenant, il faut être prudent : j'irai seul. Et puis, nous devons cesser de nous montrer ensemble.

Et, quelques jours plus tard, Sainte-Croix se rend place Maubert pour rencontrer maître Glaser... Il a décidé de franchir le pas et de devenir, sinon criminel – car il n'administrera pas le poison –, du moins complice d'un crime. La perspective d'hériter de la fortune des Aubray en compagnie de Marie-Madeleine l'a résolu à prendre ce risque...

Avant de se rendre chez lui, il s'est renseigné sur ce Glaser. Ce n'est nullement un charlatan, comme il l'imaginait, c'est un authentique savant. De nationalité suisse, Christophe Glaser est apothicaire ordinaire du roi, de Monsieur, frère du roi, et démonstrateur de chimie au Jardin des Plantes. Il a fait des découvertes remarquables, dont le sulfate de potassium et le chlorure d'arsenic. Il est l'auteur de plusieurs mémoires à l'Académie, qui lui ont valu une incontestable notoriété. Mais à côté de cela, des bruits inquiétants courent sur son compte. Les autres savants l'évitent, ce qui ne le contrarie guère, car lui-même ne voit personne ; il ne sort pratiquement pas de son laboratoire.

Ce dernier se situe dans la tourelle d'une maison branlante, qui date du Moyen Âge. Sainte-Croix va y frapper. Il est accueilli à la fois par un personnage voûté à la barbe grise et par une odeur âcre. Glaser le considère avec méfiance, pour ne pas dire avec hostilité.

– Qui êtes-vous ?

– Monsieur de Sainte-Croix. Je viens de la part d'Exili.

Ce nom provoque instantanément un sourire chez son interlocuteur.

– Soyez le bienvenu ! Que désirez-vous ?

– De la poudre de succession.

Sainte-Croix craignait plus ou moins de se faire éconduire en prononçant ces mots, mais le Suisse se contente de déclarer :

– C'est cher...

– J'ai de l'argent.

– Dans ce cas, suivez-moi...

Glaser le conduit devant une cornue contenant un liquide brunâtre et nauséabond. Ses yeux s'illuminent d'intérêt scientifique.

– Regardez ! Un mélange d'arsenic, de sublimé de mercure et de bave de crapaud. Donné à petites doses, il provoque un pourrissement progressif des entrailles, qui ressemble en tout point à l'effet d'une tumeur maligne. Il peut s'administrer de manière liquide, mais il est préférable de le faire sécher et de le recueillir sous forme de poudre.

Sainte-Croix renifle l'odeur pestilentielle qui s'en dégage.

– Et il n'a pas un goût désagréable ?

– Pas si vous le mélangez à un mets très épicé ou, au contraire, très sucré...

À partir de ce moment, la machine criminelle se met en place. Sainte-Croix loue un logement non loin du laboratoire et, après avoir pris des leçons de Glaser, il y effectue lui-même la préparation de la poudre de succession. Bien entendu, il tient la marquise au courant de tout et, lorsqu'elle pense que la substance est au point, elle décide de passer à l'expérimentation.

Oh, il ne s'agit pas de tuer son père ! Elle est plus prudente que cela. Il mourra, mais plus tard, rien ne presse. D'abord, elle a suivi le conseil de son amant : elle doit, si elle veut ne pas être soupçonnée, se réconcilier avec lui. Elle lui a écrit une lettre d'humble repentir et elle a cessé de se montrer en public avec Sainte-Croix : ils ne se voient plus que dans l'hôtel particulier. Quant à la poudre de succession, pour tester son efficacité, elle va l'administrer à des inconnus...

Contrairement à ce qu'on pourrait croire, cela ne présente pas de difficulté particulière. À cette époque, beaucoup de grandes dames ont l'habitude de porter des plats aux malades démunis de l'Hôtel-Dieu. La marquise s'empresse de se joindre à leur charitable cohorte, ce qui lui vaut des louanges unanimes. Son initiative est interprétée comme la manifestation publique de son amendement. Et la nouvelle en parvient également aux oreilles d'Antoine d'Aubray, qui ne doute plus du repentir de sa fille.

Marie-Madeleine de Brinvilliers va donc apporter aux malades miséreux des petits pâtés au poivre ou des beignets à la confiture. Elle les visite régulièrement et témoigne de la plus grande compassion en les voyant s'éteindre jour après jour dans d'affreuses souffrances. Parfois, elle augmente les doses et apprend, toute surprise, qu'ils sont morts le lendemain... Elle a lieu d'être satisfaite : non seulement la poudre est efficace, mais à aucun moment elle n'a provoqué le moindre soupçon. Elle a acquis ainsi, au contraire, dans la bonne société, une grande réputation de générosité, presque de piété. Après avoir été un objet de scandale, elle devient un exemple.

Trois ans ont passé. Marie-Madeleine s'est depuis longtemps réconciliée avec son père. Ils sont même redevenus les meilleurs amis du monde. C'est qu'elle sait, quand elle le veut, être charmante, enjôleuse. Antoine d'Aubray a complètement oublié les tracas que sa fille lui a causés jadis. Bien sûr, il sait qu'elle est toujours avec son amant, mais cela ne le gêne pas. Elle ne se montre plus avec lui, c'est cela qui compte...

Après un séjour en l'hôtel particulier du Marais, au cours duquel la marquise s'est montrée particulièrement attentionnée avec lui, lui confectionnant elle-même des petits plats, Antoine d'Aubray tombe malade. C'est sans doute dû à l'air malsain de la grande ville et, pour se rétablir, il se rend à la campagne, dans son château d'Offrémont. Mais là-bas, il s'ennuie de Marie-Madeleine. Il a tellement apprécié sa compagnie qu'il lui demande de venir le rejoindre.

Elle s'empresse d'accourir et, comme il tombe de nouveau malade, le soigne avec un dévouement admirable.

Hélas, son état s'aggrave et il meurt, le 6 septembre 1666, entouré de tous les siens, victime, selon son médecin, d'une tumeur maligne. Marie-Madeleine touche une part importante d'héritage et Antoine d'Aubray fils hérite de la charge de lieutenant civil de Paris. La famille, que cette épreuve a resserrée, n'a jamais été aussi unie. La marquise de Brinvilliers a réussi sur toute la ligne. Elle n'aurait même jamais espéré que les choses se passeraient aussi bien...

Il y a pourtant une ombre à ce tableau : son amant. Depuis que sa maîtresse a hérité de cette petite fortune, il réclame énormément d'argent. Il estime que la fabrication de la poudre de succession mérite un salaire autrement important que ce qu'il recevait jusque-là. Il ne s'agit pas de chantage, car une dénonciation le compromettrait lui aussi, mais simplement d'exigences, et la marquise, qui est toujours aussi amoureuse, n'a jamais rien su lui refuser. Tant et si bien qu'au bout d'un an elle a dilapidé tout l'héritage paternel et n'a plus rien à lui donner. Alors, elle n'hésite pas, elle va tuer de nouveau !

Des dispositions testamentaires ont laissé dans l'indivision des biens importants et, si ses frères mouraient, elle aurait des rentrées supplémentaires. Il se trouve que ceux-ci, Antoine fils et Louis, habitent ensemble. Antoine est marié à une femme austère et prude, qui la déteste, et Louis, célibataire, partage leur hôtel particulier à Paris. Marie-Madeleine a-t-elle eu dans sa jeunesse, comme elle s'en est accusée par la suite, des relations incestueuses avec tous les deux ? Il est impossible de le dire. En tout cas, si c'est exact, cela ne l'a pas détournée de son projet.

Si donc, pour elle, il n'y a pas d'obstacle moral, il reste un obstacle matériel : elle ne peut administrer le poison elle-même, comme elle l'a fait pour son père. Pour ne pas éveiller les soupçons, la poudre de succession doit être donnée à petites doses pendant des semaines, voire des mois, et il est exclu qu'elle aille vivre aussi longtemps avec ses futures victimes. Il lui faut donc introduire chez eux un homme de main. C'est alors qu'elle pense à La Chaussée...

Il s'agit d'un de ses anciens valets, qui présente deux particularités remarquables : il est totalement dénué de scrupules et il attire spontanément la sympathie. Il a l'âme d'un Judas sous les dehors d'un ange. Évidemment, s'ouvrir à lui présente un risque, mais la marquise se flatte de connaître les gens et elle franchit le pas... Elle a vu juste : La Chaussée accepte sans sourciller, moyennant, bien sûr, une importante rétribution. Il se fait engager sur sa recommandation chez Antoine d'Aubray fils. Les meurtres peuvent se poursuivre...

La Chaussée est véritablement la perle des domestiques ! Chacun l'apprécie pour son caractère aimable et il sait tout faire ; il excelle, en particulier, dans la cuisine. Le second Antoine d'Aubray ne tarde pas à tomber malade. La Chaussée le soigne de manière irréprochable et tout le monde lui adresse des éloges, à commencer par l'acariâtre belle-sœur de la marquise. De temps en temps, il va faire son rapport à celle-ci. La veille de la mort de sa victime, ce charmant et irréprochable domestique vient lui annoncer :

– Le bougre est coriace, mais il commence à crever !

Et, le lendemain, 17 juin 1670, le second Antoine d'Aubray, lieutenant civil de Paris, rend l'âme à Dieu, des suites, déclare doctement son médecin, d'une tumeur maligne.

C'est maintenant au tour de Louis d'Aubray d'apprécier la cuisine tantôt épicée, tantôt sucrée de La Chaussée. Lors de la maladie qui suit, son valet le soigne avec un dévouement si admirable que celui-ci, non seulement est sans méfiance, mais le couche sur son testament pour cent écus ! Il meurt trois mois après son frère, en septembre 1670. Cette fois, pourtant, le médecin a des soupçons. La mort de ces deux hommes jeunes, jusque-là en pleine santé, avec les mêmes symptômes, n'est pas normale. Il en parle à des confrères, qui pensent, comme lui, à un empoisonnement. Mais il n'y a aucune preuve et tous préfèrent se taire.

Celui qui n'a pas le moindre doute sur la nature de ces morts à répétition, c'est le marquis de Brinvilliers. Il est certain que sa femme est une empoisonneuse, mais cela ne le dérange pas. La seule chose qu'il voit, c'est qu'avec les héritages successifs qu'elle fait elle a assez d'argent pour ne pas lui en demander... Il se méfie, pourtant. Et s'il lui prenait l'idée de l'empoisonner, lui aussi ? Il mange le plus souvent hors de chez lui et, quand ce n'est pas le cas, il refuse de toucher à tout plat suspect.

Antoine de Brinvilliers n'a pas tort, car il est bel et

bien la prochaine victime sur la liste de la marquise. Cette fois, il s'agit d'un projet personnel, dont elle n'a parlé à personne et, de plus, désintéressé. Elle est toujours aussi amoureuse de Sainte-Croix et elle veut tout bonnement devenir veuve pour l'épouser ! Seulement ce dernier, dont les sentiments pour elle sont inchangés, c'est-à-dire inexistants, n'en a pas la moindre envie et il a deviné ses intentions.

Depuis un bon moment, il est devenu un expert en toxicologie, il sait fabriquer la poudre de succession, mais aussi son antidote. Chaque fois qu'il soupçonne que la marquise a versé quelque chose dans les plats du marquis, il s'arrange pour administrer à ce dernier le contre-poison... Une autre marquise, celle de Sévigné, a raconté joliment la chose, dans l'une des nombreuses pages qu'elle a consacrées plus tard à l'affaire : « Sainte-Croix ne voulait point d'une épouse aussi méchante que lui et donnait du contrepoison à ce pauvre mari. De sorte qu'ayant été tantôt empoisonné, tantôt désempoisonné il est resté en vie... »

Les mois passent. Marie-Madeleine de Brinvilliers atteint la quarantaine et elle traverse une période déplaisante. Elle n'a pas de remords, elle a des contrariétés. La Chaussée s'est mis en tête de la faire chanter, non pour de l'argent, mais pour avoir ses faveurs. Elle n'a d'autre moyen que de lui céder et elle a désormais deux amants attitrés au lieu d'un. Mais c'est le second, Sainte-Croix, qui est son principal souci. Après s'être longtemps caché la vérité, elle doit admettre qu'il ne l'aime pas et qu'il n'en veut qu'à son argent. Il se méfie même d'elle, alors qu'elle n'a pas l'intention de lui faire le moindre mal. Il lui déclare que, s'il lui arrivait malheur, on trouverait dans une cassette des documents accusateurs...

C'est alors que se produit un des événements les plus inattendus de cette histoire : la marquise de Brinvilliers prend un troisième amant. Il s'agit du précepteur de ses enfants, chargé particulièrement de l'éducation du « lieutenant ». Il est bachelier en théologie, tout frais émoulu de l'université, il s'appelle Briancourt et n'a pas vingt-cinq ans.

On peut se demander ce qui se passe alors dans son esprit. Car c'est elle qui le séduit, lui n'aurait jamais osé... Il y a sans doute le besoin de se rassurer, de se prouver qu'à quarante ans elle est capable d'avoir un amant beaucoup plus jeune qu'elle. Mais ce qui l'attire le plus en Briancourt est sans doute ailleurs. Jusque-là, elle n'a connu que des hommes de la pire espèce : un mari cynique et joueur, un aventurier vivant des femmes, un assassin sans scrupules, alors que Briancourt est la pureté incarnée. Bien sûr, elle-même est une femme perdue, une criminelle odieuse, mais raison de plus pour chercher auprès du jeune précepteur ce qui lui fait tant défaut à elle comme aux autres : l'innocence.

En tout cas, quels que soient ses sentiments, ceux de Briancourt sont clairs : il tombe immédiatement et éperdument amoureux d'elle. Il lui voue, dès le premier instant, une adoration sans limites. Elle acquiert bientôt la certitude qu'elle possède une emprise absolue sur lui et elle a alors une initiative incroyable, après la prudence extrême qui a été la sienne jusque-là. Une belle nuit, sur l'oreiller, persuadée qu'il l'aime trop pour la trahir, elle se confie à lui : elle lui avoue tout, tous ses crimes !

Si sa conduite, encore une fois, peut paraître extraordinaire, il s'agit vraisemblablement d'une sorte de confession. Briancourt n'est pas prêtre, mais il est théologien, il a appris ce qu'était Dieu, ce qu'étaient le bien, le mal, la damnation, le pardon. Jusque-là, la marquise de Brinvilliers n'a guère fait preuve de remords, mais il faut croire qu'il lui restait encore un peu de conscience. Assez, en tout cas, pour qu'elle éprouve le besoin de la soulager, au risque de se perdre.

Et le plus stupéfiant, c'est qu'elle ne s'est pas trompée ! Le jeune précepteur est si fou d'elle, qu'il lui jure le secret. D'ailleurs, il l'absout. Ce n'est pas elle la coupable, elle n'a fait que subir l'influence de Sainte-Croix, qui est le véritable criminel... Encouragée, la marquise va, peu après, plus loin encore dans les confidences : elle ne lui confie plus ses crimes, mais ses projets.

– Il me reste deux personnes à faire disparaître pour avoir toute la fortune des Aubray : ma belle-sœur et ma sœur. Mais ce ne sera pas facile : ma belle-sœur est méfiante et elle me déteste, ma sœur est carmélite...

Cette fois, c'en est trop ! Briancourt, si proche de la religion qu'il soit, n'est pas lié par le secret de la confession. Absoudre une maîtresse adorée est une chose, laisser assassiner des innocentes en est une autre. Par une suivante de la marquise, Mlle de Villelay, il fait prévenir les deux femmes.

Mme de Brinvilliers découvre la chose et elle se

ressaisit enfin. Quelques jours plus tard, Mlle de Villelay meurt subitement dans d'affreuses souffrances ; quant au jeune précepteur, devenu trop dangereux, elle décide de le faire assassiner. Pour une fois, on ne sait pas pourquoi, elle ne choisit pas le poison. Elle lui donne rendez-vous dans la chambre, pour inaugurer avec lui le nouveau lit qu'elle vient d'acquérir.

Par le plus grand des hasards, Briancourt, passant devant la fenêtre, voit Sainte-Croix se cacher dans la cheminée, un poignard à la main. Il est tellement épris qu'il vient quand même au rendez-vous... Il s'ensuit une scène digne d'un mauvais mélodrame. Il s'élance, bouleversé, vers sa maîtresse.

– Vous êtes cruelle ! Que vous ai-je fait ? Vous voulez me poignarder.

Puis il va vers la cheminée et fait sortir Sainte-Croix de sa cachette. Bien que son adversaire ne soit pas armé, ce dernier, qui répugne à la violence et qui est même passablement lâche, s'enfuit. Malgré cela, Briancourt, à qui l'amour fait décidément perdre la raison, ne se résout pas à quitter la marquise. C'est quand, quelques jours plus tard, deux coups de feu sont tirés sur lui, alors qu'il se promène dans la rue, qu'il comprend enfin. Il va se réfugier dans un couvent d'Aubervilliers et il n'en sort plus.

C'est peu de temps après que se produit le rebondissement capital de l'affaire : le 31 juillet 1672, on retrouve Sainte-Croix mort, à son domicile de la place Maubert. On ne saura jamais avec certitude la cause de son décès. On a prétendu qu'il s'était empoisonné en pratiquant ses dangereuses manipulations. Il portait, paraît-il, pour se protéger des émanations de ses produits, un masque de verre et celui-ci se serait brisé. C'est possible, mais on n'a jamais rien retrouvé de tel.

Le désespoir de la marquise de Brinvilliers est sans nom, mais tout à sa douleur, elle néglige de se préoccuper de sa sécurité. Elle a tort... Malgré l'argent qu'elle lui donnait, Sainte-Croix avait contracté des dettes importantes et, lorsqu'ils apprennent sa mort, ses créanciers portent plainte. La police perquisitionne à son domicile. Elle ne trouve rien de spécial, en particulier aucun poison, mais elle découvre, dissimulée dans un placard, une cassette rouge. Elle est accompagnée d'une lettre suppliant celui ou celle qui la trouvera de la remettre à Mme de Brinvilliers ou, si celle-ci est morte, de la brûler.

La police s'empare de la cassette. Elle est remise entre les mains du commissaire Picard, qui y appose les scellés. Cette fois, la marquise a compris le danger. Elle essaie de la récupérer, en faisant jouer les relations qu'elle a dans la police, en particulier un procureur et un conseiller du Châtelet, mais leurs interventions sont sans effet.

Bien au contraire, par décision de justice, les scellés sont levés et la cassette ouverte. On y trouve une correspondance enflammée entre Sainte-Croix et Mme de Brinvilliers, ainsi que des fioles et de la poudre, beaucoup de poudre. On donne celle-ci à des animaux, qui meurent rapidement. Apprenant cela, La Chaussée s'enfuit. La marquise, elle, choisit de rester, se pensant insoupçonnable. Mais sa belle-sœur porte plainte contre elle pour empoisonnement et elle prend la fuite à son tour. La Chaussée est arrêté début septembre. De son côté, elle parvient à gagner l'Angleterre. Elle y vivote pendant un an jusqu'à ce que des nouvelles terribles lui parviennent...

La Chaussée a été jugé et condamné à être roué vif, après être soumis à la question ordinaire et extraordinaire. Bien qu'il n'ait rien avoué la concernant, même sous la torture, elle-même a été condamnée à mort par contumace. Après avoir brisé les membres de La Chaussée, le bourreau a décapité une effigie à son image et jeté ses poudres de succession au bûcher.

Il y a pire encore ! La marquise de Brinvilliers apprend peu après qu'à la suite de sa condamnation, la France a demandé son extradition à l'Angleterre et que Louis XIV est personnellement intervenu en ce sens. Elle comprend alors que sa condition ne la protégera pas du sort qui l'attend. Comment, d'ailleurs, en serait-il autrement ? Si elle est de haute condition, ses victimes l'étaient tout autant. En outre, deux d'entre elles étaient responsables de la police du royaume, et cela, c'est une chose qu'un souverain ne peut pardonner...

La marquise de Brinvilliers prend donc une seconde fois la fuite. Elle quitte secrètement l'Angleterre. Elle se cache en Picardie et aux Pays-Bas, vivant médiocrement, sous des noms d'emprunt. Mais la police est à ses trousses. Elle finit par la retrouver dans un couvent de Liège où elle s'est réfugiée. Le pays est alors occupé par les troupes françaises. Sur ordre de Louvois, le maréchal d'Estrades s'empare d'elle avec ses hommes. Durant le trajet jusqu'à Paris, elle tente de se suicider, mais elle échoue... On est alors le 25 mars 1676. Il y a près de quatre ans qu'elle a pris la fuite. Le dernier acte de la tragédie, son procès, peut avoir lieu.

Son degré de noblesse lui vaut le privilège de comparaître devant la plus haute juridiction du royaume, le Chambre de la Tournelle. Les débats vont être interminables, ils vont comprendre vingt-deux audiences et s'étaler sur quatre mois, du 17 avril au 16 juillet 1676...

La chambre est présidée par Guillaume de Lamoignon, premier magistrat de France, président du Parlement de Paris. Mais c'est l'accusée que chacun veut apercevoir, c'est pour elle qu'on se bouscule sur les bancs. Car l'affaire connaît une popularité extraordinaire. À Paris et à Versailles, chacun ne parle que de celle qu'on appelle communément « la Brinvilliers ».

À vrai dire, la Brinvilliers n'a guère l'air d'une criminelle. Si elle ne fait pas ses quarante-six ans et si elle est incontestablement jolie, elle est petite et un peu boulotte. Elle a l'air d'une gentille bourgeoise, pas de la cruelle aristocrate qu'on imaginait. Seuls ses yeux, très grands et d'un bleu intense, sortent vraiment de l'ordinaire. Mais on va se rendre compte tout de suite qu'il ne faut pas se fier aux apparences et que l'affaire est aussi horrible que le dit la renommée.

Dès l'ouverture des débats, un vif affrontement oppose l'accusation et la défense à propos de la confession de la marquise. Il s'agit d'un document écrit de sa main, qu'on a retrouvé sur elle au moment de son arrestation. Doit-on le lire ou pas ? L'avocat de l'accusée, maître Nivelle, est évidemment d'un avis négatif.

– J'ai consulté les docteurs en théologie. Si on découvre une confession, on doit immédiatement la brûler, sous peine de péché mortel. On ne peut pas enfreindre le secret de la confession. Les lois divines et humaines la rendent sacrée et inviolable.

L'accusation pense tout aussi évidemment le contraire.

– Le secret de la confession ne peut exister qu'entre le confesseur et le pénitent. Or, dans cette confession écrite, la pécheresse s'est confessée seule.

Le président Lamoignon finit par trancher : la confession sera entendue... Le greffier en commence donc la lecture d'une voix mal assurée et le public comprend l'importance du débat qui vient d'opposer l'accusation et la défense. Car ce qu'il entend est proprement monstrueux. Cette petite femme aux grands yeux bleus assise sur la sellette n'est pas une simple pécheresse, ce n'est même pas une simple criminelle, c'est le diable en personne !

– « Je m'accuse d'avoir commis des incestes trois fois la semaine, et peut-être trois cents fois en tout. J'ai eu envie sur mon frère. J'ai commis plusieurs adultères avec un homme marié, quatorze ans durant. J'ai deux enfants parmi les miens qui sont de son fait... Je m'accuse qu'un garçon m'a prise dès l'âge de sept ans. Je m'accuse d'avoir fait des attouchements avec mon frère avant sept ans. Je m'accuse d'avoir remis du poison à une femme pour en donner à son mari. Je m'accuse d'avoir empoisonné mon père. C'était pour avoir son bien. J'ai fait empoisonner mes deux frères. Je m'accuse d'avoir eu la volonté d'empoisonner ma sœur, qui me reprochait ma manière de vivre... Je m'accuse d'avoir donné cinq ou six fois du poison à mon mari. Le regret me prit. Je l'ai bien fait traiter et il en est guéri. Mais il est toujours incommodé... »

La lecture de la confession est enfin terminée et chacun a pu remarquer que, pendant tout ce temps, l'intéressée est restée parfaitement impassible, dédaigneuse même... Le président Lamoignon rompt le silence pesant qui s'est abattu sur la salle du tribunal.

– Madame, est-ce bien là votre confession ?

Pour la première fois, on entend la voix de la marquise. Elle est froide, méprisante.

– J'avais l'esprit désespéré. Je ne savais plus ce que je faisais. D'ailleurs, je ne me souvenais même plus de ce que j'y avais mis...

Les débats se poursuivent, mais il faut reconnaître qu'à part la confession du premier jour ils n'apportent aucune preuve formelle de la culpabilité de l'accusée. Il existe, certes, de très fortes présomptions, mais est-ce suffisant pour l'envoyer sur l'échafaud ?

Une preuve, on va pourtant en avoir une avec le témoignage de Briancourt, l'ancien précepteur... C'est un beau jeune homme au visage intelligent et fiévreux. Le regard qu'il jette à l'accusée en arrivant ne laisse aucun doute : il aime toujours cette femme, il n'a aimé qu'elle et, vraisemblablement, il n'aimera jamais qu'elle. Et pourtant, c'est lui que le sort a désigné pour causer sa perte !

En réponse à son regard, il ne reçoit qu'une moue de mépris et cette phrase à l'adresse des juges :

– Cet homme n'est qu'un valet adonné à la boisson. Je l'ai chassé à cause de ses dérèglements. Comment son témoignage peut-il être retenu contre moi ?...

D'une voix blanche, Briancourt commence sa déposition. Il raconte d'abord comment la marquise lui a fait l'aveu de ses crimes passés. Il y ajoute les détails qu'elle lui a donnés. L'empoisonnement de son père a duré huit mois ; elle lui a administré vingt-sept fois de la poudre de succession. Avec ses frères, La Chaussée a été plus expéditif : trois mois chacun. Puis il en arrive au moment où elle lui a confié ses projets :

– Elle m'a affirmé qu'elle voulait se débarrasser de sa sœur, Mlle Thérèse d'Aubray, qui lui reprochait sa vie dissolue, mais aussi de sa belle-sœur, Marie-Thérèse Mangot.

Il semble au bord des larmes. L'accusée est plus que jamais impassible.

– J'ai mis Mme de Brinvilliers en garde. Je l'ai suppliée de ne pas faire mourir sa sœur et sa belle-sœur. Je lui ai dit que jamais, dans l'Antiquité, il ne s'était vu pareil exemple de cruauté !

Briancourt poursuit en racontant comment il a fait prévenir les deux femmes par l'intermédiaire de Mlle de Villelay, qui l'a payé de sa vie, et il en vient aux deux attentats dont il a été lui-même victime : le premier qui, par ses circonstances extravagantes, apporte un instant de détente dans l'assistance ; enfin, les coups de feu qui l'ont décidé à partir...

La déposition de Briancourt a été interminable.

Pendant toute celle-ci, Mme de Brinvilliers est restée de glace. Le jeune homme se tourne enfin vers elle.

– Je vous ai avertie maintes fois, madame, de vos désordres, de votre cruauté. Je vous ai dit que vos crimes vous perdraient !

Et c'est plus fort que lui, il éclate en sanglots... Dans la salle, l'émotion est à son comble ; quelques dames se sont mises à pleurer aussi. Mais pas la marquise, pas la Brinvilliers. Elle lance sèchement à son ancien amant :

– Vous êtes un vilain de pleurer devant tous ces messieurs ! C'est l'effet d'une âme basse !

Dans le public, il y a un cri spontané d'indignation. Tant d'indifférence après cet élan d'amour et de désespoir en dit plus long que tout. Oui, cette femme est un monstre ! Oui, elle a froidement assassiné son père et ses frères, sans compter tous ces malheureux à qui elle distribuait ses poisons comme des bonbons. Oui, elle mérite la mort et elle n'échappera pas au sort qui l'attend !...

Lorsque arrive le moment de plaider, chacun s'accorde à dire que la tâche de maître Nivelle est écrasante. L'avocat se sort pourtant de l'épreuve avec beaucoup de talent. Il commence par une brillante formule :

– L'atrocité même des crimes qui lui sont reprochés et la qualité de la personne accusée demandent des preuves de la dernière évidence, des preuves écrites, pour ainsi dire, avec des rayons de soleil !

Il s'emploie à démontrer que la confession, rédigée dans un moment d'égarement, ne veut rien dire et il termine en mettant en avant le haut rang de l'accusée.

– Regardez cette femme frêle, de naissance noble, en butte depuis tant de mois aux calomnies semées par la haine, aux mauvais traitements, aux insultes des archers, des soldats ivres, des geôliers...

Et il conclut :

– Vous ne devez pas condamner la marquise de Brinvilliers. Un misérable scélérat, La Chaussée, a déjà payé pour ces crimes. Vous devez bien plutôt souhaiter que la famille d'Aubray ne soit pas souillée d'une honte éternelle. Pensez aux enfants de la marquise et sachez que même les frères de ma cliente, s'ils pouvaient faire entendre leurs sentiments, préféreraient leur honneur en préservant la vie de leur sœur...

Mais ses efforts sont vains, car l'accusée ruine, par son attitude, l'émotion qu'il avait su faire naître un instant. Lorsque le président Lamoignon lui demande si elle a quelque chose à ajouter, elle déclare, d'une voix glaciale :

– J'ai de la peine au cœur.

Ce sera son seul mot de repentir, s'il s'agit bien de repentir, si c'est bien pour ses victimes qu'elle a de la peine et non pour elle-même...

Tout est dit et, peu après, le président Lamoignon rend la sentence de la Chambre de la Tournelle :

– La Cour a déclaré et déclare ladite d'Aubray de Brinvilliers dûment atteinte et convaincue d'avoir fait empoisonner maître Dreux d'Aubray, son père, et lesdits d'Aubray, ses deux frères, et attenté à la vie de défunte Thérèse d'Aubray, sa sœur. Et pour réparation condamne ladite d'Aubray de Brinvilliers à faire amende honorable au-devant de la principale porte de l'église de Paris où elle sera menée dans un tombereau, nu-pieds, la corde au col, tenant dans ses mains une torche ardente du poids de deux livres, et là, étant à genoux, de dire et déclarer que méchamment, par vengeance ou pour avoir leur bien, elle a fait empoisonner son père, ses deux frères et attenté à la vie de défunte sa sœur, ce dont elle se repent et demande pardon à Dieu, au roi et à la justice : ce fait, menée et conduite dans ledit tombereau en place de Grève pour y avoir la tête tranchée sur un échafaud, son corps brûlé et les cendres jetées au vent : icelle préalablement appliquée à la question ordinaire et extraordinaire pour avoir révélation de ses complices...

Chacun regarde celle qui vient de s'entendre condamner à la mort précédée de la torture. Va-t-elle crier son innocence ou, au contraire, s'effondrer et passer enfin aux aveux ? Non, elle demande simplement qu'on lui relise l'arrêt... Le greffier s'exécute, après quoi elle ne fait aucun commentaire et se laisse emmener.

Plus tard, elle dira à son confesseur qu'elle voulait être certaine qu'on voulait l'emmener dans un tombereau, c'est-à-dire le véhicule dans lequel on convoie les ordures. Une marquise dans un tombereau, c'était une chose qu'elle ne pouvait accepter...

Ce confesseur, qu'on vient de lui attribuer et qui va la rejoindre dans sa cellule, tout de suite après le jugement, est l'abbé Pirot. C'est un petit homme au regard doux, à l'intelligence vive et à l'éloquence persuasive. C'est, de plus, un théologien éminent. Que disent-ils ? On ne peut évidemment pas le savoir, car, cette fois, le secret existe bel et bien, mais il est certain que l'abbé Pirot sait employer les mots qu'il faut. Il convainc la condamnée d'avoir une fin digne et, pour commencer, d'avouer enfin ses crimes...

Cette nuit-là, la marquise de Brinvilliers trouve sans mal le sommeil. Lorsque se lève l'aube du 17 juillet 1676, dernier jour de son existence, elle est étrangement calme. Elle suit docilement les gardes qui l'emmènent jusqu'à la chambre de torture de la Conciergerie. Là, elle retrouve ses juges. Il y a aussi le bourreau et ses instruments, mais elle n'en semble pas impressionnée. Elle s'adresse aux magistrats d'une voix ferme.

– Messieurs, cela est inutile, je dirai tout sans question. Ce n'est pas que je prétende pouvoir l'éviter, mais je déclarerai tout auparavant.

Elle explique d'abord pourquoi elle a refusé de parler jusque-là.

– J'ai tout nié jusqu'à présent parce que j'ai cru qu'il n'y aurait pas assez de preuves pour me condamner sans mon aveu. On m'a convaincue du contraire. Et je peux vous assurer que si j'avais vu, il y a trois semaines, la personne que vous m'avez donnée hier, vous auriez su alors ce que vous allez apprendre.

Et elle en vient aux aveux proprement dits... C'est vrai, elle est l'empoisonneuse qu'on l'accuse d'être. Elle a commis tous les péchés imaginables. Péchés de chair, péchés de sang.

– J'ai utilisé l'arsenic, le mercure et le venin de crapaud. Mes seuls complices ont été Sainte-Croix et La Chaussée...

La Brinvilliers a terminé sa confession, mais

comme elle l'a dit elle-même, cela ne lui fera pas éviter la torture. La question doit avoir lieu, même si elle a avoué, même si elle n'a plus rien à dire. En l'occurrence, il s'agit du supplice de l'eau.

Le bourreau s'approche d'elle, la met entièrement nue et la fait s'allonger sur une courte plateforme, pas plus longue que son dos. Puis, à l'aide de cordes qu'il fixe ensuite au sol, il lui attache les mains et les pieds ; ses bras et ses jambes se trouvent ainsi violemment tirés en arrière. Alors, il lui enfonce un entonnoir dans la bouche...

Le supplice de l'eau, parce qu'il n'est pas spectaculaire, parce qu'il n'entraîne, en particulier, aucune effusion de sang, frappe moins que d'autres l'imagination. Et pourtant, il est absolument abominable. Selon les termes de la sentence, la Brinvilliers a été condamnée à absorber « huit coquemars d'eau de deux pintes et demie chacun, mesure de Paris », ce qui fait dix-huit litres !

Le supplice dure toute la matinée. De temps en temps, le bourreau s'arrête pour que les juges puissent poser leurs questions, auxquelles elle a déjà répondu. Elle n'est plus qu'un corps pantelant et déformé par les œdèmes, dus au liquide que l'organisme ne parvient pas à éliminer. Elle crie, elle supplie, elle hoquette :

– J'ai tout dit. On veut me noyer !

Au début de l'après-midi, le bourreau cesse enfin. On l'étend sur un matelas. Ce supplice affreux et inutile lui a fait retrouver la violence qui a été la sienne. Elle maudit l'humanité entière. Mais l'abbé Pirot vient près d'elle et, de nouveau, il trouve les mots qu'il faut. Elle ne doit plus penser qu'à son salut. Il n'y a aucune faute qui ne puisse être pardonnée. Elle doit se préparer à affronter dignement la dernière épreuve qui l'attend, avant de paraître devant son créateur...

Il est six heures du soir lorsque commence le supplice. Le fameux tombereau pénètre dans la cour de la Conciergerie. On a passé à la marquise la chemise blanche des condamnés, surmontée d'un capuchon. Elle a les pieds nus, la corde au cou et tient à la main le lourd cierge avec lequel elle fera amende honorable. On la fait monter dans le véhicule et s'asseoir à l'avant dans la paille, aux côtés de son confesseur. Le bourreau et son aide prennent place derrière, accoudés à la planche amovible, qui sert à retenir et à décharger les ordures.

De la Conciergerie à Notre-Dame où va avoir lieu l'amende honorable, le trajet est court, mais il va falloir un long moment pour l'accomplir, tant la foule est dense. Jamais, de mémoire de Parisien, il n'y a eu autant de monde pour une exécution. Au début, des cris hostiles et des injures s'élèvent, mais peu à peu ceux-ci se taisent, devant le courage et la dignité de la condamnée. Les foules sont versatiles et bientôt l'indignation fait place à la compassion.

Le cortège arrive à Notre-Dame. On fait descendre la Brinvilliers, on lui allume son cierge et elle prononce l'amende honorable à genoux.

– J'ai tué méchamment et par vengeance mon père et mes deux frères, pour avoir leur bien, ce dont je me repens et demande pardon à Dieu, au roi et à la justice.

Chacun peut remarquer, à cette occasion, que la justice lui a accordé une faveur. Normalement, à cet instant, elle aurait dû avoir le poing droit coupé comme parricide ; il lui a été fait grâce de ce supplice... Elle remonte dans le tombereau pour la place de Grève, sa destination finale.

Sur les marches de l'Hôtel de Ville, les magistrats l'attendent. Ils lui demandent une dernière fois si elle n'a rien à dire au sujet de ses complices. Elle leur répond depuis le tombereau :

– Non, messieurs.

Et le véhicule prend la direction de l'échafaud, qui est juste en face. La Brinvilliers gravit les marches d'un pas ferme, mais Guillaume, bourreau de Paris, qui a la réputation d'être le meilleur de France, est un perfectionniste. Pour être sûr de ne pas rater son coup, il multiplie les préparatifs pendant près d'une demi-heure. Il lui coupe une mèche de ses cheveux, puis une autre. Il échancre sa chemise sur le devant, puis sur l'arrière. La marquise se prête à ses exigences avec un sang-froid admirable. Elle est aussi calme que si elle était en train de se faire coiffer par sa chambrière. Pendant ce temps, la foule, avec l'abbé Pirot, a entamé le *Salve Regina.*

Enfin, le bourreau lui lie les mains, lui bande les yeux et la prie de poser sa tête sur le billot. Elle s'exécute sans trembler et, effectivement, il ne rate pas son coup. Celui-ci est si précis et si ferme que la tête tranchée reste un instant en place, dans le prolongement du tronc, avant de rouler sur le sol. Puis le corps est jeté au bûcher qui, allumé depuis un moment déjà, lance de grandes flammes. Il est huit heures du soir.

Le mot de la fin, nous le laisserons à l'autre marquise, non celle des poisons, mais celle des lettres. Racontant l'événement à sa fille, Mme de Sévigné écrit : « Enfin, c'est fait : la marquise de Brinvilliers est en l'air. Son pauvre corps a été jeté, après l'exécution, dans un fort grand feu, de sorte que nous le respirerons et, par la communication des petits esprits, il nous prendra quelque humeur empoisonnante, dont nous serons tout surpris. »

Par ce trait d'esprit, elle tentait sans doute d'atténuer l'impression pénible que tous avaient ressentie en assistant à l'exécution, mais ses propos étaient prophétiques. Quelques années plus tard allait éclater l'affaire des Poisons. On allait découvrir que les plus grandes dames de la cour avaient eu recours à des empoisonneuses, la Voisin entre autres, pour se débarrasser de leurs maris, de leurs parents, et qu'on avait même tenté d'empoisonner le roi. Le scandale allait être énorme et faire à jamais du Grand Siècle celui des poisons.

Double vie

Philibert Delamare est un homme honorable. C'est même une caricature du bourgeois français des années trente. Depuis son mariage, il s'habille exactement de la même manière : pantalon rayé, gilet avec montre de gousset, redingote gris anthracite, chemise à col dur et cravate à système.

C'est que Philibert Delamare est issu d'une famille respectable où le culte des traditions est un principe qui va de soi. À vingt-deux ans, Philibert a quitté ses parents, de riches industriels du Nord, pour épouser une Parisienne d'excellente famille. Dans la capitale, il exerce la profession d'expert-comptable au sein d'un important cabinet de gestion, une activité dans laquelle il brille par sa rigueur.

Lorsque arrive l'année 1939, Philibert Delamare a quarante ans. Il a deux grands enfants : une fille et un garçon. C'est cette année que son père meurt. Il aurait sans nul doute les capacités nécessaires pour prendre sa succession, mais cela ne l'intéresse pas. Il n'a pas envie de retourner dans le Nord, Paris lui plaît. Il vend les parts dont il a hérité et, avec le capital qui lui revient, il achète un café-restaurant boulevard Saint-Michel, en plein Quartier latin.

Le prix qu'il a payé pour cette acquisition est élevé, mais rapidement, il se rend compte qu'il a fait une excellente affaire. Si les étudiants, qui ne prennent qu'une consommation par jour, n'entretiennent guère la recette, il y a, le soir et la nuit, une clientèle de noctambules, car le café-restaurant est ouvert jusque fort tard ; de plus ce quartier très touristique attire beaucoup d'étrangers. La réussite est même telle que Philibert estime qu'il n'a plus besoin de travailler comme expert et donne sa démission du cabinet de gestion.

La guerre arrive sur ces entrefaites et, avec l'Occupation, rien ne change. La période est pour beaucoup synonyme de privations et de malheur, mais pas pour Philibert Delamare. Son établissement marche tout aussi bien qu'avant. Bien sûr, il y a le couvre-feu, plus question de noctambules, mais, dans la journée, la clientèle aisée est toujours aussi nombreuse et on voit arriver en plus de nouveaux consommateurs en uniforme, attirés par cet établissement si parisien.

Dès le début, Philibert a refusé de prendre lui-même la direction de l'établissement. Il a choisi de placer son capital dans la restauration parce que, d'après les études minutieuses auxquelles il s'était livré, c'était le secteur le plus rentable, mais pas question pour lui de vivre dans ce monde-là. C'est contraire à la conception qu'il a de son existence, faite de retenue, de discrétion, de dignité. Il se contente de vérifier les comptes et de passer deux ou trois fois par semaine, pour voir si tout va bien.

Philibert Delamare, dont la coquette fortune s'enrichit de mois en mois, ne fait donc plus rien. Une vie de riche oisif était, dans son esprit, l'idéal auquel il pouvait aspirer, mais il se rend bientôt compte que tout ne se passe pas comme il l'avait imaginé : il s'ennuie...

Tant que dure la guerre, les événements dramatiques accaparent suffisamment son attention pour le distraire de sa propre existence, or, en 1945, tout change d'un coup. C'est la victoire et son fils et sa fille se marient. Les grands bouleversements ont cessé d'agiter le monde et il se retrouve seul avec sa femme. Rapidement, il s'aperçoit qu'il n'a pas grand-chose à lui dire. Alors que faire ? Ils ne vont pas rester toute la journée ensemble dans le grand appartement qu'ils habitent à Passy. Sortir, aller au concert, au théâtre, voir des amis ? Philibert Delamare n'y songe pas : tout ce qui est culturel l'ennuie et il ne s'est pas fait d'amis ; il est trop renfermé, trop solitaire. Alors, pour meubler son désœuvrement, il se met à faire de longues promenades sans but à travers Paris. C'est là que l'attend son destin.

En ce beau jour d'automne 1946, ses pas l'ont conduit dans le parc des Buttes-Chaumont, où il n'était encore jamais allé... Il fait doux, les arbres sont magnifiques, avec leurs feuilles jaunes et rousses. Il se sent, il ne sait pourquoi, d'une humeur particulièrement joyeuse, d'une humeur, malgré la saison, printanière. Il s'assied sur un banc et sort son journal, pour faire les mots croisés. C'est en cherchant l'inspiration entre deux définitions que son regard se pose sur le banc d'en face. Une charmante blonde de vingt-cinq ans environ y est assise. Elle porte une robe brune, un peu de la couleur des feuilles.

« Une jolie fille, se dit-il. Elle ferait une excellente serveuse et, justement, vu l'accroissement de la clientèle, le gérant en cherche une. »

Sans s'en apercevoir, son crayon à la main, Philibert lui sourit. Immédiatement, l'inconnue lui rend son sourire. Il éprouve un choc. C'est la première fois qu'une jolie fille lui sourit ! Et la suite se passe presque malgré lui. Alors qu'il a été jusque-là la réserve et la froideur faites homme, il se lève et va lui parler.

– Mademoiselle, pardonnez mon audace, mais si vous recherchez un travail, je pourrais vous en proposer un. Un emploi de serveuse vous conviendrait-il ?

Pour toute réponse, la jeune femme se met à rire, d'un rire léger, charmant. Puis elle secoue la tête et prononce :

– Non merci.

Mais elle ne refuse pas qu'il s'installe auprès d'elle et leur conversation continue. Après quelques mots sur le temps qu'il fait et l'actualité quotidienne, Philibert décline son nom et sa qualité. La jeune femme dit s'appeler Rosemonde Dubois.

Rosemonde... Pour Philibert Delamare, ce prénom à lui seul est un dépaysement. C'est la première fois qu'il l'entend. Rosemonde, c'est tout un univers qu'il n'a jamais approché.

Alors, il s'enhardit plus encore. Il lui fait des compliments, qu'elle accepte sans déplaisir. Visiblement, elle n'est pas farouche et, peu après, ils quittent le parc ensemble. Lorsque Philibert aperçoit un petit hôtel et lui propose d'y aller, elle ne dit pas non...

C'est sa première expérience extraconjugale. Au

sortir des bras de la jeune femme, il est bouleversé. Cette aventure toute simple, toute naturelle est une révélation. Il a compris tout à coup qu'elle pouvait meubler le vide de sa vie. Il regarde sa compagne avec fascination. Non, cela ne peut pas être une rencontre sans lendemain, cela ne peut pas se terminer ainsi ! Il lui demande :

– Vraiment, tu ne voudrais pas être serveuse chez moi ?

Rosemonde Dubois répond avec un sourire gêné :

– Mais non. J'ai un métier...

Philibert s'apprête à demander naïvement lequel, et c'est alors seulement qu'il comprend : femme de mauvaise vie, prostituée... Jusqu'ici, il s'était imaginé que c'étaient des êtres, au pire diaboliques, au mieux méprisables. Et voilà que Rosemonde vient remettre en question toutes ses idées établies.

En rentrant chez lui, Philibert Delamare ne laisse rien paraître de l'événement qui vient de bouleverser sa vie. Mais à partir de ce moment, rien n'est plus pareil. Il est tombé amoureux de Rosemonde. Il est transfiguré. Il est prêt à faire n'importe quoi pour elle.

Et justement, Rosemonde lui demande son aide. C'est une petite provinciale. Elle a débarqué seule l'année précédente à Paris. Elle ne connaît personne à part lui. Or, dans sa profession, elle a besoin d'un protecteur, d'un homme.

Et Philibert accepte : il accepte que Rosemonde continue à se prostituer et de lui servir de souteneur. Il se lance dans cette activité avec le même soin, la même conscience qu'il mettait naguère dans sa profession d'expert-comptable. Il a maintenant un but, pour ses escapades dans la capitale : Strasbourg-Saint-Denis, le quartier où opère sa protégée. Et, à mesure que les jours passent, il se transforme...

C'est la passion qu'il éprouvait pour Rosemonde qui l'a poussé à s'aventurer dans cette jungle. Mais peu à peu, il oublie Rosemonde. Il se plaît dans le milieu, en compagnie des mauvais garçons. Et, contrairement à toute attente, il parvient à se faire respecter. Son instruction, ses manières de bourgeois surprennent au début, mais rapidement elles en imposent. De jeunes voyous viennent le trouver spontanément, pour lui demander conseil. Et c'est ainsi que Philibert Delamare a l'idée de constituer sa propre bande.

Tout cela a duré un peu plus de six mois. Philibert, extérieurement, est toujours le même : bourgeois caricatural, patron d'un café-restaurant prospère, bon père de famille et bon époux. Mais à l'intérieur la métamorphose est complète.

Il a déjà oublié Rosemonde. Il n'est plus question de passion ni même de sentiments envers elle. Elle travaille pour lui et il veille à son rendement. Pourtant, les revenus que lui procure sa protégée ne sont plus que de la routine. Avec sa bande, il va se lancer dans le vol à grande échelle, mais à sa manière : rigoureuse, ordonnée, méticuleuse.

Pourquoi fait-il cela ? Car il n'a pas besoin d'argent. Les revenus de son restaurant sont largement suffisants pour le faire vivre et les placements qu'il a faits en Bourse avec beaucoup de discernement lui rapportent plus encore... La réponse à la question n'est pas aisée. C'est sans doute par désœuvrement, pour occuper son existence de riche oisif. Mais c'est sans doute aussi parce que, d'une certaine manière, il a trouvé sa vocation ou, du moins, la seconde partie de sa vocation, car il était tout aussi fait pour les chiffres et la comptabilité. En définitive, on est obligé de conclure que Philibert Delamare présente un cas très rare de double personnalité...

En tout cas, sa psychologie si particulière se retrouve dans la façon dont il organise son premier coup. Philibert décide de ne rien laisser au hasard. Pas question de cambrioler des inconnus. Pour agir à coup sûr, il trouve une idée aussi simple qu'efficace : il va voler... sa propre famille !

C'est le 25 avril 1947 qu'il met pour la première fois ses théories en pratique. Ce jour-là, il a invité chez lui son frère et sa belle-sœur. La soirée est conventionnelle, un peu ennuyeuse, comme à l'accoutumée chez les Delamare, mais elle se prolonge fort tard. Philibert insiste pour que ses invités restent encore un peu... À la fin du repas, il leur propose une partie de cartes. C'est inattendu, mais on accepte. Et l'on ne se sépare que bien après minuit.

Pendant ce temps, sous la direction de Tony, un mauvais garçon d'une trentaine d'années, qui est l'adjoint de sa bande, l'appartement de son frère et de sa belle-sœur est consciencieusement cambriolé. Les malfaiteurs n'ont d'ailleurs aucun mal. Philibert leur a donné un double de la clé et leur a indiqué précisément l'endroit où se trouvait l'argent. C'est un coup sûr, méticuleux, rentable, un cambriolage d'expert-comptable en quelque sorte...

Le lendemain matin, Philibert vient toucher sa part dans un café de Strasbourg-Saint-Denis. Rosemonde est là, tout admirative devant l'audace de son protecteur. Il ne fait même pas attention à elle. Il pense déjà au coup suivant.

20 juin 1947. Philibert Delamare est maintenant bien établi dans sa double vie. Pour sa famille et ses amis, il est un bourgeois irréprochable, propriétaire de restaurant et rentier confortable, mais, du côté du faubourg Saint-Denis, il est le protecteur de Rosemonde Dubois, le chef incontesté d'une des bandes du quartier.

Et ce jour-là, précisément, la bande de Philibert Delamare s'apprête à faire un nouveau coup. Comme pour le premier, Philibert a choisi la facilité et la sécurité. Il s'agit de cambrioler sa seconde belle-sœur, qui habite dans un appartement cossu du faubourg Saint-Honoré.

Cette dernière est veuve. Son mari, le frère de Philibert, a été tué à la guerre, en 1940. Comme elle est malade et qu'elle ne peut pas sortir de chez elle, il n'a pas été possible de l'inviter pendant le déroulement de l'expédition. Il faudra donc agir en sa présence, ce qui augmente les risques. Mais en comptable consciencieux, Philibert Delamare a estimé que ceux-ci étaient faibles par rapport au gain et il a monté l'opération dans ses moindres détails.

À 20 h 30, Tony, le lieutenant de Philibert Delamare, se présente chez la veuve. Le scénario est parfaitement au point. Il sonne seul à sa porte. Ses complices attendent dans l'escalier. Quant à Philibert lui-même, il est dans la rue, sur le trottoir d'en face, et guette le signal convenu pour monter à son tour.

Après avoir sonné, Tony attend un moment. La dame n'ouvre pas. Elle est méfiante. Ce n'est pas une surprise pour lui, son chef le lui a dit. À travers la porte, il l'entend enfin lui demander :

– Qu'est-ce que c'est ? Que voulez-vous ?

Tony n'a plus qu'à réciter son rôle.

– Je suis un camarade de votre mari. Nous avons fait la guerre ensemble. Je viens de rentrer de captivité. Et il m'avait demandé de venir vous voir à mon retour.

Comme la veuve ne lui ouvre toujours pas, Tony sort une enveloppe. Elle contient des photos du mari. C'est, bien sûr, Philibert Delamare qui les lui a données. Il les glisse sous la porte.

– Tenez. Si vous ne me croyez pas, voici la preuve...

Il y a encore une minute d'attente et, cette fois, la porte s'ouvre. D'un bond, Tony se précipite, suivi rapidement par les hommes de la bande. En quelques secondes, la femme est maîtrisée, ficelée et bâillonnée sur son lit. D'une fenêtre, on fait signe à Delamare de monter. On jette une couverture sur la tête de la victime, afin qu'elle ne puisse pas reconnaître son beau-frère. Et on se met à fouiller, ce qui est d'autant plus facile qu'on sait exactement où se trouve ce qu'on cherche.

Philibert Delamare entre à son tour dans l'appartement. Négligeant les pièces principales, il va directement à la cuisine. Tous ses hommes y sont déjà. À voix basse, il demande :

– Alors, vous avez trouvé ?

Pour toute réponse, Tony exhibe un panier à salade.

Oui, c'était bien cela, le magot était dedans : cent quatre-vingts louis d'or.

Philibert ne s'attarde pas à les compter.

– Allez. Ne perdons pas de temps. Il reste encore les bijoux et les fourrures.

Silencieusement, suivi de ses hommes, il revient dans la chambre à coucher et il s'arrête net à la porte... Sa belle-sœur est à moitié dressée sur son lit. Elle a réussi à se défaire de la couverture qui lui recouvrait le visage et elle le regarde, l'air horrifié.

Que se passe-t-il à ce moment en lui ? Sans doute a-t-il la sensation que tout est en train de s'écrouler. Sa double vie est terminée. Sa belle-sœur va le dénoncer. Lui, le bourgeois irréprochable, tout le monde va savoir qu'il n'est en fait qu'un bandit. Mais il n'y a rien à faire, c'est cela... ou devenir un assassin !

Devant ses hommes figés, Philibert Delamare se dirige vers le lit... Il semble hésiter un instant. Et, sous leurs yeux, froidement, posément, il étrangle la prisonnière.

Quelques instants plus tard, il donne ses ordres, d'un ton bref :

– Les manteaux sont dans la penderie. La clé du coffre à bijoux est sous la pile de draps.

Mais des hurlements couvrent sa voix. Un instant paniqués, les bandits reprennent leur sang-froid : ce sont seulement les aboiements du chien de la maison. Philibert Delamare leur fait signe de continuer à fouiller.

– Il doit être enfermé dans la salle de bains. Je m'en occupe.

Quand ses complices, après avoir découvert et

emporté leur butin, repassent devant la salle de bains, ils ne peuvent s'empêcher d'avoir un frisson. Une forme se balance au-dessous du bec de la douche : Delamare a pendu le chien avec sa laisse...

Le partage du butin a lieu dans l'appartement même. Cette fois, plus question de se revoir avant un certain temps. Après ce qui vient de se passer, ce serait trop risqué.

Rentré chez lui, Philibert Delamare reprend sa vie tranquille. Il n'a pas d'inquiétude excessive. Qui pourrait s'imaginer que, sous ses chemises à col empesé, se cache un redoutable bandit, que le grand bourgeois habitant Passy n'est qu'un monstre ? Il est insoupçonnable, la police va enquêter dans les endroits où elle a l'habitude d'aller, mais pas chez lui. Quant à ses complices, ils sont bien trop compromis pour parler...

Pourtant, Philibert se trompe. Les policiers sont tout de même intrigués par le fait que les deux belles-sœurs ont été cambriolées en si peu de temps. D'autant que, dans les deux cas, les voleurs semblaient parfaitement renseignés. La veuve avait, en outre, la réputation d'être particulièrement méfiante et il y a tout lieu de penser qu'elle n'aurait ouvert qu'à quelqu'un qu'elle connaissait.

À la longue, Philibert Delamare commence à s'inquiéter... Chaque fois que les policiers viennent l'interroger, il a du mal à dissimuler son trouble.

Comme part du butin, il n'a gardé que les bijoux, ce qui prenait le moins de place. Et, de peur que sa femme ne les découvre, il n'a osé les cacher nulle part dans son appartement. Il les porte sur lui, dans les poches de sa veste et de son gilet. Il sent leur contact dur, tandis qu'il répond aux questions des enquêteurs. Si, au début, sa double vie lui avait procuré un délicieux sentiment de risque et d'aventure, maintenant le jeu n'est pas drôle du tout, il est même sinistre...

Un jour de septembre 1947, Mme Delamare se rend, toute bouleversée, dans le commissariat de son quartier : son mari a disparu depuis deux jours... Cette fois, les policiers ont compris. Ce n'est pas sur une disparition qu'ils enquêtent, c'est un criminel en fuite qu'ils recherchent. Un mandat d'arrêt international est lancé dans les principaux pays, car on suppose qu'avec tout l'argent dont il dispose Delamare a pu essayer de gagner l'étranger...

La supposition est bonne. Les policiers américains arrêtent Philibert Delamare peu de temps après, à New York. Il est rapidement extradé en France pour y être jugé.

Tous ceux qui ont assisté au procès ont été frappés, en voyant l'accusé. Les journalistes et le public se répétaient, en regardant son maintien strict, son nœud papillon et son costume trois-pièces :

– Mais comment est-ce possible ? Comment a-t-il pu faire ça ?...

Oui, comment a-t-il pu ? Les délinquants ordinaires ont des excuses. Mais lui avait été élevé dans des principes de droit et de moralité et il les avait mis en pratique quarante ans durant. Pourquoi a-t-il brutalement basculé dans la délinquance et dans le crime, alors qu'il n'en avait pas besoin ? Comment a-t-il pu tuer la veuve de son frère, mort à la guerre ?

Comment a-t-il pu avoir le sang-froid monstrueux de pendre cette pauvre bête avec sa laisse ?

Les jurés, qui, comme les autres, se sont forcément posé toutes ces questions, y ont répondu sans indulgence : ils ont condamné Philibert Delamare à mort. Et il a été exécuté. Ce jour-là, de la manière la plus brutale, la guillotine a tranché définitivement sa double vie.

« Il ne faut pas chevaucher un tigre »

Tout commence un jour de Pâques 1967 par un pique-nique. Mais pas n'importe quel pique-nique. L'invitation champêtre à laquelle a été convié Jimmy Harrisson, citoyen américain, résidant à Bangkok, par le docteur et Mme Ling, a lieu dans leur immense domaine au nord du pays dans la région de Lampang en plein cœur de la forêt vierge.

Jimmy Harrisson, la cinquantaine, les tempes argentées, aux allures de héros de western, semble particulièrement détendu, en cette matinée de printemps, aux commandes de son avion personnel. Depuis quelques heures déjà, il survole la jungle uniformément verte ; à ses côtés, Si-Lin, la ravissante Thaïlandaise qui partage depuis vingt ans son existence. Elle est habillée d'une robe de soie multicolore traditionnelle. Lui a passé par-dessus son pantalon blanc une vieille veste de capitaine sudiste : c'est son invariable tenue des week-ends, quels que soient le temps et l'endroit et tous ses amis seraient stupéfaits de le voir habillé autrement.

L'avion de Jimmy Harrisson se pose sur le petit aérodrome privé. Le docteur et Mme Ling sont là, qui les attendent au milieu de quelques invités richissimes et d'une nuée de boys, qui s'empressent autour de leurs bagages. Car, dans le domaine des Ling, on croirait que rien n'a changé depuis vingt ans. On en est toujours au temps où la Thaïlande était une colonie, un des plus beaux fleurons de la couronne britannique.

Dans une Rolls-Royce décapotable, Jimmy Harrisson et sa compagne sont conduits à leur bungalow. Le domaine, en effet, est un ensemble de villas séparées les unes des autres par plusieurs kilomètres, au milieu des fleurs équatoriales, des jets d'eau et des immenses pelouses. Tout autour, il y a la forêt vierge thaïlandaise, mais on a du mal à l'imaginer si proche, tant l'ensemble est entretenu, luxueux, civilisé.

Le docteur Ling arrête la voiture devant une ravissante maison, avec piscine et terrasse. Il regarde le couple avec une évidente satisfaction de lui-même.

– Je vous ai réservé le bungalow Clair de Lune. J'espère que vous vous y plairez. Je vous attends pour le thé à cinq heures...

À cinq heures moins le quart, Si-Lin rejoint les autres invités. Elle déclare au docteur :

– Jimmy va venir dans quelques instants. Il a voulu faire un tour. Le jardin est tellement joli...

À cinq heures et quart, Jimmy n'est toujours pas là. À cinq heures et demie, les invités en sont à leur seconde tasse de thé et le docteur Ling commence à s'inquiéter. À six heures, il va voir avec Si-Lin ce qui se passe au bungalow Clair de Lune. Mais il n'y a personne : Jimmy Harrisson, citoyen américain résidant à Bangkok, a disparu. Et quand, quelques minutes plus tard, le docteur Ling se décide à téléphoner à la police, il est loin de se douter de ce qu'il est en train de déclencher.

À Lampang, grosse ville de province au nord de la Thaïlande, dans une pièce assez misérable, aux stores mal fixés qui battent derrière la fenêtre, où un gros ventilateur au plafond fait plus de bruit que de fraîcheur, un homme décroche le téléphone.

Il est petit, un peu gras, le type asiatique prononcé, avec les pommettes saillantes et les yeux très bridés. Il doit avoir la cinquantaine et il a déjà le cheveu rare.

– Commissaire Takh Sin, j'écoute...

Au fur et à mesure que parle son interlocuteur, les yeux du commissaire se plissent jusqu'à devenir deux fentes très étroites.

– C'est bien, j'arrive...

Dans sa jeep qui le conduit vers le luxueux domaine du docteur Ling, le commissaire Takh Sin réfléchit en silence. Comme tous les Orientaux, il est fataliste et il faut une bonne dose de fatalisme pour accepter ce qui lui arrive. Dans le domaine du docteur, on rencontre tout ce que la Thaïlande peut compter de fortunes plus ou moins honnêtement gagnées. Les aventuriers les plus célèbres et aussi les plus dangereux de tout le Sud-Est asiatique y ont passé au moins un week-end dans l'un des luxueux bungalows. Alors, qu'est-il arrivé à Jimmy Harrisson, au milieu de ce guêpier ?

Sur la route toute droite que le docteur Ling a fait construire à ses frais au milieu de la forêt vierge, le commissaire murmure pour lui-même le vieux proverbe thaïlandais :

– Il ne faut pas chevaucher un tigre.

Le commissaire Takh Sin continue sa méditation... Jimmy Harrisson n'est pas n'importe qui. Cet Américain, qui est venu en Thaïlande pendant la deuxième guerre mondiale, s'est d'abord courageusement battu contre les Japonais. À la fin du conflit, démobilisé et sans le sou, il a eu une idée géniale : industrialiser la soierie artisanale thaïlandaise.

Il suffisait de la mettre au goût occidental et d'organiser rationnellement la production pour faire fortune.

C'est ce qu'a compris Jimmy Harrisson. Au lendemain de la guerre, il a fait venir des États-Unis des dessinateurs et des coloristes, pour créer les modèles. Il a regroupé, au sein d'une société dont il était naturellement le P-DG, des milliers de tisserands à domicile. Au bout de quelques années, les soieries thaïlandaises s'arrachaient dans les boutiques luxueuses de la Cinquième Avenue. À lui seul il a fait faire un bond spectaculaire aux exportations thaïlandaises, il a ses entrées à la cour et, dans tout le pays, un surnom : King Jimmy, le « roi Jimmy »...

Quand il arrive dans le luxueux domaine, à la nuit tombante, le commissaire Takh Sin trouve tout ce beau monde au comble de l'excitation. Si-Lin est en larmes, le docteur Ling gesticule, les autres invités discutent avec animation. Le commissaire, au sortir de son petit bureau misérable de Lampang, se retrouve brutalement plongé dans un autre monde, un univers des *Mille et Une Nuits*, mais il n'est pas trop impressionné. Il est là pour exercer son métier. Il sait bien qu'il ne pourra pas faire grand-chose, mais il le fera. Il se tourne vers le maître des lieux :

– Est-ce que vous avez organisé les recherches ?

– Bien sûr, tous mes domestiques sont en train de fouiller la forêt. Pour l'instant, malheureusement, il n'y a aucune trace.

– Je vais vous envoyer des hommes. Si cela ne suffit pas, j'appellerai Bangkok.

Puis il s'approche de Si-Lin. Elle redresse la tête vers lui, les yeux encore pleins de larmes. Il la regarde un moment avant de lui adresser la parole.

– Madame, pourquoi n'avez-vous déjà plus d'espoir ?

La jeune Thaïlandaise frissonne.

– Mais j'espère... j'espère que vous allez retrouver Jimmy.

– Vous espérez, mais vous n'y croyez déjà plus...

Le commissaire pose sa main un peu grasse sur le bras de la jeune femme couvert de bracelets :

– M. Harrisson est très riche. A-t-il des concurrents qui lui en veulent ?

– Non, vous le savez bien, il n'a pas de concurrents.

– Alors, a-t-il une autre activité, une activité qui lui ferait des ennemis ? Lui connaissez-vous des ennemis ?

Le petit commissaire s'approche tout près du visage de la jeune femme et murmure :

– Des ennemis, ici ?

Si-Lin est prise d'un mouvement convulsif et se remet à pleurer. Après avoir inspecté, sans avoir rien trouvé, les alentours du bungalow du Clair de Lune, le commissaire Takh Sin se décide à rentrer à Lampang. De retour dans son petit bureau, il appelle à

Bangkok la Sûreté générale. Au nom de Jimmy Harrisson, il y a un instant de silence à l'autre bout du fil. Visiblement, là-bas, on prend la chose très au sérieux. Le commissaire parle de sa voix un peu aiguë.

– Je vais envoyer les hommes dont je dispose. Mais vous savez, ici à Lampang, on n'est pas très riches. Il me faudrait des renforts pour explorer la région.

– Bien sûr. Nous prévenons l'armée.

Le commissaire Takh Sin avale une gorgée de sa tasse de thé. L'armée !... C'est donc si grave que cela ?

– Il faudrait aussi que vous preniez contact avec Interpol aux États-Unis. Il faut fouiller dans le passé de Harrisson.

Son interlocuteur, sans doute un haut fonctionnaire de la police, semble légèrement réticent.

– Bien sûr, bien sûr, nous allons le faire.

Le commissaire raccroche. Comme il est minuit, il va se coucher. De toute façon, il sent bien que ce n'est pas à son niveau que cela se passe. Tout ce qu'il doit faire, c'est son travail de fonctionnaire de province. C'est tout ce qu'on lui demande et surtout rien d'autre.

Le lendemain matin, alors que deux bataillons de l'armée font route vers le domaine, Bangkok l'appelle.

– Le sous-chef de la Sûreté arrive, il prend l'enquête en main. Vous serez sous ses ordres.

Le commissaire Takh Sin acquiesce. Mais il veut faire son travail jusqu'au bout.

– Et Interpol ?

La voix du haut fonctionnaire se fait bourrue :

– Ils ne savent rien, bien entendu.

– Pourquoi « bien entendu » ?

– Ne posez pas trop de questions... Ah ! une dernière chose : les Américains nous envoient des renforts, des conseillers dans deux hélicoptères.

Le commissaire murmure :

– Je comprends.

– Un conseil, ne cherchez pas trop à comprendre !

– Je voulais dire que je comprends mon devoir...

Le commissaire Takh Sin raccroche. Pendant un moment, on n'entend que le vrombissement du ventilateur. Il avale à petites gorgées une tasse de thé et il prononce un seul mot, ou plutôt trois lettres : « CIA. »

Juillet 1967, c'est l'été tropical en Thaïlande. Cela fait maintenant trois mois que Jimmy Harrisson, King Jimmy, le multimilliardaire américain, le roi de la soierie thaïlandaise, a disparu quelque part dans le luxueux domaine du docteur Ling, en pantalon blanc et veste de capitaine de l'armée sudiste.

En trois mois, bien des choses ont changé. Le commissaire Takh Sin a vu défiler dans son bureau de Lampang toutes sortes de gens : les responsables de la Sûreté thaïlandaise, des chefs militaires, car deux bataillons, pas moins, ont fouillé en tous sens la forêt vierge, des Américains aussi, en chemise blanche immaculée, mâchant leurs chewing-gums avec des allures décontractées ; il n'était pas difficile de deviner que c'étaient les hommes de la CIA.

Mais ce n'est plus dans le bureau misérable et surchauffé du commissaire Takh Sin que se déroule la véritable enquête sur la disparition de Jimmy Harrisson, agent présumé de la CIA. C'est à Bangkok, dans la capitale.

La sœur de Jimmy, Cecilia Harrisson, qui, elle aussi, habite la Thaïlande, a mis son immense fortune au service de la découverte de la vérité. Elle a offert l'équivalent de cent mille euros à qui apporterait la preuve que son frère est vivant ou mort. Mais personne ne s'est manifesté. Alors, ne sachant que faire, elle s'est décidée à employer d'autres moyens, et pendant un moment, l'affaire Jimmy Harrisson va prendre des allures de tragicomédie.

Elle a entendu parler d'un voyant extralucide hollandais, du nom de Henrik Peters, et elle le fait venir à Bangkok à ses frais. L'homme se présente devant elle dans un accoutrement plutôt original : chapeau et bottes de cow-boy, veste de clergyman. Il arbore un sourire satisfait. La sœur de Jimmy le regarde avec des yeux pleins d'espoir.

– On m'a dit que vous retrouviez toujours les personnes disparues.

Henrik Peters prend un air modeste.

– N'exagérons rien, madame, je ne suis pas infaillible. Je ne réussis que dans neuf cas sur dix. Si vous voulez bien, remettez-moi un objet ayant appartenu à votre frère. Je vais l'emporter avec moi et m'isoler à l'endroit où il a disparu, le bungalow du Clair de Lune je crois... Je compte y méditer pendant trois jours et trois nuits. À mon retour, je vous dirai où est Jimmy Harrisson.

Et quatre jours plus tard, Henrik Peters est effectivement de retour. Le séjour dans la forêt vierge thaïlandaise semble lui avoir profité : il est tout bronzé et en pleine forme. Il va droit vers Cecilia avec des airs mystérieux.

– Pouvez-vous appeler votre ambassadeur ? Ce que j'ai à dire est de la plus haute importance.

La sœur de Jimmy ouvre de grands yeux, mais elle s'exécute. Elle décroche son téléphone et, quelques heures plus tard, l'ambassadeur des États-Unis est devant eux, plutôt intrigué et passablement impatient. Henrik Peters parle à voix basse avec des intonations de conspirateur :

– Je sais où est Jimmy Harrisson. Il faut organiser sur-le-champ une expédition pour le délivrer et je me propose d'en prendre la tête.

L'ambassadeur a du mal à garder son calme.

– Et, selon vous, mon garçon, où est-il ?

L'extralucide se prend la tête entre les mains dans une attitude d'intense réflexion.

– Je vois de petits hommes jaunes habillés en bleu... Je les vois sauter sur Jimmy Harrisson. Ils l'emportent sur leur dos, ils montent dans un camion et ils partent vers le nord. Je les vois faire beaucoup de kilomètres... Cinq cents... Oui, c'est cela, cinq cents kilomètres !

L'ambassadeur bondit de son siège.

– Mais vous êtes fou ! Cinq cents kilomètres au nord de Lampang, c'est en plein territoire chinois ! Vous vous rendez compte qu'envoyer une expédition là-bas, c'est tout simplement risquer une troisième guerre mondiale ?

Henrik Peters se lève noblement.

– J'ai dit ce que j'ai vu. Je me suis même proposé pour courir personnellement tous les risques, afin de retrouver Jimmy Harrisson. Maintenant, si vous ne voulez pas m'écouter, je n'ai plus qu'à me retirer.

Et l'extralucide hollandais s'en va, avec, dans sa poche, les dix mille dollars payables d'avance qu'il avait touchés. On ne le reverra plus...

Un mois passe encore. C'est maintenant l'automne, la mousson. Les conseillers américains sont repartis dans leur pays et c'est alors que se produit un événement extraordinaire qui va brutalement donner à la disparition de Jimmy Harrisson une autre dimension.

Le 8 octobre 1967, un policier qui effectue une ronde de routine dans les quartiers luxueux de Bangkok remarque que la villa de Cecilia Harrisson présente un aspect insolite. Non seulement toutes les lumières sont allumées alors qu'on est en plein jour, mais la porte d'entrée est grande ouverte. Le policier entre. Il traverse le hall, il pousse la porte du salon. Elle résiste... à cause du cadavre de Cecilia Harrisson qui est étendue, le crâne fracassé.

Ce crime relance l'enquête sur la disparition de Jimmy. De nouveau, le sous-chef de la Sûreté thaïlandaise prend les choses en main ; de nouveau, on voit revenir les conseillers américains mâchant leurs chewing-gums. Un déploiement sans précédent de forces de police est mis au service des enquêteurs. Tous ceux qui avaient participé aux recherches de Jimmy Harrisson sont maintenant mobilisés pour le meurtre de sa sœur. Il n'y a que l'extralucide hollandais Henrik

Peters qu'on n'a pas jugé bon d'associer à l'entreprise.

Pendant plusieurs semaines, les policiers thaïlandais et les conseillers américains recueillent les témoignages les plus invraisemblables et les plus contradictoires. On parle d'hommes de main chinois ; ils étaient quatre selon les uns, au moins une dizaine selon les autres. Bien sûr, il y a eu vol : les fabuleuses collections d'art thaïlandais de Cecilia Harrisson ont été pillées. Mais n'est-ce pas précisément pour donner le change ? Cecilia n'avait-elle pas fini par apprendre quelque chose sur la disparition de son frère ? Et ne l'a-t-on pas supprimée pour cette raison ?

L'enquête prend désormais un tour rocambolesque. Les autorités se demandent même s'il n'y avait pas une part de vérité dans les élucubrations du mage hollandais. Tout cela semble si mystérieux qu'on a l'impression de se trouver devant un plan froid et machiavélique mis sur pied par une organisation parfaitement structurée ou même – pourquoi pas ? – par une puissance étrangère. Et tout le monde sait bien laquelle...

Dans son bureau de Lampang, le commissaire Takh Sin, qui est tenu totalement à l'écart de l'enquête, apprend ces rebondissements par les journaux. Mais cela ne l'empêche pas de réfléchir et même d'avoir son idée. Lui ne voit pas le lien entre les deux affaires. Jimmy Harrisson a été enlevé, ou alors c'est un accident, mais de toute façon cela n'a rien à voir avec un meurtre crapuleux. Car le commissaire Takh Sin est certain que, dans le cas de Cecilia Harrisson, le vol est bien le mobile. Ce n'est d'ailleurs pas étonnant : pendant des semaines, la presse a parlé de l'immense fortune des Harrisson, elle a décrit complaisamment leurs collections d'art. En fallait-il plus pour tenter des bandits prêts à tout ?

Quand, quinze jours plus tard, on arrête, dans les faubourgs de Bangkok, un repris de justice thaïlandais en train d'écouler des pièces de la collection Harrisson, la première partie du mystère est résolue. L'homme passe aux aveux : ce sont les journaux qui lui ont donné l'idée du vol. Malheureusement, Cecilia Harrisson l'a surpris quand il opérait chez elle et il l'a frappée avec la statuette qu'il tenait à la main.

Or on a beau le questionner pendant des heures, il ne sait rien de plus. Il jure ses grands dieux qu'il n'est pas mêlé à la disparition de Jimmy Harrisson... Non, il n'a pas d'amis chinois. Pourquoi en aurait-il ? Non, il n'est pas communiste. Il n'a jamais fait de politique. Et, en plus, il n'est jamais allé à Lampang. C'est facile à prouver.

Après plusieurs jours d'interrogatoire, les policiers de Bangkok doivent se rendre à l'évidence : l'homme dit vrai, c'est un voleur et un assassin, mais il a agi seul. Il n'appartient à aucune organisation secrète, il n'est l'agent d'aucun pays étranger...

« On repart à zéro », se dit le commissaire Takh Sin devant sa tasse de thé, en relisant son journal. La seconde partie du mystère, pense-t-il encore, n'est pas près d'être résolue, ou alors, cela se fera un jour, par hasard, sans que personne n'y soit pour rien.

Car, pour le commissaire Takh Sin, il n'y a pas de juste milieu : ou cette affaire est si complexe que jamais on ne l'éclaircira, ou bien elle est toute bête, toute simple...

C'est le 2 juin 1970, trois ans après, qu'on a su la vérité sur la disparition de Jimmy Harrisson. Et c'était effectivement tout bête, tout simple.

Ce jour-là, un guide américain conduisant un groupe de compatriotes pour un safari dans la région de Lampang aperçoit dans un buisson deux points brillants, exactement comme les yeux d'un tigre. Il arme son fusil, s'approche prudemment... Rien ne bouge. Il écarte les branches et aperçoit des lambeaux de vêtements. On dirait une veste militaire, plus précisément une veste de l'armée sudiste... Oui, c'est cela : un uniforme sudiste. Ce sont les reflets du soleil sur les boutons de cuivre qui lui ont fait penser à des yeux de tigre.

Pourtant, s'il n'y a pas de tigre devant lui, dans ce buisson, le guide, en examinant les lambeaux, est sûr d'une chose : c'est bien un tigre qui les a déchiquetés. Il distingue très nettement des marques de crocs et de griffes. L'homme qui portait cette vareuse a sans nul doute été dévoré par un tigre. Peut-être s'était-il aventuré imprudemment dans la forêt vierge. Sans doute venait-il de la propriété toute proche du docteur Ling, le domaine aux luxueux bungalows.

Oui, c'était aussi simple que cela : Jimmy Harrisson, le multimilliardaire américain, l'agent de la CIA, est mort victime de son imprudence, sous les dents d'un félin mangeur d'hommes.

En définitive, c'est le commissaire Takh Sin qui avait raison, avec sa sagesse orientale un peu conventionnelle : « Il ne faut pas chevaucher un tigre. »

Le dernier harem

Une grosse limousine noire roule à vive allure sur les routes de Yougoslavie. Il fait un temps radieux, ce 19 juin 1936. Elle a quitté Dubrovnik il y a un peu moins d'une heure et elle se dirige vers les villages montagneux de l'intérieur. On ne peut pas dire que la circulation automobile soit dense, elle est même inexistante. Seuls, de temps en temps, apparaissent un paysan portant le fez, à dos d'âne, accompagné d'une femme voilée à pied, pliant sous son fardeau. La région est en effet la partie la plus arriérée et la plus secrète du pays ; c'est aussi la seule qui soit de religion musulmane. Elle a gardé toutes ses traditions et, en ce XXe siècle déjà bien avancé, elle vit encore au Moyen Âge.

Dans la voiture, deux hommes discutent avec animation. Le chauffeur Alexandre Vasovitch, vingt-deux ans, petites lunettes à monture métallique ronde, est étudiant en anglais à l'université de Dubrovnik. Pendant la belle saison, il sert de guide et d'interprète aux touristes, afin de se faire un peu d'argent de poche. À ses côtés, un jeune homme du même âge, habillé d'un costume clair un peu voyant. Robert Chapman vient des États-Unis, après avoir successivement visité l'Angleterre, la France et l'Italie. Il fait partie de ceux qui ont tout pour eux : il est grand, athlétique, beau garçon et, bien entendu, assez riche pour s'offrir ce luxe que constitue, à l'époque, un voyage en Europe. Son père est en effet un des magnats du textile outre-Atlantique.

– C'est encore loin ?

– Nous y serons à temps, rassurez-vous... Tenez, regardez là-haut : le château de l'aga Ismaïl !

– Cette bâtisse-là ? Mais ce n'est pas un château. C'est tout juste une grande maison !

– Ici, c'est un château. Les habitants sont très pauvres et l'aga Ismaïl, par rapport à eux, est milliardaire...

Alexandre Vasovitch s'engage sur une route non goudronnée, qui va vers la montagne. Il se tourne vers son passager.

– Brejlak est à cinq kilomètres...

Pourquoi ce jeune touriste fortuné et son guide se rendent-ils dans cet endroit perdu d'une région si reculée ? La réponse est surprenante. C'est en raison d'une des coutumes les plus archaïques qui existent en Europe, en cette année 1936. En effet, si la Yougoslavie est un pays moderne, avec une Constitution à l'occidentale, elle a dû faire des concessions aux minorités musulmanes du Sud : les musulmans peuvent pratiquer légalement la polygamie. Ils ont même le droit d'avoir un harem.

C'est le cas de l'aga Ismaïl, le seigneur local. Chaque année, tous les 19 juin, le jour où les villageois célèbrent la fête du solstice, il quitte son château pour se choisir une nouvelle épouse. La cérémonie a lieu traditionnellement sur la place de Brejlak. De toute la région, les jeunes filles en âge de se marier viennent avec leurs parents et, en cette occasion, pour la seule fois de leur vie, elles ne sont pas voilées.

Alexandre Vasovitch s'est toujours passionné pour les coutumes de son pays et il a pensé que cet étrange spectacle pourrait intéresser son client américain. Il ne s'est pas trompé. À l'annonce du programme de la journée, Robert Chapman a fait preuve d'un enthousiasme débordant. Il lui a donné une grande claque dans le dos.

– Vous êtes un type formidable, Alex ! C'est prodigieusement excitant !

Brejlak... La limousine noire fait une entrée remarquée dans le village aux maisons blanches percées de fenêtres étroites. Elle s'arrête sur la place, dominée par un minaret fin et pointu. Il y a un remous de surprise, de curiosité et même d'hostilité, dans la foule qui est massée. Mais les choses ne vont pas plus loin. Les habitants de Brejlak et de sa région se contentent de s'écarter de quelques mètres et ne font plus attention à eux. Robert Chapman regarde avec ravissement les jeunes filles sans voile. Elles ont cet éclat méditerranéen sans pareil que leur donnent leurs yeux noirs, leurs cheveux sombres et leur peau mate.

– Superbes !... Sacré Ismaïl ! J'aimerais bien être à sa place !

Un murmure retentit dans la foule, tandis qu'un groupe de cavaliers avançant au pas apparaît au bout de la rue principale. Alexandre Vasovitch pointe le doigt dans sa direction.

– Le voilà !...

L'aga Ismaïl chevauche en tête. C'est un gros homme de petite taille qui doit approcher la soixantaine. L'aga Ismaïl, suivi de son escorte, examine successivement chaque jeune fille, exactement comme si c'était du bétail. Le manège dure une dizaine de minutes. Il revient alors vers l'une d'elles et lui tend la main. Elle se prosterne puis se relève ; tout cela sans un mot.

L'aga Ismaïl commence alors un discours dans sa langue. Il lance ses mots d'une voix glapissante. Vasovitch traduit à voix basse :

– Il est en train de dire que, malgré tous les efforts de la civilisation exécrable des chiens occidentaux, la loi des seigneurs de Brejlak est éternelle. Seuls les seigneurs de Brejlak ont l'amour du peuple, puisqu'ils prennent leurs femmes parmi ses filles...

Le discours continue quelque temps encore. L'aga Ismaïl s'arrête enfin et bénit la foule, qui lui répond par des vivats. Puis il remonte sur son cheval et disparaît avec sa suite. Robert Chapman regarde la jeune élue qui n'a pas bougé... Le vieil Ismaïl a bon goût. Elle est plus ravissante encore que les autres.

– Il ne l'a pas emmenée avec lui ?

– Non. La noce aura lieu la semaine prochaine. D'ici là, le village tout entier va lui préparer sa robe de mariée.

Le jeune Américain reste un instant silencieux puis frappe brutalement dans ses mains.

– Cela ne se fera pas !

– Qu'est-ce que vous dites ?

– Je vais épouser la petite ! Je l'emmène avec moi aux États-Unis. Je l'enlève !

– Vous êtes fou ?

– Quand un Chapman veut quelque chose, il l'obtient ! C'est une question de prix... Alex, je vous charge de mener l'affaire.

Quelques minutes plus tard, les deux hommes se trouvent dans la maison de l'élue. Les parents de la jeune fille ont, bien sûr, d'abord refusé de les laisser entrer, mais ils n'ont pu résister à la vue d'un gros billet... Alexandre Vasovitch a obtenu qu'ils restent seuls tous les deux avec la jeune fille. Elle a dix-huit ans, se prénomme Nuridja. Elle est de nouveau voilée. Vasovitch lui adresse la parole.

– Je te félicite, Nuridja. Tu as mérité cet honneur. Tu es certainement la plus belle.

Nuridja ne regarde pas son interlocuteur. Elle répond à travers son voile.

– J'obéis à mes parents, mais je ne devrais pas. J'appartiens à mon maître l'aga.

– Tu lui appartiendras quand tu seras mariée. Pas avant.

– Il m'a choisie. C'est la même chose.

– Non, car mon maître lui aussi t'a choisie. Et tu dois décider entre les deux.

– Ton maître ?

– Oui, l'homme qui est devant toi...

La jeune fille regarde Robert Chapman qui, ne comprenant rien à ce qui se dit, se contente de sourire. Elle éclate de rire.

– C'est cela ton maître ? C'est un homme comme les autres !

– Tu te trompes, Nuridja. Dans son pays, mon

maître est un seigneur beaucoup plus puissant que l'aga Ismaïl.

– Personne n'est plus puissant que l'aga...

– Le château de mon maître a cent fenêtres et il y a des milliers de gens qui travaillent pour lui.

– Je ne peux pas te croire.

– Tu as vu le diamant que l'aga Ismaïl porte au doigt ? Si mon maître t'en offre un deux fois plus gros, tu me croiras ?

Pour la première fois, Nuridja semble troublée. Elle garde le silence derrière son voile et finit par répéter :

– Un diamant ! Pour moi ?...

– J'ajoute que, dans le pays de mon maître, il n'y a pas de harem. Tu seras sa seule épouse.

Nouveau silence de la jeune fille. Alexandre Vasovitch poursuit :

– Franchement, Nuridja, regarde-le et compare avec l'aga. Il est jeune. Il est beau. Il est mille fois plus riche et il te veut toi seule... Je ne vois pas pourquoi tu pourrais hésiter.

La réponse tarde, mais elle vient, prononcée d'une voix tremblante.

– Je dirai oui si j'ai le diamant...

Le jeune étudiant se tourne vers l'Américain.

– Vous l'avez pour un diamant. C'est OK ?

Le visage de Robert Chapman s'éclaire d'un immense sourire.

– C'est merveilleux !

12 décembre 1936. L'hiver californien est particulièrement doux et, ce jour-là, dans la somptueuse villa de Robert Chapman junior, a lieu une fête qui a attiré

non seulement le tout-Hollywood mais des journalistes venus de tous les États-Unis. La haute société américaine est habituée aux fantaisies des milliardaires, mais l'aventure de Robert Chapman sort vraiment de l'ordinaire. Il épouse en effet, ce jour, la jeune Nuridja. Les revues mondaines et même la grande presse ont raconté en détail l'émouvante histoire de la rescapée du harem, l'esclave de l'aga...

Oui, une fête sans précédent. Pour Nuridja, un couturier a confectionné une robe de mariée à mi-chemin entre la robe occidentale et le costume traditionnel de son pays. Elle porte un voile transparent en mousseline dorée et des bijoux orientaux complètent la toilette. L'ensemble est éblouissant. Nuridja est d'une beauté à couper le souffle. Elle semble sortie tout droit des *Mille et Une Nuits*... À son bras, Robert Chapman rayonne de fierté et de bonheur. Les reporters se bousculent.

– Comment trouvez-vous l'Amérique, madame Chapman ?

– Croyez-vous que les Américains devraient devenir polygames ?

– Combien y a-t-il de femmes dans un harem ?

Nuridja ne répond pas, car elle est incapable de dire un traître mot d'anglais. C'est Alexandre Vasovitch qui le fait à sa place. Il a, en effet, accepté de suivre Robert Chapman en Amérique, ce qui constituait une aubaine pour l'étudiant pauvre qu'il était.

– Mme Chapman est très heureuse. Elle trouve que son mari est le type le plus formidable qui existe et l'Amérique le plus beau pays du monde !...

La fête bat son plein. Tout en multipliant les déclarations à la presse, Alexandre Vasovitch ressent un petit pincement au cœur. Il ment... Nuridja éprouve beaucoup de difficultés à se faire à sa nouvelle vie. Bien sûr, Robert Chapman est très affectueux avec elle et la comble de cadeaux, mais ce n'est pas suffisant. Le contraste est trop grand entre les États-Unis et les montagnes de son pays. Et ce n'est même pas la différence matérielle – les autos, les maisons –, il y a quelque chose de plus profond qu'il sent chez elle et qu'il n'arrive pas à définir...

Alexandre Vasovitch regarde Nuridja, qui fixe elle-même son mari avec des yeux admiratifs. Après tout, ce n'est peut-être qu'une question de temps. Elle considère Robert comme son maître. Elle ne l'aime pas. Ce mot n'a pas de sens pour elle. Elle le vénère, comme elle aurait vénéré l'aga. Cette étrange union pourra peut-être réussir... Pourquoi pas ?

Mais non, cette aventure ne peut pas durer. Passé l'attrait de l'originalité et de la nouveauté, le jeune milliardaire se lasse vite de cette femme toujours soumise et il s'impatiente de ses difficultés à parler anglais, malgré les cours intensifs qu'elle prend et les progrès incontestables qu'elle accomplit.

Mais tout cela, dans le fond, ne serait pas grave, s'il ne tombait amoureux d'une autre... La chose se produit banalement, six mois plus tard, en juillet 1937. La nouvelle élue de son cœur s'appelle Violet Jones. C'est une starlette à la beauté époustouflante, dont tout le monde parle à Hollywood. Il la rencontre dans un cocktail. Violet sait qu'il est de ceux qui peuvent faire ou défaire la carrière d'une actrice, elle se met en devoir de le séduire sans la moindre retenue et il cède tout de suite.

Robert Chapman promet le mariage à l'éblouissante Violet et, n'étant pas de ceux qui font des serments à la légère, il décide d'en parler avec Nuridja, après la première nuit qu'ils passent ensemble... Il a pas mal bu pour arroser son nouveau bonheur et il est fortement éméché lorsqu'il rentre au domicile conjugal. Nuridja dort dans l'immense lit à baldaquin. Il la réveille sans ménagement.

– Trésor, il faut que je te dise quelque chose !...

La jeune femme a du mal à saisir ce qu'il lui dit à toute allure. Elle ne comprend l'anglais que si on lui parle lentement. Elle est surtout incommodée par la violente odeur d'alcool qui se dégage de l'haleine de son mari. C'est une des choses qui l'ont le plus choquée en venant en Occident. L'alcool est interdit par l'islam, c'est la boisson des mécréants et ses effluves, qu'elle respire sans arrêt, lui rappellent qu'elle habite dans le pays des incroyants... Robert l'embrasse à pleine bouche, lui envoyant une bouffée de whisky dans les narines.

– Trésor, c'est fini entre nous ! Bien sûr, tu n'as rien à te reprocher. Je prends tous les torts à ma charge. Tu peux me demander ce que tu veux.

Nuridja ouvre de grands yeux.

– Je ne comprends pas...

– J'aime une autre femme. Je veux l'épouser.

– Tu n'as qu'à la prendre, elle aussi.

– Ici, ce n'est pas possible.

– Pourquoi ?

– Parce que c'est la loi. Chez nous, un homme ne

peut avoir qu'une seule femme... Nous devons divorcer.

– Qu'est-ce que cela veut dire « divorcer » ?

– Cela veut dire que je vais te donner beaucoup d'argent et que tu vas rentrer chez toi.

– Mais chez moi, c'est ici ! Je t'appartiens !

– Oui, mais plus pour longtemps... Écoute, Nuridja, je vais te donner un diamant encore plus beau que celui que je t'ai offert à Brejlak et, bien sûr, tu gardes l'autre. Tu es d'accord ?

– Mais non !...

– Alors, j'y ajoute une maison aussi grande, plus grande que celle-ci ! Tu pourras y inviter qui tu voudras, tous tes amants. Tu pourras y recevoir des dizaines d'amants !

– Je ne veux pas !

– Tu ne veux pas divorcer ? C'est ça ?

– Je ne sais pas ce que c'est, cela n'existe pas chez nous, mais je ne veux pas. Est-ce que tu peux divorcer, si moi, je ne veux pas ?

– Tu ne parles pas sérieusement, Nuridja ?

– Je parle sérieusement. Il n'y a rien de plus sérieux que le mariage !

Nuridja a quitté le lit d'un bond et Robert Chapman s'est mis à sa poursuite. Elle sort de la chambre en courant et arrive dans le living-room. C'est là que son mari la rattrape. Il l'agrippe par le poignet.

– Arrête ce jeu ! Tu veux faire monter les enchères, c'est cela ? Dis ton prix...

Nuridja se dégage.

– Je ne veux rien. Tu me fais mal...

Fou furieux, Robert Chapman se précipite vers elle

pour la frapper, mais son ivresse lui est fatale. Il se prend les pieds dans le tapis, il trébuche, son front touche de plein fouet un des chenets de la cheminée et il reste étendu, immobile. Nuridja se met à hurler pour appeler au secours, mais elle sait que c'est inutile : le sol est éclaboussé de cervelle.

Contrairement à ce qu'on pourrait imaginer, l'enquête ne conclut pas à un accident... Malgré ses protestations d'innocence, Nuridja ne convainc pas les policiers. Si son exotisme lui a valu d'être la coqueluche du milieu artistique, il ne fait, au contraire, que la rendre suspecte aux yeux de la police. À Hollywood, en ces années trente, les préjugés xénophobes sont tenaces. Pour les enquêteurs, cette étrangère venant d'un pays aux mœurs arriérées ne peut être que suspecte. Lorsque son mari a parlé de divorce, elle n'a pas supporté ce qui était un sort inimaginable à ses yeux et elle l'a tué...

Bien sûr, elle prétend qu'il est tombé accidentellement sur un chenet de la cheminée et c'est effectivement possible. Mais le tisonnier de la même cheminée se termine par une boule de forme semblable et il a pu tout aussi bien occasionner la blessure mortelle. Quant à la possibilité, pour la jeune femme, de porter le coup fatal au garçon athlétique qu'était Chapman, les experts ont jugé que c'était tout à fait possible : son état d'ébriété le rendait vulnérable à la moindre des agressions.

C'est ainsi que, conformément à la loi californienne, en décembre 1937, le jury d'enquête inculpe

Nuridja de meurtre. Elle passe en jugement le 6 juin 1938, devant la cour d'assises de Los Angeles.

C'est à coup sûr un grand procès... La notoriété de la victime y est pour beaucoup, lui qui faisait la une des gazettes mondaines, mais la personnalité de l'accusée compte peut-être plus encore. Il faut dire que le public ne partage pas les préjugés de la police. Au contraire, il est unanimement en sa faveur. Bien entendu, sa beauté lui attire toutes les sympathies, mais surtout, la faiblesse des charges est jugée comme scandaleuse. L'ambassade de Yougoslavie est même intervenue officiellement en sa faveur...

Les débats n'apportent rien quant à la matérialité des faits. Il est vrai que Robert Chapman a pu se tuer en tombant sur le chenet, comme il est tout aussi vrai que le coup a pu être frappé par le tisonnier. Mais le doute doit profiter à l'accusé et c'est l'avocat de Nuridja qui emporte la conviction des jurés, en mettant en avant, au cours de sa plaidoirie, un argument psychologique décisif :

– Ma cliente n'a pas pu tuer Robert Chapman, tout simplement parce qu'elle en était incapable ! Dans son pays, les femmes sont élevées dans la soumission à leur futur mari. Aucune ne pourrait avoir l'idée de s'emparer d'un objet pour le frapper, même si elle était injuriée, même si elle était battue, même si sa vie était en danger. Dans un pareil cas, ces femmes ne peuvent que mourir en victimes... Acquittez celle qui est devant vous, car c'est elle la victime !

Et, peu après, à l'issue d'une courte délibération,

le jury acquitte Nuridja, déclenchant une ovation unanime.

L'épilogue a lieu, quelques mois plus tard, en juillet 1938... Nuridja et Alexandre Vasovitch, après avoir retraversé l'Atlantique et pris ensemble l'Orient-Express jusqu'à Belgrade, roulent en auto vers Brejlak. Le jeune homme a préféré, après l'acquittement, rentrer avec elle au pays. Et c'est là qu'ils tirent ensemble la conclusion de cette histoire.

– Que vas-tu faire maintenant Nuridja ?

– Attendre le 19 juin prochain.

– Tu as raison. Je suis sûr que l'aga te choisira de nouveau !

– J'ai peur qu'il me repousse après ce qui s'est passé...

– Il ne peut pas t'en vouloir. Tu es toujours la plus belle.

– Si c'était vrai, je serais pour lui la meilleure des épouses...

Brejlak, avec ses maisons blanches aux fenêtres étroites, apparaît devant eux. La voiture s'arrête sur la place, dominée par le minaret fin et pointu. Alexandre Vasovitch va lui ouvrir la porte.

– J'espère que tu me pardonneras, Nuridja. Tout est de ma faute.

– Tu croyais faire mon bonheur.

– Oui. Mais j'avais oublié que le plus grand bien peut être un mal quand on n'est pas préparé à le recevoir.

– Quel est ce bien ?

– La liberté.

– Je ne comprends pas...

Alexandre remonte dans sa voiture et fait un signe d'adieu à Nuridja.

– C'est normal. Mais tes enfants comprendront, Nuridja.

Les yeux du ciel

Il est onze heures du soir, ce 19 octobre 1994. Le téléphone sonne dans un modeste appartement d'Alicante, en Espagne.

– Allô ? Est-ce que Rosita est chez vous ?

Irma Casaldo vient de reconnaître la voix de son beau-frère, Ignacio Belmonte. Elle sent brusquement son sang se glacer.

– Non. Pourquoi serait-elle chez moi ?

– Parce qu'elle est partie, voilà pourquoi ! Quand je suis rentré, je l'ai cherchée partout : personne... Elle a pris ses papiers, une valise avec des objets personnels et une grosse somme en liquide dans mon bureau. Mais elle n'a rien laissé, pas un mot, rien.

– Elle a emmené Carmen ?

– Non. Notre fille est ici. Pour l'instant, elle ne s'est rendu compte de rien. Elle dort...

Au téléphone, on sent une vive émotion chez Ignacio Belmonte. Il semble même au bord des larmes. Pourtant, pas une seconde Irma Casaldo ne le croit sincère. Elle a, au contraire, une certitude : Ignacio a tué Rosita et elle ne la reverra jamais. En tout cas pas vivante. Car il faut qu'on retrouve son corps et que le criminel soit condamné, malgré sa fortune et sa position sociale, même si, pour cela, il faut employer tous les moyens !

Tous les moyens, c'est le terme qui convient. Et bien au-delà, même...

Non, Rosita ne s'est pas enfuie : en roulant à tombeau ouvert en direction de chez sa sœur, Irma ne se fait aucune illusion à ce sujet. Bien sûr, Rosita avait des raisons de quitter le domicile conjugal, mais si elle l'avait fait, elle serait partie avec sa fille Carmen. Elle y tenait beaucoup trop pour l'abandonner... Alors un brusque coup de folie, un accès de dépression ? Non, ce n'est pas son genre. La veille, lorsqu'elles se sont vues, elle était même particulièrement calme.

Trop calme, peut-être... Pour la première fois, Irma a trouvé sa sœur déterminée, pour la première fois, elle a parlé d'avoir une explication avec son mari. Alors, la suite n'est pas difficile à imaginer. Tout à l'heure, il y a eu une dispute entre eux et Ignacio a tué sa femme.

Irma Casaldo connaît tout de la vie de Rosita. Elle était sa seule confidente. Elles sont toutes deux d'origine modeste. Leurs parents, petits fonctionnaires, sont morts dans un accident d'automobile, alors qu'elles étaient toutes jeunes. Élevées par un oncle et une tante, elles ont réussi à s'en sortir. Irma, l'aînée, est devenue infirmière ; Rosita, la cadette, terminait ses études pour être institutrice, lorsqu'elle a rencontré Ignacio Belmonte. C'était il y a deux ans ; elle avait tout juste vingt ans.

Ignacio, lui, en avait quarante et il était incontestablement beau garçon : tempes argentées, regard autoritaire et charmeur à la fois. Rosita a tout de suite été conquise. Comment ne pas l'être ? Car, en plus, Ignacio Belmonte était riche, très riche. C'était un des plus gros promoteurs immobiliers d'Alicante. Il avait fait fortune quelques années plus tôt, lors du prodigieux développement du tourisme, achetant et revendant des terrains à tour de bras...

Irma Casaldo s'est, dès le début, méfiée instinctivement d'Ignacio et elle a tout fait pour mettre sa sœur en garde. Ce n'était pas par jalousie, par dépit de voir sa cadette épouser un milliardaire. Non, c'était parce qu'elle avait peur pour elle, tout simplement.

D'abord, le personnage ne lui plaisait pas, et puis il y avait son passé. Il était divorcé trois fois, il avait quatre fils et une fille, de l'âge de Rosita. Mais tout cela n'était rien. On disait beaucoup de choses à son sujet : que l'origine de ses premiers fonds, ceux avec lesquels il s'était lancé dans la spéculation, était plus que louche et que ses opérations immobilières étaient loin d'être irréprochables. On parlait de magouilles politiques, de relations avec le milieu...

Mais Rosita n'a pas écouté sa sœur. Comment écouter la voix de la raison quand on a vingt ans, qu'on s'apprête à devenir une petite institutrice et qu'un homme comme Ignacio vous propose une vie de rêve ? Rosita s'est laissé passer la bague au doigt et s'est installée dans la villa hollywoodienne du promoteur. Une petite Carmen leur est née un an plus tard.

Irma s'était pourtant trompée sur un point. Elle avait pensé qu'Ignacio était un volage, qui allait tromper effrontément sa sœur, mais ce fut bien pire, hélas !

Il s'est révélé un tyran domestique, un mari possessif, jaloux et violent. Pour un oui ou pour un non, il faisait des scènes insensées à Rosita. Il lui interdisait de sortir, même pour faire ses courses. Il ne permettait à personne de la voir, sauf à sa sœur.

La pauvre Rosita s'était imaginé une vie brillante, mondaine. Dans la villa hollywoodienne où elle était cloîtrée, pour ne pas dire séquestrée, elle n'a pas eu droit à la moindre réception, à la moindre fête. En fait, sa seule joie était sa fille Carmen. Voilà ce que confiait Rosita à sa sœur.

Jusqu'à la veille de ce 19 octobre 1994 où elle s'est tout d'un coup révoltée. Elle en avait assez ! Elle ne pouvait plus supporter cette vie. Elle allait le dire à Ignacio et, s'il refusait de l'entendre, eh bien, elle demanderait le divorce !

Irma Casaldo arrête sa voiture devant le porche de la villa, dans un crissement de pneus... C'est un endroit de rêve. L'habitation est bâtie sur une colline qui domine tout Alicante et se situe au milieu d'un parc immense. Mais la jeune femme est totalement insensible au luxe du décor. Elle ne voit qu'une chose : là, dans le garage, il y a la voiture de sa sœur. C'est une preuve supplémentaire : comment se serait-elle enfuie sans sa voiture ? Ignacio est là aussi, qui l'accueille, la mine décomposée.

– Vous n'avez rien de nouveau, depuis tout à l'heure ? Je suis mort d'inquiétude !

Sans prendre la peine de lui répondre, Irma se précipite vers la voiture de son beau-frère, une Range-Rover dernier modèle, et ouvre le coffre.

– Mais qu'est-ce que vous faites ?

Non, elle ne se trompe pas : là, dans le coin, il y a des traces rougeâtres : du sang ! Le meurtre doit être tout récent. Ignacio vient de transporter le corps pour le faire disparaître et il n'a pas encore pris la peine d'effacer les traces.

– Qu'est-ce qui vous arrive ? Vous êtes folle ?

Irma Casaldo, brusquement, a très peur. Son beau-frère est là devant elle, qui la regarde fixement. Il a déjà commis un meurtre, alors pourquoi pas un second ? Après, il pourra toujours aller prétendre que les deux sœurs se sont enfuies ensemble. Serait-ce tellement invraisemblable ?

Elle court à sa voiture, s'y précipite comme on se jette sur une bouée et démarre encore une fois sur les chapeaux de roues... Un coup d'œil dans le rétroviseur la rassure : Ignacio n'est pas à sa poursuite. Elle ralentit et se met à réfléchir. Elle doit trouver la réponse à cette question : où est Rosita ? Ou du moins son cadavre, car elle ne se fait pas la moindre illusion sur son sort.

La meilleure manière est d'imaginer ce qu'elle aurait fait à la place d'Ignacio... Elle réfléchit tant qu'elle peut et c'est alors qu'une idée lui vient : il a enterré sa victime dans un des terrains qu'il possède. Mais pas n'importe lequel : un de ceux qui s'apprêtent à être bâtis. Oui, c'est cela : il a été l'ensevelir dans les fondations. Et, dans quelques jours, demain peut-être, des tonnes et des tonnes de béton seront déversées dessus. Dans quelques mois, il y aura un immeuble à la place et la malheureuse Rosita aura disparu pour toujours !

Seulement, voilà : des chantiers en construction, Ignacio Belmonte en possède des quantités dans la région. En admettant qu'elle arrive à convaincre les policiers qu'il s'agit bien d'un meurtre et non d'une fugue et qu'une fouille soit décidée, ce sont des milliers de mètres cubes qu'il va falloir retourner. C'est un travail de Romain et avec quels effectifs mener une tâche pareille ? Sans compter qu'il va falloir des autorisations et, là encore, ce n'est pas gagné d'avance. On peut faire confiance à Ignacio Belmonte pour faire jouer ses puissantes relations politiques, acheter les complicités nécessaires...

En se rendant au commissariat de son quartier, le lendemain matin, après toute une nuit à méditer, Irma Casaldo est sans grand espoir. Elle est pratiquement certaine d'avoir découvert la vérité, mais elle est pratiquement certaine également qu'elle ne pourra rien. Son beau-frère est trop fort. La lutte est inégale, c'est celle du pot de fer contre le pot de terre. De plus, on murmure qu'il a des appuis dans la police. Pour peu que la malchance s'y mette, pour peu qu'elle tombe sur un de ceux qui font plus ou moins partie de sa clientèle, la situation sera plus compromise encore.

À son grand soulagement, lorsqu'elle parle d'un meurtre, on la prend au sérieux et on l'introduit dans le bureau du commissaire Mercader. Il s'agit d'un homme jeune pour la fonction qu'il exerce. Il a l'air dynamique et ouvert ; sans qu'elle sache pourquoi, elle a spontanément confiance en lui.

– Il s'agit de ma sœur, monsieur le commissaire. Elle a disparu.

– Elle a disparu ou elle est morte ? Vous avez parlé d'un meurtre.

– Je suis sûre qu'elle est morte, malheureusement. J'ai vu des traces de sang dans la voiture de mon beau-frère.

– Qui est-ce, ce beau-frère ?

– Ignacio Belmonte. Il est promoteur immobilier...

Irma Casaldo avait peur qu'en prononçant ce nom elle ne provoque chez son interlocuteur une réaction d'hostilité. Mais pas du tout : le commissaire Mercader n'a pas l'air choqué, il semblerait même plutôt intéressé.

– Je connais le personnage. Racontez-moi tout en détail...

Et Irma expose aussi clairement et complètement qu'elle peut l'existence de sa sœur, depuis son mariage jusqu'à sa décision d'avoir une discussion avec son mari. Elle raconte le coup de téléphone de ce dernier, sa propre visite à la villa et la découverte qu'elle a faite des taches de sang. Elle termine par les conclusions auxquelles elle a abouti : son beau-frère va faire disparaître le corps dans un de ses nombreux chantiers... Le commissaire Mercader, qui l'a écoutée avec beaucoup d'attention, hoche la tête gravement.

– Je pense effectivement, mademoiselle, qu'il a pu arriver quelque chose à votre sœur. Je pense aussi qu'il faut faire vite, avant que le béton nous enlève toute possibilité de connaître la vérité. Donc, nous allons agir...

Irma Casaldo n'en revient pas ! Le commissaire a dit cela d'un ton tout naturel, comme si la chose ne présentait pas de difficulté, comme s'il ne s'agissait pas d'envoyer des centaines de policiers retourner des dizaines de chantiers et de provoquer l'émoi général dans toute la région d'Alicante... Son interlocuteur a un léger sourire.

– Je comprends votre étonnement. Jusqu'à il y a quelques jours, je vous aurais dit que c'était impossible, mais maintenant nous avons un moyen nouveau et parfaitement adapté à ce genre de problème. J'appellerais volontiers cela les yeux du ciel.

– Les yeux du ciel ?

– Il s'agit d'un hélicoptère doté d'un appareil à infrarouges ultrasensible. Il permet de découvrir tout corps enfoui sous terre. Jusque-là, il était la propriété du ministère du Tourisme et de la Culture, pour détecter, justement sur les chantiers, des tombes antiques. Mais la police vient de recevoir l'autorisation de l'utiliser en cas de besoin.

Irma Casaldo a du mal à y croire.

– Mais comment est-ce possible ?

– Par photo aérienne. En se décomposant, un cadavre produit un réchauffement minime, mais décelé par l'appareil. On voit sur la photo un ensemble de petites taches, qui a la forme d'un corps humain.

Le commissaire Mercader a réussi à convaincre les autorités compétentes : l'hélicoptère a pris l'air le jour même et photographié tous les chantiers du promoteur. Sur l'un des clichés est apparue une forme allongée de la taille d'une femme. Les bétonneuses étaient déjà sur place et devaient entrer en action le lendemain.

Ignacio Belmonte qui, par précaution, n'avait pas été tenu au courant de cette investigation aérienne est tombé des nues quand il a vu les policiers débarquer dans sa villa et l'inviter à les suivre pour l'exhumation de sa femme. Il a passé des aveux complets. Il avait frappé Rosita au cours de leur dispute et l'avait tuée. Il avait pensé ensuite faire disparaître à jamais sa victime, mais c'était compter sans l'acharnement de sa belle-sœur et aussi sans les yeux du ciel.

« *Qui dit Savoyard...* »

S'il y a une constante, dans ce livre consacré aux personnages riches et puissants auteurs d'un crime, c'est qu'ils réussissent souvent et parfois de manière scandaleuse à échapper au châtiment, grâce à leur fortune, à leurs relations ou au pouvoir qu'ils exercent directement. Eh bien, l'histoire qui va suivre fait exception. Sans l'affirmer avec certitude, on peut penser que Pierre Jaccoud a été victime de sa notoriété elle-même. En tout cas, elle ne l'a pas aidé, bien au contraire !

Tout commence un jour férié, dans une banlieue tranquille d'une ville tranquille entre toutes, Genève. Nous sommes le 1er mai 1958, il est 22 h 30. Mme Zigler rentre chez elle, à Plan-les-Ouates, près de la grande ville suisse. Elle vient d'une réunion de couture dans sa paroisse protestante. En arrivant devant le pavillon cossu qu'elle habite, elle remarque un vélo garé contre la grille. Elle constate aussi que la lumière du perron est allumée, ce qui n'est pas habituel.

Intriguée, elle entre dans le pavillon. Elle se trouve dans le couloir d'entrée, lorsqu'elle voit débouler « un homme brun et mince, entre trente et quarante ans, portant une veste », ainsi qu'elle le dira par la suite aux enquêteurs. Celui-ci a un revolver à la main. Elle fait demi-tour et se met à courir, mais elle trébuche sur les marches du perron et s'étale de tout son long. Froidement, l'homme tire deux balles sur elle, dont une l'atteint à l'omoplate, puis disparaît.

Une voisine, Mme Lebrun, alertée par les coups de feu, sort de chez elle ; elle voit une silhouette sauter sur le vélo garé contre la grille et s'enfuir dans la nuit. Un autre voisin, M. Jansen, est témoin du même spectacle et précise que la lumière de son phare était défaillante et clignotait.

Les deux voisins se précipitent alors dans la maison, relèvent Mme Zigler, qui n'est heureusement que légèrement blessée, et tous trois partent à la recherche du mari de cette dernière, Armand Zigler, soixante-neuf ans. Ils le découvrent dans la chambre de son fils cadet Jacques. Malheureusement, il n'y a plus rien à faire : il est mort.

C'est même un véritable massacre ! Armand Zigler a reçu quatre balles dans le cœur, plus quatre coups, portés avec un instrument tranchant, dans le ventre, le bas-ventre et le bras. Ces coups ont été d'une extrême violence. L'un d'eux a atteint le foie et n'a été arrêté que par la garde de l'arme. Une armoire a été ouverte ; une chaise renversée et le tapis en désordre témoignent qu'il y a eu lutte. Sur place, on retrouve quatre douilles de Mauser 6,35, ainsi qu'un bouton de manteau ou de gabardine...

Dès le début, l'enquête est menée avec le plus grand sérieux, comme en témoigne la personnalité de ceux qui la prennent en charge. M. Knecht, le chef de la police genevoise, arrive tout de suite sur les lieux, tandis que le juge d'instruction Pierre Moriaud procède, également le soir du meurtre, à l'audition des témoins.

Les voisins, Mme Lebrun et M. Jansen, lui disent ce qu'ils ont aperçu concernant le meurtrier : son apparence générale, l'éclairage de son vélo, qui fonctionnait mal... Ils lui donnent aussi les premiers renseignements sur la victime. Il était représentant en machines agricoles à la retraite. Depuis qu'il avait cessé ses activités, il aidait les uns et les autres grâce à ses dons de bricoleur. C'était le meilleur, le plus tranquille des hommes, et ils ne comprennent absolument pas comment il a été victime d'une agression aussi sauvage.

Pierre Moriaud ne le comprend pas non plus, car les premières constatations des policiers sont formelles : il ne s'agit pas d'un cambriolage qui aurait mal tourné. Et cela, non seulement parce que l'agresseur n'a rien pris, mais parce que le pavillon était visiblement occupé : les deux voitures des Zigler étaient garées dans le jardin et il y avait de la lumière aux fenêtres. Quelqu'un qui vient pour voler ne se serait jamais aventuré dans ces conditions, c'est donc qu'on était venu pour tuer. Mais pourquoi vouloir la mort de ce retraité sans histoire d'une banlieue paisible ?

C'est à ce moment, aux environs de minuit, que le fils cadet de la victime, Jacques Zigler, trente ans, rentre au pavillon. Il est preneur de son à Radio Genève, la station officielle de la Suisse romande, et il travaille toujours jusque fort tard. Le juge d'instruction lui laisse le temps de se remettre du terrible choc qu'il reçoit en découvrant le meurtre et lui demande s'il se sent la force de parler sans plus attendre... Oui, Jacques Zigler s'en sent la force et il va donner une raison possible pour ce meurtre. Il va même en donner deux. Il déclare d'abord :

– Mon père avait peut-être un ennemi : Pierre Clot. Il lui avait loué son garage pour qu'il y entrepose du matériel.

– Et que fait-il, ce Pierre Clot ?

– Justement. Ils avaient eu une dispute à ce sujet. Mon père le soupçonnait d'appartenir à une bande de cambrioleurs et il a mis fin à la location.

– Qu'est-ce qui lui faisait penser à des cambrioleurs ?

– Le matériel dans le garage lui a paru suspect. Et puis, il y avait sans arrêt des allées et venues dans la journée. Des gens louches...

Pour une information, c'est une information ! Il semblerait que, dès le départ, la bonne piste ait été trouvée. D'autant que Jacques Zigler ajoute :

– Il y a un détail qui me revient : ce soir, on m'a appelé deux fois à mon travail et, dès que j'ai pris l'appareil, on a raccroché...

Cette fois, le scénario se précise : Pierre Clot ou l'un de ses acolytes sait qu'à cette heure-là Mme Zigler fait de la couture à sa paroisse. Il téléphone au fils pour s'assurer qu'il est bien à son travail et il se rend dans le pavillon pour assassiner le père, qui se trouve seul... Tout concorde, mais c'est alors qu'intervient un élément imprévu. Jacques Zigler ajoute :

– Il y a peut-être autre chose. Mina Hartmann, la secrétaire du directeur de Radio Genève, avait une liaison avec un avocat de la ville, Pierre Jaccoud, et, comme j'avais de bonnes relations avec elle, il avait manifesté une grande hostilité envers moi.

Le juge d'instruction Pierre Moriaud sursaute. Qu'est-ce que vient faire maître Jaccoud dans tout cela ? C'est l'un des plus grands avocats de Genève, une personnalité considérable et c'est, de plus, un de ses amis. Sa présence dans cette affaire est parfaitement incongrue ! D'autant qu'on ne saisit pas le rapport avec le meurtre.

– Excusez-moi, mais quelle raison aurait-il eue de s'en prendre à votre père ?

– C'est peut-être moi qui étais visé...

Telle est la déposition que fait Jacques Zigler au juge d'instruction Moriaud, dans les heures qui suivent le meurtre. Bien entendu, ce dernier décide de suivre la première piste et non la seconde, qui paraît totalement invraisemblable. Outre qu'on ne voit pas un homme comme l'avocat commettre un meurtre pareil, les deux coups de fil passés à Jacques Zigler semblent avoir eu pour but de s'assurer qu'il n'était pas chez lui et que son père était seul à la maison. C'était, de toute évidence, lui et non son fils qui était visé...

M. Knecht et ses hommes se mettent sans plus attendre à la tâche et les résultats ne tardent pas. Les impressions de M. Zigler étaient parfaitement justes : Pierre Clot est bien à la tête d'une redoutable bande de cambrioleurs. Ceux-ci sont presque immédiatement arrêtés. Ils sont sept, ils avouent un nombre impressionnant de vols, mais tous nient le meurtre.

– On n'a jamais opéré à main armée, vous le savez bien ! La violence, ce n'est pas notre truc !

Bien entendu, la police vérifie leur emploi du temps pendant la soirée du 1er mai et il se trouve qu'ils ont tous les sept un alibi inattaquable. C'est même presque trop beau. C'est comme s'ils s'étaient arrangés pour bien se faire remarquer à ce moment-là. Alors pourquoi s'en tenir à leurs déclarations ? Pourquoi ne pas imaginer qu'il existe un huitième complice, dont ils se sont bien gardés de parler et qui a fait le coup ?

Il semblerait logique de poursuivre les recherches dans cette direction, mais pas du tout ! Les enquêteurs se fient à la parole des malfaiteurs. Pierre Clot et sa bande sont inculpés pour les cambriolages, mais mis hors de cause pour le meurtre. Jamais, par la suite, ils ne seront de nouveau entendus à ce sujet. Et, puisqu'il n'en reste plus d'autre, on va en revenir à l'autre piste, celle de Pierre Jaccoud, qu'avait évoquée le fils de la victime...

Jacques Zigler est de nouveau entendu par le juge Moriaud. Il lui explique une situation que le magistrat, pourtant ami avec l'avocat, ignorait totalement... Pierre Jaccoud avait eu, pendant plusieurs années, une liaison extraconjugale avec Mina Hartmann, secrétaire à Radio Genève. Depuis quelque temps, peut-être parce que ses sentiments n'étaient plus les mêmes, peut-être parce que l'avocat refusait de divorcer pour l'épouser, la jeune femme avait pris ses distances et voulait rompre.

Jacques Zigler sait tout cela parce que Mina Hartmann se confiait à lui. Ils étaient très liés, mais seulement camarades. Elle lui disait aussi que Jaccoud se montrait de plus en plus jaloux et il a pu s'en rendre compte par lui-même. Il y a quelque temps, l'avocat a voulu avoir une explication avec lui. Il est venu le trouver à Radio Genève et lui a demandé :

– Quels sont vos rapports avec Mina ?

Jacques Zigler, pour le contrarier, parce qu'il n'appréciait pas du tout la démarche, lui a laissé entendre qu'ils étaient amants. Jaccoud lui a demandé alors :

– Avez-vous l'intention de l'épouser ?

Ce à quoi le jeune homme a fait cette réponse cinglante :

– Pourquoi voulez-vous que je le fasse, alors que vous ne l'avez pas fait pendant huit ans ?

Son interlocuteur s'en est allé furieux. Mais il s'est manifesté de nouveau et de la plus étrange des manières. Peu après, en septembre 1957, Jacques Zigler a reçu une lettre anonyme, dont il est sûr qu'elle ne peut être que de Jaccoud. Cette lettre, il l'a sur lui. Il l'a emportée lorsqu'il a été convoqué par le juge d'instruction et il la montre au magistrat. Elle est passablement étrange.

« Monsieur,

J'ai appris que vous étiez l'ami de Mlle Mina Hartmann et je crois utile de vous renseigner sur ce qui se passe. Après avoir été la maîtresse d'un tenancier de bar, puis d'un employé de votre maison, elle a été celle d'un homme marié pendant plusieurs années. Or je viens d'apprendre que, depuis quelques mois, elle entretenait des relations avec un homme marié qui m'est très cher. Je les ai vus ensemble le 17 août et j'ai trouvé par hasard, il y a quelques jours, une photographie fort édifiante de leur passe-temps. Je vous envoie cette photographie en vous priant de surveiller d'un peu plus près votre maîtresse, afin qu'elle ne continue pas son œuvre perverse. J'ai horreur des lettres anonymes, mais la situation dans laquelle je me trouve m'oblige à beaucoup de discrétion. Je me permettrai cependant de vous passer un coup de téléphone prochainement pour savoir si vous désirez me voir et je vous donnerai alors d'autres précisions, si cela vous intéresse. »

La photo dont il est question, Jacques Zigler la donne également au juge d'instruction. Elle montre Mina Hartmann nue sur un lit. Le jeune homme affirme au magistrat :

– Elle est forcément de Jaccoud. Qui d'autre aurait pu la prendre ?

Et il conclut ainsi sa déposition :

– Interrogez Mlle Hartmann : elle vous confirmera tout ce que je vous dis...

Dès le lendemain 4 mai – car tout s'est passé très vite, nous sommes seulement trois jours après le crime –, M. Knecht, le chef de la police genevoise, interroge effectivement Mina Hartmann. C'est une jeune femme distinguée, plutôt grande, brune, assez jolie. Elle a trente-sept ans et elle ne les fait pas...

Elle s'explique d'abord à propos de la photo. Elle a effectivement été prise par Pierre Jaccoud, dans la garçonnière qu'il possède à Genève. C'était en février 1957. À l'époque, ils étaient amants depuis huit ans, mais elle avait décidé de mettre fin à leurs relations. Il l'a suppliée de la revoir une dernière fois et elle a accepté. Une fois qu'ils ont été ensemble, il l'a menacée d'un revolver, il l'a obligée à se mettre nue, à s'allonger sur le lit et il a pris cette photo.

Le chef de la police genevoise enregistre sans faire de commentaires, mais la mention d'un revolver retient toute son attention. D'autant que Mina Hartmann n'en a pas terminé. Elle a autre chose à dire, mais visiblement, elle hésite. M. Knecht, avec beaucoup de métier, sait à la fois la mettre à l'aise et lui faire comprendre que parler est son devoir, alors elle se jette à l'eau.

– Peu de temps après, Pierre m'a forcée à aller chez Jacques Zigler...

– Quand était-ce ?

– En octobre 1957. Il m'a conduite en voiture à Plan-les-Ouates. Il était neuf heures du soir. Il s'est arrêté devant le pavillon des Zigler. Il m'a donné l'ordre d'appeler Jacques pour le faire venir. J'ai refusé.

– Que voulait-il faire ?

– Il ne me l'a pas dit... Comme je continuais à refuser, il s'est mis à klaxonner pour le faire sortir. Je lui ai dit d'arrêter, il a continué, alors nous avons eu une violente discussion. Il a sorti encore une fois son revolver et il m'a menacée. Je ne me suis pas laissé faire. J'ai pris l'arme et je l'ai jetée par la portière. Il a été la rechercher et, quand il est revenu, il était calmé. Nous sommes rentrés sans qu'il ajoute un mot...

Cette fois, l'enquête vient définitivement de basculer. Pour le chef de la police Knecht et même pour le juge d'instruction Moriaud, qui pensait pourtant bien connaître Pierre Jaccoud, ce dernier fait figure de principal suspect. Il faut absolument en savoir plus. Or ils vont être servis par une coïncidence inespérée. Ce même 4 mai, Mme Jaccoud se rend chez M. Knecht, au sujet d'une contravention qu'elle a eue et qui ne lui semble pas justifiée.

Le chef de la police genevoise la reçoit avec la plus grande amabilité, lui promet de faire le nécessaire pour la contravention et en profite pour se renseigner sur l'emploi du temps de l'avocat, ce qui lui est d'autant plus facile que Mme Jaccoud ne se doute de rien.

– Votre mari est toujours le même bourreau de travail ?

– Il n'arrête pas !

– Même les jours fériés ? Même le 1er mai ?

– Je pense bien, il est rentré de l'étude à minuit moins le quart...

À la suite de cet entretien, M. Moriaud et M. Knecht peuvent faire le point. Jacques Zigler n'a pas menti en disant que Pierre Jaccoud représentait une menace pour sa personne. Il a voulu avoir une explication avec lui et il lui a envoyé une lettre anonyme, avec la photo de Mina Hartmann nue. Il a, de plus, été avec cette dernière devant chez lui, pour tenter de le faire sortir du pavillon. Et, à ces deux dernières occasions, il avait en sa possession un revolver. Si l'on ajoute qu'au dire même de sa femme il n'a pas d'alibi pour la nuit du crime, on conçoit qu'il faille absolument l'interroger. Le chef de la police genevoise et le juge d'instruction décident de le faire sans plus attendre, mais ils conviennent d'agir le plus discrètement possible.

Qui est-il, ce Pierre Jaccoud, ce grand avocat, ce notable, ami du juge d'instruction, qui vient d'apparaître d'une manière aussi saugrenue dans un sordide dossier criminel ?...

En cette année 1958, il a cinquante-trois ans. Il est fils d'avocat. Son père, qui a réussi à partir de rien, était si habile et si rusé qu'on le surnommait « Jaccoud de Jarnac ». Il est arrivé de France et s'est imposé à force de travail dans la grande cité du lac Léman. Mais il était savoyard et il a traîné toute sa vie le mépris qui s'y rattache. L'un des dictons traditionnels à Genève est, en effet, sans détour à ce sujet : « Qui dit Savoyard dit salopard ! » Son fils héritera de cette tache originelle.

Dès son enfance, Pierre Jaccoud est de santé fragile et il sera malade toute sa vie. Il est choyé par son père, qui le voit comme son successeur, et il justifie tous les espoirs placés en lui. Après des études brillantes de droit, il devient avocat. Il fait aussi de la politique, il milite au Parti radical, ce qui, en Suisse, n'a pas du tout la même connotation que chez nous : bien loin d'être centriste et bourgeois, le Parti radical est fortement marqué à gauche.

Mais Pierre Jaccoud, décidément insatiable, ne s'intéresse pas qu'au droit et à la politique, il a aussi la passion de la littérature. Dès la fin de ses études, il s'inscrit au club des Belles-Lettres, une association d'esprit libéral. Le club organise des agapes dans l'île de la Harpe, sur le lac Léman. Il donne également des représentations théâtrales ; Jaccoud adore monter sur les planches, manifestant une prédilection pour les pièces de Musset. Et il ne tarde pas à devenir le président de l'association. C'est lui qui fait prononcer aux nouveaux arrivants la déclaration qu'il a lui-même prononcée lorsqu'il a été intronisé : « Je crois aux Belles-Lettres, qui m'enseigneront le prix de la jeunesse, de la gaieté et de l'ironie. Je crois aux Belles-Lettres, qui me vaudront quelques amitiés délicieuses. » Parmi ces nouveaux arrivants, parmi ces « amitiés délicieuses », il y a Pierre Moriaud...

En 1935, alors qu'il a tout juste trente ans, il reprend l'étude de son père qui, très malade, doit cesser de travailler. La même année, il se marie. Il épouse sa secrétaire. Avec la position sociale qui est la sienne, il aurait pu faire un riche mariage. Mais comment un homme qui a joué Musset ferait-il autre chose qu'un mariage d'amour ? Leur union, en tout cas, est une réussite : ils ont trois enfants et, pendant quinze ans, ils connaissent un bonheur sans nuages.

Si maître Jaccoud père avait réussi magnifiquement, la réussite du fils est plus brillante encore. D'une étude prospère, il fait l'une des premières de Suisse. Il s'installe rue de la Corraterie, dans le quartier le plus huppé de la ville. Il voit le lac Léman sous ses fenêtres. Son cabinet d'affaires a pour clients les plus grandes multinationales et les personnalités les plus prestigieuses : la Bégum, Sacha Guitry, Ali Khan.

Tous ces mérites le font élire, consécration suprême, bâtonnier du barreau de Genève.

Pourtant, l'ascension de Pierre Jaccoud a quand même ses limites. Il est riche, très riche ; les jours de fête, il sort son stradivarius et joue Brahms ou Mendelssohn pour sa femme et ses enfants, mais il reste méprisé des vieux Genevois. Il n'est pas admis dans leur cercle fermé. Il ne peut pas dire : « Mes ancêtres ont fourni tant de syndics à la ville. » Il a un appartement rue Monnetier, l'artère la plus chère de la ville, entre les consulats de France et d'Allemagne, mais pas rue des Granges, celle de l'aristocratie genevoise où il n'y a pas une maison à vendre depuis quatre siècles.

Qu'à cela ne tienne : il multiplie plus encore les activités ! Il devient vice-président des services industriels de Genève, membre du conseil d'administration de Radio Genève et du conseil de fonctionnement de l'orchestre de la Suisse romande, un des plus prestigieux du monde. Il se lance davantage encore dans la politique. Il devient un personnage de premier plan sur l'échiquier suisse. Il est élu au Grand Conseil, le Parlement du pays, et à la présidence du Parti radical. On parle de lui pour devenir ministre de la Justice et même président de la République. Là, oui, ce serait la consécration. Même les cercles les plus fermés seraient forcés de l'accueillir !

Mais une telle débauche d'activités, ajoutée à la direction d'un des plus importants cabinets d'affaires européens, est épuisante et sa santé a toujours été précaire. Pierre Jaccoud est perpétuellement surmené et, pour tenir le coup, il prend des médicaments. Il se dope, ce qui l'épuise davantage et l'oblige à se doper plus encore. Tout cela n'est pas sans conséquences sur sa vie familiale. Ses liens avec son épouse, qu'il voit de moins en moins, se distendent... C'est alors que Mina Hartmann fait son apparition.

Lorsqu'il rencontre la secrétaire du directeur à Radio Genève, dans le cadre de ses activités à la station, il a quarante-trois ans et elle vingt-sept. Il est attiré par sa beauté et sa fraîcheur, mais peut-être tout autant par son esprit : elle est aussi intelligente que cultivée. De son côté, quand elle voit qu'un personnage aussi prestigieux s'intéresse à elle, elle est flattée. Il se montre empressé mais galant, et cette retenue l'impressionne favorablement. Elle a été blessée par deux amours malheureuses et elle en a gardé une grande méfiance des hommes. Il ne faut pas très longtemps pour qu'elle cède et devienne sa maîtresse.

Cela dure un peu plus de huit ans, de 1948 à 1957... Une partie de Genève est au courant et désapprouve vivement, mais se tait. Mme Jaccoud, elle aussi, connaît la liaison de son mari, mais elle refuse le divorce : elle attendra le temps qu'il faudra. Pierre lui reviendra un jour ou l'autre...

Pourtant, ce n'est pas ce qui se produit. C'est au contraire Mina qui se lasse et qui menace de rompre, d'autant qu'elle sait que son amant ne l'épousera pas. Alors, Pierre Jaccoud est comme pris de panique. Il vient de dépasser la cinquantaine : c'est le démon de midi dans toute sa virulence. Lorsqu'elle lui dit que tout est fini, il perd tout à fait la tête. Il entreprend ces démarches insensées contre Jacques Zigler, qu'il prend à tort pour son rival. Il écrit aussi à son ancienne maîtresse des lettres touchantes, qui semblent le fait d'un adolescent et qui montrent son immaturité sentimentale : « Si vous faisiez silence encore, si vous faisiez taire vos vaines agitations, vous découvririez, dolent, abandonné au fond de votre cœur, notre pauvre amour, tournant vers nous un regard suppliant et tourmenté... »

Telle est la personnalité si étonnante de l'homme que le juge d'instruction Moriaud et le chef de la police Knecht se préparent à interroger. Et l'on peut se demander si, derrière une façade brillante, étincelante même, la vie de Pierre Jaccoud n'est pas, dans le fond, un échec : échec sentimental, échec pour se faire reconnaître des siens.

Car il n'y a pas que les membres de l'aristocratie qui se montrent réticents à son égard, il y a bon nombre de ses compatriotes. Cette activité frénétique qu'il déploie n'est pas dans leur mentalité. Il est si différent d'eux-mêmes, il est si déroutant, il est si peu suisse, en un mot, cet homme impatient et volage. Comment pourrait-il être admis dans la ville de Calvin, cet anticonformiste, cet épicurien, ce romantique, qui entretient pendant des années une liaison adultère ? Non, Jaccoud aura beau faire, il pourra multiplier les succès professionnels, devenir une personnalité éminente du monde culturel et politique, pour ses concitoyens, il restera quand même un fils de Savoyard. Et qui dit Savoyard...

Le 19 mai 1958, le juge d'instruction Moriaud se rend à l'étude Jaccoud, rue de la Corraterie. Il s'installe dans la salle d'attente et laisse passer tous les clients. Lorsque le dernier est parti, l'avocat vient le trouver, intrigué.

– Cher Pierre ! Que se passe-t-il ? Auriez-vous un problème ?

– J'aimerais bavarder avec vous quelques instants. Pouvons-nous aller dans votre bureau ?

Une fois dans la luxueuse pièce, qui jouit d'une vue imprenable sur le lac Léman, le juge d'instruction entre sans plus attendre dans le vif du sujet.

– Vous savez peut-être que j'enquête sur le meurtre d'Armand Zigler. Or le fils de la victime m'a parlé de vous. Il a fait état de votre liaison avec Mina Hartmann et il m'a remis ceci...

Pierre Moriaud tend la lettre anonyme et la photo à son interlocuteur. Ce dernier pâlit. Il reste un moment silencieux et finit par prendre la parole d'une voix défaite.

– C'est moi. J'ai perdu la tête !

– Qu'est-ce qui s'est passé ? Expliquez-moi...

Et Pierre Jaccoud s'explique ou, du moins, il essaie... C'est vrai, il a eu une liaison avec Mina Hartmann et il était jaloux de Jacques Zigler. Il était alors dans un tel état de dépression qu'il a fait n'importe quoi !

Le juge d'instruction Moriaud feint de ne pas attacher d'importance à la chose. Il s'explique à son tour. Il est obligé d'agir ainsi parce qu'on a prononcé son nom dans le cadre de l'enquête. De même, s'il pouvait effectuer une visite à son domicile, en toute confidentialité, bien entendu, cela permettrait d'en finir avec cette affaire...

Pierre Jaccoud accepte. Peut-être croit-il effectivement qu'il s'agit d'une simple formalité, peut-être se rend-il compte qu'il est déjà, dans l'esprit de son ami Moriaud, le principal suspect, mais de toute manière, il n'a guère le choix... Le juge d'instruction ne perd pas de temps : l'après-midi même, il est dans l'appartement de l'avocat, rue Monnetier. Il n'est pas seul, M. Knecht l'accompagne.

Les deux hommes se répandent en amabilités. Cela ne les empêche pas d'ouvrir la garde-robe de l'avocat et de jeter furtivement un regard sur ses manteaux, avec l'arrière-pensée d'en trouver un auquel il manquerait un bouton. Mais ce n'est pas le cas... Le chef de la police demande, d'un ton détaché :

– Vous n'avez pas d'autre manteau ?

– Non. Ils sont tous là.

– Et un revolver ? Avez-vous un revolver ?

– Oui, un parabellum.

– Je suis obligé de l'emporter. Il est de règle de ne pas laisser des armes à feu chez un témoin... Pourriez-vous m'accompagner dans mon bureau pour signer votre déposition ?

De nouveau, Pierre Jaccoud, qui peut difficilement faire autrement, accepte. Et, une fois sur place, il se rend compte qu'il s'agit de tout autre chose que de signer sa déposition. Le chef de la police et le juge d'instruction l'interrogent sur sa liaison avec Mina Hartmann, sur son équipée nocturne avec elle devant le pavillon, sur son emploi du temps le 1er mai. Mais tout cela est dit avec un ton déférent et, à neuf heures du soir, les deux hommes le remercient, s'excusant de l'avoir importuné si longtemps. Après cette journée mouvementée, Pierre Jaccoud rentre chez lui. Il est libre.

Il l'est même à tel point que, dans les jours qui suivent, il se rend deux fois à l'étranger pour des congrès juridiques : Bordeaux, puis Stockholm. Et là, il a une initiative incroyable : il se fait teindre en blond. Il n'y a qu'une seule explication – si c'en est une – à ce geste : Mme Zigler a dit que le meurtrier était brun, donc lui-même ne doit plus être brun, il doit être blond ! Que s'est-il passé dans son esprit ? Qu'est devenu le passionné de littérature et de musique, l'avocat des multinationales et des célébrités, l'aspirant à la présidence de la République, pour se comporter comme un simple d'esprit de village, affolé d'être suspecté ?

On ne le sait pas et on ne le saura jamais. Une chose est certaine : derrière sa force apparente, Pierre Jaccoud peut se révéler étonnamment faible... En tout cas, s'il avait peur d'être suspecté, il ne se trompait pas. Le 7 juin, le jour même où il rentre à Genève, avec son invraisemblable chevelure décolorée, les policiers sont là, qui l'attendent et l'arrêtent. Et, de nouveau, il a une initiative aussi inattendue que compromettante : il met la main à sa poche, se saisit d'une poignée de somnifères et les avale.

Transféré dans une clinique, il est mis tout de suite hors de danger et en sera quitte pour dormir pendant plusieurs jours. Mais, pour le juge d'instruction Moriaud, sa tentative de suicide équivaut à un aveu et il décide de le mettre au secret durant un temps indéterminé. En application de cette mesure, qui n'existe pas dans le code français, l'inculpé n'a plus le droit de voir personne, pas même son avocat.

Ainsi qu'on peut l'imaginer, dès qu'elle est connue, la nouvelle de l'arrestation de Pierre Jaccoud provoque la sensation à Genève. Dans une ville aussi tranquille, c'est un événement comme on n'en a pas connu depuis des lustres ! Sur les bords du lac Léman, on ne parle que de cela et on commente avec passion les suites de l'enquête.

Le revolver, que M. Knecht a saisi chez l'avocat la première fois qu'il est venu, est de calibre 6,35, celui des balles qui ont tué. De plus, il manque six cartouches dans une des boîtes qui l'accompagnaient, or l'assassin a tiré quatre fois sur M. Zigler et deux fois sur sa femme. Quant à savoir s'il s'agit de l'arme du crime, c'est impossible, car le canon a été limé, ce qui rend l'expertise impraticable.

Mais après l'arrestation de Pierre Jaccoud, d'autres perquisitions ont lieu dans son appartement de la rue Monnetier. On y trouve, en particulier, un poignard marocain à lame courbe, qui, d'après les experts, correspondrait à celui qui a frappé la victime. De plus, l'avocat possédait un vélo, dont la dynamo défaillante pouvait produire cette lumière clignotante qu'a vue le témoin. En outre, Pierre Jaccoud a récemment donné à la Croix-Rouge, dans un colis de vêtements usagés, une gabardine à laquelle il manque un bouton. Sur celle-ci, on relève une tache de sang, du groupe O +, celui d'Armand Zigler. Mais c'est également celui de Jaccoud et il est établi qu'il s'est blessé quelques jours auparavant...

Comme on le voit, il y a des éléments à charge : le revolver, le vélo, la gabardine, pourtant il reste bien des zones d'ombre. Sur le poignard, en particulier, les choses sont loin d'être claires. Il n'est pas du tout certain que sa lame courbe ait pu occasionner les blessures. D'autre part, il n'a été découvert qu'après l'arrestation de Jaccoud. Entre celle-ci et le moment où il a été interrogé pour la première fois, trois semaines se sont écoulées. Il est incroyable qu'au lieu de la faire disparaître, il ait laissé en évidence chez lui l'une des armes du crime.

Mais c'est encore une fois Pierre Jaccoud qui se fait le plus de tort à lui-même. Interrogé par le juge d'instruction sur le rocambolesque épisode de la chevelure blonde, il ajoute le mensonge à la puérilité. Il prétend qu'il n'a jamais voulu se faire teindre et que c'est une erreur du coiffeur, qui s'est trompé de flacon. Bien entendu, la police va vérifier à Stockholm auprès de ce dernier. Le coiffeur est formel : son client lui a bel et bien demandé de le teindre...

La thèse de l'accusation est désormais bien établie. Pierre Jaccoud regrettait l'initiative malheureuse qu'il avait eue en envoyant la lettre anonyme à Jacques Zigler. Il craignait que celui-ci s'en serve pour le faire chanter et compromette sa carrière. Il a voulu à tout prix la récupérer. Le 1er mai, il lui a téléphoné à Radio Genève, afin de s'assurer qu'il était bien à son travail. Cela fait, il s'est rendu dans son pavillon pour fouiller dans sa chambre. Mais son père l'a surpris et il l'a assassiné...

Tout cela est peut-être cohérent, mais si tel est le cas, on est en droit de se demander comment l'avocat a pu commettre un crime si stupide et si sauvage. Si stupide, car il s'agissait d'une lettre anonyme et rien ne prouvait qu'il l'ait envoyée. Ce n'est même pas lui qui l'a écrite : il sera établi plus tard qu'il l'a fait rédiger par l'une de ses clientes. Si sauvage, car il paraît bien difficile qu'un être maladif comme lui ait pu commettre un tel massacre, notamment porter avec une telle force et une telle précision les coups de poignard mortels...

Mais dans l'esprit des Genevois, ces objections sont quantité négligeable. Maintenant que sa réussite n'est plus là pour le protéger, la réprobation diffuse qui entourait sa personnalité et son comportement s'exprime au grand jour. Un de ses fils préfère aller vivre en France, pour échapper à cette atmosphère étouffante. Sa fille, étudiante au Conservatoire, qui se voit attribuer un prix de virtuosité au piano, va le chercher à la tribune dans un silence glacial.

Avant même d'avoir paru devant le tribunal, Pierre Jaccoud a déjà été jugé et condamné par les siens.

Le procès Jaccoud s'ouvre devant la cour d'assises de Genève, le 27 janvier 1960. Le public, dans lequel on compte un nombre impressionnant de journalistes, est frappé par l'état physique de l'accusé. Ses cheveux, qu'il avait sottement fait teindre en blond, sont devenus presque blancs. Il est dans un état de faiblesse extrême. Il n'est d'ailleurs pas assis, mais allongé dans le box, sur une chaise longue, entre deux policiers à l'uniforme invraisemblable, avec des bicornes qui leur donnent des allures de gendarmes de Guignol.

C'est bien un homme brisé qui comparaît devant les juges et il est visible que, quel que soit le verdict, il ne se remettra jamais de ce qui lui est arrivé. Il promène un regard douloureux sur ces lieux où il a tant de fois plaidé et où il est amené à jouer, cette fois, un tout autre rôle. D'ailleurs, il n'est plus rien. Il a rendu tous ses titres, il a été radié, à sa demande, de l'ordre des avocats ; il a démissionné de toutes les associations dont il faisait partie et il a été exclu du Parti radical...

Le président Édouard Barde, qui va faire preuve tout au long des audiences d'une impartialité digne d'éloges, ouvre les débats. Il s'adresse aux jurés, qui viennent de prendre place. Ils sont quatorze : neuf hommes et cinq femmes. Ainsi que le veut la loi, il leur demande d'oublier ce qu'ils ont pu savoir sur l'accusé, mais il s'agit évidemment d'un vœu pieux. Comment un Genevois pourrait-il oublier Jaccoud ? Car ils sont tous genevois et, comme le reste de leurs concitoyens, ils sont certainement, dans leur grande majorité, hostiles à l'accusé.

En face de ce dernier a pris place l'avocat général Charles Cornu. Le public et les journalistes le regardent avec une attention particulière, car sa présence à ce poste est une véritable curiosité. En effet, si le juge d'instruction Pierre Moriaud avait des liens d'amitié avec l'accusé, Charles Cornu est bien plus proche encore de lui. Ils sont intimes, ils s'invitent fréquemment l'un chez l'autre et ils se tutoient !

Le procureur Cornu a les cheveux tout blancs. C'est un homme âgé pour un magistrat en activité. Il va sur ses soixante-dix ans et ce procès sera pour lui le dernier avant la retraite. Il aurait pu, prétextant son âge ou toute autre raison, se faire récuser, mais il n'en a rien été. Il a tenu à terminer sa carrière en tenant l'accusation contre son vieil ami...

La personnalité du procureur est la manifestation éclatante de ce que ce procès a d'invraisemblable. En France, il n'aurait jamais pu avoir lieu dans ces conditions. Il existe une procédure, dite de suspicion légitime, qui, lorsque l'accusé est trop proche des jurés ou de l'appareil judiciaire, renvoie le procès devant une autre cour d'assises. Si le public, d'ailleurs très hostile à l'accusé, n'a pas l'air d'être choqué par la situation, les journalistes étrangers sont scandalisés et ne se gênent pas pour le dire. Le procès Jaccoud aurait dû se dérouler à Berne, à Zurich, n'importe où, mais pas à Genève !

Le public et les journalistes regardent avec tout autant d'attention du côté de la défense où siègent deux avocats prestigieux, car Pierre Jaccoud – et cela n'a rien d'étonnant – a choisi, parmi ses collègues, des gloires du barreau... Il y a d'abord maître Nicollet, très connu en Suisse, qui s'est illustré dans plus d'une cause difficile. Il est pourtant éclipsé par son collègue René Floriot, qui est venu de France pour défendre son confrère.

En voulant être assisté par maître Floriot, Jaccoud a certainement pris, sur le plan technique, une décision judicieuse, car nul avocat n'est plus combatif, plus redoutable, et il l'emporte presque toujours sur ses adversaires, lors des affrontements d'audience. On peut pourtant se demander si, sur le plan psychologique, ce choix n'est pas une erreur. L'éloquence de

René Floriot est sans pareille, mais ce Français est-il le mieux placé pour s'attirer la sympathie des jurés ? Rien n'est moins certain, d'autant plus qu'une circonstance matérielle aggrave la chose. En Suisse, le personnel judiciaire ne porte pas la robe, mais maître Floriot a gardé la sienne et le public considère sans indulgence la tache noire qu'il forme au milieu des autres en costume de ville. Le réprobation se lit sur plus d'un visage. Décidément, le fils du Savoyard tiendra toujours à se singulariser !

Les débats commencent et, dès le début, ils sont très techniques. Il n'y aura pratiquement aucune émotion dans le procès Jaccoud, dont la quasi-totalité sera occupée par une discussion d'experts. La souffrance de l'accusé, la mort brutale d'un brave homme sauvagement assassiné, il n'en sera pratiquement pas question. Mais peut-être est-ce conforme à la mentalité genevoise. Les grands sentiments, les envolées lyriques, c'est bon pour les pays latins, ici c'est différent...

Les expertises ont été dirigées par M. Hegg, directeur du laboratoire de police scientifique de la ville, qui vient en rendre compte à la barre. Il y a beaucoup à dire à son sujet. Il n'est pas infaillible, loin de là ! Récemment, il a commis une grossière erreur dans une affaire d'agression simulée : il a pris du sang de porc pour du sang humain. Ce n'est pas le plus grave. Attaqué à la suite de cette faute professionnelle, il a fait un procès à ses accusateurs et il a pris maître Jaccoud comme avocat. Mais il a oublié de lui payer ses honoraires et ce dernier a été obligé de le poursuivre à son tour.

Or c'est M. Hegg qui va jouer le rôle central dans le procès Jaccoud. Tout au long des débats, il va s'appliquer à démontrer sa culpabilité avec une énergie et même un acharnement remarqués. Il n'est bien sûr pas question de dire que son attitude est due au ressentiment, au désir de revanche, mais on en revient une fois encore au scandale que constitue la tenue des débats à Genève. Que deux personnes qui ont été opposées dans un procès civil puissent se retrouver face à face en cour d'assises, cela dépasse l'entendement !

Toujours est-il que M. Hegg, très à l'aise, vient détailler, pendant les premières audiences, l'ensemble des indices relevés contre l'accusé. Assisté des professeurs Boch, Adler et Moureau, il explique qu'on a retrouvé des traces infimes de sang sur la gabardine de l'accusé. Maître Floriot contre-attaque :

– Deux autres experts, les docteurs Hessig et Hollander, ont refusé de faire les expertises, parce qu'il n'y avait pas assez de sang !

M. Hegg passe outre. Après avoir dit sa conviction que le bouton retrouvé sur les lieux provient de la même gabardine, il en vient au poignard et affirme, brandissant l'arme en direction des jurés :

– Les blessures ont été faites avec une lame courbe semblable à celle-ci.

Nouvelle intervention de maître Floriot :

– On n'a rien dit de tel après l'autopsie. C'est seulement après, une fois qu'on a saisi le poignard, qu'on a parlé de lame courbe. C'est trop facile !

Encore une fois, l'expert ne se laisse pas démonter. Il affirme qu'il s'agit bien de l'arme du crime et ajoute qu'il y a découvert des traces, non seulement de sang humain, mais de foie humain. Or l'une des blessures a atteint le foie de la victime. Et il conclut :

– Le poignard oriental, le manteau, la bicyclette forment un tout au sens criminalistique du mot.

La salle manifeste son assentiment. Elle est de plus en plus hostile à l'accusé et surtout à maître Floriot, l'avocat venu de l'étranger, dont chacune des interventions provoque des murmures de désapprobation. Et le fait qu'à l'audience suivante les professeurs Muller et Lebreton, cités par la défense, viennent dire que les conclusions de Hegg sont sujettes à caution n'y change rien.

D'autres experts viennent remplacer à la barre ceux qui ont analysé les indices matériels. Ce qu'ils ont à dire est tout aussi important : ce sont les psychiatres, qui viennent parler de l'état mental de l'accusé. Et, sur ce sujet, il faut reconnaître qu'on se pose des questions : est-ce que la lettre anonyme, la teinture des cheveux en blond ne sont pas des signes, sinon d'aliénation, du moins de perturbation psychique ? Nous allons peut-être avoir la réponse. Les psychiatres commencent par brosser un portrait précis de l'accusé.

– Il y a chez Pierre Jaccoud deux aspects très différents. Il paraît généralement un homme sûr de lui, à qui rien ne peut résister et puis, tout à coup, surtout quand il est seul la nuit, l'angoisse le reprend. Il a le tempérament à la fois d'un despote et d'un homme infiniment impressionnable, qui a le goût du désastre et de la mort.

L'avocat général Cornu intervient alors :

– Est-ce qu'on ne peut pas parler d'un état crépusculaire, d'une demi-folie chez l'accusé au moment du crime ?

Pierre Jaccoud veut intervenir à son tour, mais Charles Cornu, s'adressant à lui, a ce lapsus :

– Laisse-moi finir, veux-tu !...

C'est à la fois pathétique et révélateur du côté surréaliste de ce procès, mais la salle trouve simplement cela drôle : elle éclate de rire.

En tout cas, les psychiatres répondent sans ambages à la question du procureur :

– On ne peut pas conclure à une responsabilité atténuée...

Les deux témoignages suivants réservent les seuls moments d'émotion du procès. Ce sont ceux des deux femmes de Pierre Jaccoud, la légitime et l'illégitime... La maîtresse arrive la première. Mina Hartmann est en toque et manteau d'astrakan. Elle a l'air très émue et elle est prise d'un sursaut douloureux en découvrant l'état de déchéance physique de son ancien amant, qu'elle n'avait pas vu depuis des mois. Mais, si elle est émue, le public ne l'est pas. Il est seulement attentif et curieux.

Mina Hartmann évoque sa liaison et on s'aperçoit qu'il ne s'agissait pas d'une simple aventure, d'une relation sexuelle, mais d'un amour véritable et profond, qu'elle a longtemps partagé. D'ailleurs, à un moment, des sanglots échappent à Pierre Jaccoud, tandis qu'elle s'exprime... Une fois qu'elle a terminé, maître Nicollet prend la parole doucement :

– Mademoiselle, quelle fut l'atmosphère de votre liaison ?

– Merveilleuse, mais entrecoupée de tourments.

– Pourquoi ces tourments ?

– Il était marié. Nous en souffrions. C'était notre problème. Nous avions beau faire, il existait.

– Pensez-vous que Pierre Jaccoud soit capable de tuer un homme ?

Mina lance la réponse de tout son être.

– C'est impossible !

Le lendemain a lieu l'audition de Mme Pierre Jaccoud. Lorsqu'elle apparaît, en toque et manteau de fourrure elle aussi, chacun est saisi. Elles se ressemblent comme deux sœurs, Pierre Jaccoud n'a jamais aimé qu'une seule femme ! Ce dernier est tellement ému en la voyant qu'il s'évanouit. Un médecin doit intervenir et demande qu'on suspende l'audience.

À la reprise, lorsqu'elle prend la parole, dans une salle toujours aussi froide, on découvre alors que les deux femmes ne se ressemblent pas seulement dans leur physique, mais peut-être plus encore dans leur caractère et leur comportement. Comme Mina Hartmann, Mme Jaccoud parle avec dignité. Elle décrit très calmement la désagrégation de leur couple. Elle explique :

– À la fin de 1957, Pierre avait fait un projet de divorce, mais il a tout déchiré. C'était un mois avant le drame.

Mais elle affirme – et cela se sent – qu'elle l'aime et qu'ils s'aiment toujours... Une fois qu'elle a terminé, maître Nicollet lui pose la même question qu'à sa rivale :

– Pensez-vous que Pierre Jaccoud soit capable de tuer un homme ?

Et la réponse vient spontanément, avec les mêmes mots, le même ton, presque la même voix que Mina :

– C'est impossible !...

Les débats sont terminés. La parole est au ministère public et à la défense. Après le réquisitoire de Charles Cornu, qui reprend la thèse déjà largement exposée par l'accusation, c'est au tour des plaidoiries et d'abord celle de maître Floriot. Il va parler longuement, interminablement même, pendant cinq heures et demie – « un discours encore plus long que sa robe », commentera sans indulgence une partie de l'assistance. Dans son exposé, il fait preuve de tout le talent qu'on lui connaît, mais il manifeste aussi une étonnante absence d'émotion. Il est précis, détaillé, technique, il argumente, il contredit, mais il n'a pas d'élan. Maître Floriot est froid, il s'est mis à l'unisson de ce procès. Il critique l'invraisemblance du mobile mis en avant par l'accusation :

– Admettons, lance-t-il, que Pierre Jaccoud s'introduise chez les Zigler. Il tombe sur Armand Zigler, qui le surprend en train de fouiller pour récupérer sa lettre. Au lieu de s'enfuir, il tire quatre fois sur Armand Zigler, le blesse à coups de couteau et blesse Mme Armand Zigler accourue. Mais cette lettre anonyme, pourquoi la récupérer ? Que peut en faire Jacques Zigler ? Elle n'est même pas de l'écriture de Pierre Jaccoud !

René Floriot continue en réfutant pied à pied les déclarations des experts sur le bouton, la bicyclette, le poignard. Et il en vient au témoignage de Mme Zigler.

– Qu'a-t-elle dit ? Que l'assassin a un peu plus de trente ans ? Pierre Jaccoud en a cinquante-trois. Qu'il porte un veston ? Pierre Jaccoud a une gabardine. Un seul détail est exact : il a les cheveux foncés. Il y a dans cette salle plus de trois cents personnes qui ont les cheveux foncés et combien dans cette ville ? Si maître Jaccoud est coupable, tout est compliqué, s'il est innocent, tout est simple !

L'illustre avocat termine tout de même sur une note sensible, en citant une lettre de Mme Jaccoud à son mari : « Il y a plus de vingt-cinq ans, nous nous promettions un amour éternel pour le meilleur et pour le pire. Nous avons connu de belles années. Aujourd'hui, le pire est arrivé. Sache que jamais je ne me suis sentie aussi près de toi. Les beaux jours reviendront et nous les apprécierons d'autant plus que nous aurons souffert tous les deux. Aie confiance. »

Maître Nicollet, qui parle à son tour, se montre plus incisif : il critique le poids de l'opinion publique, dans un procès à bien des égards jugé d'avance. Il s'écrie :

– La politique s'en est mêlée. Pierre Jaccoud est aux assises parce qu'il est Pierre Jaccoud. Il fallait qu'il fût brisé.

La salle ne se gêne pas pour murmurer. Il se tourne vers elle et réplique :

– Le public peut dire ce qu'il veut, peu importe : si Pierre Jaccoud s'était appelé Durand, il serait libre !...

Lorsqu'il en a terminé, le président Barde prononce la formule traditionnelle :

– Accusé, avez-vous quelque chose à ajouter pour votre défense ?

Bien sûr que Pierre Jaccoud a quelque chose à dire. Pour la première fois depuis le début des débats, il se lève. Il est impressionnant de voir à quel point il est faible. Il a du mal à tenir debout. Mais sa voix est ferme.

– Monsieur le président, mesdames et messieurs les jurés, il y a dix-neuf mois que j'attends ce jour, que j'attends qu'éclate enfin la vérité, que j'attends de pouvoir dire enfin mon innocence, que je n'ai jamais cessé de proclamer.

Cette fois, tout est bien fini, mais cette dernière audience ayant eu lieu un samedi et le lendemain étant consacré au repos dominical, le jugement ne sera rendu que le lundi suivant, ce qui, de l'avis de tous les commentateurs, est préjudiciable à la défense. D'ici là, l'effet produit par les avocats sur les jurés sera effacé et seule subsistera la tendance générale du procès, qui n'a pas été favorable à l'accusé...

Pour meubler cette journée d'activité, les journalistes se répandent en ville, afin d'avoir le sentiment de la population. La réponse qu'on leur fait est presque invariablement la même :

– Jaccoud est coupable, mais ils vont le tirer de là.

« Ils », ce sont, bien entendu, les amis et les relations qu'il a dans le monde judiciaire. On peut pourtant s'étonner d'un tel jugement, car le moins qu'on puisse dire, c'est qu'ils ne l'ont guère aidé jusqu'ici...

Enfin, le lundi 4 février 1960, c'est le jour du verdict. Dans la salle des assises de Genève, la bousculade est indescriptible. On remarque dans l'assistance de nombreuses personnalités, dont Georges Simenon. Le père de Maigret, qui habite les environs, est venu en voisin, peut-être pour y trouver l'inspiration d'un futur roman.

En tout cas, comme les autres, il n'aura pas à

attendre. Le jury revient après une courte délibération et son président énonce le verdict :

– À la question : « Pierre Jaccoud est-il coupable du meurtre d'Armand Zigler ? », la réponse est oui. Compte tenu des charges pesant contre lui, le jury recommande une peine de sept ans de prison.

Il y a un cri. Jaccoud s'effondre dans sa chaise longue, répétant compulsivement :

– Ce n'est pas possible, je suis innocent ! Ce n'est pas possible, je suis innocent !

Il faut l'emmener sur une civière et c'est en ambulance qu'il quitte le palais de justice, pour l'hôpital où il passera la suite de sa détention...

Bien entendu, les journalistes et le public commentent passionnément le verdict. De l'avis général, il est boiteux, voire absurde. Si l'accusé était coupable, il méritait une peine infiniment plus lourde pour ce crime barbare, s'il était innocent, il aurait dû être acquitté. Très vraisemblablement, les jurés avaient l'intime conviction que Pierre Jaccoud était coupable, mais en l'absence de preuve formelle, ils n'ont pas voulu d'une peine trop sévère. C'est totalement contraire à l'esprit de la justice, qui veut que le doute profite à l'accusé, comme le journal *Le Monde* l'a résumé en une brillante formule : « Pierre Jaccoud a été condamné au bénéfice du doute. »

Le rideau judiciaire est tombé. Emprisonné, Pierre Jaccoud ne renonce pas. Il lutte pour sa réhabilitation. Il est libéré en 1963, après cinq ans de détention, en comptant les deux années de préventive, ce qui n'est pas vraiment une faveur.

Il trouve un poste modeste d'employé de bureau et il continue à se battre. Ses amis – car tous ne lui ont pas été infidèles – le soutiennent de leur mieux et rappellent les faiblesses de l'accusation : personne ne l'a vu sur les lieux, Mme Zigler a donné, de l'assassin, au contraire une description très différente de lui ; les prétendues preuves des expertises sont toutes discutables et elles ont été longuement discutées ; il n'y a aucun mobile sérieux ; enfin, un crime d'une telle violence ne correspond pas du tout avec sa personnalité et son état physique.

Mais cela ne suffit pas. Il y a la chose jugée et, en Suisse comme en France, pour réviser un procès, il faut un fait nouveau. Or, des faits nouveaux, Pierre Jaccoud et ceux qui cherchent à ses côtés en trouvent. En reprenant les éléments de l'autopsie et des expertises, on découvre que le poignard ne pouvait pas être l'arme du crime, car sa lame n'est pas assez longue pour avoir occasionné l'une des blessures. D'autre part apparaît une piste qui n'avait jamais été évoquée jusque-là : Armand Zigler, la victime, aurait fait du trafic d'armes en faveur de FLN algérien ; on était alors, en effet, en pleine guerre d'Afrique du Nord...

Tout cela, évidemment, n'est pas négligeable et, en juin 1965, la Cour de cassation ordonne une enquête supplémentaire. De nouveau a lieu une interminable bataille d'experts, de nouveau le débat technique, sous le signe duquel aura été placée de bout en bout l'affaire Jaccoud, fait rage.

Cela dure près de dix ans ! Ce n'est qu'en novembre 1974 que la Cour de cassation se réunit. Les journaux montrent à cette occasion un Pierre Jaccoud vertigineusement vieilli. Il n'a pas soixante-dix ans, mais c'est un vieillard à la longue barbe blanche ; son visage disparaît derrière de grosses lunettes noires. Il a visiblement réuni ce qui lui restait de forces pour son dernier combat.

Un combat perdu, comme les précédents. La Cour de cassation émet un avis négatif : il n'y aura pas de révision du procès. On en restera là et, même si un coupable a été officiellement désigné par la justice, le crime de Plan-les-Ouates garde à jamais son mystère.

Docteur Finch et Mr. Hyde

Lorsqu'ils se marient, au début des années cinquante, les Finch sont l'image même du bonheur. Ils sont aussi beaux l'un et l'autre, ils sont riches, jeunes, éclatants de santé. On les croirait sortis d'un film. D'ailleurs Hollywood n'est pas loin : la luxueuse villa qu'ils habitent, avec piscine, tennis et garage pour quatre voitures, se situe à West Covina, à quelques kilomètres seulement de la capitale du cinéma.

Lui, Philip, est médecin, mais il ne pratique pas dans un cabinet. Il possède une clinique et un laboratoire d'analyses, dont il tire des revenus considérables. Elle, Barbara, n'exerce aucun métier. Quand on a la fortune de son mari, ce n'est pas la peine. Elle se contente de son rôle de maîtresse de maison, car les Finch reçoivent beaucoup et sont invités dans la meilleure société de Los Angeles et des environs. Barbara s'occupe aussi de l'éducation de Patty, la fille qu'elle a eue d'un premier mariage. Et encore, elle ne le fait pas toute seule : elle est assistée d'une gouvernante, ce qui est un luxe rare aux États-Unis...

Les années passent et, à l'euphorie des premiers temps, succède l'amertume. Philip se révèle volage. On ne compte plus ses liaisons avec les jolies infirmières ou les jolies patientes. Barbara est jalouse et lui fait des scènes : il est bientôt question de divorce. Mais le docteur Finch s'y refuse absolument. Il ne veut pas payer l'importante pension alimentaire qui lui serait certainement exigée. De son côté, Barbara, d'origine modeste, n'a pas envie de perdre l'existence dorée qui est la sienne.

En 1956, ils concluent un arrangement : ils reprennent leur liberté, mais l'un et l'autre restent sous le même toit... Quelque temps passe, durant lequel ils s'accommodent plus ou moins bien de la situation, mais tout change lorsque Philip Finch engage comme nouvelle secrétaire Carole Tregoff. Elle a vingt-deux ans, c'est une blonde incendiaire qui n'est pas sans ressemblance avec Marilyn Monroe, et il en tombe éperdument amoureux. Ses sentiments étant partagés, il ne tarde pas à s'afficher avec elle en public. Il loue même, pour abriter leurs amours, une garçonnière, non loin de sa clinique.

Devant cette rupture des conventions qu'ils ont passées, Barbara engage une procédure de divorce et, à partir de là, tout se dégrade rapidement. Finch refuse absolument la séparation d'avec sa femme et, comme les choses suivent quand même leur cours, il devient violent...

Une personne est témoin de cette progression quotidienne vers le drame : Marie-Anne Lindhom, une étudiante suédoise venue de Göteborg, que les Finch ont engagée au pair, comme gouvernante de la petite Patty. Tout de suite, Barbara s'est liée d'amitié avec elle et elle en a fait sa confidente. Elle lui raconte comment elle assiste à une véritable métamorphose chez son mari. Cet être intelligent et civilisé est en train de devenir une véritable bête. Tout comme dans le roman, le docteur Finch fait place à Mr. Hyde.

Et Marie-Anne Lindhom peut se rendre compte de ses propres yeux que Barbara n'exagère pas. Un soir, cette dernière arrive en trombe dans sa chambre et s'y enferme, le visage tuméfié et en sang. Elle lui déclare :

– Si je ne lui avais pas échappé, je crois qu'il m'aurait tuée !

Une autre fois, elle lui confie :

– Il m'a dit que si je continuais à vouloir divorcer, il me ferait assassiner par des gangsters de Las Vegas. Je suis sûre qu'il ne plaisante pas...

Devant cette situation, la jeune Suédoise lui donne le seul conseil raisonnable.

– Ne restez pas là. Il faut fuir.

Mais Barbara ne peut s'y résoudre.

– Pour aller où ? Et puis, je ne peux pas abandonner Patty.

– Emmenez-la avec vous.

– De quoi pourrions-nous vivre ?...

18 juillet 1959. Il est 23 h 30. C'est une chaude nuit d'été comme en connaît la Californie. Marie-Anne Lindhom a passé la soirée toute seule. Le docteur et sa femme sont sortis chacun de leur côté, avec leur voiture. À la maison, l'atmosphère est devenue si oppressante que la jeune Suédoise, malgré toute la sympathie qu'elle éprouve pour Barbara, songe à s'en aller.

Elle vient d'éteindre la télévision et se prépare à

gagner sa chambre, lorsqu'elle entend un bruit de moteur et le gravier qui crisse devant le garage. Qui est-ce : le docteur Finch ou son épouse ? Elle va à la fenêtre et reconnaît Barbara qui ouvre sa portière. Mais au même moment, elle voit le docteur sortir du garage. Qu'est-ce que cela veut dire ? Elle est sûre de l'avoir vu partir et de ne pas l'avoir entendu rentrer. Comment peut-il être là ?

Elle cesse pourtant de se poser ces questions, car un spectacle terrible se déroule sous ses yeux. Finch s'est jeté sur son épouse, qui s'est mise à pousser des cris déchirants. Malgré le danger, n'écoutant que son courage, la jeune fille se précipite...

Elle découvre Barbara Finch étendue sans connaissance près de sa voiture et elle aperçoit aussi, dans l'ombre, Carole Tregoff, la maîtresse du docteur. Elle l'a déjà vue à plusieurs reprises, elle la reconnaît parfaitement. Mais encore une fois, elle n'a pas le temps de s'attarder sur cette découverte. Finch se jette sur elle et la saisit avec violence par les deux oreilles. Elle l'implore :

– De grâce, ne me tuez pas !

Mais il ne l'écoute pas. Il lui cogne la tête avec une telle force contre le mur du garage, que le plâtre s'en détache... Par miracle, Marie-Anne n'est pas morte, elle n'a même pas perdu connaissance. Et, si elle reste à terre sans bouger pour éviter une nouvelle agression, elle peut assister à la suite du drame.

Barbara Finch s'est relevée et cherche à fuir. Le docteur la rattrape et veut la faire entrer dans sa voiture, mais n'y arrive pas. Carole Tregoff vient lui prêter main-forte, sans résultat. Finch sort alors un revolver de sa poche. Il le tient par le canon et frappe sa femme au visage avec la crosse. Mue par l'énergie du désespoir, la malheureuse parvient à s'enfuir. Elle jette ses chaussures pour courir plus vite et part droit devant elle, avec son mari à ses trousses.

La suite, la gouvernante suédoise ne peut pas la voir, car tous les deux sont dissimulés par une haie. Un coup de feu éclate, suivi d'un long silence. Le docteur Finch finit par revenir, monte dans sa voiture avec sa maîtresse et tous deux disparaissent sur les chapeaux de roues...

Marie-Anne Lindhom se lève péniblement et se rend comme elle peut sur les lieux du drame. Barbara Finch est étendue dans l'herbe. Elle a une plaie à la tempe, une autre à l'arcade sourcilière, résultat des coups de crosse, et une large tache rouge sur la poitrine. Elle ne respire plus : elle a été tuée d'une balle en plein cœur. Non loin d'elle se trouve une trousse médicale abandonnée... Réunissant les forces qui lui restent, la jeune Suédoise regagne en titubant la villa et appelle la police.

L'alerte ayant été donnée rapidement, les fugitifs sont très vite arrêtés et, à l'issue de l'enquête, bien qu'ils aient nié tous les deux, ils sont inculpés de meurtre avec préméditation. Dans la presse et à la télévision, l'affaire fait grand bruit, en raison de la notoriété du docteur, et chacun attend le procès avec impatience.

C'est dire l'engouement qui entoure la première audience, le 11 décembre 1959. Bien qu'ils risquent l'un et l'autre la peine de mort, Philip Finch et Carole

Tregoff font une apparition très détendue dans le box. Lui est élégant, distingué. Elle est vraiment très belle ; elle supporte sans conteste la comparaison avec Marilyn Monroe.

Le docteur et sa compagne inaugurent presque la nouvelle salle du tribunal du Los Angeles County Court, qui date seulement de quelques semaines. Elle est luxueuse, à défaut d'être de bon goût : bois précieux, marbre mauve, air conditionné et éclairage agressif. Malgré sa nouveauté, on lui a déjà trouvé un surnom, l'« hippodrome », en raison des bookmakers qui ont envahi les abords et qui prennent des paris sur la condamnation des accusés. Ceux-ci ont été vite rejoints par des astrologues qui prédisent l'issue du procès. Des altercations ont lieu entre les deux groupes, les bookmakers accusant les astrologues d'influer sur les cotes. Mais les activités des uns et des autres étant légales, la police n'intervient pas.

À l'intérieur de la salle d'audience, en tout cas, les débats sont rapidement engagés. Devant les jurés, cinq hommes et sept femmes, le procureur énonce la version de l'accusation.

– Il s'agit d'un meurtre soigneusement prémédité par les accusés. Le 18 juillet 1959 au soir, le docteur Finch part seul avec sa voiture. Il va chercher Carole Tregoff chez elle et revient en sa compagnie à la villa. Seulement, ils n'y entrent pas en voiture. Ils garent celle-ci à proximité et vont, à pied, se cacher dans le garage, pour y attendre Barbara Finch. Le docteur a emporté une mallette, qu'on retrouvera après le meurtre. Elle contient une corde, des gants de caoutchouc, une seringue hypodermique et du somnifère.

Le plan était clair. Il s'agissait de droguer Barbara Finch, puis de la tuer, en lui injectant une bulle d'air dans le sang, enfin de la mettre dans sa voiture et de précipiter celle-ci du haut de la colline où se trouve la maison des Finch. Seulement les choses ne se sont pas passées comme les complices l'avaient imaginé. Barbara s'est défendue et Marie-Anne Lindhom est arrivée, rendant impossible le déroulement du scénario. Alors, le docteur s'est résolu à abattre purement et simplement son épouse...

Face à cette thèse, le docteur Finch, répondant aux questions du président Evans, manifeste un aplomb qui laisse rêveur.

– Cela ne s'est pas du tout passé comme cela, Votre Honneur ! C'était Barbara qui avait le revolver. Elle me visait. Heureusement, j'ai réussi à prendre l'arme par le canon.

– Et Marie-Anne Lindhom, elle avait un revolver ? Vous avez failli la tuer...

– Elle s'est jetée sur moi comme une furie. Je me suis senti menacé.

– Elle fait quarante-six kilos et vous quatre-vingt-cinq !

Philip Finch ignore l'objection et en vient à sa version de la mort de sa femme.

– Je m'étais donc emparé du revolver et j'ai couru après Barbara pour avoir une explication avec elle. Malheureusement, j'ai fait tomber l'arme et le coup est parti tout seul.

– Si malencontreusement que la balle a pénétré dans le poumon gauche et est ressortie par le cœur ?

– Exactement...

La suite des débats ne fait qu'ajouter à la confusion des accusés. Ils montrent en particulier que Carole Tregoff n'a nullement été une comparse, mais qu'elle a joué un rôle aussi actif que son amant. Le projet d'assassinat par un tueur, dont Barbara avait parlé à la gouvernante suédoise, n'était nullement une invention. John Patrick Cody, un petit gangster de Las Vegas, témoigne :

– Le docteur Finch m'a fait remettre mille huit cents dollars pour que je tue sa femme.

– Est-ce lui que vous avez vu ?

– Non, je n'ai vu que Mlle Tregoff. C'est elle qui m'a donné l'argent.

– Et pourquoi n'avez-vous pas commis le meurtre ?

– Ils l'ont fait avant moi...

Bien entendu, Philip Finch a sa version à lui.

– C'est faux ! J'avais engagé Cody comme gigolo, pour gagner mon divorce. Les mille huit cents dollars, c'était pour qu'il séduise Barbara...

Mais cela ne convainc, bien entendu, personne. D'autant qu'après cette déposition cinquante témoins à charge viennent raconter le véritable calvaire que vivait Barbara Finch. Et, à la fin des débats, le procureur n'a plus qu'à conclure :

– Les faits sont établis, la préméditation est évidente ; quant au mobile, il est tout aussi clair : une fois sa femme morte, il n'y avait, pour le docteur, plus de divorce, plus de pension alimentaire, une somme de vingt-cinq mille dollars versée par la compagnie d'assurances et la possibilité d'épouser sa maîtresse sans plus attendre.

Et le représentant de l'accusation demande la peine de mort pour les deux accusés, qu'il juge aussi coupables l'un que l'autre...

En attendant d'avoir convaincu les jurés, le procureur a emporté l'adhésion de l'opinion, qui s'attend très majoritairement à la peine capitale. Les bookmakers annoncent la mort à cinq contre un et les astrologues, pour une fois d'accord avec eux, évoquent dans leurs prédictions une double exécution, qui aura lieu, en Californie, par chambre à gaz.

Mais les parieurs, les astrologues et les autres devront attendre, car il se produit alors une cascade d'événements pratiquement sans précédent. Alors que le jury délibère, deux hommes de couleur, un Noir et un Mexicain, s'estimant méprisés par les autres jurés blancs, déclarent qu'ils s'opposeront à toute décision. Or l'unanimité est requise par la loi. Le juge Evans fait interrompre les délibérations et constituer un nouveau jury.

Cette opération prend du temps, six mois exactement, et aboutit à la désignation d'un groupe pour le moins déséquilibré, puisqu'il comprend onze femmes et un seul homme. Il est particulièrement irrésolu également et, après dix-sept semaines de votes partagés, il faut le dissoudre...

Ce n'est que le 6 avril 1961, après la constitution d'un troisième jury et un an et demi de débats, que le verdict est enfin rendu : Philip Finch et Carole Tregoff sont reconnus coupables de meurtre avec préméditation, mais contrairement à l'attente des bookmakers et aux prédictions des astrologues, ils sont condamnés à la prison à perpétuité. En entendant la sentence, la belle Carole éclate en sanglots :

– Pour moi, c'est pire que la mort. Je serai une vieille femme quand je sortirai !

Mais elle se trompait. Elle avait à peine plus de trente ans lorsqu'elle est sortie de prison. Le docteur Finch et elle ont été libérés pour bonne conduite, au bout de sept ans d'incarcération. Le docteur a déclaré aux journalistes, lors d'une conférence de presse :

– Je veux consacrer le reste de mon existence à m'acquitter de ma dette envers la société.

Quant à Carole Tregoff, elle a juré qu'elle allait se chercher un simple poste d'infirmière et expier sa faute en soignant ses semblables. D'une manière générale, l'expression de leur repentir a été favorablement accueillie par l'opinion. Il n'empêche qu'on peut s'étonner d'une telle remise de peine et se demander s'ils auraient bénéficié de la même générosité s'ils avaient été, par exemple, noirs et pauvres.

Il y a des assassins qui ont plus de chance que d'autres.

Le mystère de la chambre bleue

C'est le jour de la Toussaint 1957, à Francfort. Les rues sont désertes, glaciales, sinistres. Joseph, le commis boulanger, se hâte de terminer sa tournée. Il a, encore quelques petits pains à porter à domicile, dans les immeubles chics de la Kaiserstrasse. Ah, voilà le 137... Il traverse à toute allure le hall de marbre encombré de plantes vertes exotiques. Il prend l'ascenseur jusqu'au septième. Il est sur le palier. Mais au moment où il s'apprête à déposer sur le paillasson ses deux petits pains viennois, comme il en a l'habitude tous les jours, Joseph se gratte la tête. Il est ennuyé parce qu'il y a encore ses deux petits pains de la veille et aussi ceux de l'avant-veille. C'est étonnant : Mlle Irena est toujours chez elle, d'habitude. Un jour, deux jours d'absence, cela peut aller, mais trois jours...

Alors Joseph, qui est un brave garçon, dépose tout de même ses deux petits pains supplémentaires sur le paillasson, mais en repassant dans le hall, il va prévenir la concierge.

La concierge, une forte femme énergique, prend la chose très au sérieux. Ce n'est pas normal du tout ! Il faut aller voir tout de suite ; d'ailleurs, elle a les clés.

Une minute plus tard, elle est à la porte du septième. Le petit Joseph se tient craintivement derrière elle, tandis qu'elle maintient le doigt enfoncé sur la sonnette qui répète inlassablement une mélodie de quatre notes. Pas de réponse. La concierge se met à tambouriner, elle crie :

– Fraülein Irena, Fraülein Irena !

Pas davantage de réponse. Alors elle prend ses clés et ouvre la porte. À peine entrée, elle s'arrête net. Derrière elle, le commis boulanger, qui l'a suivie, reste les yeux écarquillés et répète :

– Eh ben, ça alors !...

Il n'a jamais vu cela, le petit Joseph. Il est dans une grande pièce toute bleue : des tentures de velours bleu, des soieries bleues sur les murs, un lit à baldaquin bleu, lui aussi, et partout des glaces, des miroirs de toutes les formes comme il n'en a jamais vu. On se voit sur tous les murs, dans toutes les directions et on se voit en bleu...

C'est au bout de quelques instants seulement que le petit Joseph remarque que la concierge est agenouillée près du lit et qu'en dessous d'elle il y a une femme allongée. Il s'approche sans même s'en rendre compte, comme si tout ce qui se passait dans ce décor ne pouvait être autre chose qu'un rêve. La dame allongée est très belle. Il y a une serviette pliée en quatre sous sa tête, une serviette toute rouge...

Mais déjà, la concierge s'est relevée. Fébrilement, elle compose un numéro sur le téléphone bleu nuit de la table de chevet. Le petit Joseph l'entend crier :

– Allô police ? On vient d'assassiner Fraülein Irena Baum, 137 Kaiserstrasse...

À l'autre bout du fil, le commissaire Barth, de garde ce jour férié, a un moment de silence comme malgré lui avant de dire :

– Ça alors !...

Mais ce n'est pas du tout, du tout sur le même ton que le petit commis quelques instants auparavant. Cette nouvelle est pour lui comme un coup de massue. Il sait qu'à partir de ce moment il va lui arriver, quoi qu'il fasse, une tonne, une montagne d'ennuis.

Au volant de sa voiture de police, accompagné de tous les inspecteurs qu'il a pu trouver, le commissaire Barth, qui fonce vers le 137 Kaiserstrasse en faisant hurler sa sirène, voit défiler des images bien connues devant ses yeux... Irena Baum, la vamp à la Mercedes, était la prostituée de haut vol la plus célèbre de Francfort et peut-être d'Allemagne. Il n'y a pas un policier de la ville qui ne l'ait vue au volant de sa décapotable blanche aux sièges en cuir rouge, les épaules couvertes d'une étole d'hermine. Et tous les policiers de la ville détournaient les yeux pour ne pas voir malgré eux qui était, ce jour-là, le personnage assis à côté d'elle...

Dans l'appartement du septième étage, le commissaire constate avec fatalisme la réalité de l'événement. Fraülein Irena Baum est bien morte depuis deux ou trois jours : elle a le crâne enfoncé. Le commissaire Barth, avec une sorte d'appréhension, donne l'ordre à ses hommes de fouiller les lieux. Lui-même se précipite pour décrocher un tableau qu'il a vu tout de suite en entrant : c'est le portrait d'un très, très important industriel de la Ruhr. Le commissaire se hâte de faire disparaître dans un sac qu'il a apporté tout exprès cette pièce à conviction disons... confidentielle.

Les premiers résultats de la perquisition confirment et même dépassent ses appréhensions. Ce ne sont pas les accessoires très spécialisés qu'on vient de retirer d'un placard qui l'inquiètent. Cela, c'est normal, il s'y attendait. Ce qui est beaucoup plus étrange, en revanche, c'est que toute la pièce soit littéralement truffée de micros. Il y en a derrière chacun de ces magnifiques miroirs qui avaient tant ému le jeune Joseph. Et puis il y a un petit carnet de cuir noir sur la table de nuit. Le commissaire ouvre une page au hasard, lit un nom... et avale précipitamment sa salive. Il ouvre une autre page... Cette fois il devient carrément vert. Et dans le petit carnet, il n'y a pas moins de deux cent quatre-vingts noms !

Le commissaire se sent soudain très vieux et très malheureux. Il envie ses collègues qui font la chasse aux gangsters, aux tueurs ou même qui règlent la circulation aux carrefours. Lui, il a maintenant sur les bras ce qui pouvait arriver de pire à un policier allemand : l'assassinat d'Irena Baum...

Dans les jours qui suivent, l'enquête progresse. Le meurtre a eu lieu trois jours avant la découverte du corps, le 29 octobre, sans doute l'après-midi. Il y a eu vol. Irena Baum avait sur elle vingt mille marks en liquide (environ trois mille euros actuels), qui ont disparu. Mais c'est surtout la révélation du compte en banque de la victime qui fait sensation : cent millions de marks, soit quinze millions d'euros ou encore dix milliards de francs. Même la prostituée la plus chère du monde ne peut pas mettre de côté en cinq ans – la période d'activité d'Irena – une somme pareille. Il fallait bien qu'il vienne d'ailleurs, cet argent...

Mais au fait, qui est Irena Baum, retrouvée morte à vingt-quatre ans dans son appartement tout bleu de la Kaiserstrasse ? Sa vie est une étonnante histoire que les policiers de Francfort connaissaient bien, une histoire qui, en même temps, résume un peu toute l'Allemagne de cette époque sombre.

Elle est née en 1933, l'année de l'avènement d'Hitler. Son enfance et sa jeunesse se sont passées au milieu des bruits de bottes et des bombes. En 1945, à douze ans, après avoir perdu ses parents, elle commence à se débrouiller seule dans les ruines du secteur français de Berlin. Elle fait du trafic de cigarettes pour les soldats alliés, elle les accompagne dans les bars et c'est l'engrenage. Physiquement, elle est très en avance sur son âge. Elle est belle, elle n'a pas froid aux yeux et puis, surtout, elle a une envie irrésistible de vivre, de prendre sa revanche sur l'existence de peur et de misère qu'elle a connue jusque-là. Elle veut oublier les alertes et les gravats, elle veut devenir riche, très riche, par tous les moyens !

À dix-neuf ans, en plus de ses charmes physiques, elle a un atout qu'elle connaît et qu'elle sait déjà exploiter. Elle possède une sorte de psychologie instinctive. Elle sait écouter, attirer les confidences et discerner au premier coup d'œil l'homme qui a besoin de parler.

On est en 1952. L'Allemagne se redresse à une vitesse vertigineuse. D'Europe, et même du monde entier, les industriels viennent se retrouver à Francfort, pour faire des affaires. Alors Irena décide d'en finir avec cette vie sordide de fille à soldats. Finies, les ruines de Berlin ! Berlin n'est plus pour elle qu'une ville morte. C'est Francfort qui est devenu le cœur de cette nouvelle Allemagne qui s'enrichit, et elle va s'enrichir elle-même encore plus vite !...

Un an plus tard, pour les industriels allemands et étrangers, une bonne soirée à Francfort ne peut pas se terminer sans un petit tour du côté du 137 Kaiserstrasse. Irena a réussi à s'imposer. Elle est le nom secret qu'on se murmure à l'issue des dîners d'affaires. Elle est la reine du Francfort pour initiés. Jusqu'à ce jour de la Toussaint 1957 où un petit commis boulanger et sa concierge la découvrent morte, au milieu des tentures bleues.

Le commissaire Barth, une semaine après le décès, tente, malgré tout, d'y voir clair. Il a lu et relu les deux cent quatre-vingts noms du carnet de cuir noir. Les clients de la victime sont parmi les plus grosses fortunes d'Allemagne et du monde entier. Ils sont originaires de partout : de France, de Suisse, d'Angleterre, d'Amérique du Nord et du Sud. Discrètement et même confidentiellement, le commissaire Barth demande à Interpol tous les renseignements qu'il peut avoir sur leurs déplacements aux alentours du 1er novembre 1957. Mais cela ne sera pas facile, il le sait bien. D'autant qu'il a déjà reçu des coups de téléphone amicaux de certains d'entre eux, l'homme du portrait encadré entre autres. Des coups de téléphone amicaux mais pressants. Et puis il a reçu aussi des conseils, beaucoup de conseils de ses chefs :

– Attention Barth, pas de blagues, hein ! On marche sur des œufs...

Pourtant, il n'y a pas beaucoup d'hypothèses possibles. Les micros dissimulés et la somme astronomique qu'Irena Baum a pu mettre de côté en cinq ans ne laissent aucun doute. Irena se livrait à l'espionnage industriel. Avec son sens inné de la psychologie, son art de susciter les confidences, elle a dû faire dire beaucoup de choses dans sa chambre bleue : des secrets commerciaux, des secrets de fabrication qu'elle a dû revendre très cher ailleurs. En plus, elle se livrait peut-être au chantage, une autre activité tout aussi rentable et dangereuse.

Le commissaire Barth regarde encore une fois, atterré, le carnet de cuir noir. C'est, en quelque sorte, la liste des suspects. Chacun de ces deux cent quatre-vingts noms pouvait avoir une bonne raison, une raison impérieuse de tuer Irena Baum. Seulement, la plupart d'entre eux sont assez puissants pour briser à tout jamais la carrière d'un petit commissaire de quartier. Pour mener une pareille enquête, il faudrait être un fou ou un héros, et le commissaire Barth sait qu'il n'est ni l'un ni l'autre.

Alors, il se contente de faire ce qu'on lui demande, de suivre sans trop insister toutes les pistes qui se présentent. Cela dure... deux ans. Le dossier Irena Baum remplit maintenant toute une armoire. Il comporte cinq mille pièces, pas moins. On a interrogé cent quatre témoins, suivi près de cinq cents pistes, parce qu'il fallait bien faire quelque chose, parce que l'opinion publique allemande le réclamait. Mais le commissaire se doute qu'aucune de ces pistes n'est vraiment sérieuse, il faudrait interroger les vrais suspects, ceux pour lesquels il a demandé à Interpol de donner des renseignements discrets.

Mais que peut-il faire de ces renseignements, qu'il a sur son bureau en provenance d'Interpol ? Peut-il convoquer dans son commissariat de Francfort la plus grosse fortune de Rio de Janeiro ou les magnats de l'industrie européenne, sans compter cet homme politique qui joue dans son pays un si grand rôle ?

Alors le commissaire Barth attend... Il attend un miracle. Et, un jour d'octobre 1959, deux ans exactement après le crime, le miracle se présente, sous l'aspect d'un petit homme timide, qui vient frapper à son bureau.

Le commissaire Barth dévisage longuement l'homme qu'il a en face de lui. Il doit avoir la quarantaine : tout en lui respire la médiocrité. Il a fait un effort d'habillement, mais il a l'air endimanché. Il est assis sur son siège, les épaules voûtées, regardant la pointe de ses souliers. Le commissaire regrette de l'avoir fait entrer. Encore un témoin sans valeur, un illuminé ou un pauvre type qui veut se rendre intéressant.

L'homme se tortille nerveusement sur sa chaise et puis il se lance... Il parle en zozotant.

– Je m'appelle Gert Hoffmann, monsieur le commissaire. Je suis représentant pour une minoterie. Je vends de la farine aux boulangers. Mais cela ne vous intéresse sans doute pas...

Le commissaire Barth émet un grognement, qui a pour effet de rendre l'autre encore plus mal à l'aise.

– Je sais, j'ai beaucoup tardé à venir vous voir. J'avais peur. Je craignais qu'on me fasse des histoires, mais j'ai décidé de tout vous dire. J'ai déjeuné... nous avons déjeuné ensemble, Irena et moi, le 29 octobre 1957, dans son appartement.

Le commissaire bondit.

– Le 29 octobre ? Mais c'est le jour de sa mort ! Qu'est-ce que vous faisiez là ?

– C'est que, monsieur le commissaire, nous déjeunions souvent ensemble...

Le commissaire écarquille les yeux. Il contemple, incrédule, le petit homme emprunté qu'il a devant lui, dans son costume qui vient de toute évidence, d'un supermarché de Francfort. Il essaie d'imaginer ce Gert Hoffmann, ce représentant en farine, déjeunant avec la blonde Irena, vêtue d'une robe de chez Dior, dans sa chambre aux tentures bleues. Et, c'est plus fort que lui, il se met à rire !

Mais Gert Hoffmann continue, de sa voix zozotante et un peu trop aiguë.

– Voyez-vous, Irena et moi, nous nous connaissions bien et même intimement.

– Vous n'allez tout de même pas me dire que vous étiez son amant !

Gert Hoffmann a un sourire un peu ridicule.

– Oh non ! Pas moi, monsieur le commissaire, surtout pas moi...

Cette fois le commissaire Barth en a assez. Depuis deux ans qu'il mène cette enquête, il a vu défiler pas mal de fous dans son bureau. Mais celui-ci passe les bornes.

– Écoutez mon vieux, je n'ai pas de temps à perdre ! Je vous donne cinq minutes pour vous expliquer, sinon je vous coffre pour faux témoignage.

Gert Hoffmann regarde enfin le commissaire. Il a des yeux bleus candides.

– C'est toute une histoire...

Oui, toute une histoire ! Et tandis que parle le petit représentant en farine, le commissaire Barth passe de la surprise à la stupéfaction.

Irena Baum et Gert Hoffmann se rencontrent par hasard, un jour de juillet 1955, dans une station-service. Lui fait le plein de sa Volkswagen d'occasion. Elle est juste derrière lui, dans sa Mercedes blanche décapotable...

Comme le pompiste a été particulièrement long pour le servir et que Gert lui demande de vérifier l'huile et la pression des pneus, Irena donne de petits coups de klaxon impatients. Gert se retourne, leurs regards se croisent et celui d'Irena s'immobilise. Elle le fixe de haut en bas, elle le détaille. Gert Hoffmann est excédé, il murmure :

– Mais qu'est-ce qu'elle me veut, celle-là ?

Car Gert Hoffmann n'aime pas, vraiment pas les femmes ! Or c'est justement cela qu'a saisi Irena au premier coup d'œil. Et c'est cela qui la fascine : un homme qui n'aime pas les femmes, qui n'a pas l'envie, la jalousie d'une femme, ni les désirs brutaux d'un homme, quelqu'un avec qui elle pourrait parler de sa vie, en toute sécurité, en toute confiance, en toute amitié...

Leur seconde rencontre a lieu une semaine plus tard. Irena a donné le numéro de la Volkswagen à un détective privé, avec mission de retrouver le propriétaire...

Quand elle se présente, un soir, à l'adresse que lui a donnée le détective, elle ne passe pas inaperçue : c'est tout simplement une boîte de nuit pour homosexuels. Totalement indifférente à la stupeur qu'elle provoque, avec sa robe décolletée, sa fourrure, et sa longue chevelure blonde qui tombe sur ses épaules, la jeune femme se dirige d'un pas décidé vers la table de Gert et, ensemble, ils parlent. Ils parlent et ils boivent toute la nuit...

De ce jour, inexplicablement, mystérieusement, entre cette aventurière sans scrupules et cet homosexuel bourré de complexes, est née une liaison étrange, hors du commun, hors de tout, mais d'une totale sincérité et d'une grande pureté.

Elle lui dit tout, ou presque tout. Elle lui parle de ces vieux messieurs qui la dégoûtent, avec leurs prétentions de jeunes hommes. Lui, il lui parle de ses difficultés à placer sa farine et aussi du garçon qui a son cœur et qui se moque de lui. Quand elle a un moment libre, elle l'appelle pour qu'il la rejoigne dans son appartement du 137 Kaiserstrasse. Pour elle, il fait la cuisine, chose qu'il adore par-dessus tout. Il met son tablier et lui prépare toutes ses spécialités. Ils restent comme cela une heure ou deux, à manger, à bavarder, et Gert file dix minutes avant l'arrivée du premier client.

Cela dure ainsi deux ans, jusqu'au fatidique 29 octobre 1957. Ce jour-là, Irena l'a appelé en larmes.

– Viens tout de suite, j'ai besoin de toi !

Il était 13 heures. Gert a mis son tablier, lui a fait

un gâteau de riz, son plat préféré, et Irena s'est confiée à lui.

– Aujourd'hui, ça ne va pas. Je viens de renvoyer la bonne. Cette idiote m'avait cassé un verre. Et puis il y a toutes ces femmes mariées qui me téléphonent pour m'injurier. Et il y a encore... autre chose. Je suis inquiète, Gert.

Gert Hoffmann l'a prise par l'épaule.

– Qu'est-ce que c'est ? Dis-le-moi.

– Non, je ne peux pas. C'est trop grave, c'est un secret.

Gert Hoffmann, le petit représentant en farine, a terminé son incroyable déposition. Le commissaire Barth ne le regarde plus maintenant avec stupéfaction, mais avec... intérêt. Le commissaire Barth n'est pas un héros...

– Ainsi, d'après vos déclarations, vous êtes la dernière personne à avoir vu vivante Mlle Irena Baum ? Vous savez qu'une somme de vingt mille marks a été volée chez elle, par l'assassin ? Parlez-moi un peu de votre situation financière à l'époque.

Oui, Gert Hoffmann avait des dettes en octobre-novembre 1957. Le commissaire Barth et ses adjoints le pressent de questions et il avoue. Il avoue tout ce qu'on veut. Des aveux invraisemblables, qui ne tiennent pas devant les faits. Il dit, par exemple, qu'il a caché les vingt mille marks sous son plancher ; pourtant, chez lui, aucune des lattes du plancher n'a jamais été déplacée...

Mais qu'importe. Le commissaire Barth et la police allemande ont un coupable idéal, qui avoue tout ce qu'on veut et, surtout, qui ne risque pas de faire d'ennuis !

Le procès de Gert Hoffmann s'ouvre le 1er juillet 1960, devant la cour d'assises de Francfort. Il faut dire que, pour une bonne partie de l'opinion publique allemande, ce procès est un véritable scandale. On dit et on répète que le vrai coupable est ailleurs. Un journal écrit même que Gert Hoffmann a touché d'un mystérieux correspondant la somme astronomique d'un million de marks, pour qu'il ne prononce aucun nom, au cours de son procès.

Et, effectivement, pendant toute la durée des débats, le prévenu ne dit rien. Plus timide que jamais, il est assis au fond du box, le visage dissimulé derrière d'énormes lunettes noires. Quand on l'interroge, il répond des banalités, de sa voix zozotante et un peu trop haut perchée.

Il y a pourtant deux grands moments dans le procès. D'abord, quand le président, faisant l'inventaire des pièces à conviction, prend entre ses mains le carnet de cuir noir. On sent un frisson passer dans l'assistance, en même temps qu'un silence quasi religieux s'établit. Est-ce qu'on va entendre un nom, plusieurs ?... Mais non, le président le repose sur son bureau et continue son inventaire.

Le second grand moment est la déposition du commissaire Barth. Il faut dire que les avocats de la défense ne le ménagent pas.

– Alors, commissaire, où en est votre enquête ?

Le commissaire bafouille, bredouille :

– Mon enquête ?

– Oui, nous avons nos renseignements. Nous savons que, malgré l'arrestation, l'inculpation et le procès de Gert Hoffmann, vous avez continué votre enquête. Vous continuez toujours à chercher le véritable assassin.

C'est incroyable, mais c'est l'exacte vérité ! Le commissaire Barth doit avouer devant tout le prétoire que la police est encore, à l'heure présente, sur sept pistes différentes, pour le meurtre d'Irena Baum. Inutile de préciser à quel point elle croit à la culpabilité de l'accusé !

Et, le lendemain, après une courte délibération, le jury acquitte à l'unanimité Gert Hoffmann.

Voilà... On n'en saura pas plus. Le nom du coupable, qui est sans doute mort aujourd'hui, était peut-être dans les renseignements confidentiels transmis par Interpol au commissaire Barth et il était presque à coup sûr dans le carnet noir de la victime. Mais le commissaire Barth s'est bien gardé de vérifier de trop près. Le commissaire Barth n'était ni un fou ni un héros.

Mme Caillaux

Ce qui est le plus remarquable dans l'affaire Caillaux, c'est qu'on hésite à dire s'il s'agit d'une affaire politique ou d'une affaire de femmes. C'est, d'ailleurs, toute la question, car, selon la réponse qu'on apporte, les choses prennent un tour entièrement différent...

Homme à femmes, Joseph Caillaux l'est assurément. Ce grand bourgeois, né en 1863 dans la Sarthe, département qui le réélira constamment, soit à l'Assemblée nationale, soit au Sénat, monte très tôt dans la capitale. Pour ne pas gêner sa carrière, il décide de rester célibataire et de ne prendre que des maîtresses, mais il a du charme et il suscite des passions plus vives qu'il ne le voudrait. En 1900, il est l'amant de Mme Dupré, née Berthe Gueydan, une brune ravissante, qui est aussi une femme de caractère. Elle est si follement éprise de lui qu'elle divorce pour l'épouser. Joseph Caillaux résiste, il ne veut pas aliéner sa liberté, elle insiste pourtant, à tel point qu'il finit par céder et l'épouse, en 1905.

Mais il n'y a pas de sentiments véritables de son côté et il ne tarde pas à prendre une nouvelle maîtresse. Comme la précédente, elle est mariée, mais les ressemblances s'arrêtent là, car, cette fois, il s'agit d'une passion partagée. La nouvelle élue de son cœur a trente-cinq ans, elle est blonde, bien faite ; originaire de la bourgeoisie parisienne, elle est née Henriette Rainouard et a épousé Léo Claretie, journaliste et homme de lettres. Les amants échangent une correspondance passionnée et, comme Henriette est aussi une femme de caractère, elle fait exactement ce qu'avait fait sa rivale quelques années auparavant : elle divorce pour se faire épouser. Cette fois, Joseph ne se fait pas prier. Malgré l'opposition de Berthe, il divorce à son tour et ils se marient en 1911.

Après avoir fait fausse route chacun de leur côté, voilà donc Joseph et Henriette Caillaux unis sans nul doute pour la vie, car leur passion réciproque ne fait que s'accroître dans le mariage. Cette existence matrimoniale mouvementée a pourtant une conséquence désagréable pour eux : elle a fait fuir leurs amis. En raison des hautes fonctions de Joseph, ils ont des relations, ils voient beaucoup de monde, mais leurs anciennes connaissances les évitent. C'est qu'en ces premières années du XXe siècle, le divorce, qui vient juste d'être rétabli, n'est pas du tout admis dans la bourgeoisie. Il est contraire à la religion, aux mœurs traditionnelles et considéré comme profondément choquant.

Voilà pour les femmes... Mais Joseph Caillaux est bien autre chose qu'un amoureux passionné. C'est un homme politique de tout premier plan. Il est président du Parti radical, formation emblématique de la IIIe République, qui fait et défait les ministères et participe à tous les gouvernements ou presque. À ce titre, il a été président du Conseil et cinq fois ministre des Finances, domaine où il fait autorité.

Sur le plan des idées, cet homme du centre balance entre les deux camps. Sa sensibilité serait plutôt de droite (il sera, sur la fin de sa carrière, le tombeur du Front populaire), mais les circonstances l'ont conduit à mener une politique de gauche. Résolument pacifiste, il veut éviter la guerre avec l'Allemagne et s'est opposé en vain au service militaire de trois ans. De plus, malgré une farouche résistance, il est sur le point de faire voter l'impôt sur le revenu... Mais au fond, pour Caillaux, les idées ne comptent guère. C'est avant tout une formidable bête politique. Doué d'une intelligence supérieure, d'une éloquence redoutable, manœuvrier suprêmement habile, il n'a qu'une seule passion véritable : le pouvoir. À la Chambre, seuls Clemenceau et Jaurès ont une personnalité comparable à la sienne et sont capables de lui tenir tête.

En 1914, au moment où débutent les faits, Joseph Caillaux est une nouvelle fois ministre des Finances, dans le cabinet Doumergue, et il est l'objet d'une violente campagne de la part de la droite. Il y a longtemps qu'il s'est attiré la haine des conservateurs. Certes, ils ne peuvent admettre son pacifisme ni l'impôt sur le revenu exécré, mais ils le poursuivent avec un particulier acharnement.

Car, au-delà des idées, c'est l'homme qu'ils détestent. Le mépris hautain qu'il affiche envers eux, ses répliques cinglantes à la Chambre leur sont insupportables. Et puis, surtout, ils ne peuvent admettre que ce bourgeois foule ainsi aux pieds, dans sa vie privée, les usages et la morale de sa classe. Bien sûr, Jean Jaurès s'attire tout autant de haine et il ne va pas tarder à le payer de sa vie. Il n'empêche que, pour la bourgeoisie, Jaurès est un adversaire, alors que Caillaux est un traître !

Cette campagne de dénigrement est essentiellement le fait du *Figaro*, dirigé par Gaston Calmette. La presse fait preuve alors d'une violence de ton dont on n'a guère idée aujourd'hui. Les lois qui protègent les personnes privées sont loin d'être aussi rigoureuses que maintenant, ce qui laisse le champ libre à tous les débordements. La campagne du *Figaro* mêle donc les attaques politiques aux agressions personnelles, faisant une large part aux outrances et même aux calomnies pures et simples.

Face à la situation, l'intéressé répond par le mépris. Après tout, ces mœurs, pour détestables qu'elles soient, sont celles du débat politique, il les connaissait avant d'embrasser la carrière et il a les épaules assez larges pour les supporter. Mais s'il a cette capacité et cette force, il n'en est pas de même de sa femme. Henriette Caillaux découvre, depuis son mariage, toute la haine qui entoure son mari. Au début, elle tente de s'en accommoder, mais ces attaques incessantes, quotidiennes, finissent par lui devenir insupportables. Caillaux écrit à ce sujet, dans ses *Mémoires* : « Elle était bouleversée par les articles du *Figaro*. Elle souffrait cruellement de me voir calomnié. J'ai appris longtemps après que, certain jour, elle était revenue chez nous tout en pleurs, ce qu'elle m'avait soigneusement caché. Elle avait entendu, dans je ne sais quelle maison de couture, une dame dire à sa voisine : “Voilà la femme de ce voleur de Caillaux !” Elle se minait, elle ne mangeait plus, dormait mal. Je l’envoyais consulter des médecins, sans me douter que le venin distillé par le journal qu’elle avait la faiblesse de lire tous les matins était l’unique cause de ses malaises. »

13 mars 1914. Ce jour-là *Le Figaro* va plus loin. Il publie une lettre de Caillaux, datée de 1901, alors qu’il était ministre des Finances du gouvernement Waldeck-Rousseau. Elle est écrite sur du papier à en-tête du Sénat et destinée à celle qui n’est encore que sa maîtresse, Mme Dupré, née Gueydan :

> « J’ai dû subir deux séances écrasantes à la Chambre, l’une, le matin, à neuf heures, qui a fini à midi, l’autre à deux heures, dont je viens de sortir à huit heures, harassé.
>
> J’ai d’ailleurs remporté un très beau succès. J’ai écrasé l’impôt sur le revenu en ayant l’air de le défendre. Je suis arrivé à donner le coup de barre à droite, qui était indispensable.
>
> Ton Jo. »

Sans être accablant, le document est gênant. Il démontre la duplicité d’un homme, qui mène, par opportunisme, par goût du pouvoir, une politique contraire à ses convictions profondes. Mais si Caillaux est violemment contrarié en lisant le journal, c’est pour une autre raison. Par un moyen inconnu, peut-être par cette dernière elle-même, *Le Figaro* est en possession de sa correspondance avec Mme Gueydan. Or il a eu l'imprudence de lui parler politique et d'évoquer, en particulier, l'affaire Rochette.

Rochette est un avocat, qui plaidera plus tard son divorce, et qui, à cette époque, s'est rendu coupable de manœuvres financières frauduleuses à grande échelle. C'est son ami et c'est aussi le directeur du journal radical *Le Rappel*. Pour toutes ces raisons, Caillaux est intervenu auprès du Premier ministre d'alors afin qu'on arrête les poursuites. Et cela, c'est d'une tout autre gravité. C'est bel et bien un délit, dont la révélation peut compromettre sa carrière...

En lisant *Le Figaro*, ce matin du 13 mars 1914, Henriette Caillaux est tout aussi bouleversée, mais pour une autre raison : si les journalistes sont en possession de la correspondance de son mari avec sa première femme, ils ont sûrement aussi celle qu'il a échangée avec elle-même. Car Joseph Caillaux, décidément bien sentimental pour un homme politique de son envergure, avait eu la faiblesse de conserver leur correspondance clandestine du temps où il était marié avec Mme Gueydan et, au moment de son divorce, il s'est aperçu qu'il manquait plusieurs lettres. Il a tenté, en vain, de les récupérer auprès de Berthe.

Pour des motifs différents, le mari et la femme se mettent, dès cet instant, à trembler que le journal ne publie une autre lettre et, trois jours plus tard, le lundi 16 mars, c'est la catastrophe. *Le Figaro* annonce, dans un entrefilet en première page, intitulé « Intermède comique », que « de cruelles révélations pour Caillaux vont bientôt suivre ».

Cet entrefilet, le couple le découvre en même

temps, en prenant le petit déjeuner, dans son appartement de la rue Alphonse-de-Neuville. Henriette tend le journal à son mari, les traits convulsés :

– C'est elle, c'est sûr !

– Ce n'est pas certain...

– Elle a nos lettres. Elle les leur a données. Est-ce que tu vas laisser ces misérables pénétrer dans notre alcôve ?

Joseph Caillaux tente de rassurer sa femme comme il peut, mais lui-même est ébranlé. Il promet qu'il va faire tout ce qui est en son pouvoir et lui demande de le retrouver au bureau, en fin de matinée.

À 11 h 30, elle vient le rejoindre au ministère des Finances. Il est en discussion avec son chef de cabinet et un autre ministre, Yvon Delbos. Les deux collaborateurs de son mari lui résument la situation : il n'y a malheureusement rien à faire. Joseph Caillaux dit à sa femme :

– Je t'ai pris un rendez-vous avec Monnier, le président du tribunal civil de la Seine. Il te dira ce que la justice peut faire. Va le voir. Moi, je n'ai pas le temps.

Henriette Caillaux va donc trouver le magistrat, mais ce dernier lui ôte tout espoir.

– Publier des lettres intimes est certainement contraire à la morale, mais dans l'état actuel de la législation, on ne peut pas s'y opposer...

Le mari et la femme se retrouvent chez eux au déjeuner. L'atmosphère est dramatique. Elle lui fait part du résultat de son entrevue avec Monnier. Caillaux est dans un état de colère épouvantable. Les côtelettes sont brûlées. Il hurle à la cuisinière qu'elle est renvoyée... Mais il faut bien en revenir au sujet qui les préoccupe. Henriette lui demande, au bord des larmes :

– Ne me défendras-tu pas ?

Il lui répond, les mâchoires crispées :

– Écoute, si Calmette publie une seule de nos lettres, je lui casse la gueule !

Le repas est bref. Joseph Caillaux doit se rendre au Sénat, pour défendre le projet d'impôt sur le revenu. Henriette reste seule. Elle a un après-midi chargé. Le chauffeur est en bas, qui l'attend, dans la voiture de fonction. Elle se fait d'abord conduire dans un bureau de placement pour se chercher une nouvelle cuisinière. La chose faite, elle se rend chez le traiteur Potel et Chabot pour commander un repas officiel, qui doit avoir lieu au ministère. Et ensuite... Eh bien, ensuite, elle demande au chauffeur de l'emmener chez l'armurier Gastine-Reinette. Là, elle déclare au vendeur :

– Je voudrais un pistolet automatique.

L'homme ne sourcille pas. À cette époque, la législation sur les armes est beaucoup plus souple qu'aujourd'hui.

– Il vous faut quelque chose de léger. Je vous propose ceci...

Il s'agit d'un browning. Henriette le prend en main et s'en déclare satisfaite.

– Je vous conseille de l'essayer. Voulez-vous me suivre au sous-sol ?

Gastine-Reinette possède, en effet, un stand de tir sous le magasin. Mme Caillaux se poste à dix pas d'un mannequin de 1,62 mètre, la taille moyenne d'un homme à l'époque, et tire tout de suite trois fois, à toute allure, en une véritable rafale. Le vendeur a un sourire condescendant devant cette précipitation toute féminine.

– Il ne faut pas tirer si vite, madame !

Il n'empêche : les trois balles se sont logées dans le mannequin... De chez l'armurier, Henriette Caillaux se fait reconduire chez elle et, là, elle écrit une lettre pour son mari :

« Mon mari bien-aimé, quand je t'ai rendu compte de mon entretien avec le président Monnier, qui m'avait appris que nous n'avions en France aucune loi pour nous protéger des calomnies de la presse, tu m'as dit que tu casserais la gueule à Gaston Calmette. J'ai compris que ta décision était irrévocable. Mon parti à moi fut alors pris : c'est moi qui ferai justice. La France et la République ont besoin de toi ; c'est moi qui commettrai l'acte. Si cette lettre t'est remise, c'est que j'aurai fait ou tenté de faire justice. Pardonne-moi, mais ma patience est à bout. Je t'aime et je t'embrasse du plus profond du cœur.

Ton Henriette. »

Elle cachette la missive et va la remettre à la gouvernante de sa fille.

– Si Monsieur rentre avant moi, vous lui donnerez cette lettre. Si je rentre la première, vous me la rendrez.

Elle reprend la voiture. Elle demande au chauffeur de retirer la cocarde ministérielle et lui lance :

– Au *Figaro* !

Si, en employé stylé, le chauffeur ne fait aucun commentaire, il ne peut s'empêcher de jeter un coup d'œil dans le rétroviseur pour voir si sa patronne ne perd pas la raison... Mais non ! Elle est parfaitement calme. Elle se tient immobile, sur la banquette arrière, les mains emmitouflées dans son manchon de fourrure, comme en portent toutes les élégantes de l'époque...

À cinq heures de l'après-midi, la voiture arrive devant les locaux du journal, qui sont alors situés rue Drouot, près des Grands Boulevards. Henriette Caillaux en sort et s'adresse à l'huissier, qui se tient dans le hall.

– Je voudrais voir Gaston Calmette.

– Il est absent. Vous pouvez l'attendre si vous voulez, mais il n'est pas certain qu'il vous reçoive.

– Il me recevra. Remettez-lui ceci.

Elle sort de son manchon une carte de visite dans une enveloppe fermée et la lui tend, puis elle va s'asseoir sur une banquette et attend... Au bout d'une heure environ, Gaston Calmette arrive à pas pressés, en compagnie de Paul Bourget, académicien et écrivain bien-pensant. Le directeur du *Figaro* a la cinquantaine un peu dépassée, les cheveux grisonnants, une forte moustache noire. Il porte des lorgnons aux verres épais, car il est très myope. Il décachette l'enveloppe que lui remet l'huissier, marque un instant de surprise et la montre à l'écrivain. Ce dernier a, lui aussi, un mouvement d'étonnement.

– Vous n'allez pas la recevoir !

– C'est une dame. Je ne peux pas faire autrement...

Paul Bourget s'en va. Quelques instants plus tard, l'huissier fait entrer Mme Caillaux dans le bureau directorial. Calmette se tient debout. Elle lui déclare :

– Vous vous doutez sans doute de l'objet de ma visite ?

Et, avant qu'il ait pu répondre quoi que ce soit, elle sort le revolver de son manchon et elle tire cinq balles, à toute allure, en rafale, comme chez l'armurier. L'huissier fait irruption... Gaston Calmette est au fond, tout pâle, debout, appuyé contre son fauteuil. Sa visiteuse tient un browning fumant. Il se précipite sur elle et lui arrache l'arme. Elle est parfaitement calme.

– Je ne veux pas m'enfuir. J'ai mon auto en bas pour aller au poste avec les agents.

Comme il ne veut pas lâcher prise, elle lui dit sèchement :

– Ne me touchez pas, je suis une dame !

Les coups de feu ont été entendus dans tous les bureaux. C'est une cavalcade dans les couloirs. Les collaborateurs du *Figaro* arrivent en se bousculant. Gaston Calmette est blême. On l'assied dans le fauteuil. Il parle d'une voix éteinte.

– Je vous prie de m'excuser... Je ne suis pas très bien.

Il s'affaisse sur le côté. Son lorgnon tombe, ses yeux de myope se voilent. Un de ses amis se redresse et dit à mi-voix :

– Calmette se meurt !

À l'autre bout de la pièce, Henriette Caillaux juge bon d'intervenir.

– Puisqu'il n'y a pas de justice en France !...

Elle est seule, immobile. À part l'huissier, personne

ne l'a touchée, personne même ne s'en est pris à elle verbalement. Et pourtant, elle vient de tirer sur leur patron, leur ami. S'il s'était agi d'un homme, il aurait été lynché. Mais le respect qui entoure les femmes du monde est tel, à l'époque, que tout le monde est paralysé... Quelqu'un lui lance quand même :

– Taisez-vous ! Après ce que vous avez fait, vous devez vous taire !

Mais elle veut tout de même avoir le dernier mot. Elle lui réplique :

– Ce n'est pas à vous que je parle...

Quatre agents du commissariat Drouot font irruption. On leur désigne l'auteur des coups de feu, mais eux non plus n'osent pas la toucher. Ils la conduisent seulement dans le vestibule et la surveillent à distance respectueuse. Les minutes passent... Une ambulance arrive avec des médecins. L'un d'eux, le professeur Hartmann, fait signe qu'il n'y a plus rien à faire et donne l'ordre d'emmener le blessé. On le sort du bureau sur un brancard. Il passe devant sa meurtrière. Elle l'entend, sans réagir, prononcer ses dernières paroles :

– Mes amis... Je ne me reproche rien. J'ai agi sans haine...

Henriette Caillaux est enfin conduite au commissariat, qui est juste à côté. Mais là encore, personne ne met la main sur elle. Les policiers marchent un pas derrière elle, se contentant de veiller à ce qu'elle ne s'échappe pas. Elle est reçue par le commissaire Carpin. Elle lui fait sa première déclaration :

– Cet après-midi, j'ai acheté un browning et je suis

allée au *Figaro*. Je ne voulais pas donner la mort. Je l'affirme et je regrette profondément mon acte.

À cet instant, un taxi s'arrête et Caillaux en surgit. Le planton reste ahuri devant lui et il a alors une réaction extraordinaire. Même dans ces circonstances, il n'oublie pas qu'il est ministre. Il lui dit sévèrement :

– Vous pourriez saluer !...

Dans le bureau du commissaire Carpin, la déposition d'Henriette Caillaux se poursuit dans la confusion. Les agents sont maintenant occupés à repousser les premiers journalistes qui arrivent. Le juge d'instruction Broucard arrive à son tour. Caillaux s'adresse à lui avec angoisse :

– Vous allez l'arrêter ?

Le magistrat a un geste désolé.

– Mettez-vous à ma place...

Mais la situation est en train d'évoluer très vite. La nouvelle de l'attentat s'est répandue dans Paris comme une traînée de poudre et des manifestants nationalistes convergent vers le commissariat. Leurs intentions sont claires : ils sont venus pour se faire justice et, eux, le fait qu'il s'agisse d'une femme ne les fera pas reculer. Quant à Caillaux, il est plus en danger encore. On entend des cris au-dehors :

– Assassins !

Pour l'instant, les agents parviennent à contenir la foule, mais il faut faire vite... Le commissariat possède heureusement une sortie sur l'arrière, donnant rue Grange-Batelière. On fait venir deux taxis. Henriette Caillaux prend place dans le premier, entre deux agents en civil, direction la prison. Elle peut partir sans encombre. Joseph Caillaux prend place dans le deuxième, mais, entre-temps, les manifestants ont appris l'existence de la seconde issue et ils arrivent au pas de charge. Ils frappent le véhicule avec leurs cannes et il s'en faut de peu que le ministre des Finances soit écharpé...

Au même moment a lieu une scène absolument extravagante. On vient d'apprendre au directeur de la prison Saint-Lazare, celle des femmes, l'arrivée d'Henriette Caillaux et le pauvre en est totalement bouleversé. Jusqu'ici, il n'a accueilli dans son établissement que des prostituées, des mendiantes, des ouvrières, voire des petites-bourgeoises, mais une femme de ministre ! Comment faire ?... Il convoque son gardien-chef.

– Quelle est la meilleure cellule, la plus grande, la mieux aérée ?

– C'est la n° 12, monsieur le directeur.

On s'y précipite. On chasse son occupante, qui s'en va dans une cellule ordinaire. Le directeur regarde le lit, scandalisé.

– Regardez-moi cela, une couverture grise ! Allez en demander une autre à ma femme.

Le gardien-chef revient peu après avec une couverture rouge. Le directeur tient à l'installer lui-même. Tandis qu'il s'affaire, le gardien-chef se permet une suggestion :

– Vous ne pensez pas que des fleurs... ?

Mais son supérieur a un geste de regret.

– Non, tout de même, le règlement... Des fleurs, je ne peux pas...

Pendant ce temps, à la clinique de Neuilly, où le mourant a été conduit, le professeur Hartmann hésite.

Il n'ose pas opérer, de peur que Calmette ne meure sous son bistouri. Il lui fait des injections de sérum, sans résultat. Calmette est inconscient depuis son départ du *Figaro*, son pouls est imprenable sauf à la carotide. C'est quand Hartmann se décide enfin à l'opérer et qu'on le met sur la table d'opération que Gaston Calmette décède.

Le lendemain, *Le Figaro* paraît encadré de noir. Son ton est, cette fois, sobre et digne. Après avoir récapitulé ses accusations contre Joseph Caillaux, il conclut : « Au réquisitoire de notre directeur, M. Caillaux n'a pas répondu à la tribune, il ne l'a pas poursuivi en cour d'assises, il ne lui a pas envoyé de témoins, mais hier soir, à six heures, Mme Joseph Caillaux est venue au *Figaro* et elle a assassiné Gaston Calmette. »

À la prison Saint-Lazare, cette dernière est réveillée, ce mardi 17 mars, par sa femme de chambre. Car elle a une femme de chambre ! Il s'agit d'une détenue jeune et pimpante à qui on a donné un uniforme de soubrette et qui sera à son service pendant toute la durée de sa détention. Elle lui apporte deux couvertures venues de la rue Alphonse-de-Neuville : une en laine rose et blanc, une en soie bleue. Mme Caillaux va s'installer dans le fauteuil et lui demande, une fois qu'elle aura terminé de faire le lit, de rendre sa couverture au directeur, avec ses remerciements.

Les jours suivants, sa détention se poursuit dans ces conditions si particulières. Midi et soir, un employé de chez Potel et Chabot vient lui apporter son repas. Son procès a été fixé au 20 juillet, un délai extraordinairement court, mais il ne saurait être question de la faire attendre. Son mari, qui a dû tout de même démissionner du ministère des Finances, dispose d'un droit de visite illimité et dans sa cellule, pas au parloir, mais il ne vient pas aussi souvent qu'il le voudrait. La situation internationale est préoccupante et ce sont les élections. Il est obligé de faire campagne dans sa Sarthe natale.

Ces élections réservent une grande joie à Henriette. Elle avait pu craindre que son geste n'ait ruiné la carrière de son mari, mais il est, au contraire, réélu triomphalement et c'est confiante que la détenue de la cellule n° 12 attend le jour de son procès.

Lorsque s'ouvre celui-ci, c'est un événement considérable. Le 20 juillet 1914, le tout-Paris politique et mondain se bouscule aux portes du palais de justice. La place Dauphine est encombrée de fiacres et de voitures de maître. Chapeaux melons et hauts-de-forme s'agitent en tous sens. Mais ce sont les toilettes féminines qui dominent, car le procès d'Henriette Caillaux a attiré encore plus de femmes que d'hommes.

Les dames du monde sont venues en nombre et, par un revirement remarquable, elles sont maintenant unanimement favorables à l'accusée. Les anciens griefs contre elle et son époux sont oubliés. Bien sûr, il y a son divorce, bien sûr, il y a la politique de Caillaux, mais tuer par amour pour son mari, c'est si romanesque que cela l'emporte sur tout le reste !...

La cour fait son entrée dans une atmosphère de grande première parisienne. Le président Albanel et ses deux assesseurs, le procureur général Herbeaux, les avocats qui se font face : maître Chenu, l'air sévère, pour la partie civile, et, pour la défense, maître Labori, l'ancien avocat de Dreyfus, dont les cheveux et la barbe en pointe ont blanchi, mais qui semble avoir gardé toute sa combativité.

Les douze jurés prennent place à leur tour : un pelletier, un distillateur, un accordeur de pianos, un secrétaire de mairie, un propriétaire, un rentier, un mécanicien, un percepteur, un architecte, un employé... À peine sont-ils en place, que la petite porte de chêne située en face d'eux s'ouvre et qu'elle fait son apparition !

Tout le monde s'est levé en même temps pour la voir et personne n'est déçu. Henriette Caillaux est aussi belle que distinguée : blonde, bien faite, elle porte un corsage échancré garni de tulle, de longs gants noirs, un chapeau de paille de même couleur, garni de satin et surmonté d'une longue plume noire.

Le président Albanel toussote : les débats vont s'ouvrir... Depuis plus d'un siècle, en France, tous les procès commencent par le traditionnel : « Accusé, levez-vous ! » Eh bien, pas celui-ci ! De nouveau, la personnalité d'Henriette Caillaux lui vaut un traitement tout à fait extraordinaire. Le magistrat s'adresse à elle d'une voix douce :

– Voulez-vous vous lever, madame ?

Henriette Caillaux obéit et répond à ses questions avec précision, très maîtresse d'elle-même. Elle raconte son enfance heureuse et bourgeoise à Paris, son premier mariage avec l'écrivain Léo Clarctie, leur mésentente, chaque jour plus grave, plus profonde, la rencontre avec Joseph Caillaux, leurs amours passionnées et difficiles. Ils sont mariés chacun de leur côté et ils doivent se cacher. Ils s'écrivent de longues lettres. Dans les siennes, Joseph Caillaux mêle l'amour et la politique. C'est pourquoi, un jour, il lui demande de lui retourner tout son courrier.

– Il avait sans doute ses raisons, monsieur le président... Je n'ai pas discuté. J'ai renvoyé les lettres. Je comprenais très bien sa prudence.

La belle Mme Caillaux marque une pause. Elle reprend d'une voix étranglée :

– Malheureusement, cette Mme Gueydan, cette femme avec laquelle il était alors marié, a réussi, grâce à une fausse clé, à ouvrir son secrétaire et à voler une partie des lettres. C'est d'elle que vient tout le mal. C'est elle qui est allée proposer ces lettres à plusieurs journaux, après avoir dû consentir au divorce. Mme Gueydan voulait se venger de nous. Elle ne supportait pas l'idée que je me sois remariée avec Joseph Caillaux. Elle voulait détruire notre bonheur, qui était immense et elle y est parvenue...

Henriette Caillaux s'interrompt, brisée par l'émotion. Le président Albanel, visiblement ému lui aussi, intervient toujours avec douceur.

– Madame, veuillez m'excuser, mais je ne comprends pas le rôle joué par ces lettres, dans le drame qui nous occupe. Jamais, que je sache, aucun journal ne les a publiées. Quant à celle qui a été rendue publique par M. Calmette, directeur du *Figaro*, elle ne vous concernait pas. C'était une lettre intime de M. Caillaux à Mme Gueydan.

– Précisément, monsieur le président ! C'est cette femme qui est le pivot de toute l'affaire. Qui d'autre aurait pu livrer cette lettre à Calmette ? Qui donc aurait pu alimenter cette campagne calomnieuse déclenchée par *Le Figaro,* contre mon mari ? Elle, monsieur le président ! Elle seule, qui possédait ses propres lettres d'amour, mais aussi les miennes... Je savais que mon tour allait venir, que mes lettres allaient être publiées. Calmette n'a jamais caché que la campagne contre Joseph Caillaux ne faisait que commencer. Ma réputation était en péril. Je me suis affolée. L'idée de déshonneur m'est insupportable.

Le président Albanel la fait revenir à la réalité concrète, c'est-à-dire ce qu'elle a fait dans l'après-midi du 16 mars 1914. Elle admet, avoir été, après Potel et Chabot, chez l'armurier Gastine-Reinette.

– Et ensuite ? lui demande de président.

– Je suis partie. Je ne voulais que faire du scandale. Mais jusqu'au dernier moment, je ne savais pas si j'allais me rendre au *Figaro* ou dans un salon de thé.

– Dans un salon de thé avec un revolver ?

La question n'embarrasse pas l'accusée.

– Mon père m'a appris à toujours porter un petit revolver dans les circonstances délicates...

À la demande du président Albanel, elle en vient au meurtre lui-même. Et là, elle se fait beaucoup plus allusive.

– C'est effrayant comme un revolver part tout seul ! Je ne voulais pas le tuer. Mais il est venu se jeter sous mes balles. Il s'est écroulé. Je ne savais plus ce que je faisais. C'est la fatalité !

Enfin elle sait trouver une formule émouvante pour terminer sa déposition. Elle lance d'une voix tremblante :

– Non, je ne voulais pas la mort de cet homme ! Je déclare ici que j'aurais préféré laisser publier n'importe quoi plutôt que d'être la cause de ce qui est arrivé.

Le lendemain, 21 juillet 1914, la foule est aussi nombreuse que la veille. Mais cette fois, le ton va changer. Dans cette affaire où le politique le dispute au passionnel, c'est le premier aspect des choses qui va se trouver en avant, puisqu'il est prévu l'audition, en tant que témoin, de Joseph Caillaux.

Mais avant, la partie civile contre-attaque. Pour le bâtonnier Chenu, l'avocat des Calmette, tout cela n'est qu'un mauvais roman à l'eau de rose. La réalité est bien différente. Le véritable coupable n'est pas cette femme assise dans le box, c'est Joseph Caillaux.

– C'est lui, tonne Chenu, qui a commandé cet assassinat pour empêcher Calmette de publier, non pas des lettres d'amour, dont il se moquait, mais un document politique capital, qui révèle que Joseph Caillaux, alors qu'il était ministre des Finances, a fait pression, afin de protéger Rochette, cet avocat véreux poursuivi par la justice !

Dans la salle, les partisans et les adversaires de l'ancien ministre, qui sont en nombre à peu près égal, se font entendre pour la première fois. Ses amis tentent de couvrir la voix de l'avocat par leurs sifflets, tandis qu'éclatent des cris hostiles :

– Voleurs ! Vendus ! Caillaux, Rochette, escrocs !

Le président Albanel a bien du mal à rétablir le calme. Le bâtonnier Chenu poursuit son exposé, qui est celui de l'accusation :

– Je prétends que les époux Caillaux n'ont pas cru un instant que leur correspondance intime serait livrée en pâture au public par *Le Figaro* ! D'ailleurs, la fameuse lettre publiée par Calmette, cette lettre qui a déclenché tout le drame, cette lettre signée « Ton Jo » et que Caillaux avait envoyée autrefois à sa première femme, ne révélait aucun secret d'alcôve...

Après un nouveau charivari, on en arrive à la comparution des témoins et au premier d'entre eux, Joseph Caillaux... Il est assurément bel homme, bien qu'il soit chauve à cinquante et un ans. Il est grand, distingué et il y a dans sa personne, quelque chose, une autorité, un charme, qui doit certainement attirer les femmes... Il se tourne vers son épouse, qui vient d'éclater en sanglots. Il s'exprime, étonnamment, d'une voix très douce.

– Avant de répondre à ces basses accusations, je tiens à dire que cette femme, qui est aujourd'hui dans le box des accusés, s'y trouve par ma faute ! Elle m'a donné le bonheur le plus complet, le plus absolu, elle qui a été pour moi, non seulement l'épouse la plus tendre, mais l'associée la plus diligente, la plus informée et la plus avertie. Mais je n'ai pas su la protéger contre la méchanceté et la calomnie...

Henriette Caillaux sanglote de plus belle, tandis que son mari poursuit :

– Oui, il est une chose dont je m'accuse devant le jury : c'est de ne pas avoir été assez attentif à mon foyer ! De ne pas avoir vu les ravages que faisait sur ma femme cette campagne de presse ! De ne pas avoir senti que, par amour pour moi, elle pouvait être capable d'un tel geste. Je l'en excuse et m'en accuse moi-même...

C'est incontestablement du grand art ! On s'attendait à entendre l'homme de gouvernement, le chef de parti, c'est le mari aimant qui parle. Même ses ennemis se taisent... Mais l'homme politique n'est jamais loin avec Caillaux. Le voici maintenant qui répond à l'avocat de la partie civile. Il a décidé, puisque l'affaire Rochette est connue, de faire face et de contre-attaquer.

– L'affaire Rochette, dont vous semblez faire si grand cas, je ne redoutais pas sa publication et je vais vous dire pourquoi : il est exact que je suis intervenu pour faire retarder le procès Rochette, mais je n'ai pas à en rougir. C'était un acte de gouvernement !

Il y a des cris dans la salle. Caillaux poursuit :

– Parfaitement, messieurs ! Ne vous en déplaise, si j'avais laissé venir le procès Rochette à son heure, j'aurais aggravé la panique financière qui s'était alors emparée du pays !

Applaudissements, huées, le président Albanel est obligé de faire évacuer la salle... Et lors des deux audiences qui suivent, le contenu des débats sera le même. Partisans et adversaires de l'ancien ministre des Finances se succèdent à la barre, pour se lancer mutuellement des accusations à la face. Tout le monde a oublié le meurtre de Gaston Calmette. La cour d'assises de la Seine semble être devenue une annexe de la Chambre des députés.

Ce n'est pourtant pas un homme politique, qui fait, dans ce domaine, la déclaration la plus remarquée. C'est Henry Bernstein, auteur dramatique, témoin de la partie civile, qui résume avec le plus de force la thèse de la droite à propos du crime. Caillaux l'a auparavant accusé un peu légèrement de s'être soustrait à ses obligations militaires. Il fait sa déposition et conclut par ces mots :

– Maintenant, je vais parler de moi-même. Caillaux a dit que je n'avais pas le droit de venir déposer ici parce que je n'avais pas satisfait à la loi militaire de mon pays. C'est un mensonge de plus... Je suis artilleur, je pars le quatrième jour de la mobilisation et la mobilisation est peut-être pour demain. Je ne sais pas quel jour part Caillaux, mais je dois le prévenir qu'à la guerre on ne peut pas se faire remplacer par une femme et qu'il faut tirer soi-même !...

Le 23 juillet 1914, lors de la quatrième audience tout change de nouveau. Le président appelle, en effet, le témoin le plus attendu après Joseph Caillaux et, pour la partie féminine du public, le plus attendu tout court : Mme Gueydan. On attend beaucoup de l'affrontement de ces deux femmes, de ces deux épouses, l'ancienne et l'actuelle, de ces deux amoureuses du même homme et on ne va pas être déçu !

Berthe Gueydan arrive à la barre, très droite. Elle est grande, brune, aussi jolie qu'Henriette Caillaux, mais dans un genre différent, plus imposant, plus majestueux. Elle jette un coup d'œil à son ancien mari. Il est visible qu'elle est toujours aussi éprise. De son côté, Henriette s'est redressée dans son box. Elle fusille des yeux l'arrivante, comme prête à bondir. Joseph Caillaux esquisse un sourire. On y sent un rien de fierté : l'homme se sait aimé de ces deux femmes, qui vont se déchirer devant lui...

L'ancienne Mme Caillaux raconte son mariage d'une voix frémissante. Son ton devient presque tragique lorsqu'elle affirme :

– Je voulais rester mais une autre m'a poussée dehors !

Du coup, tout ce qui s'est dit les jours précédents sur l'affaire Rochette, les sentiments réels de Caillaux envers l'impôt sur le revenu est oublié, balayé. On est au théâtre, au beau milieu d'un drame. Mais non, ce n'est pas du théâtre : cette femme souffre réellement, elle est réellement emplie d'amour et de haine... Le président Albanel en vient au point précis qui intéresse les débats :

– Parlez-nous de cette correspondance que vous avez prise.

Berthe Gueydan se raidit.

– C'était une correspondance de mon mari avec une maîtresse, j'en avais le droit !

Henriette Caillaux se dresse dans son box.

– Avec une fausse clé qu'elle a fait faire pour cela !

– Non, avec la clé d'un autre meuble !

Le président interrompt ce début d'altercation.

– Où sont-elles, ces lettres ?

– Elles sont là !

Et elle sort de son sac à main un tout petit paquet relié par une faveur. Dans la salle, il y a un frisson de peur, comme si elle venait de brandir un paquet de dynamite. Le public se lève et se bouscule pour voir. Elle continue.

– Il n’y en a pas deux ou trois comme on l’a dit. Il y en a huit. Lisez-les !

Dans le public, la rumeur s’enfle... Le témoin poursuit :

– Ces lettres adressées à ma rivale et qu’elle m’accuse d’avoir volées, ne sont terribles pour personne, sinon pour moi. Ce sont les lettres d’une femme furieuse, qui veut me faire jeter dehors. On n’y parle pas politique.

Mme Gueydan a toujours son paquet au bout des doigts. Le président ne sait que faire. C’est la confusion. À la fin, maître Labori s’en empare. Il est convenu qu’il les donnera également à lire à maître Chenu et qu’ils décideront s’il y a lieu de les rendre publiques... L’audience est suspendue. À la reprise, maître Labori annonce qu’il n’y a rien dans les lettres qui puisse intéresser les débats. Le public est un peu frustré, mais la comparution de Berthe Gueydan n’aura pas été inutile. Elle a démontré la charge émotive, passionnelle, qu’il y a dans cette affaire et l’accusation aura fort à faire pour expliquer que tout cela n’est qu’une comédie, cachant un crime politique.

Cette démonstration, maître Chenu, l’avocat de la famille Calmette entreprend pourtant de la faire, le 28 juillet 1914, dernier jour du procès, dans un palais de justice plein à craquer et au milieu d’une effervescence extrême, les partisans et les adversaires de l’ancien ministre des Finances étant prêts à en découdre quel que soit le verdict. Maître Chenu sait que les débats n’ont pas conforté la thèse qu’il défend, mais il s’exprime avec conviction et il a beaucoup de talent. Il s’en prend de manière incisive à Caillaux, qui l'écoute, assis non loin de lui, les bras croisés, l'air moqueur.

– M. Caillaux possède d'exceptionnelles qualités d'esprit. Il a une mémoire prodigieuse, mais avec d'étranges défaillances ! Une haute intelligence, mais visiblement dépassée par l'opinion qu'il en a ! Une ambition sans frein et sans limites, mais curieusement impatiente des obstacles ! Un courage légendaire quand il s'agit de cingler l'adversaire avec des mots, mais une bien étrange lâcheté physique quand il s'agit de tenir un revolver !...

L'avocat a fait mouche. Caillaux qui affectait jusque-là l'indifférence s'est redressé sur sa chaise et le toise. L'assistance est haletante. On assiste à l'affrontement des deux hommes avec presque autant de passion, qu'il y a quelques jours, on avait suivi l'affrontement des deux femmes. Maître Chenu poursuit et ses formules se font encore plus acérées.

– Cet homme autoritaire, poursuit-il, a su persuader son épouse de ce qu'il fallait faire ! Il a su lui démontrer que la femme tirait aussi bien que l'homme, mais qu'elle courait infiniment moins de risques, notamment devant la justice !

Il y a soudain un grand bruit dans le box des accusés. Mme Caillaux vient de s'affaisser sur son banc, sans connaissance. Son mari se précipite, bouscule les gardes et la prend dans ses bras... C'est fini ! C'est gagné ! Par ce seul geste, il a ruiné tout l'effet qu'avait su produire l'avocat de la partie civile. On sent que l'assistance est définitivement du côté du couple et, ce qui est plus important, les jurés aussi.

L'accusée étant toujours sans connaissance, le président Albanel lève la séance. À la reprise des débats, trois quarts d'heure plus tard, c'est d'une voix morne que maître Chenu demande aux jurés de rendre un « verdict de culpabilité au nom de la justice et du respect de la vie humaine »...

C'est au tour de maître Labori de prendre la parole pour la défense. Grand, les épaules larges, les cheveux blancs rejetés en arrière comme une crinière, il produit un effet spectaculaire lorsqu'il se lève pour sa plaidoirie. On s'attend à ce qu'il entame sur le registre sentimental, mais il commence par un argument inattendu et très habile.

– D'autres femmes avant Henriette Caillaux, dit-il, ont abattu des hommes qui les poursuivaient de leurs calomnies... C'est le cas de Mme Clovis Hugues, la femme du député poète. Elle a tué pour répondre aux injures. Et, à l'époque, *Le Figaro* de M. Calmette a applaudi ! Mme Hugues a d'ailleurs été acquittée...

Contrairement à ce qu'on attendait, il n'évite pas les faits criminels eux-mêmes, domaine, pourtant, le moins favorable à l'accusée.

– Mme Caillaux ne voulait pas tuer Gaston Calmette. Les experts nous l'ont confirmé. Elle a tiré trop bas. Le malheur a voulu que Calmette se baisse. Le malheur a voulu que les médecins traitants fassent une erreur de diagnostic et interviennent trop tard... La mort de Calmette, messieurs, est un lamentable incident, infiniment malheureux et irréparable, un incident provoqué par la nervosité humaine exaspérée.

Mais, bien sûr, maître Labori consacre la plus large partie de sa plaidoirie à la campagne de dénigrement du *Figaro* et à ses effets sur sa cliente. Il décrit le calvaire quotidien de l'épouse d'un homme haï de ses adversaires politiques. Il explique la genèse de « ce crime d'amour et d'amour-propre ». Il fait revivre les affres de cette femme entraînée dans le tourbillon de la calomnie et perdant brutalement le contrôle de ses nerfs. Et il conclut, en demandant l'acquittement pur et simple...

Le jury se retire et ne met pas plus d'une heure pour délibérer. Au bout de ce délai, les douze hommes endimanchés sont de retour dans le prétoire. Leur président lit d'une voix qu'il veut forte, mais qui tremble, dans un silence de mort :

– Mme Caillaux est-elle coupable d'avoir, le 16 mars, à Paris, commis un homicide volontaire sur la personne de Gaston Calmette ? Sur mon honneur et ma conscience, devant Dieu et devant les hommes, la déclaration du jury est : Non.

C'est de la folie ! Le public explose littéralement. Il y a des huées, des applaudissements, des acclamations, des vociférations, des cris contradictoires.

– Vive Caillaux ! Vive Labori ! Vive la France !

– À bas Caillaux ! À bas les traîtres ! Vive la France !

C'est à un tel point que le président Albanel ne cherche même pas à faire rétablir l'ordre. Il s'enfuit avec ses assesseurs. Ce n'est qu'une heure après, le public ayant été totalement expulsé, que la cour revient, pour prononcer l'acquittement.

Ainsi s'est terminé le procès d'Henriette Caillaux et, s'il n'est pas d'usage de commenter une décision de justice, celle-ci appelle pourtant quelques réflexions. Le jury a décidé que l'accusée était innocente, c'est-à-dire qu'elle n'avait pas tué Gaston Calmette, ce qui est manifestement absurde. Elle a été prise devant sa victime l'arme à la main et elle n'a, d'ailleurs, jamais nié son acte.

Et il ne s'agit pas seulement d'un meurtre, mais, en termes juridiques, d'un assassinat, c'est-à-dire d'un meurtre avec préméditation. Lorsqu'elle se rend au *Figaro,* c'est pour tuer Calmette, pas pour autre chose. Elle l'a écrit, dans sa lettre à son mari : « C'est moi qui ferai justice... C'est moi qui commettrai l'acte. » De plus, lorsqu'elle arrive au journal, elle attend une heure : elle a tout le temps de se reprendre et de songer aux conséquences de son geste, mais elle persiste. Enfin, lorsqu'elle est introduite dans le bureau, elle ne cherche pas à dialoguer, elle ne demande pas d'explications, elle ne tente pas de négocier quoi que ce soit. Elle abat sa victime, avant de lui laisser prononcer une seule parole. Son comportement n'est pas loin de celui d'un tueur.

Mais les ressemblances avec un tueur s'arrêtent là. La thèse de la droite, celle d'un Joseph Caillaux donnant l'ordre à sa femme de commettre le meurtre, parce qu'elle risque moins que lui et d'une Henriette obéissant comme en service commandé, outre qu'elle est très extraordinaire psychologiquement, ne correspond absolument pas aux faits. La préméditation est incontestable, mais elle est très brève. Tout se joue dans la journée du 16 mars 1914 et Henriette Caillaux se révèle tout, sauf un froid assassin. Elle agit sous le coup d'une émotion intense, dans l'improvisation, l'affolement et l'angoisse. Et elle est sans nul doute sincère lorsqu'elle dit qu'elle ne pense qu'à ses lettres intimes. La politique ne l'intéresse pas, elle n'en a jamais fait. Elle n'agit que par amour, son crime est un crime passionnel...

Telle est certainement l'analyse qu'ont faite les jurés. Alors pourquoi ne l'ont-ils pas reconnue coupable, avec circonstances atténuantes et condamnée à une peine légère, la prison avec sursis, par exemple ? La réponse tient sans doute dans l'organisation de la justice à ce moment. Les jurés délibèrent alors sans les juges et uniquement sur la culpabilité. C'est après, en cas de réponse positive, que le président et ses deux assesseurs décident seuls de la peine. Le jury a sans doute eu peur que, s'il reconnaissait la culpabilité, les juges condamnent ensuite l'accusée à une peine trop lourde. C'est pourquoi il a rendu ce verdict, apparemment absurde, d'innocence...

Mais ce qu'il y a de plus surprenant dans l'affaire Caillaux est encore ailleurs : c'est qu'à l'instant même où elle s'achève on découvre qu'elle n'avait, par rapport au reste, aucune importance ! Cet événement à la fois politique et mondain a passionné l'opinion pendant des semaines, il a fait les gros titres de journaux, il a en partie caché la situation internationale et brusquement, ce 28 juillet 1914, la France découvre qu'elle est au bord du gouffre.

Et elle y bascule d'un coup. Trois jours, plus tard, c'est l'assassinat de Jaurès et trois jours plus tard encore, c'est la guerre. Pendant quatre ans, loin des mondanités, plus d'un million de morts et des millions de blessés vont faire oublier pour longtemps la belle Henriette et son geste de désespoir et d'amour.

La lettre d'Arthur

Helen Rogers et Arthur Fosbury se rencontrent dans une vente de charité au grand hôtel Savoy, à Londres, en 1923. Elle a vingt-cinq ans, il en a vingt-huit et ils appartiennent tous deux à la meilleure bourgeoisie. Helen est fille de professeurs d'université et elle enseigne elle-même la littérature dans une institution chic de la capitale. Arthur est industriel. Son père est mort quelques années plus tôt dans un accident de chemin de fer et, depuis, il est à la tête de la considérable fabrique de meubles familiale.

Pourtant, Arthur Fosbury n'a pas l'âme d'un homme d'affaires. Il a repris l'entreprise de son père parce qu'il le fallait bien, mais si on lui avait donné le choix, il aurait exercé un métier du genre de celui d'Helen. Il aime les lettres, les arts, la culture... Bref, les deux jeunes gens ne se découvrent que des affinités et décident de se revoir.

La deuxième rencontre a lieu dans un musée, la troisième au restaurant et la quatrième se termine à l'hôtel. Pas chez Arthur ou chez Helen, car malgré leur âge, ils habitent chez leurs parents et, d'un côté comme de l'autre, on n'a pas les idées larges. Mme Fosbury, surtout, qui, depuis la mort de son mari, se comporte avec

Arthur en véritable mère abusive... Ce dernier s'en ouvre à sa compagne :

– J'ai très peur de maman. Elle ne cesse de me dire : « Un fils doit rester auprès de sa mère pour la soutenir et l'aider. Je n'accepterai jamais qu'une autre femme t'enlève à moi. »

Helen tente de le réconforter.

– Quand elle saura que nous nous aimons, elle changera d'avis... Parle-lui et tu verras !

Arthur prend son courage à deux mains et parle à sa mère, mais le résultat dépasse ses pires appréhensions. Mise au courant de sa relation amoureuse et de ses projets de mariage, Mme Fosbury entre dans une fureur démente.

– Tu ne l'épouseras jamais ! Tu m'entends ? Jamais !

– C'est ce qu'on verra !

– C'est tout vu. En attendant, je vais m'en occuper, de ta traînée ! On va voir ce qu'on va voir !

Et on voit, effectivement... À partir de ce moment, c'est l'enfer qui commence pour Helen et Arthur. Quelques jours plus tard, M. et Mme Rogers, les parents d'Helen, ont la stupéfaction de trouver la lettre suivante à leur courrier : « Madame et Monsieur, je tiens à vous faire savoir que mon mari était épileptique, qu'une de mes sœurs est alcoolique et que l'autre est internée dans un asile. Voilà la famille de celui que votre fille veut épouser ! »

L'excès même de ces affirmations fait que les Rogers ne les prennent pas au sérieux. Mais quelques jours plus tard, Helen a la désagréable surprise de se voir convoquée par la directrice de son établissement... Cette dernière lui tend une lettre. Helen reconnaît l'écriture : elle l'a déjà vue chez ses parents.

– Voici ce que j'ai reçu. Je vous dis tout de suite que je n'en tiens aucun compte. Je sais que vous êtes irréprochable et je vous fais confiance.

Helen ouvre la missive : c'est bien une lettre de Mme Fosbury... C'est un tombereau d'ordures, un ramassis des accusations les plus basses et les plus viles ! Helen est bouleversée, mais elle garde confiance. Mme Fosbury perd la tête. Ses outrances se retournent contre elle. En continuant ainsi, elle peut leur faire passer des moments très pénibles à Arthur et à elle, mais en fin de compte l'amour sera vainqueur. C'est alors que M. et Mme Rogers reçoivent un nouveau courrier de Mme Fosbury. Il est très différent du précédent : « J'ai peur ! Arthur a une mentalité d'assassin et, depuis que je m'oppose à son mariage, il veut ma mort. S'il m'arrivait malheur dans les jours qui suivent, ce ne serait pas un accident, mais un meurtre ! »

Chez les Rogers, il y a un grand silence. Personne ne sait que dire et Helen ne peut s'empêcher de frissonner. Elle n'aime pas cela. C'est comme si la mort venait de faire irruption dans cette histoire. Elle a un très désagréable pressentiment...

Il est malheureusement justifié. Le lendemain, en arrivant à l'école, elle voit une de ses collègues lui tendre un journal.

– Tu es au courant ?

Helen Rogers blêmit. Elle vient d'apercevoir la photo de Mme Fosbury. Et le texte qui figure en dessous la glace de terreur : « Mme Fosbury, veuve de l'industriel bien connu, a été retrouvée asphyxiée par le gaz dans son hôtel particulier londonien. Son fils Arthur a été arrêté. De graves soupçons pèsent sur lui. »

Helen rentre chez elle dans un état second. Mais à la maison, c'est une épreuve pire encore qui l'attend. Son père lui brandit le journal sous le nez.

– Elle l'avait dit ! Elle avait raison !

La jeune fille se révolte.

– Comment peux-tu dire une chose pareille ? C'est une machination, au contraire. Elle s'est suicidée pour qu'on accuse Arthur et empêcher qu'on se marie !

– Parce que tu veux l'épouser ? Il est en prison, accusé de meurtre, et tu veux te marier avec lui ? Jamais ma fille n'épousera un criminel !

– Il est innocent, papa. Toute personne qui n'a pas été condamnée est innocente !

– Si tu l'épouses, tu n'es plus ma fille...

Helen court s'enfermer dans sa chambre. Elle est bouleversée. Il n'est, bien sûr, pas question pour elle de renoncer à Arthur, mais elle aime profondément ses parents et elle ne veut pas non plus les heurter de front. Elle se décide pour un compromis : elle n'ira pas voir Arthur en prison et, dès qu'il sortira – car il ne peut pas en être autrement, il est victime d'une erreur –, elle lui proposera de se marier au plus tôt.

C'est d'ailleurs ce qui ne tarde pas à se produire. Arthur Fosbury est libéré, l'enquête n'ayant retenu aucune charge contre lui. Mais Helen se heurte encore une fois à l'opposition de son père.

– Tu n'iras pas voir ce garçon !

– Mais enfin, on sait maintenant que Mme Fosbury s'est suicidée.

M. Rogers a malheureusement toujours été très

rigide et sa mentalité est profondément marquée par la religion. Il lui répond en lui citant les Saintes Écritures.

– « Malheur à celui par qui le scandale arrive ! » Ce garçon ne mettra jamais les pieds chez moi.

– Papa, tu n'as pas le droit !

Helen perd une journée entière à discuter ainsi. Elle se décide enfin à passer outre, mais c'est trop tard. Quand elle se présente dans le luxueux hôtel particulier qu'habite Arthur à Mayfair, le quartier chic de Londres, elle est reçue par le majordome.

– Vous ne trouverez pas M. Fosbury, Mademoiselle. Il vient de partir pour l'Australie.

– L'Australie ! Mais pourquoi ?

– Pour s'y fixer définitivement. C'est ce qu'il m'a bien précisé... Il m'a également remis une lettre pour vous.

La majordome lui tend la missive et s'incline respectueusement. Une fois dehors, Helen la décachette et lit, dans un état second :

« Helen chérie,

Après ce qui s'est passé, je ne peux plus vivre avec vous. Je vais à l'autre bout de la terre, mais cela ne m'empêchera pas de penser à vous et de vous aimer. Je peux vous jurer deux choses : premièrement, que je ne me marierai jamais, et ensuite, que je vous écrirai. Je ne peux pas vous dire quand, mais je vous jure que vous recevrez une lettre de moi. »

La lettre d'Arthur... De ce moment, elle devient le centre, le sens de la vie d'Helen Rogers. Elle ne pense qu'à elle, elle l'attend chaque jour. Elle se dit d'abord que c'est une question de mois. Et puis les années passent, alors elle se dit que c'est une question d'années, mais elle ne perd pas confiance. Elle non plus ne se marie pas ; elle repousse les avances de ses collègues enseignants et plusieurs riches partis que lui présentent ses parents. Pendant vingt ans, elle habite chez eux, guettant chaque matin le facteur.

Et puis ses parents finissent par mourir. Ils vivaient dans un joli cottage de la proche banlieue de Londres et, avec son salaire de professeur, elle est incapable de faire face aux charges. Elle est obligée de vendre. Mais tous les mois, elle revient à son adresse et demande aux nouveaux propriétaires :

– Est-ce que vous n'auriez pas reçu une lettre d'Australie ?

Ceux-ci, qui ont fini par la considérer comme gentiment toquée, lui répondent chaque fois la même chose :

– Non, mademoiselle. Mais ne vous inquiétez pas : si elle arrive, nous vous la ferons suivre.

Octobre 1974... Cinquante et un ans se sont écoulés depuis le départ d'Arthur Fosbury. Helen Rogers est à présent une vieille demoiselle de soixante-seize ans au chignon blanc et aux lunettes dorées. Mais on ne sent nulle aigreur, nulle tristesse en elle. Elle attend, tout simplement... Son Arthur ne peut pas l'abandonner. Il écrira, il l'a promis.

Aussi ne marque-t-elle pas de surprise quand le facteur sonne à sa porte et lui dit :

– Un recommandé pour vous, en provenance d'Australie. Si vous voulez bien signer ici...

Il s'agit d'une grosse enveloppe, qui en contient une plus petite, sur laquelle Helen reconnaît l'écriture d'Arthur, et une lettre. Helen commence par la lettre. Elle porte l'en-tête de maître Jonathan Jones, notaire à Melbourne : « Mademoiselle, j'ai le regret de vous informer du décès, le 16 septembre dernier, de mon client Arthur Fosbury. »

Helen Rogers a un pincement douloureux au cœur, mais elle se force à poursuivre : « M. Fosbury a fait un testament en votre faveur. Du fait qu'il ne s'est jamais marié et qu'il n'avait pas de famille collatérale, vous êtes la seule héritière de sa fortune. »

Suit la liste des biens en question, qui est impressionnante : une chaîne de magasins, des bateaux de commerce, des immeubles, un journal et même une mine d'or ! Helen ne s'attarde pas à cette énumération. Elle n'a pas d'héritier non plus, cet argent ne l'intéresse pas. Elle le donnera à des œuvres... Non, c'est la lettre seule qui compte, la lettre d'Arthur, qu'elle attend depuis cinquante et un ans. Elle a la certitude qu'elle va enfin comprendre.

Et elle ne se trompe pas... La lettre contient le secret d'Arthur, qui est l'explication de tout.

« Helen chérie,

Je ne vous ai pas menti : vous avez ma lettre. Si je ne vous ai pas dit qu'elle vous serait remise à ma mort, c'est que je ne voulais pas vous faire de chagrin.

C'est moi qui ai tué ma mère. Je l'ai fait pour que nous puissions nous marier. Mais en prison, je me suis rendu compte de mon erreur. J'étais un criminel et j'étais devenu indigne de vous épouser. Alors, je me suis enfui au bout du monde. Pour tromper mon ennui, je me suis jeté dans le travail et j'ai fait fortune, mais pas un instant je n'ai cessé de penser à vous.

J'espère que vous me pardonnerez. Je vous aime.

Arthur. »

Le gentilhomme de Hambourg

28 février 1948, 10 heures. Un petit groupe de policiers s'affaire dans la neige autour d'une forme allongée, le cadavre d'une jeune femme. Nous sommes dans la Lindenallee, qui était autrefois l'une des plus belles avenues de Hambourg. Mais trois ans après la fin de la guerre, elle offre toujours un spectacle de désolation. De chaque côté, ce sont des ruines, des maisons éventrées, dont on voit encore les papiers à fleurs des pièces d'habitation et le carrelage des cuisines ou des salles de bains. Les beaux arbres qui faisaient la célébrité de cette artère chic de la ville ne sont plus que des moignons rabougris et calcinés.

C'est dans ce décor lugubre que commence l'enquête. Elle est menée par le commissaire Martin Kopfel, un tout jeune homme pour les fonctions qu'il exerce : il a vingt-cinq ans et il en paraît moins encore, avec ses cheveux blonds en brosse. Pour l'instant, il examine les papiers de la victime, une certaine Gertrude Hafner, vingt-huit ans, interprète auprès de l'administration britannique d'occupation. Le corps porte la trace de nombreuses blessures au visage, dans le dos et à la poitrine, causées par un objet pointu. Auprès d'elle, une serviette d'homme qui contient un pyjama, un rasoir, du savon à barbe, des clés de poids lourd et des papiers d'identité au nom de Kirk Christiansen, sujet danois.

Le commissaire Kopfel met précieusement la serviette de côté mais il ne se fait pas trop d'illusions : bien sûr, il va rechercher ce Christiansen, mais si c'était lui l'assassin, ce serait trop beau. À son avis, au contraire, on a laissé ces papiers en évidence pour attirer les soupçons sur ce Danois.

Le commissaire est beaucoup plus intéressé, en revanche, par les marques de pneus de voiture qu'il a tout de suite remarquées sur la neige gelée. L'un de ses inspecteurs vient de les mesurer avec un mètre pliant et s'approche de lui.

– D'après l'écartement des roues, il ne peut s'agir que d'une Opel ou d'une Adler, commissaire.

Voilà déjà un indice. Le second, ce sont ces petits morceaux de vitre de voiture qu'on a retrouvés un peu plus loin. Sans doute la victime a-t-elle dû se débattre et une glace du véhicule a été brisée. On va donc se renseigner auprès des garages afin de retrouver le propriétaire d'une Opel ou d'une Adler qui viendrait faire réparer une vitre.

Le commissaire Martin Kopfel est satisfait. Enfin une enquête qui ne démarre pas trop mal. Car dans cette Allemagne de l'immédiat après-guerre, bien des crimes restent encore impunis. La police allemande, qu'on a dû débarrasser de tous les fonctionnaires nazis, se réorganise à peine. Souvent, il y a des conflits d'autorité avec les services d'occupation américain, anglais et français. Lui, Martin Kopfel, qui a toujours détesté le régime d'Hitler, veut montrer que la police allemande n'est plus ce qu'elle était, qu'elle est devenue une police comme les autres, intègre et efficace.

L'auteur de ce crime doit être découvert et arrêté le plus vite possible, quel qu'il soit. Pour le commissaire, c'est une question d'honneur.

Peu après, dans son bureau au commissariat, une petite pièce glaciale sans chauffage, Martin Kopfel reçoit le premier rapport d'un de ses inspecteurs.

– J'ai des précisions sur la victime, patron. En fait, c'était une prostituée, ni plus ni moins. Pendant la guerre, elle était dans une maison du port. Après, elle est devenue effectivement interprète dans l'administration anglaise d'occupation, mais pour elle c'était la même chose, sauf que ce n'étaient plus des soldats allemands, mais des Anglais. Elle faisait vraisemblablement aussi du marché noir. À part ça, c'était une pauvre fille, d'un milieu très modeste. Elle vivait seule avec sa mère. Son père a fait partie des premiers opposants à Hitler. Il a été déporté en 1935 et on ne l'a jamais revu.

Le commissaire Kopfel remercie son collaborateur. Il a un sourire un peu triste. Décidément, Gertrude Hafner était dès le début une victime. Il n'en a que plus de hâte de retrouver son meurtrier.

Dans l'antichambre – si l'on peut appeler ainsi la petite pièce nue avec une seule chaise attenant à son bureau –, Kirk Christiansen, le camionneur danois, qu'il a fait convoquer, l'attend. Martin Kopfel le fait entrer. L'homme a l'air ouvert, sympathique même.

– Je connaissais bien Gertrude, commissaire. Je

viens souvent à Hambourg pour mon travail. Au début, c'était seulement une fille comme une autre. Et puis, peu à peu, on est devenus amis... Vous comprenez ?

Le commissaire hoche la tête.

– Je comprends parfaitement. Parlez-moi de la nuit du 27 au 28 février.

Le camionneur passe la main sur son front comme pour chasser un souvenir pénible.

– On avait passé toute la soirée ensemble, Gertrude et moi. On avait fait plusieurs bars. On avait parlé. À 22 heures, elle m'a quitté. Elle m'a dit qu'elle avait un rendez-vous. Mais elle m'a demandé de la rejoindre chez sa mère une demi-heure plus tard. Au moment de partir, elle a pris ma serviette et elle m'a dit en riant : « Je la garde avec moi. Comme ça, je suis sûre que tu viendras. » Et puis, je ne l'ai plus revue. Voilà...

Kirk Christiansen s'agite brusquement.

– Ce n'est pas moi, commissaire ! Quand elle m'a quitté, je suis resté au café ; il y avait des témoins. Et après, j'ai passé toute la nuit chez sa mère. Nous avons attendu ensemble qu'elle revienne...

– Je ne crois pas effectivement que ce soit vous, mais vous pouvez m'aider. Le soir de sa mort, Gertrude Hafner avait-elle des bijoux ou d'autres choses précieuses ?

– Oui, un bracelet en or. Et puis, elle avait aussi un sac à provisions...

Christiansen semble gêné, troublé. Le commissaire l'encourage à continuer.

– Gertrude est morte, il faut que vous me disiez tout si vous voulez que je retrouve son assassin.

– Eh bien, dans son sac, elle avait un kilo de café. Elle faisait... un peu de marché noir.

– Et, selon vous, son rendez-vous, c'était en rapport avec cela ?

– Je ne sais pas, elle ne m'a rien dit. Quand on se retrouvait, on parlait d'autre chose.

Une fois Christiansen parti, le commissaire Kopfel fait le point sur son enquête. Visiblement un crime crapuleux, puisque le bracelet en or et le kilo de café n'ont pas été retrouvés près du corps.

La malheureuse Gertrude a dû être victime d'un trafiquant de marché noir. Le commissaire essaie de se faire une idée de la personnalité de l'assassin : sans doute un petit truand minable comme il en pullule dans l'Allemagne de l'après-guerre...

Alors, il décide d'employer les grands moyens. Dès le début, il a eu à cœur de terminer très vite cette enquête et il est plus résolu que jamais. Il fait placarder dans toute la ville des affichettes reproduisant la photo de Gertrude Hafner. Il a obtenu de la municipalité qu'elle offre une prime de mille marks pour toute personne qui apporterait des renseignements.

Et les résultats ne se font pas attendre. Le lendemain, une femme d'un certain âge se présente à son bureau. Elle a l'air plutôt embarrassé.

– Je tiens un café. J'ai vu la jeune femme dans mon établissement, le soir du 27 février. Si je ne suis pas venue plus tôt, c'est que j'avais un peu peur... Vous comprenez, je leur ai servi de l'alcool à elle et à son compagnon et, comme c'est interdit, je craignais qu'on ne me fasse des histoires.

– Ne vous occupez pas de ça. Parlez-moi de cet homme.

La femme a un sourire d'admiration rétrospectif.

– Quelqu'un de très bien. La quarantaine, très séduisant, très distingué. Pas du tout le genre de gens que j'ai l'habitude de voir chez moi. Quand il est arrivé, j'ai remarqué qu'il boitait ou plutôt qu'il avait la jambe raide. Je me suis dit qu'il avait une jambe artificielle.

– Et vous avez entendu leur conversation ?

– Presque pas. Tout ce que je peux vous dire, c'est que la femme l'appelait Axel. À un moment, elle a sorti quelque chose d'un sac à provisions. Ils se sont mis à discuter. J'ai eu l'impression qu'ils se disputaient, mais ils parlaient à voix basse. Je n'ai rien entendu. Et puis ils sont partis. Il devait être 22 h 30.

Cette fois enfin, le commissaire tient une piste. Le problème est simple, il s'agit de retrouver un homme d'environ quarante ans, se prénommant Axel et vraisemblablement amputé d'une jambe. Dans la ville comme Hambourg, cela peut prendre un certain temps, mais ce n'est pas du tout impossible. On va commencer par consulter la liste des anciens combattants pensionnés pour la perte d'une jambe. Et, si cela ne donne rien, on trouvera autre chose...

Deux jours plus tard, le commissaire a la confirmation que son idée était la bonne. Une seule personne répond à tous les critères et, en plus, elle possède une voiture de marque Adler. Seulement voilà, il s'agit d'Axel von Mulendorf.

Axel von Mulendorf, ce nom seul pose au commissaire Kopfel un problème redoutable. C'est tout le contraire du portrait-robot de l'assassin tel qu'il l'imaginait. Il a sa biographie sous les yeux : Axel von Mulendorf est le fils d'un gentilhomme de Prusse orientale, militaire de carrière. Lieutenant à vingt-deux ans, il a été blessé au siège de Leningrad et amputé d'une jambe. Il a terminé la guerre comme colonel. À ce moment-là, il s'est établi à Hambourg et, en trois ans, il a fait fortune dans les travaux publics. C'est un des hommes les plus en vue de la ville, une personnalité.

Le commissaire sait qu'avec un personnage de cette importance, il ne peut pas se permettre la moindre erreur. De plus, il ne voit pas du tout von Mulendorf en assassin d'une prostituée ni en petit trafiquant de marché noir. De toute façon, il doit en référer à son supérieur, Joseph Hardenberg, chef de la police de Hambourg.

Hardenberg est un policier de la vieille école. Il n'a jamais trop apprécié le zèle du jeune commissaire, qu'il trouve un peu déplacé. Quand Martin Kopfel lui expose le résultat de son enquête et ses intentions, il manque s'étrangler.

– Vous voulez arrêter von Mulendorf ? Mais savez-vous que c'est un de mes amis personnels ? Et que je réponds de lui ? Vous m'entendez, je réponds de lui !

Le jeune commissaire parle calmement, mais il tient tête à son chef.

– Je dois faire mon devoir, c'est le seul suspect.

– Franchement, Kopfel, vous imaginez Axel von Mulendorf assassinant une prostituée ?

– Pas pour l'instant. Et c'est justement pour cela que je veux l'interroger.

Le chef de la police de Hambourg marche de long en large dans son bureau.

– Et vous aviez sans doute l'intention de l'amener au poste entre deux agents ?

– J'avais l'intention d'appliquer le règlement.

– Eh bien moi, je vous l'interdis ! La police doit faire son devoir, d'accord. Mais de là à compromettre un homme de cette importance et à risquer une erreur retentissante... Nous irons trouver von Mulendorf tous les deux et sans personne d'autre. C'est un ordre.

Le lendemain, les deux hommes se présentent devant une luxueuse villa. Le chef de la police de Hambourg murmure à son subordonné en appuyant sur la sonnette :

– Si vous vous êtes trompé, je vous jure que je vais m'occuper de votre avancement !...

Axel von Mulendorf a un large sourire en voyant le chef de la police de Hambourg. L'homme est plutôt grand, avec les tempes déjà grisonnantes. Il a le maintien un peu rigide de l'ancien militaire, accentué par la raideur de sa jambe artificielle. Il fronce les sourcils quand il aperçoit le commissaire. Mais le ton de sa voix est cordial, chaleureux.

– Ce cher Joseph ! Qu'est-ce qui me vaut le plaisir ?

Hardenberg est aussi mal à l'aise que possible.

– Je viens... Enfin, nous venons nous entretenir un moment avec vous.

Dans son dos, le commissaire Kopfel précise, d'une voix unie :

– Nous avons un mandat d'arrêt. Nous vous demandons de nous suivre.

Von Mulendorf commence à rire. Puis il regarde les deux hommes qui restent silencieux, l'un gêné, l'autre fermé.

– Mais c'est une plaisanterie ! C'est absurde ! Et de quoi m'accuse-t-on ?

Toujours sur le même ton, Martin Kopfel répond à sa question.

– Du meurtre de Gertrude Hafner, le 27 février dernier.

Axel von Mulendorf se remet à rire, mais il se rend compte que ses interlocuteurs, eux, n'ont aucune envie de s'amuser.

– Enfin, Joseph, nous ne pouvons pas parler ici ? Pourquoi faut-il que je vous suive ?

C'est encore le commissaire qui parle.

– Parce que c'est le règlement.

Le chef de la police a un geste d'excuse.

– Eh oui, c'est le règlement, Axel. Il ne faut pas vous en formaliser. D'ailleurs, plus vite vous vous serez disculpé, mieux cela vaudra...

Dans le bureau du commissaire Kopfel, von Mulendorf commence par nier tout en bloc. Mais le lendemain, au second interrogatoire, le commissaire le met en présence de la patronne du bar, qui le reconnaît formellement comme le client qui était avec Gertrude. Du coup, il doit modifier son système de défense... Comme la première fois, le chef de la police assiste à l'entretien. Martin Kopfel pose les questions de sa voix calme.

– Donc, vous reconnaissez vous être trouvé dans le bar avec la victime ?

Axel a perdu sa morgue, mais il s'exprime avec assurance.

– Oui. Je l'avais rencontrée dans la rue. Et comme j'ai vu que c'était une fille facile, je lui ai proposé de prendre un verre.

– Et devant ce verre, de quoi avez-vous parlé ?

– Je ne me souviens plus... À part qu'elle a voulu me vendre du café au marché noir. J'ai refusé. Je suis parti un peu plus tard.

– Avant ou après elle ?

Axel von Mulendorf a un instant d'hésitation.

– Avant.

À ce moment, la patronne du bar intervient.

– Non, vous êtes partis ensemble.

Von Mulendorf a un geste d'impatience.

– Eh bien, peut-être... Nous nous sommes séparés sur le trottoir. Cela revient au même.

– Et ensuite, vous êtes monté seul dans votre voiture ?

Von Mulendorf n'a pas le temps de répondre : le téléphone sonne. Le commissaire décroche. Il écoute un moment sans rien dire, raccroche et se tourne vers l'ancien colonel.

– C'était le rapport d'un de mes inspecteurs, celui que j'avais chargé d'examiner votre voiture. Il m'a dit deux choses très intéressantes : tout d'abord, les sièges ont été récemment lavés mais il reste des traces de sang, et ensuite la vitre de la portière gauche vient d'être remplacée... Alors, je vous écoute, monsieur von Mulendorf.

Von Mulendorf s'est brusquement tassé sur lui-même. Il n'ose pas soutenir le regard du chef de la police, qui le fixe, à la fois indigné et atterré. La tête rentrée dans les épaules, il se confesse, il dit tout.

– J'avais rendez-vous avec Gertrude Hafner à 22 heures. Elle m'apportait régulièrement des produits de marché noir qu'elle se procurait grâce à son travail chez les Anglais. Nous avons eu une discussion, elle voulait augmenter ses prix. Nous ne sommes pas arrivés à nous mettre d'accord. Quand je l'ai raccompagnée dans ma voiture, la conversation s'est envenimée. Brusquement, elle est devenue comme folle, elle m'a giflé, elle m'a traité de « sale nazi », « sale SS ». Alors, j'ai perdu la tête, j'ai pris le tournevis qui était dans la boîte à gants et je l'ai frappée. Voilà...

Oui, voilà. Pour le commissaire Kopfel, la tâche devrait s'arrêter là. Pourtant, il n'est pas au bout de ses peines. Dès qu'Axel von Mulendorf est en prison, il retrouve toute sa combativité.

D'abord, il revient sur ses aveux. Non, il n'a tué personne, il accuse un mystérieux Danois, un certain Knut Bielsen, un ami du camionneur, qui aurait fait le coup. Il serait monté dans la voiture, où ils se trouvaient Gertrude et lui, en les menaçant de son arme et, ensuite, il aurait tué la jeune femme.

Comme l'accusé donne en même temps une adresse à Copenhague, le commissaire Kopfel est bien obligé de demander l'aide d'Interpol pour vérifier ses dires. D'autant que son chef, Joseph Hardenberg, surveille personnellement toute l'enquête. Bien sûr, il ne peut faire autrement que de croire à la culpabilité d'Axel von Mulendorf, mais il veut qu'on vérifie tout...

Il faut plusieurs semaines pour établir que le dénommé Knut Bielsen, qui existe réellement, n'a aucun rapport avec l'affaire. Mais ce n'est pas tout. Le commissaire, qui surveille le courrier que l'accusé reçoit dans sa cellule, s'aperçoit qu'il tente par tous les moyens d'influencer la justice. Il multiplie les dons aux uns et aux autres, il essaie d'organiser, grâce aux nombreux appuis dont il dispose, une campagne de presse en sa faveur. Et il obtient des résultats. Des journaux de Hambourg rappellent ses glorieux états de service, sa carrière irréprochable de militaire, sa jambe perdue à Leningrad, et toute la part qu'il a prise à la reconstruction de la ville, avec son entreprise de travaux publics.

« Va-t-on condamner un héros ? » titre un quotidien, que le commissaire Kopfel lit dans son bureau avec une moue désabusée. Mais il cesse dès cet instant de s'intéresser à l'affaire. Après tout, même si Mulendorf s'en sort, la suite ne le regarde pas, elle concerne la justice. Grâce à lui, en tout cas, la police n'aura rien à se reprocher.

Et, de fait, tout s'est déroulé au mieux pour Axel von Mulendorf. Son procès, qui s'est ouvert en juin 1949, a donné lieu à un véritable défilé de témoins à décharge pour lui et de témoins à charge pour sa victime. Le jury a suivi sans trop de réticence l'avocat de la défense, qui demandait qu'on absolve l'accusé d'un crime commis dans un réflexe de colère et qu'on lui inflige seulement une peine légère pour marché noir...

Axel von Mulendorf a été condamné à quatre ans et demi de prison. À l'énoncé du verdict, il s'est mis au garde-à-vous et, malgré sa jambe artificielle, il a claqué les talons impeccablement, puis s'est incliné vers les magistrats. Tout le monde a trouvé qu'il avait vraiment belle allure, un vrai maintien de gentilhomme.

La comtesse Dracula

L'histoire qui va suivre est sans exemple à plus d'un titre. D'abord il s'agit d'un maniaque sexuel, d'un tueur en série, et ce maniaque, ce tueur, Erzebeth Bathory, est une femme ! Dans l'histoire du crime, elle est peut-être la seule à avoir manifesté cette perversion exclusivement masculine. Ensuite, on y assiste à la conjonction terrifiante et rarissime de deux facteurs : des pulsions meurtrières irrésistibles et une puissance presque sans limites, qui vous met au-dessus des lois. Une charge explosive sans son détonateur est inerte, un détonateur sans sa charge ne produit qu'une étincelle, mais si on met les deux en contact, alors, c'est l'explosion ; c'est la naissance de la plus grande criminelle de tous les temps !

La Transylvanie n'est pas précisément un endroit accueillant. Située au cœur de l'Europe centrale, dans les Carpates, cette région montagneuse et boisée, battue par les vents et glaciale l'hiver, est actuellement une province de la Roumanie.

Mais si ce pays est encore rude aujourd'hui, au XVIe siècle, c'est tout autre chose. Dans ces montagnes isolées, coupées pratiquement de la civilisation, le

XVIe siècle n'est même pas le Moyen Âge, c'est presque la Préhistoire. Autour des rares châteaux forts se serrent les cabanes des paysans. Au-delà, il n'y a rien, rien d'humain. C'est la forêt, avec les hordes de loups, les ours et, dans l'imagination des hommes, des êtres pires encore : des fantômes, des diables et des vampires. Car c'est là, dans les brumes et les glaces de la Transylvanie, que, plus tard, la légende a fait naître le comte Dracula. Mais le personnage réel qui l'a sans doute inspiré le dépasse de beaucoup en cruauté et en horreur...

Quand Erzebeth Bathory naît en 1560 dans un château de Transylvanie, il semble que, comme dans les contes, une bonne et une mauvaise fées se soient penchées sur son berceau.

La bonne fée a apporté la puissance. Les Bathory portent le plus grand nom de Transylvanie et même d'Europe centrale. Les oncles d'Erzebeth sont roi de Pologne, roi de Transylvanie et palatin de Hongrie. Les Bathory n'ont de compte à rendre à personne, sauf à l'empereur Maximilien d'Autriche.

La mauvaise fée, elle, a apporté une hérédité chargée : des parents épileptiques, un grand-père incestueux, une tante sadique et bien d'autres tares encore.

Mais Erzebeth n'est pas folle. La petite fille qui grandit dans les années 1560 est une enfant comme les autres. Elle a seulement, de temps en temps, mal à la tête, c'est tout. C'est plus tard que tout va se jouer, au cours des hasards d'une vie faite, comme les autres, de bonheurs et de chagrins, avec un ou deux coups de pouce du destin qui ont fait tout basculer.

L'enfance d'Erzebeth est solitaire. Dans son château glacial aux fenêtres minuscules, aux pièces immenses et dénudées, elle passe les premières années de sa vie à rêver. Quand on est jeune fille, on rêve du Prince charmant. Mais elle n'aura pas à rêver longtemps : elle est fiancée à onze ans.

Dès lors, Erzebeth vit dans un autre château, plus sinistre encore, auprès de sa future belle-mère qui lui enseigne le latin. Elle a le temps de s'ennuyer pendant les quatre ans qui séparent ses fiançailles de son mariage.

Elle entend aussi d'étranges et terribles histoires. Quand un seigneur est de passage, il raconte le soir, à la veillée, les affreux massacres dont les Turcs se rendent coupables dans la région. Car à l'époque, c'est la guerre entre les Turcs et les Hongrois. Ce sont des affrontements continuels avec de chaque côté des atrocités, des exécutions et des tortures. Pendant toute sa jeunesse, Erzebeth n'entend parler que de mort ; c'est pour elle une réalité quotidienne, familière, banale en quelque sorte.

Enfin le grand jour arrive, par un beau mois de mai 1575 : le mariage d'Erzebeth Bathory. Erzebeth découvre enfin son fiancé, qu'elle n'a jusque-là qu'aperçu : un beau garçon, un peu plus âgé qu'elle, un guerrier, élevé avant tout pour devenir un soldat. Il s'appelle Ferencz Nadasty. Finies, les rêveries solitaires dans les châteaux glacés, finis, les leçons de latin et les conseils moraux de sa future belle-mère. Elle va se marier, sa vie va commencer...

Le mariage d'Erzebeth Bathory et de Ferencz Nadasty est si fastueux que les contemporains en restent longtemps éblouis. Les réjouissances, les festins, les danses au son des orchestres tziganes durent un mois. Toutes les cours d'Autriche, de Hongrie, de Pologne sont là. L'empereur Maximilien a offert des présents jamais vus : des vases, des coupes, de la vaisselle d'or.

Mais les fêtes terminées, le mari s'en va. Il part se battre contre les Turcs. En fait, il n'est qu'un soldat. Se battre, c'est la seule chose qu'on lui a apprise et qu'il aime vraiment. Quant à Erzebeth, il la quitte sans grand regret et même avec un certain soulagement. Car, dès la nuit de noces et au cours des nuits qui ont suivi, Erzebeth s'est découverte, s'est révélée comme femme, comme amoureuse. Elle s'est jetée sur son mari avec de tels élans, une telle ardeur, qu'il a fui. Ferencz, tout compte fait, a sans doute moins peur des Turcs que de sa nouvelle femme qui lui demande tout, qui a des exigences et des passions incompréhensibles pour lui.

Erzebeth reste donc seule dans le château, avec ses désirs et ses toilettes inutiles.

Elle écrit à son mari : « Je veux vous voir, je m'ennuie. Emmenez-moi avec vous, allons à la cour à Vienne. Allons voir l'empereur. J'ai tellement envie de m'amuser ! » Il lui répond : « Ce n'est pas possible, je dois me battre contre les Turcs et vous, il faut que vous restiez au château, pour veiller sur ma mère, qui est malade. »

La belle-mère d'Erzebeth ne tarde pas, en effet, à mourir. Ferencz Nadasty revient assister aux funérailles et, pour la première fois, les jeunes époux se disputent. Ferencz tente de nouveau d'expliquer à sa femme qu'il doit partir pour combattre le sultan. Erzebeth se révolte :

– On ne laisse pas une jeune femme seule dans un château, c'est dangereux. Et puis, je m'ennuie, je ne peux parler qu'à mes servantes. Restez, j'ai besoin de vous !

Et Ferencz, qui n'a qu'une idée, échapper à sa femme et retrouver ses Turcs, lui répond :

– Eh bien, si vous vous ennuyez, prenez donc le nain Ficzko.

Ficzko est le bouffon du château. C'est un être de cauchemar, un nain difforme et cruel, que tout le monde méprise et qui se venge en faisant le plus de mal possible autour de lui. Mais il n'a jamais fait rire Erzebeth, qui, elle, l'a toujours considéré comme un être humain.

Quand il se présente devant elle, Erzebeth lui sourit. Ficzko n'en revient pas, c'est la première fois que quelqu'un lui sourit. Dès cet instant, il lui est dévoué jusqu'à la mort. Ce qu'Erzebeth ne sait pas encore, c'est qu'il va devenir son âme damnée.

C'est le lendemain qu'a lieu le premier meurtre d'Erzebeth Bathory. Est-ce vraiment un meurtre d'ailleurs ? Une punition plutôt. La comtesse n'a-t-elle pas le droit de vie et de mort sur tous ses sujets ?

Depuis longtemps son personnel la volait, Erzebeth n'y faisait pas attention. Et brusquement elle se décide à sévir. Mais de quelle manière !...

Elle surprend une de ses servantes en train de lui dérober une pomme. Elle appelle Ficzko et lui ordonne de l'emmener dans la forêt, de la déshabiller, de l'attacher à un arbre, de l'enduire de miel et de la laisser là, exposée aux insectes et aux bêtes sauvages.

Quand Erzebeth repasse sur les lieux, le soir, avec son mari, celui-ci s'étonne de voir cette femme nue dont le corps n'est plus qu'une plaie dévorée par les insectes.

– Qui est-ce ? demande-t-il à Erzebeth.

– Oh, ce n'est rien ! Une servante qui m'avait volé une pomme.

– Mais vous ne croyez pas que la punition est un peu sévère ?

Erzebeth hausse les épaules et Ferencz n'insiste pas. D'ailleurs, il s'en moque ; ce que fait sa femme ne l'intéresse pas. Il va partir le lendemain pour la guerre.

Voilà, le premier pas est franchi... Maintenant, quand Ferencz Nadasty fait de brèves apparitions au château, entre deux campagnes contre les Turcs, il trouve Erzebeth changée. Elle semble absente, elle passe des journées entières avec le nain Ficzko. Mais ce qui compte pour lui, c'est que sa femme soit plus calme et qu'elle le laisse tranquille la nuit ; il ne demande que cela, le reste, il ne veut pas le savoir.

Le reste, c'est qu'Erzebeth fait souffrir quotidiennement ses servantes. Elle ne s'est pas remise à tuer, ce ne sont que des jeux cruels. Car la jeune femme a de plus en plus mal à la tête, surtout depuis que son mari la délaisse ; et dans ces moments-là, elle a besoin de crier, d'avoir une victime. Elle appelle le nain, et malheur à la servante qui se trouve là...

Ainsi, cette domestique, chargée de la déshabiller, qui se montre maladroite et qui, en lui enlevant ses souliers, lui écorche la cheville. Erzebeth se met à hurler, la gifle à toute volée, lui déchirant la joue, avec sa bague et elle appelle Ficzko. Celui-ci ne tarde pas à arriver.

– Que se passe-t-il, maîtresse ?

– Cette fille a fait exprès de me blesser à la cheville. Ne mérite-t-elle pas un châtiment ?

– Si, maîtresse, et je sais lequel !

Le nain va chercher des cordes et lie les bras de la servante terrorisée, puis s'absente un long moment et revient avec un brasero sur lequel est posé un fer à repasser. Il s'empare de la fautive et la maintient solidement, tandis que la comtesse se saisit du fer et, insensible aux hurlements de la malheureuse, le lui applique sur la plante des pieds. Sa victime finit par s'évanouir, ce qui ne lui fait pas cesser son manège. Elle ne s'arrête que lorsque ses pieds ne sont plus que deux masses de chair racornie. À ce moment, elle a un sourire sauvage et s'écrie :

– Voilà ! Je lui ai fait des souliers neufs, avec de belles semelles rouges.

Les années passent. De 1585 à 1598, Erzebeth a trois enfants : deux filles, puis un garçon. Pour allaiter le garçon, Ficzko amène une nourrice. La femme est affreuse et trapue ; elle s'appelle Jo Ilona. Avec Ficzko et une seconde femme, qui ne va pas tarder à se joindre à eux, une sorcière nommée Dorko, ils vont tous trois être les chiens de chasse fidèles et sanglants d'Erzebeth Bathory...

Les années passent encore, Ferencz vieillit et vieillit mal. Il reste maintenant la plupart du temps au château. Mais il ne faut pas croire qu'il s'occupe d'Erzebeth. Au contraire, depuis que sa femme lui a donné un héritier, il considère sans doute que son rôle est terminé et qu'en tout cas leurs relations n'ont plus de raison d'être.

Ce soldat usé prématurément se tourne vers la religion. Il devient dévot, passe son temps en prière et à l'église. En décembre 1603, Ferencz Nadasty meurt. Et c'est, pour Erzebeth, la cassure.

Elle est maintenant définitivement seule et totalement livrée à elle-même. Elle se promène dans les immenses salles du château. Elle change jusqu'à quinze fois par jour de robe et de bijoux. Elle passe des heures devant son miroir et, brusquement, elle comprend ce qui la tourmentait mais qui lui avait échappé jusque-là : elle vieillit.

Bien sûr, à quarante-trois ans, elle est restée extraordinairement belle, elle est plus belle qu'à vingt ans, sans aucun doute. Tous les contemporains ont parlé de l'étrange, de la fascinante beauté d'Erzebeth Bathory à cet âge. Mais cela va-t-il durer ? Ces rides qu'elle surprend sur son visage et qui lui donnent pour l'instant un charme supplémentaire, elle sait bien ce qu'elles signifient. Ses servantes, elles, n'ont pas de rides, leur visage est sain et lisse. Et, peu à peu, une inquiétude va s'emparer d'Erzebeth et devenir une obsession : elle ne doit pas vieillir, il faut l'empêcher par tous les moyens !

Alors se produit un incident qui a des conséquences incalculables. Erzebeth est à sa toilette et, comme l'une de ses servantes se montre maladroite, elle la gifle de toutes ses forces. Ce n'est pas la première fois. Elle a déjà fait bien pire, mais ce coup a été si violent qu'il a fendu la joue et que les doigts d'Erzebeth sont pleins de sang. Et il lui semble qu'à l'endroit où s'est répandu le sang, sa peau est devenue plus douce, plus lisse, en un mot plus jeune.

La sorcière Dorko trouve tout de suite l'explication :

– Bien sûr, c'est cela le secret. Pour rester jeune, il vous faudrait des bains de sang.

Alors, sur son ordre, les trois âmes damnées de la comtesse, Dorko, Jo Ilona et Ficzko, choisissent une victime parmi les servantes. Erzebeth plonge dans sa baignoire remplie de sang, elle s'en asperge tout entière et, quand elle sort, dit à Dorko :

– Regarde ma peau. J'ai vingt ans et je n'ai plus mal à la tête !

Dès lors, l'horreur entre dans le château d'Erzebeth Bathory. Elle n'en sortira plus... Pour ses bains de sang, il lui faut de plus en plus de victimes. Son trio maudit bat la campagne et ramène, tantôt en leur donnant de l'argent, tantôt par la force, des paysannes des environs. Erzebeth, bientôt, ne se contente plus de les faire égorger, saigner, écorcher par ses exécuteurs. Elle veut des supplices plus raffinés.

Par un maître forgeron, elle fait construire un automate extraordinaire, fou. C'est une statue de fer représentant une grande et belle femme. Quand la victime nue est amenée devant elle et, sur l'ordre d'Erzebeth, baise la bouche de la statue, les bras se mettent en mouvement automatiquement, enserrant la malheureuse. Des poignards jaillissent et la déchiquettent lentement, impitoyablement...

Jour après jour, son imagination perverse ne connaît plus de limites. Elle invente sans cesse de nouveaux raffinements sadiques. Ainsi, ce jour d'hiver où elle traverse la campagne enneigée, dans sa luxueuse calèche. Elle revient d'un village voisin. À ses côtés se trouve une paysanne, que ses parents lui ont confiée pour qu'elle serve au château. Ficzko est là, lui aussi.

Soudain, prise d'une impulsion, Erzebeth prend la broche en rubis accrochée à sa poitrine et la frappe au poignet. Le sang gicle et, prise de terreur, la fille ouvre la portière et s'enfuit dans la neige. La comtesse fait arrêter la calèche ; elle hurle à Ficzko et au cocher de la rattraper... Cela ne prend pas longtemps. La fugitive est vite ramenée devant elle. Mais Erzebeth ne la fait pas remonter. Elle donne un ordre aux deux hommes :

– Déshabillez-la !

La paysanne est bientôt nue, la peau toute rouge et grelottante de froid. Au loin, on aperçoit un lac gelé. La comtesse ordonne d'y amener la prisonnière et de prendre, dans le coffre de la calèche, le seau qui sert à abreuver les chevaux. Malgré ses cris, elle y est conduite... Le nain a compris ce qu'il doit faire. Il brise la glace et rapporte un seau d'eau qu'il verse lentement sur le corps de la jeune fille. Au bout de trois seaux, elle est entièrement gelée, une dernière giclée dans sa bouche fait taire ses cris.

Longtemps, Erzebeth Bathory, emmitouflée dans sa fourrure, tourne tout autour de cette statue de glace. Elle regarde disparaître la lueur de la vie dans son regard agrandi d'horreur et, quand elle constate qu'elle est morte, elle lance :

– Jetez-la dans le lac !...

Il y a aussi cette chanteuse à la voix admirable qui connaissait tout le folklore transylvanien et qui gagnait sa vie en allant donner des récitals dans les châteaux et les riches demeures. La fatalité la conduit chez la comtesse. Contrairement à ce qu'on pourrait croire, Erzebeth ne lui fait aucun mal. Au contraire, elle la prend à son service. Sa voix est légère, mélodieuse, les airs qu'elle chante sont gais et ils ont un effet miraculeux sur elle : elle n'a plus mal à la tête.

Malgré l'or dont la couvre la comtesse, la jeune femme finit par s'ennuyer dans ce château immense et peut-être, en dépit des précautions de son hôtesse, surprend-elle des choses inquiétantes. Un jour, elle lui annonce qu'elle veut partir. Erzebeth Bathory argumente, propose de la payer davantage, mais rien n'y fait. Alors, elle cesse soudain de discuter. Elle lui dit, au contraire, avec son plus beau sourire :

– Je te comprends. Tu as besoin de changer d'air, de voir de nouveaux horizons. Chante-moi seulement une dernière chanson.

Heureuse de s'en tirer à si bon compte, la jeune fille s'exécute. Pendant ce temps, sur un signe de sa maîtresse, Ficzko s'est éclipsé. Il sait ce qu'il a à faire... Lorsqu'il revient, Erzebeth se jette sur la chanteuse par surprise et l'immobilise, tandis que le nain lui enfonce dans la bouche jusqu'à la gorge le tisonnier rougi qu'il était allé chercher. Tandis que la malheureuse rend l'âme dans d'affreuses souffrances, la comtesse lui déclare, satisfaite :

– Tu ne voulais plus chanter pour moi : tu ne chanteras jamais plus !...

Et ce repas de fête auquel elle a convié une douzaine de paysannes qu'elle a fait laver et habiller somptueusement... Les filles, surprises, éblouies, prennent place autour d'une longue table dressée, couverte de plats fins et de carafes de vin, illuminée par des chandeliers de rêve. À la fin du souper, sur l'ordre de la comtesse, on éteint les bougies. Il y a des bruits étouffés, de petits cris. Quand la lumière revient, du haut de son fauteuil, Erzebeth découvre, avec un sourire ravi, un spectacle d'épouvante : d'une main sûre, Ficzko, Dorko et Jo Ilona les ont toutes décapitées. Elle contemple longuement ce banquet de jeunes filles sans tête avant de se jeter, avec un cri sauvage, sur leur sang...

Elles seront en tout six cent dix, oui, six cent dix, à être sacrifiées l'une après l'autre pour qu'Erzebeth Bathory conserve sa jeunesse et assouvisse ses instincts ! Car, à ces bains de jouvence, la comtesse ajoute souvent des sévices sexuels. Ce qu'elle aime par-dessus tout, c'est violenter les jeunes filles au moment précis de leur mort...

Ici on ne peut s'empêcher de faire le parallèle avec un autre grand criminel et grand seigneur lui aussi, qui présente des points communs frappants avec Erzebeth Bathory : Gilles de Rais qui, dans son château de Vendée, avait, un siècle plus tôt, sacrifié entre cinq cents et huit cents jeunes enfants, selon les estimations. Dans les deux cas, le côté homosexuel et sadique des meurtres est évident, mais la motivation profonde n'est pas la même. Gilles de Rais était tourmenté par des problèmes mystiques et métaphysiques ; il cherchait le secret de l'immortalité. Sa peur était avant tout celle de mourir. C'était un homme. Erzebeth, elle, est une femme et sa peur est beaucoup plus concrète : elle n'a pas peur de mourir, elle a peur de vieillir.

Un incident, qui se produit pendant cette période, l'illustre parfaitement. Se promenant à cheval sur ses terres, Erzebeth croise une vieille paysanne tellement marquée par le temps qu'elle n'a plus d'âge. Épouvantée par cette image, Erzebeth lève sa cravache dans sa direction. Mais la vieille la fixe calmement :

– Regarde-moi, comtesse Bathory. Bientôt, tu seras comme moi.

Erzebeth éperonne son cheval et fuit. Elle galope toute la journée comme une folle à travers la forêt. Mais c'est inutile, la vieillesse va exactement à la vitesse de son cheval. La vieillesse n'est ni devant ni derrière, elle est en elle.

C'est pendant cette période de cauchemar que survient un événement unique dans la vie d'Erzebeth Bathory. Elle apprend une nouvelle qui lui apporte comme une impression de renouveau : un mariage doit avoir lieu au village, et d'après ses servantes, dont elle surprend les confidences, le marié est le plus bel homme qu'on ait vu depuis des années.

Intriguée et excitée tout à la fois, Erzebeth se rend en secret à la noce... Le futur époux dans son costume noir est, en effet, splendide. Elle n'a jamais vu un aussi beau garçon. Il est bâti en athlète mais c'est surtout son regard qui fascine et attire. À côté de lui, la future mariée, rougissante dans la robe blanche des paysannes, sourit.

Après le repas, Erzebeth rejette la cape dont elle s'était enveloppée. Tout le monde la reconnaît et la noce s'arrête comme pétrifiée. Alors Erzebeth donne l'ordre aux tziganes de jouer et le bal commence. Elle sourit au marié et lui tend la main. Le garçon, tout d'abord, ne comprend pas, puis s'avance vers elle et ils se mettent à danser. Pendant des heures, Erzebeth tourbillonne aux sons de violons tziganes. Elle danse, elle est heureuse, elle vit.

Quand le marié l'emmène dans un champ de blé, Erzebeth savoure sa victoire. Elle est sûre d'elle, maintenant. Elle a pu conquérir le plus beau garçon de ses terres. Et alors, pour la première et la dernière fois, elle connaît le plaisir, le plaisir à l'état pur. Ce n'est pas la comtesse Bathory qui se trouve ce jour-là dans les bras d'un homme, c'est une femme tout simplement, une femme jeune et belle.

Quand elle rentre au château, Erzebeth est heureuse. Pendant des semaines, on la voit rire et chanter. Elle ne songe plus à ses servantes, et elle n'a plus mal à la tête.

Mais ce n'est qu'un court répit, les maux de tête reviennent et les angoisses devant le miroir, et avec eux les crimes. Les bains de sang sont de plus en plus fréquents, le nombre des victimes augmente sans cesse et, dans le pays, on commence à murmurer...

Pourtant, jusqu'ici, alors qu'il y avait déjà des centaines de victimes, aucune voix ne s'était élevée. Il ne faut pas s'en étonner. Pour les paysans de Transylvanie, qui sont plongés dans un état de misère et d'abrutissement total, ce sont des questions qu'on ne se pose pas. La mort est si proche de leur cabane : à quelques mètres, il y a les loups et les ours, sans compter les vampires. Seul le curé a des doutes. Il y a les dizaines de cercueils que lui apporte la sorcière en prétendant chaque fois qu'une épidémie a eu lieu au château. Et puis il y a les confidences des parents. Mais Erzebeth est puissante. Le curé n'est pas un héros. Il se tait.

Les années passent encore. Et le miroir est de plus en plus sévère : Erzebeth vieillit.

Un jour, furieuse, hors d'elle, elle appelle la sorcière Dorko :

– Regarde ces rides, je vieillis. Tu m'as menti, les bains de sang ne me font rien.

Effrayée, Dorko, qui craint pour sa vie, cherche une réponse :

– C'est parce que vous êtes noble, comtesse. Pour vous garder votre jeunesse, il vous faut du sang noble.

Erzebeth n'a pas un instant d'hésitation :

– Qu'on aille en chercher !

Et le plus extraordinaire, c'est qu'on en trouve. Les familles nobles de Hongrie et de Transylvanie envoient leurs filles pour servir de demoiselles de compagnie à l'illustre comtesse Bathory. Elles connaissent, bien entendu, le même sort que les servantes. Mais cette fois, Erzebeth est allée trop loin. Les parents s'inquiètent et se plaignent à l'empereur. Il y a une enquête discrète et les bruits, les accusations, trop longtemps contenus, éclatent au grand jour. Le curé parle. Il n'y a, hélas, aucun doute : la comtesse Bathory, l'une des plus puissantes personnalités de l'empire, est une criminelle comme jamais on n'en a connu.

Au début de l'année 1610, on annonce à Erzebeth que le roi Mathias de Hongrie, en voyage avec sa cour, désire séjourner au château. Erzebeth sent bien que l'heure est venue. Mais elle décide de faire face.

Elle le reçoit avec luxe, faste. Elle-même a revêtu sa plus belle robe, couleur de feuille morte, et s'est parée de ses plus riches bijoux. Et elle attend. Après tout, ce n'est peut-être qu'une fausse alerte. Qui songerait à l'accuser, elle, Erzebeth Bathory ?

Pourtant on l'accuse. Bien plus, les hommes d'armes fouillent le château. Et ce qu'ils découvrent dans les caves, les souterrains, est accablant, épouvantable : des cercueils empilés qui n'avaient pas encore été mis en terre, les affreuses machines de supplice, et, dans des cages, des dizaines de jeunes filles qui attendaient leur sort.

Erzebeth Bathory est arrêtée. Mais son rang est tel qu'on ne peut même pas la faire passer en jugement. Juger une Bathory, c'est juger la Couronne elle-même, c'est ébranler l'État.

Le procès qui s'ouvre en 1611, en l'absence de la principale coupable, n'envoie donc au bourreau que les trois complices : le nain Ficzko, la nourrice Jo Ilona et la sorcière Dorko.

Quant à Erzebeth Bathory, qu'on ne pouvait ni juger ni bien sûr exécuter, son sort allait être sans doute bien pire. Sur ordre de l'empereur, elle est condamnée à être enfermée dans sa propre chambre jusqu'à sa mort.

On mure les fenêtres en laissant une étroite ouverture en haut de l'une d'elles, par où tombe une toute petite lueur ; on mure les portes avec un trou assez large pour qu'un gardien puisse passer sa nourriture. Sur ordre des autorités impériales, on retire de la chambre le crucifix qui s'y trouve mais on laisse un miroir pour qu'Erzebeth puisse se voir vieillir jusqu'au bout.

Erzebeth Bathory survécut trois ans et demi dans son épouvantable solitude. Chaque jour, chaque instant de la journée, elle allait à son miroir. Et dans cette lumière de crépuscule, les rides, les marques de la vieillesse n'étaient presque plus visibles. Peut-être que son visage lui est apparu alors comme idéalisé, jeune, et qu'elle a cru, au moment de mourir, qu'elle avait retrouvé la jeunesse, l'éternelle jeunesse.

Le 21 août 1614, un messager apporta à la cour de l'empereur le message suivant : « Erzebeth Bathory, veuve du haut seigneur Ferencz Nadasty, est morte emprisonnée dans son château, sans croix et sans lumière, à la minuit. »

Table

Du même auteur aux Éditions Albin Michel :

Instinct mortel
70 histoires vraies

Les Génies de l'arnaque
80 chefs-d'œuvre de l'escroquerie

Instant crucial
Les stupéfiants rendez-vous du hasard

Tragédies à la une
La Belle Époque des assassins, avec Alain Monestier

Possession
L'étrange destin des choses

Issue fatale
75 histoires inexorables

Le Carrefour des angoisses
Les Aventuriers du XXe siècle, t. 1
60 récits où la vie ne tient qu'à un fil

Ils ont vu l'au-delà
Les Aventuriers du XXe siècle, t. 2
60 histoires vraies et pourtant incroyables

Journées d'enfer
Les Aventuriers du XXe siècle, t. 3
60 récits des tréfonds de l'horreur
au sommet du sacrifice

L'Enfant criminel

Les Amants diaboliques

L'Empreinte de la bête
50 histoires où l'animal a le premier rôle

Je me vengerai
40 rancunes mortelles

Survivront-ils ?
45 suspenses où la vie se joue à pile ou face

Sans laisser d'adresse
Enquêtes sur des disparitions et des réapparitions extraordinaires

Destins sur ordonnance
40 histoires où la médecine va du meilleur au pire

Composition réalisée par NORD COMPO

Achevé d'imprimer en mars 2006 en France sur Presse Offset par

BRODARD & TAUPIN

GROUPE CPI

La Flèche (Sarthe).
Dépôt légal édition 1 : janvier 2006
N° d'imprimeur : 34399 – N° d'éditeur : 70727
Édition 2 - mars 2006
LIBRAIRIE GÉNÉRALE FRANÇAISE – 31, rue de Fleurus – 75278 Paris cedex 06.

31/1587/0